匆匆那年

月下蝶影 著

江苏凤凰文艺出版社
JIANGSU PHOENIX LITERATURE AND ART PUBLISHING

图书在版编目（CIP）数据

勿扰飞升 / 月下蝶影著 . -- 南京 : 江苏凤凰文艺
出版社 , 2023.8
ISBN 978-7-5594-7742-2

Ⅰ . ①勿… Ⅱ . ①月… Ⅲ . ①长篇小说 – 中国 – 当代
Ⅳ . ① I247.5

中国国家版本馆 CIP 数据核字 (2023) 第 085260 号

勿扰飞升

月下蝶影 著

责任编辑	周颖若
特约编辑	稀饭团子
封面设计	酢 暖　蘑 菇
出版发行	江苏凤凰文艺出版社
	南京市中央路 165 号，邮编：210009
网　　址	http://www.jswenyi.com
印　　刷	嘉业印刷（天津）有限公司
开　　本	700mm×980mm　1/16
印　　张	19
字　　数	310 千字
版　　次	2023 年 8 月第 1 版
印　　次	2023 年 8 月第 1 次印刷
书　　号	ISBN 978-7-5594-7742-2
定　　价	48.00 元

江苏凤凰文艺版图书凡印刷、装订错误，可向出版社调换，联系电话 025-83280257

- 第五章　凤首箜篌　091
- 第六章　下山历练　103
- 第七章　飞剑使者　141
- 第八章　邪修　173
- 第九章　交流大会　225
- 第十章　鲛人鳞　233

目录

- 第一章　仙人降临　001
- 第二章　初入云华门　025
- 第三章　话本　049
- 第四章　度筑基劫　057

只有一直勇敢地往前走，才有活路。

  景洪三年冬,鹅毛般的大雪在京城地界肆意飞舞,大地白茫茫一片,为这片充满欲望的繁华之地,增添几分洁净。

  街道上,穿着厚实的小贩被冻得缩头缩脑,还不忘扯开嗓子叫卖,忽然远处传来击鼓声,路人小贩纷纷避让,很快便有一队身着银甲的军爷护着多辆马车经过。这些马车上镶嵌着华丽的宝石,铜铃叮当作响,稍微有见识的京城百姓瞬间明白,原来是皇族贵女出行,难怪有锣鼓开道,闲杂人等皆要回避。

  马蹄溅起地上灰色的脏雪,华丽的马车缓缓从百姓跟前经过,带着几分冷漠的高高在上。

  车队最后面的乌木马车上雕刻着凤纹,虽然收拾得很干净,却不及前面那些马车华丽,车身上带着时光磨砺过的陈旧。

  "停车。"

  马车里传出稚嫩的女声,护在四周的卫军犹豫片刻,便停下了马车。有卫军端来马凳,宫奴恭敬地躬身站在马车前,朝帘子方向伸出手,眼里却是讥讽与忍耐。

  一个被皇帝当作吉祥物养着,用来展示自己仁心仁德的前朝公主,能够得到的也只有表面恭敬了。

  很快有个不足十岁的小姑娘从马车上走出来,她穿着锦裘,头上戴着卧兔钗,玉雪可爱。她跳下马车,也不在意地上的污雪,朝某个角落跑去。

  角落里支着一个小摊儿,锅里熬煮着糖浆,穿着灰扑扑外袍的老人垂首做糖画,见到粉雕玉琢的小姑娘跑过来,脸上露出慈祥的微笑:"贵人可是要买糖画?"

  跟着小姑娘过来的卫军心里隐隐觉得这个老头有些奇怪,但一时间又说不出哪里不同。他朝小女孩拱手道:"殿下,您乃万金之躯,万不可任性。"

圣上要让这位前朝公主做吉祥物,那他们这些做卫军的,就要保证吉祥物好好活着。哪知道他刚说完这话,就见小公主转头眼巴巴地看着他。卫军愣怔了半晌,一句话不由自主地说了出来。

"您若是喜欢,也能买些回去,只是不能多吃。"

身为武将,他对长相可爱的小孩子,竟是毫无抵抗力。

"贵人喜欢什么样的?"老头儿脸上的笑容愈加温和,伸手指了指扎在稻草上的各式糖画。上面有武将、仕女、花朵、动物,甚至有山川河流,栩栩如生。

箜篌也不知道自己为什么远远看到了这个糖画摊子,便不管不顾从马车上下来。她虽然已经年近十岁,但是在她的记忆里,她只出过三次宫。

第一次是皇宫被乱军攻破,宫人带着她逃离,然而还没出城门,便被叛军抓了回去。

第二次是新帝登基以后,封她这个前朝皇帝的女儿为平宁公主,并且大张旗鼓带她去祭天,大半个京城都在夸陛下仁慈。她透过窗纱看到路人们脸上事不关己的好奇,她像是被养在百兽园的金毛狮,这些百姓就是赏兽的人。

今天是第三次,皇上最宠爱的女儿回京,命身份尊贵的女眷们出城迎接。

箜篌很高兴,她恨不得新帝多几个已经出嫁的女儿,这样她们每次回来的时候,她就能趁机出宫看看。听到摊主问她,箜篌指着披星踏月的仙女道:"我想要这个。"

"好嘞。"摊主用勺子舀出熬好的糖稀,快速地在木板上作画。他的动作非常熟练,神情十分专注,仿佛在做一件人生大事。

箜篌睁大眼睛不敢眨一下眼皮,她怕自己错过这神奇的过程。雪片飘在她的脸上,冻红了她的脸。摊主忍不住开口道:"军爷,今日雪大,贵人年幼,可别受了风寒。"

护卫军这才反应过来,挥手让宫奴给箜篌撑了一把伞。此刻他终于察觉出哪里不对了,因为这个老人面对他们,竟不见多少畏惧,简直不像是一个普通的平民百姓。

摊主对箜篌眨眼睛笑,箜篌捂着嘴没有发出声,眼睛弯成了月牙。很快糖画做好,摊主手艺精湛,这幅仙女糖画竟如水晶般澄澈,飞天的仙女带着神秘仙气。

"真漂亮，这是我见过的糖画中，最好看的。"尽管她也就看过这么一次糖画。

"平宁公主。"身着碧色冬衣的女官过来，她面无表情道，"您该走了。"

女官身后不远处，有几个贵女站在马车边，低头窃窃私语，显然在嘲笑箜篌。曾经高高在上的前朝公主，如今也不过如此，私底下嘲笑箜篌，能够给她们带来别样的满足感。

但是箜篌的反应往往让她们的满足感大打折扣，因为她对这种嘲笑毫无反应，没有难过，没有愤怒，甚至没有卑怯。她常常会睁着大大的眼睛看她们，仿佛她们在无理取闹。

这一次箜篌的反应也同样如此，她从荷包里取出一粒银花生递给摊主，不顾女官冷漠的脸色，对摊主道："你的糖画很漂亮，像话本里写的那样。"

摊主发须皆白，身上的衣服也破旧不堪，这么寒冷的天气，还出来卖糖画，想来日子过得也不容易。箜篌心想，自己多夸老人几句，他兴许会高兴一些。

平民生活不易，她虽不懂，但在话本中看过的。

"殿下！"女官的脸彻底沉下来，她用冷冰冰的语气道，"您的宫廷礼仪呢？"

箜篌小心翼翼地拿好用米皮纸包好的糖画，背对着女官皱了皱鼻子，转身面对女官时，却仍旧是乖巧可爱的模样："多谢姑姑提醒。"

女官皮笑肉不笑道："殿下明白就好。"

箜篌只当没有看见女官眼中的不屑，揣着糖画就快步走回马车上，甚至还不小心踩起地上的淤泥，溅了几滴在女官裙摆上。

女官盯着裙摆上的泥点，神情难看至极，却不敢真的对箜篌不敬。

"殿下，身为女子，言行应不疾不徐，进退有度……"女官的话未说完，大风骤起，呼啸着刮起雪花，冰凉刺骨的冰雪打在她的脸上，仿如钝刀割肉，疼得厉害。

暴风很快过去，给箜篌撑伞的宫奴回头望了一眼，顾不上被吹坏的绸伞，尖叫一声。

女官被叫声吓了一跳，正准备训斥这个不懂规矩的宫奴，但她没来得及说话，便被眼前的一幕惊呆了。

只见空中七彩霞光大盛，犹如仙人降临。而那个做糖画的老人已经消失不见，角落里空空荡荡，好像从没有人出现过。

很快京城便有传说流出，大意是景洪帝乃是天命神授，就连神仙也因此降临。景洪帝顺势开恩科，受到诸多读书人的夸赞，成为百姓口中的仁德帝王。

身为前朝公主，箜篌有个败家爹，这个爹不好美色好音色，在后宫中养了很多乐师，不理政务，以致奸臣把持朝政，惹得民怨四起。

前朝被推翻时，除了守旧的老臣斥责当今皇帝不忠，狼子野心，便再也没有谁对此表示不满。

做皇帝做到这个份上，可算是辱没先祖了。箜篌对自己这个败家爹没有任何意见，她只是沉痛哀悼自己被抢走的糖画，那可是她人生中得到的第一个糖画。

偏偏拿走糖画的还是当今皇上，她能怎么办，当然是乖乖双手奉上。景洪帝拿走糖画以后，又让宫人送了很多糖画来，什么味道什么颜色的都有。但是箜篌觉得，这些糖画都没有她的那个好，那种围在炉子旁，等待糖画做好的期待感，是其他糖画没有的。

腊月三十，年宴。

箜篌换上宫人准备好的华服，任由他们把自己打扮成仙人跟前的玉女，出现在宫宴上。来参加宫宴的，还有一些前朝旧臣，他们看到盛装出席的箜篌，更加安心。

陛下对前朝公主尚且如此优待，更别提他们这些有能力有才华的前朝的旧臣。

箜篌才不管这些大臣怎么想，只管低头用膳，私下里她可吃不到这么好的东西。角落里，乐师们弹奏着悦耳的曲子，梳着飞仙髻的女乐师素手捻弦，拨弄着一把凤首箜篌。

这把凤首箜篌是能工巧匠进献给前朝皇帝的，这位亡国之君对凤首箜篌喜欢异常，此时恰好他唯一的女儿出生，他便给这个女儿取名为箜篌。

这个名字略显轻浮，然而亡国之君不爱皇后，不爱女儿，只痴迷于乐律，便是皇后不满，又能如何？所以箜篌虽然年幼，但是早早便知道，投胎要靠运气，运气不好遇到不靠谱的爹，连名字都不能好好有。

此刻把凤首箜篌摆出来弹奏，无异是对箜篌的羞辱。然而下这个命令的人是长公主，皇帝的亲妹妹，所以知情人就算心里清楚，也要装作什么都不知道。

长公主的夫君死于前朝将军之手，所以长公主恨前朝皇帝，也恨箜篌这个前朝余孽。若不是长公主勉强还有理智，不好当着群臣的面为难一个不到十岁的孩子，只怕还要出言刁难箜篌几句。

只可惜她这种隐晦的羞辱方式对箜篌没有起丝毫作用，从头到尾，这位前朝公主除了睁着那双无辜又好看的大眼朝命妇们微笑，就是低头吃东西，毫无被羞辱的自知之明。

这让长公主没有丝毫的满足感，她把手里的酒樽往桌上重重一放，对箜篌道："平宁公主，你觉得这个乐器如何？"

箜篌眨了眨眼，仔仔细细看了好几眼道："挺好看的。"

长公主静等下文。

然而箜篌只是睁着黑白分明的大眼看着她，似乎在疑惑，她还要听什么，大人们的想法真奇怪。

长公主看懂了这个眼神，心里……更憋屈了。她想掀桌子，但这里是宫宴，她还要脸。

其他年轻的贵女知道长公主不喜箜篌，见长公主脸色难看，纷纷七嘴八舌说笑起来，只是话里话外，都带着对前朝的不屑，以及对当今的吹捧。更有做得比较明显的，甚至夹枪带棒地嘲讽起箜篌来。

箜篌放下银筷，对这些无理取闹的成年人报以可爱的微笑。

有些话可以用一个微笑代替，一个不够，那就两个。尚且年幼但自认宽宏大量的箜篌，总是如此善解人意。

然而贵女们却总是被她这种微笑惹怒，连她们自己都不知道为什么。

就在大家又将踏上暴怒边缘时，天空忽然银光璀璨，照亮了整个皇宫上空。

众人齐齐抬头，一脸惊愕。

箜篌捧脸抬头，老姬家十八辈祖宗啊，她这是看到神仙了？

箜篌曾在屋子里偷偷藏了两本修仙话本。一本里面写某个剑客十分心善，怜贫惜弱，某天出门帮了个又臭又脏被流氓欺负的老人，实际上这个老人是天上神仙所变，为了奖励这个剑客的仁善，便送给他一粒仙丹，剑客吃了仙丹以后，瞬间立地成仙，去天上做了天官。

还有一本就更加离奇，主角是个普通猎户，不小心掉下悬崖，捡到一本修炼功法，从此就踏上了修炼大道。在这条修炼大道上，猎户经历重重磨难，被高人收为关门弟子，最后成为仙门正道的领头人，被无数男修士崇拜，也被无数女修士爱慕。只可惜筌篌看的这本没有大结局，她很想知道，这个猎户后来有没有修成大道，飞升成仙。

对于没有机会接触太多民间话本的筌篌而言，这两个故事精彩极了。年幼的她，偶尔也会幻想，在某个月明星稀的晚上，会有神仙从天而降，说她是难得一见的修仙苗子，要收她为徒。

刚抱有这种幻想时，她连字都还认不全，看这两本书的内容还需要连蒙带猜。现在她已经对这两本倒背如流，却还没等到神仙降临。

以前她晚上睡觉前，常偷偷念叨，神仙爷爷什么时候会来接她。现在她已经不是六七岁的小孩子了，学会了控制欲望，只会三五天才念叨一次。

就这样一直念啊念，但是神仙一直没有来。

反而是她藏好的话本被女官发现，夫子罚她抄写了一个月的书，说她身为皇朝公主，不该看如此低俗的书籍。

夫子说，子不语怪力乱神。

可是筌篌觉得夫子在撒谎，因为景洪帝登基后的这几年，每年都会祭天，也总是喜欢用神迹来强调他是多么受上天看重，宫奴们也常常说什么陛下是天命神授。

大人们总是如此虚伪，口是心非。

筌篌对他们这种行为嗤之以鼻，当然只敢偷偷地鄙视。

在皇宫上方银光越来越耀眼时，筌篌放下捧着脸的手，眼也不眨地盯着朝宫廷降落的光芒，这是来接她的吗？

银光太过强烈，刺得筌篌眼睛有些疼，她忙用手揉了揉左眼，却极力睁着右眼。当左眼好受一点后，她忙睁开，才用手去揉右眼。

神仙一定……也许有可能是来接她的吧？

这等奇景的出现，令满朝文武都有些反应不过来，景洪帝甚至有些失态地从皇座上站起身，有些痴狂地望着上空。

帝王英雄，求权势、美人，拥有这一切东西后，就妄想着永生。景洪帝是个合格的帝王，帝王拥有的野心与欲望，他一样也不少。

银光渐渐降落，从里面走出一个身着灰袍的老人，老人鹤发童颜，身上没有负剑，也没有法宝，但是那出尘不凡的高人之姿，让在场的帝王将相都无比相信，这便是仙人。

"仙长降临鄙国，让鄙国熠熠生辉。"景洪帝快步上前，但是狂喜的他，在离仙人五步远的时候，便停下了脚步。他是个极有警惕心的男人，即便对方是"仙人"也不例外。行了大礼，景洪帝道："请仙人上座。"

仙人抬手："不必了。"

听到仙人此言，众人心生惊惧，仙人对陛下态度如此冷淡，难道是上苍对陛下夺去前朝皇位有所不满？可是前朝几代皇帝无能，让生灵涂炭，他们若是不反，哪还有活路？

似乎猜到了这些人的想法，仙人摸了摸下颌的胡须："我今日来，是为了向此处的一人报恩。"

报恩？

众人闻此言，心头有些激动，恨不得仙人报恩的对象就是自己，谁不想与仙人牵扯上些许关系呢。好在大家还记得自己的身份，没让自己的表现看起来太过狂热。

景洪帝虽有些失望，但是至少仙人不是对他夺去前朝江山心怀不满，这样他也安心了。扭头看了眼站在下面的朝臣们，张大人素有仁善美名，李大人也常救济百姓，还有王大人调任回京前，还曾得过万民伞，也不知谁有如此福气。

"不知仙人欲找何人？"景洪帝非常大度，仙人要感谢他的臣子，对他也有好处。

"一个孩子。"仙人高深莫测一笑，"我欠她一份因果。"

孩子？

能出现在这里的孩子，只有皇子皇孙。景洪帝心中大定："不知朕的哪位后人，竟与仙长有此缘分？"

被大人们挡在后面的箜篌踮起脚尖，想要看仙人的容貌，却被身边一位皇孙女拉了回去。

皇孙女不过七八岁的年纪，说话直白无遮拦："你一个亡国公主，别妄图往前挤了。"她的皇爷爷是上天之子，那么于仙人有恩的，自然也只能是他们这些皇子皇孙。

皇孙女身边的宫奴见状，便伸手把箜篌死死按在座位上，不让她站起来。前朝皇帝昏聩无能，他的女儿自然也是身戴罪孽的人，怎能让仙长见到这等罪人。

莶篌不甘心："我跟仙人许了愿，他们会来接我的。"

几个皇子皇孙闻言低声嘲笑道："仙长怎会来接你这个前朝余孽，你们姬家人连江山基业都守不住，还妄图有仙缘？"

莶篌瞪圆了眼睛，张嘴道："你们……"

宫奴忙伸手捂住她的嘴，她再也发不出声来。皇子皇孙们笑嘻嘻地看她狼狈的模样，等宫人叫他们去见仙人时，他们理了理衣服，彬彬有礼走了出去。

看着他们渐渐远去的背影，莶篌想伸手拽他们的衣角，然而他们走得极迅速，很快便消失在人群里。莶篌想，也许很快仙人就会接走某个皇子皇女，根本不知道她也曾许过愿的。

有心软的宫人见莶篌被宫奴按压着有些可怜，忍不住小声道："殿下，您且别闹，免得……"

若是让陛下与皇后知道这位前朝公主妄图接近仙长，只怕待仙长离开后，这位前朝公主连命都保不住。

莶篌圆溜溜的眼睛里涌出眼泪，这是她被当朝皇帝封为平宁公主以后第一次哭。她哭得无声无息，眼泪大滴大滴直往下掉，打湿了宫奴的手背，流进宫奴蓝色的衣袖里。

当年母后自刎前对她说"要活着，要笑着活"。

她一直都有乖乖听话，可是今天忍不住，眼泪它不听话，一点都没有办法，她真的没有办法让它停下。

望着眼前拦着她的人群，莶篌不断地眨眼，想让眼泪听话地收回去，想要视线变得清晰一些，然而眼泪却不断顺着眼眶往下流，视线也模糊得让她看不清前方。

忽然，厚厚的人墙似乎受到了什么冲击，开始左右摇摆，甚至给她的视线让出了一条道路。莶篌极力睁大眼，努力抬头望着眼前模糊的灰色人影。

忘通弯下腰，从宫奴手里抱过莶篌，转身看向众人："这位姑娘，便是我的恩人。"

满堂哗然，文武百官怎么都没想到，与仙人有缘分的，竟然是前朝遗留下来的唯一血脉。

"仙长……"景洪帝看着发髻散乱的莶篌，"此女乃是朕之养女，平宁公主。"

忘通轻拍乖乖趴在自己肩膀上的小姑娘，从须弥芥中取出一件披风盖在她的身上,对景洪帝道:"此女与我甚是有缘。"

景洪帝想也不想道:"犬女与仙长有缘,那是犬女的福分,不如让她在仙长身边伺候,为仙长分忧。"

忘通又怎么看不出这个人间帝王根本不在乎这个小姑娘,只是自己乃修道之人,不欲跟他牵扯这些,便淡淡颔首道:"我观此女与陛下并无父女缘分,我带走她倒也合适。"

景洪帝略有些尴尬,他一个当朝开国皇帝,与前朝血脉能有什么父女缘分,不过是想与仙家扯上几分关系罢了。现在被仙长毫不留情地拆穿,他虽有些脸热,但他能打下这个天下,靠的就是不要脸,所以当下便改口道:"仙长说得极是。"

之前欺负过篁篌的几个皇子皇孙此刻躲在宫人身后,不敢让仙人看到他们,更不敢让篁篌看到他们。

"既然如此,那我便告辞了。"忘通说完这句话,脚踩祥云,立地飞起。景洪帝看到这般仙家手段,想也不想便行大礼叩拜:"恭送仙长。"

趴在仙人怀里的篁篌偷偷往下看去,这位高高在上的帝王,此刻卑微又恭敬,渺小得不值一提。

"不用看了,此去便尘缘断尽,此界俗事已与你无关。"忘通摸了摸小女孩毛茸茸的脑袋,让她本来就有些歪的双丫髻,彻底散开了。

篁篌红着脸小声道:"我平日里吃得挺多的。"

忘通笑道:"难不成你还怕我养不起你?"

"我、我是怕您抱着我累。"

忘通低头看着小姑娘水润的双眼:"修道之人,岂会如此不济?"

篁篌偷偷看这位仙人,觉得他似乎有些眼熟,但暗自想了很久,脑子里也没有与仙人相关的记忆,难道是在梦里见过?

那肯定是仙人听到她的睡前心愿了。

"仙长,您是因为听到我的心愿,所以特意来接我的吗?"

忘通低头看着小姑娘的双眼,那里面是满满的期待与向往。

"啊。"忘通别扭地点头。

大约是这孩子的眼睛太漂亮,他这个活了几百年的老头子,竟舍不得让她失望。好在他不是出家人,撒个无关痛痒的小谎,也是好意。

修道之人善意的谎言，又怎么算撒谎呢？

御书房中，景洪帝与心腹大臣开始草拟"神仙降临"事件内容。

"上苍感于陛下仁德，降下福德。为保天下太平，陛下特派平宁公主侍仙人……"

大风骤起，吹得窗户嚓嚓作响。打算在告天下书里吹捧陛下，削弱平宁公主功绩的丞相肩膀一抖，捏住自己被风吹得左摇右摆的胡子，改口道："仙人见平宁公主面相纯善，身带仙缘，度平宁殿下为仙。平宁殿下长于帝后膝下，面若金玉女，帝后甚爱之。今福缘深厚，陛下甚悦之，特立平宁仙女庙，为平宁殿下祈福，为家国天下祈福……"

风即刻便停，除了被吹开的窗户，没有留下任何来过的痕迹。

屋内君臣几人暗暗松了口气，景洪帝干咳一声："下令工部把前朝帝后的墓修一修，算是朕帮平宁公主全了他们一段血缘亲情。"

"陛下仁厚。"

景洪帝面上微笑，内心却在叹息。他能怎么办呢，他怕自己做得不够妥当，上苍会降下惩戒，连累江山社稷。罢了罢了，大丈夫能屈能伸，想要面子的皇帝不是好君主。

反正千百年后，谁还清楚他与平宁公主究竟有没有父女情，话说多了，史书上再多记载几笔，相信的人也就多了。

此刻的筌篌并不知道，曾经高高在上甚至让她有些畏惧的景洪帝，正在绞尽脑汁跟她拉关系。她乖巧地趴在忘通肩膀上，偷偷往下面看，可惜下面黑漆漆一片，什么都看不到。

忽然她看到不远处开了一道银色大门，难道这就是仙宫门？

忘通低头看了眼怀中安静的小女孩，把她身上的披风拉紧了一些："跨过这道门，就是我们凌忧界了。"

穿过银色大门那一刻，筌篌觉得身体飘忽了一下，再睁开眼时，银色大门已经消失不见，天空中挂着残月，星星倒是格外璀璨。夜风吹过她的脸颊，带着几分凉意，但是不冷。

最让她吃惊的是天上竟然有马车，马车上挂着红色的灯笼，叮叮当当的铃铛声悦耳极了，筌篌忍不住多看了几眼。马车很快消失不见，她有些失望地往左边望，空中飘着几个人，他们有些踩着剑，有些踩着奇怪的武器，甚至还有人踩着……簸箕锄头？

踩着簸箕的中年男人注意到筌筷的目光，顿时笑着挤了过来："道友这是带后辈去凡尘界玩耍了一番？今年可是千年难得一遇的万星除夕年，给后辈买盒点心回去尝尝鲜？"他话音落下，就从身上取出一个木盒，里面摆着满满的点心，神奇的是这些点心竟然会发光，看上去就像是天上的星星。

忘通低头看了看满脸好奇的筌筷，犹豫片刻："多少钱？"

"三块灵石一盒，五块灵石两盒。"

忘通盯着中年男人手里的点心看了半响，摇头道："不用了。"说完，也不顾中年男人的叫喊，抱着筌筷快速飞走。等再也看不见那个中年男人，忘通才降落在地，把筌筷松开，牵着她的手道："外面的东西不干净，你现在毫无修为，吃了对身体不好。"

"嗯。"筌筷重重点头，对仙人的话深信不疑。她抬头看向前方，前面有一座高大的城门，城门上雕刻着"雍城"二字，这两个字在夜色中散发着耀眼的光芒。

最让筌筷吃惊的不是这两个字，而是城门后那条灯火辉煌的街，还有空中飞翔的马车、扁舟还有人。

"仙人，这里……便是神仙住的地方吗？"筌筷睁大眼睛，仰头看一个从自己头顶上方飞过的华服美人，幻想着自己有一天，也像这些仙人一样，能够飞来飞去。

飞翔，是很多小孩子的梦想，筌筷也不例外。

"这里没有仙人，这里是凌忧界的雍城。"忘通牵着筌筷的手，走进高大的城门，让她真正走进了这个世界。

来来往往的行人，亮堂的烛火，这里像是最繁华时的京城，但空中那些能够飞起来的马车、扁舟又让筌筷清醒地认识到，这里不是京城。

"这里有普通的凡人，他们资质普通，无法修行。这里还有经脉特殊，踏上修真大道的人。"忘通没有带过小孩，也不知道怎么跟小孩相处，见筌筷似乎很好奇，就这么直接讲了。

"这里就是传说中的修真界，而我也不是你们口中的仙长，只是修真大道上的一个普通修者。"忘通想到筌筷幻想着有仙人来接她，又见她崇拜地看着自己，心里一软，"我欠你一份因果，你若是有修炼的资质，我便收你为徒。"

"修炼，就能成仙吗？"筌篌的双眼，在黑夜中耀眼极了。

不能，凌忧界近一千年来，就没人飞升成仙过！

"当然，"忘通蹲下身，摸着小女孩的头，"只要认真修炼，端正道心，就有机会飞升。"

这不是骗小孩，而是来自长辈善良的鼓励。

念在筌篌刚来修真界，对什么都好奇，忘通牵着筌篌走得很慢。筌篌看到，有些花可以无风自动，还有会吐水的鹦鹉，甚至有些动物能口吐人言。

走到一半，忘通发现筌篌对胖乎乎的兔子多看了几眼，便道："这种普通兔子不太适合做宠物，日后你若是不打算走驭兽一道，最好不要养宠物，容易分心。"

筌篌收回视线，摇头道："不养宠物。"

她舔了舔嘴角，这只兔子看起来肥瘦适中，烤起来应该很好吃。去年后宫一位妃子发脾气，摔死了只兔子，她想捡回来烤着吃，哪知道那些宫女太监比她动作还要快，她连一根兔毛都没有摸到。

"真乖。"忘通拍了拍筌篌的脑袋，神清气爽，他这个未来的关门弟子，一看就很省心，资质如何已经不重要了，重要的是乖巧。

筌篌的出现，让他对小孩这种生物，有了新的期待。

但是走了几步后，他发现筌篌还盯着兔子不放，内心挣扎一番后，揉着她的脑袋道："遇到真心喜欢的东西，就去买吧。"

未来的徒儿还小呢，偶尔依着她的心意也没关系。反正兔子只吃草，也不费口粮。

筌篌只是摇头："不买。"

"你这丫头。"忘通蹲下身，认真地看着筌篌，"小孩子有任性的权利，等你长大以后，为师就不会惯着你了。"他在身上掏啊掏，掏出两枚灵石放到筌篌手里，"去吧。"

握着手里这两枚温热的碧色石头，筌篌摇摇头，主动牵住忘通的手："师父，我不养兔子。"

"那养小狗？"忘通指着旁边笼子里的小狗，"这只狗比兔子好看。"虽然狗比较费粮食，但若是小徒儿喜欢，就忍忍吧。

筌篌仍旧是摇头，把灵石放回忘通的掌心，指着不远处的招牌："师父，我们买这个吧。"

忘通扭头看去，那边是个烤肉摊，上面写着"烤兔肉二十玉币一只"，价格只有活兔子的五分之一。

忘通这才明白，原来小徒弟盯着兔子看，不是想养宠物，是想吃肉。他把一枚灵石塞回筌篌手里，豪爽挥手："去买。"

很快筌篌拎了两只烤兔回来，还因为长得可爱又嘴甜，摊主附赠了她一块烤鸡翅。

"师父，给你。"筌篌笑眯眯地把比较肥的那只兔子与鸡翅递给忘通，待忘通把烤兔接过以后，筌篌把摊主找零的六十玉币也还给了他。

"好好吃。"有些饿的筌篌咬了一大口兔肉，吸了吸鼻子，看了眼忘通手里附赠的鸡翅，"摊主是个好人。"

"嗯。"忘通笑了笑，没有告诉筌篌，摊主找零的玉币里面，有两枚是假的。他把玉币往兜里一揣，挽起袖子低头啃起兔肉来。

千年难得一遇的万星除夕年，刚到修真界的筌篌，终于吃到了整只烤兔。她抬头望着漂亮的天空，心情愉悦，修真界真好。

"这个给你。"忘通把烤鸡翅递到筌篌面前，"我不爱吃这个。"

"谢谢师父。"筌篌张大嘴巴，一口咬住忘通递来的鸡翅，沾了油渍的脸上，露出灿烂的笑。

看着这个笑，忘通想，这么好看乖巧的娃，别说吃鸡翅，就算要吃孔雀翅、凤凰翅膀，他也拼命给她弄来啊。

唯一的问题是，他就算拼了命……也弄不来。

轰。

天上忽然传出剧烈的炸响声，筌篌吓了一大跳。忘通顾不上手里有油，伸手把筌篌揽住："乖徒弟不怕，这是除夕放烟花呢。"

这会儿也不管筌篌究竟有没有修道的资质，忘通已经叫上徒弟了。

筌篌抬头，看到天上出现了很多漂亮的星星，这些星星在天空飞舞跳跃，最后化作星雨，从天上降落。她伸手去接，却发现这些星星只是虚无的光芒，没有实体。

街上无数人欢呼雀跃，热闹非凡。

星星闪烁了多久，筌筷就看了多久，她长这么大，从没见过这么漂亮的景象。只是她不明白，为什么天上还有"绿水阁"三个字不断闪烁。

"今年的星象迷景是绿水阁花钱做出来的啊，不愧是丹药名门，这么大手笔。"

听到旁人的话，筌筷恍然大悟，原来修仙的人，也如凡人一样，很看重招牌名气嘛。

接到忘通消息，前来接他的徒弟找到忘通时，就看到鹤发童颜的师父，拉着一个小女孩蹲在街角，满手是油地啃着兔肉，毫无形象可言。

见到这一幕，徒弟忧心忡忡，师父这是历心劫失败，无法修得元婴大阶，所以破罐子破摔了？

徒弟们忐忑不安地走近忘通，发现师父身上的气息非常不对劲，好像更加内敛，让人……摸不到深浅。

筌筷回头看到两个年轻男人眼巴巴盯着自己，她把兔肉往背后藏了藏，小心地看着他们不说话。天上时不时有星星点点的光芒落下，气氛在此刻凝结。

看到师父拉着的小女孩，成易与潭丰目瞪口呆，师父去凡尘界历心劫便算了，怎么还拐回来一个孩子？成易比潭丰年长几岁，心思更加沉稳，上前行礼道："徒儿恭迎师父回归。"

"两个乖徒儿来了啊。"忘通见到两个徒弟，把手里的骨头往地上一扔，起身把手背在身后，在师兄弟二人身上扫视一番，"为师离开的这些年，你们有所突破，看来平日并没有懈怠，很好很好。"

师兄弟两人看着地上的碎骨头："不敢忘记师父教诲。"

"嗯。"忘通满意地点头，想伸手摸摸雪白的胡须，想起手上还有油，又把手放下。成易从怀里掏出一块手帕递给忘通，忘通接过帕子没有动，反而微笑着看向潭丰。

潭丰在袖子里摸了摸，也掏出一块来。

作为一个大方的师父，忘通毫不犹豫分了一块手帕给筌筷，等她擦干净手以后才道："这是你两位师兄，大师兄成易，二师兄潭丰。"

筌筷闻言，站直身体，规规矩矩给两人见礼："筌筷见过两位师兄。"她偷偷打量两位师兄，叫成易的大师兄相貌俊俏，成熟稳重，二师兄潭丰皮肤白皙，笑起来满脸和气。

"这是为师在凡尘界收的徒弟,叫箜篌,回去以后算好日子,就办个拜师大典,把她收到我的门下。"

成易与潭丰觉得师父在凡尘界贸然带回一个小姑娘有些奇怪,但是当着小孩子的面,他们没有多问,怕小孩子多想。成易蹲下身,视线与箜篌齐平:"小师妹好。"

"师兄好。"箜篌松开揪着忘通衣角的手,朝成易眯眼笑。

"今天不知小师妹来,我跟潭丰也没准备什么见面礼,小师妹不要见怪。"成易看着不过二十多岁的年纪,实际已经二百多岁,对可爱的幼小生物,有着天然的喜欢。

"没关系。"箜篌捏了捏系在腰间空空的荷包,"我也没有准备见面礼。"

"我跟你大师兄一二百岁的人了,还能要你一个小孩子的礼?"潭丰弯腰朝箜篌伸开双臂,"今晚这么热闹,走,二师兄带你买东西去。"

箜篌有些意动,但是脚站得很稳,扭头去看忘通。

"去吧。"忘通笑着点头,箜篌才小步蹭到潭丰面前,被潭丰一把抱了起来。

箜篌捂脸:"二师兄,我快十岁了。"她从六岁过后,便再也没有让人抱过。后来姬家江山败落,她这个可有可无的前朝公主,就更不可能太过娇气。晚宴上,因为情绪激动,师父抱她的时候,她还没觉得有什么。现在冷静下来,就有些害羞了。

"嗯,我快一百六十岁了,比你大一百五十岁。"潭丰见有小贩卖最近几日小孩都很喜欢的点心,刚掏出灵石要买,就被箜篌拉住袖子,在他耳边小声道:"二师兄,师父说,外面的点心不干净。"

"没事,拿回去吃着玩。"潭丰扔给小贩五块灵石,把点心放到箜篌怀里,"来,尝尝看。"

能带着小师妹吃二十玉币一只烤兔的师父,哪里会觉得三灵石一盒的点心不干净,明明就是兜里没钱,还要骗小孩子。

箜篌抱着两盒点心,笑眯眯地看着潭丰心想,师父是好人,师兄也是好人。

修真界,真是太好了。

站在远处的忘通见徒弟带箜篌去买了他刚才没买的点心,不自在地摸了摸鼻子。

"师父去凡尘界数年，我与潭丰都十分担忧，不知……"成昜有些不敢问，师父止步金丹修为已四百余年，若是今年再不能突破，师父便只剩下十年不到的寿元了。

在结金丹前，师父是五百年难得一遇的修道天才，任谁也没有想到，他最后会卡在心境上。据说师父没有踏上修道一途时，家里是做糖画的，甚至还得过一品大员的夸赞。年幼无知的师父曾有个远大的理想，那就是他做出来的糖画，连皇宫里的人都喜欢。

谁会想到，活了九百多岁的修士，心劫竟是做出连皇室都称赞的糖画呢？皇室中人要什么好东西没有，谁会在乎一个老头子糖画好不好。

近百年间，忘通曾给不少人做过糖画，也得到很多夸奖，包括此界的皇室。然而他仍旧没有度过心劫，因为夸奖他的这些人，看重的不是他做的糖画，而是身份、修为、地位或是能力。

没有任何皇室人因为纯粹的糖画而夸奖他。

若是能够让时光回溯，忘通自己都要揍一顿当年的自己，就不能有出息点，就不能有志向一点，怎么就想着靠做糖画来获得皇族夸奖，这是什么脑子？

然而年幼时的理想才是生命之初最纯粹的想法，尽管很多修道者觉得自己年幼时的想法幼稚可笑，但若是走不出这一关，便无法更进一步。

像忘通这种还记得自己幼年理想的修士还好，有些修士早已经忘却初心，为了这个劫难折腾到死，都不知道年幼时的自己究竟立下过什么宏愿。这也导致很多修真世家，早早便教导自家孩子，不要随便瞎许愿，说不定哪个时候就后悔了。

驭兽门曾经有个长老，小时候立下"娶天下第一美人"的荒唐愿望，最后寿元已尽，别说天下第一美人了，根本就没任何美人看上他，简直是闻者伤心，见者流泪，死了还要成为各门派教育自家后代的反面例子，除非有更荒唐的人物出现，不然今后几千年他都不可能从耻辱榜上下来了。

与驭兽门这个长老一比，忘通这个伟大理想，似乎也不那么可笑了。

听到大徒弟问这个有些尴尬的问题，忘通挺直脊背："为师当年可是修真界十大修行天才之一，这小小心劫又有何难？为师不仅已经勘破心劫，还修为大增。冲破元婴壁障，直登出窍境界。"

"当真？！"成昜大喜。

"自然，为师从不吹牛。"忘通的腰背挺得更直了。

"恭贺师父。"成易喜不自禁，"天色不早，不如我们先回去休息，待明日再去内门登记？"

"急什么，待明日为师风风光光回去，让那些瞧不起我们师徒的人看看。"忘通抖了抖自己的衣袍，"他爷爷还是他爷爷，天才就是天才。"

成易知道自家师父死要面子的性格，自然应了下来："师父说得是。"

"成易啊。"忘通搓了搓手，"为师这些年一直在凡尘界，已经不太懂时下流行什么服饰，你今晚受些累，替为师准备准备。"

"是。"成易扭头看向旁边，箜篌正与潭丰蹲在一起，在街边用小网捞肚子会发光的小鱼，"帮师父成功历劫的皇族，可是这位小师妹？"

师父从凡尘界带回来的小师妹虽不知资质如何，但是身上缭绕着皇室龙气。只是这股气息十分微弱，若是修为不到心动期，根本就察觉不到。

忘通顺着成易目光望过去，点了点头。

事实上连他自己都觉得，这次心劫必是过不去了。他掩饰了自己的身份，遮掩住了自己的能力，单单凭借糖画手艺人的身份，根本连靠近贵族的机会都没有，更别说让皇族人夸奖他。

他在凡尘界待了整整八年，不管刮风下雨都外出摆摊，找寻着他那微不可见的机缘。就在他绝望的时候，箜篌的出现，成就了他。

箜篌弄破了五个小渔网，气得鼓起了脸，为何有修士的世界，东西也这么脆弱，她一条鱼都捞不起来。

"小姑娘，你要不再花一枚灵石试试？"摊贩笑眯眯道，"这种鱼晚上能发出光，放在琉璃杯里，特别好看。"

"不试了。"箜篌摇头，起身对蹲在原地的潭丰道，"二师兄，我们去找师父。"

"怎么不试了？"潭丰知道很多小姑娘都喜欢这种会发光又漂亮的灯笼鱼，小师妹刚才明明也很喜欢，怎么说不试就不试了？

"因为做人要懂得适可而止，贪心只会带来更多的损失。"箜篌抱着点心盒，能得到这么漂亮的点心，她已经很满足了。

潭丰听到这话，心情有些复杂，这么小的孩子，怎能如此自制？

他拿走箜篌手里的点心盒，扔给小贩两块灵石："才用五个渔网算什么贪心,再试试。师兄我钱都给了,你如果不试,就浪费了。"

筌筷盯着潭丰手里的十个网兜,想了想,严肃道:"浪费可耻,对不对?"

"对。"潭丰强忍着笑点头。

"我不能做一个浪费东西的小孩。"筌筷拿过网兜,"二师兄,如果我弄到鱼,就送给你。"

潭丰看着蹲在大盆旁边的小女孩,见她抿着嘴,眼神专注地观察游来游去的鱼儿,网弄破以后,虽然懊恼却没有发脾气,反而观察得更认真了。

当用到第七个网兜时,筌筷终于弄起来一条鱼。

"二师兄!"筌筷笑得眼睛眯成了一条缝,她把鱼小心翼翼放进瓦罐,塞到潭丰手里,"送给你。"

"谢谢。"潭丰捧着瓦罐,乐呵呵地道谢,仿佛筌筷送了他非常了不起的礼物。

师兄妹二人抱着两个瓦罐回来时,脸上还挂着鱼尾巴拍起来的水,笑得像两个傻子。

成易看着两人,再看看站在旁边,故作高深的师父,抹了一把额头:"走,回去。"

"大师兄,我们住在高山白云深处吗?"筌筷记得,话本里的修士都住在这种地方的。

成易愣了愣,随后笑道:"不,我们先去客栈。"

筌筷恍然,原来修真界也是有客栈的。

正想着,忽然天空中有仙乐响起,她抬头望去,只见空中有座琉璃色的宫殿飞过,无数彩衣女子在仙宫四周翩翩起舞,仙宫中掉落无数红色锦囊。

筌筷忍不住伸手,有两枚锦囊自动落在了她的掌心上。

"这是什么?"筌筷摸着软软的锦囊,有些好奇。然而忘通正摊开双手接锦囊,来不及回答她。

"这是修真世家给大家发的除夕红包,图个热闹。"成易见又有两个锦囊自动落到筌筷手里,笑着道,"看来小师妹来年的福运一定很好。"

筌筷这才发现,这些锦囊都是自动飘到某些人的手里,若是有人恶意哄抢,锦囊就会变成黑灰。

神奇的修真界,连锦囊都这么有气节,说不给谁就不给谁,宁为玉碎不为瓦全。

很快箜篌怀里就堆积了七八个锦囊，年幼的她抱了满满一怀。她抬头看飞在头顶上空的琉璃色宫殿，隐隐约约看到宫殿上面有个牌匾写着"御霄门"三个字。

这些修真门派真是慷慨大方，她好喜欢这里。

正这么想着，一个金色的锦囊也掉进她的怀中。

尽管已经好几年没在修真界出现，但是忘通觉得自己抢红包的手气，还是一样的差。

"指定法器八折优惠单。"

"特价法衣减价券。"

忘通拆开锦囊，看着上面带着御霄门法印的优惠单券，悲从心来，优惠单确实很好，可是他根本买不起御霄门的东西。

随随便便一件法衣，都要几百上千灵石，别说八折，就算是一折，他也会心如刀绞。扭头看两个徒弟，一个里面装着五十灵石兑换券，一个里面是八十灵石兑换券。这可比所谓的打折券、优惠券实惠多了，只可惜像御霄门这种奸诈的大门派，是不可能发太多兑换券的。

忘通把优惠单塞回锦囊，努力让自己不要露出嫉妒的情绪。修真一途，实力很重要，运道虽是玄之又玄的东西，但谁都想自己有好运气。

当年收下这两个徒弟时，他还嫌弃这两孩子根骨普通，哪知道这两个孩子运道格外好，修炼的速度并不比门内那些天之骄子慢，以至于门内其他人都说，他这辈子的运气都用在收了两个好运气的徒弟上了。

好在这两个徒弟孝顺，常常在他手头比较紧的时候，站出来为他排忧解难。这么一想，忘通心里又高兴了，徒弟的就是他的嘛，肉炖烂了还在锅里。

"师父。"软软的童声响起，披着头发的小姑娘抱着一堆锦囊，圆圆的脸皱成了包子，"我快拿不了了。"

"放这里面。"潭丰找出一个布兜，让箜篌把锦囊扔进去，然后牵着她的手道，"小师妹运气真好，我们回客栈慢慢拆。"

"嗯。"箜篌点头，对这些锦囊十分好奇，"这些锦囊可以换很多钱吗？"

潭丰想说，这其实是御霄门为了出售自家法器丹药等物的宣传手段，不过面对小师妹期待的眼神，他昧着良心点头道："嗯，可以。小师妹运气真好，我们都没能捡到这么多红封。"

小孩子嘛，大人就是要多多夸奖。

箜篌听到潭丰的话很高兴，她刚来修真界就能抢到这么多有用的红封，师父与师兄们一定会更加喜欢她了。

到了客栈，对客栈的新奇劲头过去以后，箜篌便端端正正地在椅子上坐好，对忘通等三人道："虽然你们没有抢到太多锦囊，但是不要难过，等下我拆到好东西，就跟你们分。"

忘通捧着茶杯默默喝茶，坑人的奸商御霄门，要让他小徒弟白高兴一场了。

"真的？"潭丰配合地露出惊喜的表情，"那真是太好了。"

"嗯。"箜篌重重点头，"我说话算话。"她又不是两三岁的小孩子，说分享就分享，绝对不会反悔。

立下庄重的承诺，箜篌开始拆锦囊，拆到一半，她抬头看潭丰："二师兄，我拆你来看，好不好？"

"好。"潭丰很有兴趣陪小师妹玩拆红封的游戏。

"十灵石兑换券。"

"二十灵石兑换券。"

忘通抬起眼皮看二徒弟，看来他不在修真界的这些年，二徒弟攒下了不少私房，能拿这么多灵石出来哄小孩子。

"一、一百灵石兑换券。"潭丰拿起桌上的茶杯，润了润嗓子。

这下连成易都开始对潭丰侧目，小师妹还有一堆锦囊没拆，师弟这是打算为了哄师妹展颜一笑，大掏腰包？

"法衣兑换券。"

忘通忍不住拉了拉二徒弟的袖子，用传音术道："小二，御霄门法衣很贵的，箜篌还小，正是长身高的年龄，穿这么好的衣服，是不是有些奢侈？"

"师父……"潭丰把各种兑换券推到忘通面前，神情十分微妙，"小师妹，真的中了。"

看着一张张灵石兑换券，潭丰怀疑地盯着忘通："师父，你是不是发现小师妹运道好，才把她从凡尘界拐骗来的？"

"胡说八道，为师是那样的人？"忘通笑眯眯地摸了摸桌上的灵石兑换券。

潭丰："……"

那确实挺像的。

翻完所有锦囊，忘通师徒三人替筌箿算了一下，大概能兑换将近五百灵石，还有张至少价值五百灵石的法衣兑换券，这真算得上天降横财了。

忘通更加心酸了，没想到小徒弟刚到修真界不到两个时辰，都比他有钱了，他这个师父还有什么尊严可言？

"对了。"筌箿摸了摸袖子，掏出一个金色锦囊，"这也是刚才接到的，有什么用吗？"

盯着这个金色锦囊，忘通终于无法抑制自己的嫉妒之情。

金色锦囊，御霄门每年除夕只发一个的金色锦囊，今年的这个竟然就在他徒弟手上？

沉默许久，忘通一拍桌子站了起来。

"师父？"筌箿正在跟两个师兄分灵石兑换券，被忘通这个动作吓了一大跳，瞪着乌溜溜的大眼睛看忘通。

"明天回去，为师就去五行堂登记，给你办拜师大典。"忘通道，"越快越好。"

筌箿连连点头："好呀好呀。"

说完后，她把灵石兑换券推到忘通面前："师父，这是你的。"

一百五十灵石。

忘通看着灵石兑换券，再看看面前笑得一派天真的小姑娘，笑着摸了摸她的头："你收着吧，小姑娘身上怎么能没零花钱。"

筌箿不解："可是我说好分给你的。"

"傻孩子，你送给为师的，为师收到了。这些……"忘通努力让自己的眼神从灵石兑换券上移开，"这些就当是师父的心意，长者赐不可辞，明白吗？"

筌箿想了想，弄明白了这段"你给我，我又给你"的因果关系："谢谢师父，你真好。"

忘通无奈地摸她的头，这孩子怎么傻乎乎的，若他是个心术不正的修士，这孩子一辈子恐怕都要被毁了。

唉，他以后还是多操心一点吧。

深夜，躺在陌生的雕花床上，筌箿有些睡不着。她从枕头下摸出金色锦囊，里面装着一枚拇指大小的玉石，握在手里十分舒服，让她感觉全身轻飘飘的，像是躺在羽毛上。师父说，这是助人疏经活脉的石头，佩戴在身上，对修炼有益。

修炼是什么呢？

像修仙话本里的主角一样，盘腿坐着感悟八荒六合的灵气与五行吗？这么想着，她从床上爬起来，盘腿坐了一会儿，灵气没有感受到，只感受到了冷，还有腿也很麻。

悻悻地躺回被窝里，箜篌又担心起来，万一她没有修炼天分怎么办，师父跟师兄会不会把她送回皇宫里？

可是……

她摸了摸让她觉得十分舒适的石头，她宁可待在这个她什么都不懂的修真界，也不想回到那座金碧辉煌的皇宫中。

那里面没有人喜欢她，也没有人在意她。

在床上翻来覆去想了很久，箜篌终于沉沉睡去。她做了一个梦，梦到景洪帝带着大军冲进了皇宫，她独自在长长的巷子里奔跑，跑了很久很久，都没有找到出口。

厮杀声就在身后，她不停地跑，不停地跑，终于看到了一扇门。这扇门大开，门后是洁白的云彩，还有飞舞鸣唱的鸟雀，以及无尽的自由。

"小师妹。"

箜篌睁开眼，怔怔地看着纱帐。

"小师妹，我进来了。"

又过了一会儿，潭丰才捧着一套衣服走进来。见箜篌还躺在床上，笑着道："还在赖床呢，我请了个婆子来给你梳头，会自己穿衣服吗？"

"二师兄。"箜篌眨着眼睛点头，"我会自己穿。"

"那我先出去，你不用急。"潭丰把衣服放下，走出屋子掩上门后，才对等在外面的成易道，"小丫头已经醒了，你怎么知道小师妹不会自己梳头？"

"她就是帮着师父成功度劫的皇族公主。"成易把潭丰带到自己房间，"她在宫里过得虽然可能不太好，但梳头发这种事，应该不会让她做，她也不会做。若是她会自己扎头发，昨天晚上就不会任由头发披整整一晚。"

"那回了师门怎么办？"潭丰连连摇头，"我可不会给小姑娘梳头。"

成易盯着潭丰看了半晌，绷着脸才道："我也不会。"

师兄弟二人面面相觑，万万没想到，养小师妹第一个难题，就是梳头发。

筌篌从床上起来，换上二师兄拿来的衣服。衣服上有毛茸茸的领边，筌篌穿上以后，就像是刚化形的奶狐狸，即便是不喜欢小孩的人见了，也要夸一声可爱。

梳头发的妇人见到筌篌以后，对她夸了又夸，在她的包包头上面，绑了两个毛茸茸的小球，这下更像奶狐妖了。

忘通师徒看到换好衣服的筌篌，三个大男人终于明白，为什么门派里有些同门喜欢炫耀自己的孩子或是小徒弟了。

"外面下雪了，"成易走到筌篌面前，"为兄牵着你走。"

筌篌把软乎乎的小手递到成易手里，成易脸上露出一个满足的微笑："走，师兄带你去买东西。"

忘通："……"

徒儿，半个时辰前，为师想多买几套衣服，你说的可是身上没有带够灵石。这个不孝弟子！

给幼小的可爱生物送东西，是很多成年人无法控制的生物本能。成易给小师妹买了好几套毛茸茸的冬衣，才祭出飞剑，对被他遗忘许久的忘通道："师父，我们回去？"

忘通抖了抖身上新换上的华服，绷着脸维持着高人姿态："嗯。"

他要让整个门派都知道，他忘通又风风光光回来了，而且还直接越过元婴期，成为出窍期大能。

雍城是凌忧界的州区之一。完完全全属于雍城本地势力的修真门派，就只有云华门；其他宗门派系虽然在雍城扎根，并且还开了各种铺子，但主要势力不在这里。

雍城土地肥沃，四季气候特征明显，算得上是凌忧界的风水宝地之一。或许也因为这里水土气候养人，所以这里的百姓性格慢吞吞，做事也慢吞吞，甚至连修士，都不如其他州城的修士有上进心。几千年前，在修真界还比较封闭落后的时候，雍城一度被称为"堕落城"，因为很多修士来了这里，就开始变得"不思进取"，只想着悠闲度日。

随着岁月流逝，修真界的各项制度越来越明朗，修士们往来越来越多，雍城终于摆脱"堕落城"的称号，但是心怀修真梦的年轻人，加入修真门派的第一选择，永远都不可能是云华门。云华门对此非常无奈，对外做了不少宣传，可惜效果并不明显。时间久了，云华门渐渐变得心如止水，讲究一切随缘了。

然而向来心如止水的云华门掌门，今天的心情一点都不平静。比他更不平静的，是坐在他下面的晨霞峰的峰主。

云华门下，有五位峰主、三位闭关的长老，这三位长老都是只吃吃喝喝不管事的长辈，除非处在生死存亡的时刻，不然谁也不期待这三位长老能帮着做点什么。

"掌门，忘通真的……要回来了？"晨霞峰的峰主抱着一丝微弱的希望，企图做最后的挣扎。

"刚才忘通师弟的大弟子传信，说忘通已经从凡尘界归来。"掌门见青元这般模样，忍不住道，"你说你当初招惹他干什么，现在他回来，不是跟你打一架，就是要拆去你晨霞峰半边洞府。到时候事情传出去，整个凌忧界都要看我们的笑话。"

"反正看了我们几千年笑话了,也不差这么一件事。"另一边的午阳峰的峰主裴怀小声道,"他有什么了不起,你看开点。"

"你不说话,我的心情会比较好,也比较容易看开。"掌门珩彦瞪了裴怀一眼,他上辈子是做了什么缺德事,才做了这么一个门派的掌门?!个个干啥啥不行,吃啥啥不剩,没一个省心的。

裴怀与青元对望一眼,不敢再说话。其他两位峰主更是一副事不关己高高挂起的态度,仿佛他们坐在这里唯一的作用,就是凑人数。

当当当。

门派的大钟响了三次,这是门派里重要人物远出归来时的仪式,以表示门下弟子对长辈的思念与尊重。

钟声响完,青元连续换了好几种坐姿,用实际行动演绎了什么叫坐立不安。

云华门立于高山之上,山下的石阶直通仙门,踏上这条道,就代表着与凡尘相隔绝,走上修真大道。

箜篌被成易牵着手站在飞剑上,她看着脚下蜿蜒向上,几乎望不到尽头的积满白雪的石阶,眼中满是好奇,她从来没见过这么长的台阶。

"这个叫问仙路,每个门派都有这么一条路。想要加入门派踏上修仙路的普通人,只有走过这条路,才有资格留下来。"成易给箜篌介绍着云华门的建筑,"那边,就是师父与我们居住的栖月峰。"

顺着成易指着的方向望过去,西边方位立着一座山峰,上面云雾缭绕,充满了神秘感。不过现在不敢说话,怕师父与师兄突然想起她没有走那条问仙路,把她扔到山脚让她自己走上去。

成易以为箜篌是刚到凌忧界不习惯,没有多想,带着箜篌落到主殿外面的演武场上。演武场上的弟子穿着统一的蓝色外袍,见到成易过来,纷纷收起武器,朝成易行礼。作为栖月峰亲传大弟子,成易在师门中,颇有地位。

"诸位师弟师妹不用多礼。"成易纠正了几个师弟师妹剑法上的错误,牵着箜篌站在旁边看。

箜篌不太懂剑法,只觉得这些人的剑法比宫里表演的剑法好看,而且还不怕冷——这么冷的天,他们竟然穿着锦衣,好看倒是好看,就是不太保暖。

她往天上望了望，师父与二师兄去哪儿了？

正想着，就见天上忽然红云翻滚，大风刮起雪花，白衣胜雪的师父，踩在一只鸣唱的仙鹤背上，徐徐而来。

箜篌被师父出尘的高人姿态惊呆了，傻傻地盯着展翅飞翔的仙鹤，觉得这一刻的师父，就是真正的神仙。

咻。

她好像听到了大师兄的轻笑声，然而她回过头去，只看到了大师兄严肃认真的脸。

难道是她听错了？

眼见师父踩着仙鹤直接进了主殿，成易对箜篌道："走吧，我们进去。"

"哦。"箜篌隐隐觉得云层深处好像有人影，而且二师兄也不见了。

"大师兄，二师兄呢？"

"你二师兄……"成易抬头看了眼天，"他在帮师父办一件很重要的事。"

箜篌看着大师兄的脸，莫名觉得大师兄这个表情中充满了故事，大概这就是大人世界的烦恼吧。跟着成易走了一段路，箜篌对成易小声说："大师兄，那些练剑的师兄师姐，好像在偷偷看我们。"

"不必在意。"成易摸了摸箜篌扎着毛团子的头发，"年轻人好奇心重，修行还不够。"

箜篌扭头看那些师兄师姐，他们纷纷收回目光，像极了那些投向景洪帝的前朝旧臣，明明在偷看她，却还要装作一副什么事都没发生的样子。

果然大人们的世界，总是充满着掩耳盗铃的事情。

主殿中，掌门与四位峰主被大风吹了满脸的雪，青元脾气有些暴躁，差点就拍桌子站起来骂人，可是想到来人是忘通，又强行把这口气咽了回去。

仙鹤高鸣一声，落到大殿上，忘通不疾不徐走下仙鹤，一甩宽大的袖袍，对珩彦行礼道："见过掌门师兄。"

珩彦看了眼飘落在地上的雪花、鲜花，还有仙鹤羽毛，干笑道："师弟不用多礼，你我多年不见，不如坐下说话？"

"多谢师兄。"忘通摸了摸柔顺的胡须，在左手边第一个空位上坐下，刚好与坐在对面的青元四目相对。

"呵。"忘通拍了拍袍子上不存在的灰土,像是要把青元给弹出去。

青元忍无可忍道:"忘通,你不要一回来就找事!"

忘通挑眉:"看到我没死,你是不是很失望?"

这些年忘通一直在找突破心劫的办法,十年前刚好听到青元在背后嘲笑他,说他是贫民出身,没什么见识,连心劫都这么可笑,闹得整个修真界都看笑话云云。

当时两人便比画了一场,忘通因为心劫未过,输了半筹,后来就去了凡尘界,这些年再也没有在云华门现过身。

这些年青元也担心忘通心劫未过,死在了外面,那他就真跟忘通的两个徒弟结仇了。心虚之下,这几年老实不少。不过这份心虚,在见到忘通高调的出场方式后,顿时化为烟云。

眼见两人又要发生口角之争,掌门珩彦开口打断两人的交谈:"忘通,我观你修为返璞归真,可是大有进益?"

"多谢掌门关心,我已经突破元婴大阶,到达出窍后期。"忘通道,"这些年一直在金丹期止步不前,劳各位担心了。"

在座众人都松了一口气,就连青元也只是嘀咕了几句,没有说什么难听的话。

"恭喜忘通师兄,此等大喜事,也该举办一场进阶大典,为你庆祝庆祝。"裴怀高兴得直拍椅子扶手,"突破元婴如此容易,师兄晋分神期指日可待。"

"师弟说笑了,不过近来确实有一场大典需要举行,不是我的进阶大典,而是拜师大典。"忘通看向正殿大门,"我在凡尘界收了一位弟子,准备让她做我最后一个亲传弟子。"

"凡尘界?"青元忍不住道,"凡尘界的人,大多没有修炼的灵根,你何必……"

忘通没有理会他,朝门外道:"成易,带你小师妹进来。"

听这语气,竟已经默认这个凡尘界的孩子为徒弟,只是差一场拜师典礼了。

殿门口,成易牵着一个看起来约莫九岁的小姑娘进来。小姑娘发如青丝,最难得的是那双眼睛,又圆又亮,他们这些活了几百年的老头子,也忍不住心生几分喜欢。

在场的峰主互相对望一眼,若不是这个小姑娘实在长得太好看,他们差点会以为这是忘通跑到凡尘界与哪个女人生的孩子。

"筌箎见过各位叔叔伯伯。"筌箎走到殿中间，稳稳地行了一个宫廷大礼，小脸紧紧绷着，看起来有些严肃。

掌门珩彦虽觉得收凡尘界的小孩为亲传弟子不妥当，但是面对筌箎，未语便忍不住露出三分笑："不用多礼，在座诸位都是你师父的师兄弟，所以不用拘谨。"

年纪大了，就喜欢这种长得极可爱的孩子。

"咦？"青元发现筌箎身上有皇族龙气，"你是凡尘界的皇室族人，难道就是你助忘通闯过心劫大关？"

筌箎不懂什么心劫大关，只挑选自己明白的问题回答："我父亲是前朝皇帝。"

"前朝皇帝？"

筌箎点头："他因为做不好皇帝，就被人推翻了。"

青元："……"

其他峰主："……"

这个娃还真是实诚，不过说起江山换人坐这种事还能云淡风轻，倒是有几分他们云华门的风格。

见师父的师兄弟们都不说话了，筌箎不知道是不是自己说错了什么，只能对峰主甜甜地笑。

珩彦莫名心肝一颤，伸手端起旁边桌上的果子，就想往筌箎手里塞，果盘传来的冰凉触感，让他冷静了下来。云华门这些年小孩子太少，他们这些老家伙，都没什么哄小孩子的经验。

想了想，从怀里摸出几瓶丹药，送给了筌箎做见面礼："师伯不知你来，也没准备什么见面礼，这些丹药你收着，以备不时之需。但是你要记着，踏上修道路后，修的是身，修的是心，靠外物终究走不到最高点。"

"多谢师伯指点。"筌箎捧着药瓶，不安的心渐渐安稳下来。

忘通坐在椅子上稳如泰山，直到所有峰主都给筌箎送了见面礼以后，才道："我刚才掐指算了一下日子，三日后就是吉日，五行皆宜，就定这天举办拜师大典。"

珩彦知道忘通做事虽然不靠谱，却是个执拗的性格，决定下来的事情，只要不会牵涉宗门利益，打死都不会改变。他看着乖巧可爱的小姑娘，点了点头："好。"

听到掌门答应，忘通扭头对成易道："成易，你现在就去通知五行堂准备举办拜师大典。"

"你急什么，难道我还会反悔？"看到他这个做派，珩彦哭笑不得，"这孩子刚到宗门，你带她好好去休息。"事情都已经办完了，还不赶人，等会忘通与青元就又要闹起来了。

"多谢掌门师兄。"忘通站起身，瞥了青元一眼，轻飘飘道，"今天我就给师兄一个面子，不与某些人计较。"

"你！"青元一拍椅子扶手，忽地站起身，"忘通，你不要太过分，我忍你很久了。"

"算了，算了。"裴怀与另外两位峰主忙拦住他，"忘通刚回来，你别闹。"

"什么我闹，明明是他故意来挑衅我。"青元被三位师兄弟拦着不能动弹，气得吹胡子瞪眼，若不是顾忌这里还有个小孩子，早就破口大骂了。

冲动的他，身为一峰之主，还是知道不能在小孩子面前说脏话这种事。

"呵呵。"忘通讥笑一声，牵起箜篌的手，"徒弟，我们回去。"

箜篌乖乖点头，装作没有看到师父与这位师叔（或师伯）的恩怨。

"乖徒弟，你刚来宗门，要记得离某些小人远一些。"

箜篌："……"

"知道什么是小人吗？"

箜篌听着身后物品砸落在地的声音，默默摇头。

"就是那些喜欢在背后看人笑话之辈，最为阴险狡诈。"

身后传来凳子被踹翻的声音。

箜篌看着略显得意的师父，心里隐隐觉得有些怪异。

修真界……原来都是这样吗？

五行堂是云华门负责杂务接待的分堂，箜篌看着堂内众人办事不疾不徐的样子，深吸一口气，也把心中的焦急与担忧压了下去。

跟着师父出了主殿，师父就回栖月峰巩固心境去了，陪她过来的是大师兄。五行堂管事对成易十分客气，手上慢悠悠的动作终于快了几分。

登记好箜篌的名字，管事问道："不知这位姑娘是何辈分？"

"这是我的小师妹，三日后师父将收她为关门弟子。"成易答道，"拜师大典，还要劳诸位费心。"

管事手上的动作微微一顿，看了眼只比桌子高出大半个头的箜篌，笑着道："成易师叔您客气了，还请这位小师叔伸出手来，师伯要取您一滴心头血，点亮您的命牌。"

每个云华门的弟子，都有一枚命牌摆在宗门内，若是哪一日命牌碎裂，就代表着这位弟子陨落。

箜篌偷偷摸了一下胸口，取血会不会很疼？

"把左手给我。"成易开口。

箜篌不解地把手伸出去，就看到大师兄飞快地在她指尖点了点，一滴鲜血落到玉牌上，玉牌发出很轻的嗡嗡声，发出灿烂的光芒，随后划破长空，朝主殿方向飞去。

"主殿后面是黎阳堂，门派所有弟子的命牌都在里面。"成易掏出药瓶，用伤药在箜篌指尖抹了抹，"疼不疼？"

箜篌摇头："不疼。"

成易笑着揉了揉箜篌的发顶："走，我带你去栖月峰选一座洞府。"

"成易师叔。"管事叫住成易，"箜篌师叔还没有测……"

箜篌以为对方忘了什么重要的事情，回头看管事，发现对方表情有些尴尬，对她干笑道："没什么。"

"嗯。"成易点头，抱着箜篌跳上飞剑，"我带你在云华门转一转。"

站在高处看风景，格外不同。偶尔也有同门踩着飞剑或是其他武器在空中出现，箜篌对他们能够自由飞翔感到羡慕："师兄，只要开始修炼，就能飞吗？"

"等你到了筑基期，就可以像他们一样了。"

"筑基？"箜篌睁大眼睛，"修士要多久才能筑基？"

"凌忧界中，能够踏上修真大道的人是千里挑一，很多修士终其一生，也不过是踏入修炼的门槛——炼气期。"看着小师妹充满好奇的双眼，成易还是把修炼一途有多艰难的真相告诉了她。

"炼气、筑基、心动、金丹、元婴、出窍、分神、化虚、大乘、度劫这十个阶段，每一步都堆积着累累白骨。"成易指着黎阳堂的方向，"看到黎阳堂后面的木楼没有？"

顺着成易指的方向，箜篌看到了黎阳堂后面那座孤零零的木楼，不知为何，她在这座木楼上感受到几分阴冷。

"那座楼里，摆放着无数已经失去光亮的玉牌，修为最高的有大乘期老祖，修为最低的有炼气期弟子。"成易认真地看着箜篌，"小师妹，你要记住，修炼一途，道阻且长。你可害怕？"

箜篌怔怔地看着那座木楼，直到雪花落进眼里，才回神摇头："不怕。"

"真的不怕？"

箜篌摇头："我母后跟我说过，只有一直勇敢地往前走，才有活路。"

成易低笑出声："是的，修真一途，只有勇敢往前走，才有活路。"

能够懂得这个道理，才能在修真路上走得更远、更久、更长。

栖月峰上，每到了月出的夜晚，都能看到最美的月色、最美的夜空，所以才被取名为栖月峰。然而即使它有一个好听的名字，也不能掩饰山峰上洞府简陋的事实。

玉床红纱帐绿地毯，还有不知从何处淘换来的土色花瓶，里面插着几朵黄色的小花，实在称不上好看。

成易带着箜篌过来，看到洞府里的摆设，差点没控制好脸上的表情，师父刚才提前回来给师妹布置洞府，成果就是这样？

"这个山洞是给我独自一人居住的吗？"箜篌对这种居住环境充满了新奇感，她在话本里看过，很多修士都是住在洞府里的，但是她没想到山洞竟然有这么大！

"谢谢师父，谢谢师兄！"箜篌双眼亮晶晶地看着成易与忘通，"我喜欢这里。"

忘通十分得意，他就说小姑娘肯定喜欢大红大绿的东西，潭丰那个不孝徒还说不好看，箜篌不是挺喜欢吗？

成易看着得意的师父，还有高兴的小师妹，心里重重叹息一声，真担心师父影响小师妹的眼光。

"喜欢就好，为师回洞府打坐两日巩固一下心境，这两天你有什么不懂的，问两个师兄就好。"忘通心情甚好，摸着胡须离开时，脸上的笑意都没散开。

玉床上铺了厚厚的柔软垫子，箜篌摸了摸玉床，转头看成易："师兄，玉床可以帮我们增加修为吗？"

"它虽不能增加修为，不过玉石有蓄积灵气之效，能够让我们的身体在休眠时，也能吸收天地灵气。"成易有些惊讶，没有接触过修真的小师妹怎么会知道这些。

"小师妹真聪明，竟然连这个都知道。"

"师父接我来修真界前，我看过一本很神奇的修仙话本，里面写了很多修真界的神奇事物。"箜篌道，"里面的主人公可厉害了。"

"师妹，话本当不得真……"

"我一直觉得我跟话本里的主人公一样，会有神奇的际遇。"这一刻，箜篌的双眼灿若繁星，"然后我就遇到师父跟师兄啦，所以我的预感没有错。"

成易咽下接下来的话，他想说，凡尘界的话本都是人臆想出来的，修真界与话本中的完全不一样。也不可能有谁能像话本里的主角一样，充满神奇的际遇与血海深仇，修真界已经近千年无人飞升了。

可是面对箜篌的眼睛，他说不出来。

小孩子对未来抱着美好的期待，好像也没有什么错。

"那——"成易弯下腰摸了摸箜篌的头，"小师妹要努力。"

"嗯。"箜篌踮起脚反手拍了拍成易的肩膀，"你放心，我飞升的时候，会带着你们一起的。"在这一刻，箜篌觉得自己身上的责任，重逾千斤。

"谢谢。"成易差点没忍住笑。

"不客气。"箜篌想了想，又故作老成地补了一句，"自家兄妹，不讲究这些的。"

成易终于忍不住笑出声来。

谁跟他说小孩子都很烦人，明明很可爱嘛。

栖月峰的峰主从凡尘界带回一个小姑娘，并且准备收她为关门弟子的消息，很快就传遍了整个云华门。

云华门上下都是懒散的性子，万事讲究随缘，只有在聊闲话的时候，显得格外积极。五年前各大宗门举行友好交流会时，云华门弟子因为看热闹忘了时间，没能进入交流大会，成了各大宗门中的倒数第一名，于是他们就成了别人眼中的热闹。

尽管因为喜欢看热闹付出过这么大的代价，但云华门众弟子还是在看热闹的道路上狂奔不止。好在他们还知道，看完热闹不乱说话，说闲话也要关上门偷偷说，不然早被人打死了。

　　有人猜测这个小姑娘是忘通峰主的私生女，原因是这个小姑娘看起来不到十岁，忘通峰主去凡尘界也快十年了，这么算起来时间刚刚好。但是在练武场上见过篌篌的弟子们觉得，忘通峰主长着小眼睛小鼻子，生不出这么可爱的小女孩，就算小姑娘的母亲长得再漂亮，也会被忘通峰主这张脸，拉低整体相貌。

　　这种说法有理有据，很多人表示无法反驳。

　　众所周知，凡尘界的人从出生后，吃的就是没有灵气的食物，就算他们刚出生的时候有修真的资质，也会随着时间的流逝而消失。所以各大宗门，都不会带凡尘界的弟子回来。只有一些小门小派，偶尔会从凡尘界收一些外门弟子，能进内门的凡尘界弟子那是少之又少。

　　"我刚进门派时听说过一个传言。"一位弟子慢悠悠地挥剑，眼观四路耳听八方，预防着管事或是各峰主出现，"忘通峰主，是师门一位老祖宗从凡尘界带回来的。"

　　"瞎说，忘通峰主如果是凡尘界的人，怎么能成为出窍期的大能。这种猜测，还不如说小姑娘是忘通峰主私生女靠谱。"大家都觉得这是个笑话，气得说这话的弟子再也不想开口了。

　　这些人也不动脑子想想，如果忘通峰主是在凌忧界出生，做糖画怎么会成为他的心劫，凌忧界的小孩子哪会有这种奇怪的想法？

　　当然，那个立志要娶天下第一美人的前辈不算，他是凌忧界风格独特的"奇葩"。

　　不管宗门的弟子有多好奇，三日后的拜师大典，还是如期举行了。因是峰主收关门亲传弟子，所以大典举办得非常隆重，宗门里的三位长老，出席了两位，另外一位在闭关，无人敢去打扰。

　　两位长老也知道忘通收的这个弟子来自凡尘界，身为能活过一千岁的修士，最大的优点就是不爱多管闲事，只要忘通自己乐意，他们没意见。

　　暑九长老出现以后，就一直在低头看袍子上的花纹，他喜欢三十二瓣茶花，但是衣服上这朵，数来数去都只有三十一瓣，这让他全身都别扭。

　　他旁边的谷雨长老正襟危坐，一身威势如龙似虎，让人在他面前不自觉就弱了气势。

见到暑九动来动去，谷雨皱了皱眉，但是看着大殿上其他后辈，他没有开口说话，而是用了传音术。

"坐好，这是徒孙的拜师仪式，扭来扭去像什么样子。"

暑九瞥了一眼谷雨，谷雨没有看他，仍是那副严肃正经的模样。暑九悻悻地坐直身子，也不知道是不是他错觉，他怎么觉得后背又开始痒了。

当。

钟声响起，仪式开始。

暑九抖了抖肩膀，怎么越来越痒了，但是在后辈面前，他还是要面子的，他忍。

殿门外，成易与潭丰一左一右站在箜篌身边，三人皆穿着白色绣银红边的门派装，这套衣服代表他们峰主亲传弟子的身份。箜篌没有修为，成易担心把她冻着，又给她穿了一件兔毛夹袄，还偷偷给她塞了个暖手炉。

听到钟声响起，成易拿走箜篌手里捧着的炉子："进去吧。"

两位师兄脸上鼓励的笑容让箜篌有了勇气，她深吸一口气，迈步踏过高高的门槛。

大殿上有很多人，有站的有坐的，镶嵌在墙壁中的宝石发出辉光，把大殿照得十分亮堂。箜篌的目光扫过众人，停留在站在前方的忘通身上。

在修真界，师徒关系十分重要，只要跪下去，师父便如同生养父母。父需慈，子女亦需孝顺，不然会受到整个修真界的指责。

箜篌朝着忘通跪了下去，双手伏地，行了三拜九叩大礼。

"徒儿箜篌，请师父喝茶。"

行完叩拜大礼，箜篌接过递上来的茶，摸了摸杯子的温度，再次跪在忘通面前。

"今日你入我云华门，当以云华门为荣，振兴宗门，悉心修炼。"忘通接过茶杯，把茶水一饮而尽，弯腰扶起跪在地上的箜篌，在她膝盖上揉了揉，小声道，"跪疼了没？"

箜篌笑眯眯地摇头。

"宗门就是破规矩多。"忘通又揉了揉小徒弟的膝盖，转身对珩彦掌门以及暑九、谷雨两位长老行礼道，"忘通不才，无心再教导其他弟子，箜篌便是我最后一名亲传弟子,请诸位在今日见证。"

忘通早就说过,他只收三名亲传弟子,所以在座并没有谁意外。谷雨长老甚至欣慰地点头:"你教好这三个徒弟,已是不易。"忘通性格不好,运势也不太行,收徒的运气倒是格外不错,成易与潭丰天资出众,性格又稳重,比忘通强多了。

这个小姑娘面带贵气,双目有神,不管资质如何,心性肯定不会差。修道,天分虽重要,但心性也不可忽视。他们云华门不求傲立整个修真界,只求能护满门弟子平安,所以心性反而比天资更重要。

谷雨这话让忘通尴尬地干笑,低头看小徒弟懵懂的眼神,他松了口气,幸好箜篌年纪小,还听不懂。他拿出弟子身份令牌,郑重递到箜篌手里:"从此你便是云华门弟子了,给谷雨长老、暑九长老见礼。"

"不必如此郑重。"谷雨面无表情地开口。

在场众人心中一紧,难道谷雨长老对忘通峰主收一个凡尘界孩子为关门弟子不满意,在这个时候故意刁难?

"我是你师父的师祖,你叫我师叔祖就好。"谷雨想让自己看起来和蔼一些,然而平时不笑的人,笑起来总是不自在,他扯了扯嘴角,挤出一个勉强算是笑的表情,"按照你们凡尘界的辈分,我就是你的叔爷爷。"

箜篌对眼前这个看似严肃,眼神却很温柔的老人甜甜一笑,脆生生道:"师叔祖。"

"嗯。"谷雨从袖子里摸出一个锦盒,递到箜篌面前,硬邦邦道:"乖。"

"谢谢谷雨师叔祖。"箜篌扭头看师父,见师父笑着看自己,伸手接过谷雨师叔祖送的锦盒,回了一礼。

暑九见谷雨竟然不声不响给小辈准备了见面礼,赶忙从自己收纳袋里摸出一把飞剑送给箜篌,得了一声甜甜的"暑九师叔祖",整个人都身心舒畅,连后背的痒以及少了一瓣的茶花都忘了。

参加拜师大典的众人松了口气,两位长老对忘通峰主收资质不明的凡尘界小姑娘为徒之事没有意见,那么这位小姑娘亲传弟子的地位就稳了。

一个宗门的人,最重要的就是开开心心,管他资质好不好,来自哪个界,反正也不影响他们什么。这样和和气气地相处,日子才能更滋润。

一场在其他门派有可能闹得风风雨雨的拜师大典,在云华门喜乐融融的气氛下结束，对于内门与外门弟子而言，唯一的遗憾就是少了一个成为亲传弟子的机会。

不过栖月峰也不是他们第一选择，众所周知，五位峰主里面，忘通峰主……最穷。不管是去秘境还是参加试验，忘通峰主运气都特别差，从头到尾都拿不到好东西。

但是说他运气差吧，他运气又特别好，因为进过这么多次秘境，他都好好活着出来，连重伤都没有过。

或许这就是传言中的人穷寿命长，也不知这是幸运还是不幸。

栖月峰中，师徒四人围坐在石桌旁，忘通看着把玩玉葫芦的小徒弟，把目光投向大徒弟。成易装作没有看见，斜眼看潭丰。

潭丰顶着师父与大师兄的目光，笑着道："师妹啊，栖月峰住得可还习惯？"

"嗯。"筌篌把玉葫芦放到一边，挺直腰背，"师父，我现在是不是可以修炼了？"

三个大老爷们沉默片刻，再次被师父与师兄瞪的潭丰干笑两声："师妹，我们修炼讲究天地五行，阴阳调和，所以不同资质的弟子，会有不同的修炼功法。"

"那我适合什么功法？"筌篌期待地问。

"这……"潭丰一时词穷。拜师大典前，他们不让小师妹测资质，就是怕测出小师妹根本无法修炼，师父就不好坚持收小师妹为关门弟子了。

现在拜师大典已经结束，师妹有没有资质已经不重要，可是他们有些害怕，若是师妹真的没有修仙的资质，她会不会难过。

"这要测了资质才知道。"成易摸了摸筌篌的头顶，"师兄先带你去测资质好不好？"

"好。"筌篌答应下来，她大大的眼睛眨啊眨，嘴角却微微抿着。

成易牵着筌篌的手，师兄妹二人没有坐飞剑，走得很慢。

"云华门有很多弟子，善文善武者皆有。"成易已经下定了决心，若是小师妹真的毫无资质，他也要找点事给小师妹做，让她找到门派中的自信。

"主殿中挂着的那幅祖师爷画像，是不是栩栩如生，宛如真人？"

筌篌点头。

"那是当年一名资质很差的老祖宗画的，他在修道一途上虽没有什么进益，但因为出神入化的画技，在修真界受诸多修士的尊敬……"

"大师兄，你是不是担心我资质不好？"箜篌拍了拍成易牵她的手，"放心吧，我肯定是绝佳的修炼苗子。"

成易：小孩子总是如此自信吗？

这下他更担心了，等会小师妹知道她没有话本里主角的好运气，会不会接受不了？

凡尘界那些乱七八糟的话本真是害人。

五行堂外，箜篌站在门口不动。

"怎么了？"成易见箜篌蹭在门口不敢进去的样子，现在知道怕了？他还以为她真的天不怕地不怕，把话本内容当真理走天下呢。

"没、没什么。"箜篌是不会承认，她在担心自己没有话本里主角的好运气的，她理了理身上的皮毛坎肩，假装坚强道，"我就是整理一下衣服。"

成易笑出声，牵起她的手："师妹，不管你是什么样的资质，都是我的师妹，云华门上下没人敢让你受委屈。"

箜篌咬着下唇："没用的人，也有价值吗？"

宫里的人说，景洪帝能让她活着，是因为她还有点用，才留下她这个前朝血脉。尚且年幼的她很早就明白，母后西去后，世上便再也没有人不计报酬地对她好了。

来到云华门，她不敢乱走，也不敢乱说话，怕给师父带来麻烦，也怕师父师兄嫌弃她。

看着箜篌不安的模样，成易蹲下身，与她双眼平视："箜篌，师兄资质并不算顶级。若你拥有傲人的天资，师兄对你而言也是没什么用处的，那时候师兄是不是没价值？"

箜篌连连摇头："不是，大师兄很好，师父与二师兄也好。"

"所以说，在我们眼里，箜篌也很好，不管你是什么样的资质。"成易温和一笑，把手伸到箜篌面前，"不要怕，师兄陪你进去。"

箜篌慢慢把手放进成易的掌心，大师兄的手很大，很暖和，可以把她的手完完整整包裹起来。像是……像是父亲的手，给了她无限的勇气。

五行堂的管事看到成易牵着箜篌进来，把正在玩的七巧板偷偷塞进袖子里：

"见过两位师叔。"这几天宗门里的事情少,他闲得没事做,刚拿出七巧板还没玩一刻钟,就被两位师叔发现了,实在是太寸了。

成易装作没有看到管事的小动作:"小师妹刚到师门,我带她来测一下资质。"

管事心想,上次他的话还没说出口,就被成易师叔瞪了回去,这会儿又主动送上门,栖月峰做事,总让人摸不到头脑。

他把师兄妹二人引到后院,里面摆着画了符阵的五行石,有灵根的人只要把灵石放到额间,便可以测出资质来。这位小师叔来自凡尘界,举行拜师典礼前连资质都不敢测,恐怕资质好不到哪儿去。

听管事说完要怎么做以后,箜篌在桌上拿起了第五块五行石,她觉得"五"这个数字跟她有缘,说不定能给她带来好运。

五行石触手冰凉,贴到额头上的那一刻,箜篌觉得有股凉气蹿进她脑子里,有些冷,但是更多的是舒适,就像是大水冲走石板上的污泥,变得清爽通透起来。

"闭上眼睛,放松身心。"成易见五行石没有动静,"慢慢来。"

院子里安静极了,除了飘扬的雪花落到树叶上的簌簌声,便再也没有其他声音传来。

等了片刻,五行石仍旧没有动静,管事想说,这位小师叔根本没有灵根,也就无法踏上修真路。可是看着小师叔认真的模样,他选择了沉默。

也许再多等一等,五行石就有反应了。

又稍等了片刻,成易深吸一口气,把手搭在箜篌肩上:"师妹……"

忽然箜篌周身气流涌动,地上的雪花被卷到空中,成易被这股气流吹得往后连连退了两步,才勉强站稳身体:"师妹!"

箜篌听不到成易的呼唤声,她整个人都陷入了一种十分舒适的境界中,像是被某种很舒服的气体包裹着,全身上下都在畅快地呼吸,轻飘飘的,仿佛在天空中飞翔。

等她再度睁开眼时,看到的是狼藉一片的后院,还有被吹了满头满脸积雪的管事,回头看大师兄,他看起来虽然没有管事狼狈,但是衣袍上也沾了雪花。眼前的一切让箜篌十分茫然,难道这是她造成的?

"你们有没有什么事?"箜篌连忙把五行石放回桌上,有些心虚,弄坏这么多东西,不会让她赔吧?

"我没事,你有没有哪里觉得不舒服?"成易大步上前,把手搭在箜篌脉门上,确认她没有受伤以后,才松了口气,幸好没什么事。师妹年幼,若是经脉出现什么问题,那可是一辈子的事情。

"五、五行石!"管事手里捏着箜篌刚才放回桌上的五行石,说话都开始结巴了。

成易朝管事手上看去,就看到那块五行石碎了,斑驳的裂纹浮现在石头表面,里面的灵气泄得干干净净。

箜篌揪着成易的衣角,往成易身后躲了躲。完蛋了,她来修真界不到十天,就要让师兄帮她赔钱了。

成易掏出飞讯符,使出灵力在上面一点,几道符纹如闪电般飞出去。按照规矩,在门派内后辈请教长辈,是应该亲自到洞府门口拜见的,但是现在情况特殊,他也顾不上这些了。

箜篌见大师兄跟管事神情凝重,声如蚊蝇道:"大师兄,我是不是惹大祸了?"

"没有。"成易从震惊中清醒过来,连忙安抚箜篌的情绪,对她笑道,"师妹,你有灵根,日后可以跟我们一起修炼了。"

就是小师妹的灵根可能有些复杂,需要等长老们过来才能弄清究竟是怎么一回事。

"那……"箜篌拉了拉成易袖子,让他低下头听她说悄悄话,"那这里弄坏了,要赔多少钱啊?"

"宗门就是你的家,你在家弄坏了什么东西,难道还要你赔?"成易失笑,"万事有师父与师兄在,你不用操心这些。"

"我在宫里弄坏了东西,是不用赔钱,但会扣月俸。"按照规矩箜篌每年也有帝后赏赐的珍宝,但是这些都被身边的女官管着,明面上是她的,可是她连摸都没机会摸。好不容易在地上捡到一粒不知道是哪位贵女丢的银花生,结果买糖画那天,她觉得数九寒天还要做糖画的老人可怜,就把整颗银花生都给了他。

现在虽然知道老人就是师父,但是那粒银花生,她是不好意思向师父要回来了。

"这里跟皇宫不一样,你会越来越喜欢这里的。"成易揉了揉箜篌的头顶。

筌篌今天的头发是他扎的，左右两个团子看起来简单，他却扎了好几天，才勉强能看。

筌篌把一根断掉的桌腿悄悄踢进桌子下面，安下心来。

忘通与两位长老来得很快，忘通走进后院看到这里满地狼藉，神情顿时紧张起来：「筌篌有没有事？」

「师父，我没事。」筌篌从成易身后伸出脑袋，看起来有些怯生生。

「人没事就好。」忘通走到筌篌身边，把她拉到自己身后，十分无赖地对管事道，「如果需要赔偿，就从栖月峰总账上扣灵石。」

管事："……"

栖月峰欠宗门的灵石，早已经扣到五十年后了，账面上哪还有灵石可以扣。

"师父，这次的事情不怪师妹。"成易把事情前因后果跟忘通说了一遍。

"五行石碎了？"谷雨拿起桌上的五行石看了几眼，从收纳袋中取出一枚晶石，走到筌篌面前，"你怕吗？"

筌篌拽着忘通衣角："师叔祖，我不怕。"

谷雨弯腰摸了摸她的头顶，把晶石放在了上面。瞬间晶石就亮了起来，四周再次卷起狂风，雪花肆意飞舞。见状，谷雨连忙收起晶石，表情十分微妙地看着忘通。

"师叔，我小徒弟资质怎么样？"忘通被谷雨盯得心里发毛，他天不怕地不怕，就怕谷雨师叔看着他，这会让他想起八百年前被师叔关在小黑屋里盯了三天三夜的恐惧感。

"天地有五行，相生相克，只要生在这天地间，就不能逃脱这五行，也离不开这五行。"谷雨低头看着还年幼的小姑娘，"有很少一部分生来受到天地厚爱，身负五行，攻守兼备。但是这既是福，也是祸。这种人若是吃不得苦，连普通的修士都不如；但若他们潜心修炼，便会成为修真界的佼佼者，几乎无人能敌。"

忘通若有所思，半晌道："师叔，你把话说得简单些。"

谷雨把手背在身后，面无表情道："我的意思是说，你收了一个好徒弟，她身上有五灵根。"

两千年前，修真界还觉得五灵根是最废的资质，但是随着一位又一位五灵根修士成为大能，各大门派才反应过来，原来五灵根修士只要愿意吃苦，修炼到后期比单灵根修士还要厉害。

然而命运有时候就是这么奇怪，当大家不看重五灵根修士时，还有少量的五灵根修士出现。当所有宗门意识到五灵根修士的重要性，开始大肆招收五灵根弟子后，拥有五灵根的修士却越来越少，几乎绝迹。偶有五灵根的修士出现，也被最显赫的几个宗门抢走，怎么也轮不到云华门。

现在修真界最吃香的就是五灵根修士，其次才是单灵根修士，真可谓三千年河东，三千年河西，永远没有定数。

现在忘通随随便便从凡尘界带个小姑娘回来，就身负五灵根，而且经脉强大，连五行石都撑不住对方身上对灵气的吸引力。这比剑修炼出一炉顶级丹药还要稀罕。

"你……"谷雨拍了拍忘通的肩膀，"以后不要乱跑，好好待在宗门教徒弟吧。"

难怪平时运道这么差，这是把所有好运气都攒在一块用来收徒弟了。

忘通愣了半响，忽然弯腰抱起筌箦："乖徒儿，你是天才！"

被师父突如其来的动作吓得尖叫一声，筌箦搂住忘通的脖子，回过神后对忘通身后的成易道："大师兄，话本果然没有骗我！"

成易："……"

不，小师妹，话本真不能信啊！这只是巧合而已。

传说中没有修真资质的栖月峰关门弟子，忽然就变成了拥有五灵根的修真界未来人才，云华门上下兴奋地讨论了好几天，好像已经看到了云华门扬眉吐气、一雪前耻的未来。

测试完灵根的第二天，筌箦就收到了很多礼物，不仅有各位长老峰主送来的礼物，就连其他峰主的亲传弟子，也亲自跑到栖月峰给她送礼，顺带为她加油鼓气。

"小师妹，五灵根前期修行虽有些缓慢，但你不要有压力，熬到筑基期就好了。"

"有什么需要尽管跟师兄师姐们说，能帮的我们一定帮。前期修为慢一点也没关系，稳扎稳打更好，咱们不急于求成。"

"小师妹啊，振兴云华门的希望，就在你身上了。"

每天要接待好几次这些热情的师兄师姐,到了第三天,箜篌终于忍不住,问出了心中的疑惑:"师兄师姐,你们对云华门感情如此深,又是门中的精英,云华门的希望在你们身上才是,怎么会放在我身上?"

她在宫中见过一些妃嫔互相吹捧,但是背地里恨不得弄死对方,还从没见过哪个夸人像这些师兄师姐般真情实意。

"哈哈哈。"师兄师姐们干笑,自谦道,"我们天资不如师妹,心有自知之明,自然盼着师妹越来越好。"

"振兴宗门这种事多累啊,生活如此滋润,何必自扰之。"一位相貌憨厚的师兄小声嘀咕。哪知道他嘀咕的时候,大家尴尬的笑声刚好结束,声音便传进了箜篌耳中。

"啊哈哈。"

大家的笑声更加尴尬了:"小师妹,你这位师兄在跟你说笑呢。"

"是也是也,我们打扰你许久,该告辞了。"

箜篌看着师兄师姐们匆匆而来,又匆匆离开,稚嫩的脸上,第一次对自己所处的修真界产生了怀疑。她看的话本上明明写主角天资出众的消息传出去以后,受到同门的嫉妒,若不是有一个很好的师父,说不定已经被同门算计了。

看了看四周堆积如山的礼物,世间哪有这样的嫉妒?

忘通走进小徒弟的洞府,见她坐在一堆礼物中间发呆,咳嗽两声唤回她的神志:"小徒弟。"

"师父。"箜篌起身欲给忘通行礼,忘通摆手道:"不用不用,师父不讲究这个。以后别拜来拜去,我别扭这个,咱们云华门讲究的是随心自在,这些俗礼能少便少。"

"哦。"箜篌很听话,在忘通说完以后,就坐回了铺着厚厚垫子的玉床上。

忘通掏出一本书,递到箜篌手上。箜篌见书封上写着"五行运转典",小心翼翼地捧在掌心:"师父,这是我们宗门的修炼秘籍吗?"

"啊?"忘通愣了一下,摇头道,"这是修士入门典籍,凌忧界十大宗门联手编撰修订,最具有权威性与实用性,比外面那些野路子靠谱多了。"

听完忘通的解释,箜篌觉得这个修真界有些奇怪,但是哪里奇怪,她一时间也说不出来。

"来,我先跟你讲一讲经脉运行。"忘通见箜篌还拿着书没动,便道,"先翻到第二页。"

筌篌依言翻开，上面画着人体穴位图，不知道这图是谁画的，画得十分逼真，密密麻麻的经脉穴位，让她忍不住摸了摸自己的手臂，原来小小的身躯里面，竟然能装下这么多东西。

"要想踏上修真路，首先便是打通经脉。这就像你们凡尘界的读书人，若是想要考状元，首先学会的不是作诗写文，而是识字写字。"他伸手点了点筌篌头顶微微靠前处，"这里是神庭，打开此处便可开窍醒神，同样也是需要你保护好的地方。曾有修士伤了此处，变得疯疯癫癫，一身修为散尽。"

"天突、天府、紫宫三处乃是灵气被引入身体后，往身体四周运转的重要穴位，若是此三处堵塞，对修行大大不宜。"忘通把每一个穴位讲解得十分仔细。他的教徒理念与其他师父不同，其他师父觉得，穴位这些东西，徒弟们看过入门典籍就能记住，然而忘通却认为，修行的第一步最重要，修士若不看重自己的身体，日后走得再远，也有可能毁于小事上。

就这样一教一学，师徒二人在穴位上花了整整三个月的时间，直到筌篌对穴位熟悉到可以随口回答忘通的问题的程度，忘通才点头道："从明天开始，为师便教你如何引气入体。"

筌篌从蒲团上站起身，踢了踢坐麻的腿，顺便熟练地在腿上各个穴位按捏，舒筋活血。

看到小徒弟下意识的动作，忘通露出满意的微笑，养成一个习惯很容易，忘记一个习惯也很容易，只有把某些习惯与认知融入骨血，变成与吃饭穿衣同样自然的事，才不会忘记。

"为师让你学了三个月的穴位，你可有怨言？"

"我知道师父肯定是为我好。"筌篌双眼中满满都是信任与孺慕之情，"听师父的准没错。"

忘通愣了一下，随即哈哈大笑起来："乖徒弟。"

筌篌见忘通莫名笑得开心，也跟着笑起来。

第二日天还没亮，筌篌就已经醒了，她穿好衣服，把头发理在身后。这些日子，她跟着师姐们学会了扎头发，不用让笨手笨脚的两位师兄为难了。

更何况再过几日她就要满十岁，老让两位师兄为她扎头发，她面上有些过不去。就算是小女孩，也是要面子的。

或许是猜到箜篌对引气入体感兴趣，忘通今天来得比往日早一些。见箜篌已经准备好，也不说其他，叫箜篌盘腿坐好，教她引气入体的要诀。

"灵气看不见摸不着，但是可以用心去感受。"忘通道，"就算是不能修炼的普通人，在灵气浓郁的地方，也会感到心旷神怡，寿命比其他人更长。比如说凌忧界的普通人，很多人寿逾百年，而你们凡尘界，年过六十便是花甲高龄，这就是灵气多与少的差别。"

"闭上眼睛。"

箜篌闭上眼，放松心神，她听到了风吹过山洞的声音，听到了鸟鸣的声音，还闻到了鲜花盛开的味道。

"用身体去感受空气中令你舒适的东西，用心接纳它们，不要阻拦它们的靠近。"

忘通的声音越来越小，或者说箜篌已经听不进去忘通的话。她整个人陷入了放空的状态，感到有什么东西靠近她，四肢百骸都因为这些东西的靠近而感到兴奋。

就像是有什么在洗刷着她的身体，让她的身体变得轻巧、愉悦、洁净。

有火的温暖、花木的清香、水的润泽、泥土的芬芳，箜篌已经无法用语言来形容这种感受，只愿沉浸在这种美梦中不愿醒来。

洞府外，忘通毫无形象地蹲在门口，胡须被风吹得飘来飘去，头发上挂着两片不知从哪儿飘来的桃花瓣，看起来十分落魄。

潭丰提着一包给小师妹新制的春季裙衫走过来，见师父揣手蹲在师妹洞府，打眼看去就像个偷懒的农夫。他三步并作两步走到忘通面前，小声劝道："师父，师妹还小呢，又是五灵根的资质，入门的时候是会比别人慢一些，你不要急，也不要发怒，免得吓着小师妹。"

"当年你用了多久才成功引气入体？"忘通没有理会他这些劝慰的话，反而问了这个问题。

怕师父对师妹不满意，潭丰故意多说了两天："我当年熟悉穴位以后，花了整整三日才成功引气入体呢。"

所以师妹学习引气入体这才第二天，没找到窍门也很正常。

"我记得你大师兄只花了两个时辰。"忘通站起身，看了眼潭丰手中的包裹，

"你现在不要进去。"

"师父，你不会是关师妹禁闭了吧？！"潭丰有些急，"筌篌还小，别吓着她了。"

"胡说八道，就算关你禁闭，我也不会关筌篌。"忘通把潭丰往旁边拉了拉，"你师妹还在入定中，你别吵着她。"

"师妹引气入体成功了？"潭丰闻言一喜，"师妹真出息，不愧是五灵根天才。"

忘通瞥了眼二徒弟，刚才这小子还说五灵根不易，这会儿又是天才了。他又气又笑，却安下心来：师兄妹团结，乃是大幸。

"不仅成功了，比你大师兄还厉害，仅仅半个时辰，就引来了灵气。"忘通捏住飘来飘去的胡须，"我从昨天等到今天，她还没醒过来。"

"师父，我陪你一起等。"潭丰双眼发光，上次昭晗宗的人还在他面前炫耀什么天才师妹，下次见到昭晗宗的人，他可以抬起下巴看人了。

他的师妹比那个小师妹更有天分，还长得更可爱。事实上，潭丰觉得全天下所有的小孩子中只有他家小师妹好看。

筌篌从入定中醒来，已经是三天以后。迎接她的是师父的欣喜，还有两位师兄精心为她准备的吃食。

宗门里有给刚入门弟子吃的辟谷丹，但两位师兄说她正是长身体的时候，不让她吃这些，所以常给她准备各种好吃的。

喝着温热的灵米粥，听着两位师兄不要钱的夸奖，筌篌觉得自己全身都暖了起来。

她大概是老姬家最幸运的公主，不仅实现了白胡子老仙人接她离开皇宫的愿望，还有了这么好的师父与师兄。

她一定努力修炼，争取早日度劫成仙。

"今年的雪可下得真早。"御霄门开在雍城的商铺掌柜揣着手走进铺子,见店里的伙计已经在打扫,点头道,"这几日天气冷,辛苦你们了。"

店里的伙计,大多是雍城本地人,他这个管事虽然只是御霄门的外门弟子,但是在这些伙计眼里,能进大宗门的修士,都是十分了不起的。管事不过客气两句,便让这些伙计干劲十足,争取年底能多拿一些赏钱。

掌柜接过伙计泡好的热茶,刚准备喝上两口,见门外走来一男一女。男的穿白底镶银边锦袍;女的看起来年岁尚小,穿着毛边袄裙,梳着简单的垂挂髻,还没进店,脸上便先挂上了三分笑。

"两位贵客请进。"掌柜看到男子身上的衣服,就知道这是云华门的亲传弟子带小师妹或是晚辈来买东西。他修为低,看不出这位亲传弟子的修为,不过这位看起来不过十来岁的小姑娘应修为尚浅。

"掌柜,去年除夕得的灵石兑换券,现在还能兑换吗?"小姑娘问。

"自然是能的。"掌柜热情笑道,"只要在今年除夕前过来,都能用。请贵客把兑换券交给在下,在下这便给你兑换。"

掌柜并没有因为对方只是来换灵石而摆脸色。一是因为雍城乃是云华门所管辖的地界。云华门行事和气,门派上下十分团结,但是就连惹急了的兔子都要咬人,更别说凌忧界十大宗门之一的云华门。二是和气生财,他是宗门分派来雍城做掌柜的,不求凡事都做得十全十美,至少不能闹出事来。反正客人兑换的灵石由宗门出,该给就给,大家都高兴。

饶是掌柜讲究的是和气生财,但是在接过一堆兑换券后,脸上的笑容还是有些僵。难道去年除夕整个云华门的弟子,都跑到大街上接锦囊了,怎么会有五百多灵石的兑换额?

"贵客请稍等。"掌柜取出一匣子灵石，里面装着五百枚灵石，又从另外一个箱子取出几十枚，才递到小姑娘面前。

"还有这个。"小姑娘把灵石全部装进收纳袋以后，又拿出一张兑换券，上面竟是兑换法衣一套。

掌柜拿着兑换券手有些发抖，但他是宗门里十佳掌柜之一，是青蚨堂的荣耀，绝对不能在此刻显露半分情绪："请贵客随在下到楼上挑选。"

他以为小姑娘会挑一套时下女修士们最喜欢的法衣，哪知道小姑娘选了一套男装，便开开心心下楼了。在对方离去前，他隐隐约约看到对方镶毛边衣服下，似乎也穿着白底镶银边宗门套装。

传言云华门在今年初的时候，收了一个年岁很小的亲传弟子，难道就是这个小姑娘？

"二师兄，我发现这里的百姓，好像格外尊重你。"筌篌走在街上，时不时看到百姓向潭丰微笑致意，甚至还有人想塞瓜果给他们，只是被师兄婉言拒绝了。

"这些百姓不是尊重我，而是尊重我这身衣服，确切地说是我们的师门。"潭丰道，"这座城的百姓都在云华门的庇佑下，城郊很多土地，都属于我们门派。宗门向来待百姓亲善，只收很少一部分的地租，遇到天灾年，宗门还会帮着救灾，所以大家日子都很好过。虽说我们云华门在十大宗门中只能排倒数第二，但是想来雍城定居的百姓很多，其他地方的百姓想拿我们雍城的户籍也不容易，每年审核百姓身份，要费门派不少精力。"

筌篌这才明白，原来他们云华门还是雍城最大的地主。

"街上有些建筑也是我们宗门修建的，外地人来这里做生意，买下铺面或是租赁皆可。"潭丰给筌篌介绍着云华门管辖的地界，"所以咱们雍城算得上是整个凌忧界最受普通百姓欢迎的地方。"

凌忧界虽有很多修士，但还是普通人占总人口的多数。云华门在管理雍城时，很注重对普通百姓的关照，所以在普通百姓中的口碑很好，雍城百姓更是对云华门推崇备至。

听二师兄说完云华门的势力分布，筌篌摇头感慨："若是我父皇做皇帝的时候，能有咱们云华门一半的宽厚，也不会把老姬家几百年的基业毁于一旦。毁便毁了，也算得上报应，只可惜苦了千千万万的百姓。"

潭丰早已经知道箜篌亡国公主的身份，听她这语气，倒是对亡国这件事想得挺开，这心性实在再适合修真不过。

他拍了拍箜篌的肩膀，没有再说什么安慰的话。

箜篌对潭丰笑了笑，转头看到一家书斋，便往那边走去。潭丰犹豫片刻，只好苦笑着跟上。

书斋老板看到两人，忙热情招呼："两位仙长请到里面慢慢看。"

箜篌翻了一下书架，各种神鬼志怪书籍都有，还有各位大能的神奇传记。书中情节刺激惊险，让她看了便舍不得放下。

澄海宗明峰真人以一抵十，无人能挡，令人敬畏。

昭晗宗新收的弟子绫波身有五灵根，刚入门十年，便已是筑基高手，一夜之间消灭拿女子幼童炼丹的魔门上下百余口人。

琉光宗仲玺真人十岁炼气，十八岁筑基，一剑可毁去半座山头，曾越阶杀敌。其身长九尺，双目如电，与其对视者，莫不是遍体生寒。他现不过三百岁，已是分神期大能。

九尺……

箜篌看了看书斋大门，这个人进门都要弯着腰走吧？还有双目如电，那长得……可真是别具一格。修为这么高也不能弥补长得丑这件事，真是太让人遗憾了。

放下这些书，箜篌在角落里看到一个牌子，上面写着五十玉币一斤。牌子下面放着泛黄的话本，作者是同一个人，叫什么妙笔客，这些书也不知放了多久，上面积了厚厚的灰。

"掌柜，这些书怎么如此便宜？"箜篌翻了一下书，文笔还挺不错。

"那些啊——"掌柜当着别人的面不好说内里真相，但是对云华门的人，却是有一说一，有二说二，"这些书情节老套还不合理，大家都不爱看。我听另外一个书斋老板说，这个妙笔客很有可能是个富家少爷，总觉得自己的故事一流的好，常常让他手下免费送书到书斋卖，还给书斋送灵石。我们做生意的，哪能跟灵石过不去，每到了年底，都把这些书全部最低价处理，等卖完了就传信给这个妙笔客的下人：书卖得很好，已经一本都不剩。之后还能收到一笔赏钱。这种你好我好的事情，多做一做也无妨。而且这书的纸张特别好，拿回去包点心茶叶，都不容易坏，若是年底没人买走，我就拿回去送给邻居包茶叶了。"

笙篌拍去书封上厚厚的灰土，有些心疼这个妙笔客。他肯定不知道，自以为很好的故事，根本没人欣赏，唯一值得称道的不是书籍内容，而是纸张质量不错，可以拿去包茶叶。

"这些我买了。"笙篌动了恻隐之心，掏出一块灵石递给掌柜。

"哪能要您的钱，你若是喜欢，拿回去就成。"掌柜连连摆手。平时大家常受云华门照顾，几本卖不出去的话本还收钱，他良心会痛的。

"这么大一堆，怎么能不收钱。"笙篌摇头，"你们也不容易。"

或许是因为她父亲作孽太多，笙篌对普通百姓，起不了半分占便宜的心思。夜深人静时，她常常会感慨，老姬家最后两代的良心，大概都长在她身上了。

掌柜推辞不过，只好接下了灵石，把师兄妹二人送出了门。

"师妹，师兄说过，让你少看话本。"潭丰看着师妹把一大堆话本装进收纳袋，小声道，"若是被师兄知道了，我们两个都要挨批评。"

"嘘。"笙篌拍了拍收纳袋，一副什么事情都没发生过的样子，"你不说，我不说，大师兄肯定不知道。"

潭丰："……"

眼睁睁看着踏实上进的师妹学会了偷偷看话本，这不是小师妹的错，是云华门风水不好。

几天后，闭关出来的忘通穿上新做的法衣，到各个峰头都走了一圈，逢人便说这是小徒弟送他的衣服，小姑娘就是喜欢华而不实的衣服，他这个做师父的怜她一片孝心，只能换上让她高兴云云。

峰主们被他炫耀的嘴脸恶心得无法修炼，恨不能在山峰上立一块"忘通与邪魔不能进"的牌子。偏偏忘通仿佛不知道峰主们被他恶心到一样，一天恨不得在每座山峰上晃十次，气得峰主们回头骂自己的亲传弟子。

人家十岁的小姑娘都知道给师父送东西，你们活了几百岁还不如一个孩子懂事，要你们有何用。

亲传弟子们常常听师父拿别人家徒弟举例，对此适应良好，等师父骂完了，还跟着一起夸别人家的徒弟，惹得这些峰主差点砸了茶杯。

就在峰主们对忘通羡慕嫉妒恨时，笙篌修为已突破了炼气三层，加上除夕将至，没有闭关的弟子们都开始松懈起来。被这股懒散氛围感染的筌篌，躲在洞府里默默摸出了妙笔客的话本。

故事一开始，便是灭门之仇，主角的所有朋友都背叛了他。主角被逼得跳了悬崖，然后捡到了一本神奇的仙界秘籍，修炼成为高手，不近任何女色，从此打遍天下无敌手，飞升成仙。

筌篌看得如痴如醉，觉得这个话本写得实在太精彩了。

修真界的人真没欣赏能力，这么好看的话本，竟然没人买。

重重的一声响，话本被成易拍在桌子上。沉沉的石桌晃了晃，坚强地立住了，没有倒也没有裂。

成易听说师弟带师妹下山玩，也没有多想，只觉得筌篌还小，多出去看看很好。哪知道他今天过来，发现自称在修炼的师妹，竟然捧着话本看得如痴如醉，连他走进门都不知道。

潭丰与筌篌吓得齐齐往后退了一步，潭丰咽了咽口水，强撑着一股勇气把筌篌拦在身后，心虚道："大师兄，你别恼，有话慢慢说。"

筌篌扯着潭丰的袖子，可怜巴巴地看成易。

一对上筌篌这种眼神，成易气势就弱了一半。若是筌篌只是贪玩一些，或是喜欢金银玉饰，他也依着她，可是痴迷话本可算不上什么好事。筌篌年纪小，对世事知之甚少，分不清话本内容真假，若是把里面写的东西当真，让修炼出了岔子，到时用什么丹药都补不回来了。

成易深吸一口气，努力让自己表情温和些，他朝筌篌招了招手："筌篌，过来，坐在这儿。"

"大师兄，我错了，我以后一定不拿修炼当幌子偷偷看话本了。"筌篌又愧又悔，想起近一年来大师兄待自己的体贴，她还故意撒谎骗大师兄，沉迷话本好几日，连修炼也忘了。

"你一个半大的孩子，正是贪玩的时候，我并未怪你这个。"成易见筌篌已经后悔，便拉着她在身边坐下，翻开桌上的话本，"话本好看吗？"

"不、不好看。"筌篌连连摇头，一想到大师兄在外面忙了几日，还记得给她买好吃的好玩的东西回来，而她却不思进取，就觉得自己实在太讨厌了。越想越难过，筌篌眨了眨眼，把盈满眼眶的泪水憋回去，"大师兄，对不起。"

憋住，不能哭，犯了错的人，没有资格娇气。

成易摸了摸她的头，指着话本道："这故事毫无逻辑，且不说这种小门派可不可能有引起天下人都窥视的秘籍，便是有，也不可能所有人都盯着一本秘籍。修士最重要的是修身修心，任何秘籍都是辅助。同一宗门，同一修炼功法，弟子之间的修为也有高低之分，谁能靠着一本不知真假的秘籍就成为无人能敌的高手？"

筀筿以为大师兄会批评她不思进取，没想到竟是与她讨论故事的合理性，她愣了愣，竟不知道说什么。

成易以为她不明白自己的话，便道："灵气引入体内后，需要按照规律运转，最忌讳急于求成。谁敢拿一本内容没经验证的秘籍修炼，若是出了岔子，修为下跌倒是轻的，更多的是修为散尽或是丢了命。你现在还小，一定要记住，不要轻易相信送你丹药或是秘籍的陌生人，说不定是骗小孩子的坏人。"

在此刻，筀筿莫名觉得，大师兄有些像教孩子不要给陌生人开门的民间长辈。

见筀筿垂头丧气的样子，成易道："怪我没有想周全，你这么大正是对陌生事物好奇的年龄，我会买些适合你们少年人看的书籍回来，至于这些杂书……"

筀筿抬头看成易，心里对成易万分感激，此刻就算大师兄让她马上把这些书拿去烧掉，她也会马上照做。

可惜成易误会了她这个眼神的意思，心里一软，到底舍不得苛责这个自幼失去双亲无人疼爱的师妹："你若是喜欢，偶尔看看也可，但万不能当真，更不能废寝忘食地看。现在正是你长身体的时候，不好好睡觉就长不高，以后便穿不了好看的飞仙裙了。"

筀筿曾看到门派里一位身材窈窕的师姐穿着漂亮的飞仙裙，便一直幻想着长大后也穿这么漂亮的衣服，听成易这么一说，连连点头道："大师兄，我一定按时吃饭睡觉。"

"乖。"成易摸了摸筀筿的脑袋，合上手里的书，"这些书……"

筀筿忙道："我这就去扔了。"

"倒也不必，我相信师妹是个好孩子，知道怎么安排时间。"成易对筀筿笑了笑，"这里面的内容虽有些不合逻辑，但还算温和，并不是从头到尾都是喊打喊杀，主人公的一些思想理论也还有些可取之处。你闲暇时拿来打发时间倒也成，只是切不可把里面写的事当真，误了修行。"

筌篌连连点头："我也觉得主人公很是仁善，这位妙笔客肯定有着一颗仁义之心。"

"傻师妹，作品里主人公的思想，可不是作者的思想。便是你们凡尘界，也有写出美妙文章，但是品行十分不堪的文人。"成昜担心筌篌年幼，难以分清是非黑白。

整个修真界，再没有比他们家筌篌更可爱的小师妹了。

"你先休息一会儿，我跟你二师兄还有事去办，便先走一步。"成昜站起身，对潭丰笑了笑，"师弟，随我来。"

潭丰想说什么，面对大师兄温和的笑，缩着脖子跟了出去。

等两位师兄走后，筌篌摸了摸话本封皮，把话本放在了柜子里，沉下心翻开《炼气修士要诀》，细细看了起来。

直到除夕当天，筌篌才从洞府出来到各洞府拜见长辈，得了一堆压岁红锦囊以后，就等着二师兄带她去山下玩。她等了没一会儿，潭丰就从洞府里出来了，只是神情看起来有些憔悴，像是没睡好。

"二师兄，你这是怎么了？"筌篌从收纳袋翻出一瓶气清散递给潭丰。

潭丰接过喝了一口，眯起眼睛道："这瓶药灵气充裕，像是青元师叔炼制出来的东西。"作为晨霞峰的峰主，青元最擅长炼丹，只是自家师父与青元师叔总是一见面就吵架，所以整个栖月峰上下，都很难拿到青元师叔亲手炼制的药。

"嗯。"筌篌点头，"青元师叔说我是小姑娘，喝这个不仅能益气养神，还对皮肤好，上次让灵慧师姐给我送了十几瓶过来。"

潭丰咂摸着嘴，心情万分复杂，在云华门里，臭男人果然没什么地位。

师兄妹二人年龄虽然差了一百多岁,但能够玩到一块儿去,到了晚上御霄门发除夕锦囊时,师兄妹也不因为自己是云华门亲传弟子而有所矜持,挤在人群中接锦囊接得满脸是笑。

这一年的除夕,箜篌虽然没有接到金色锦囊,但也接到了三百多的灵石兑换券,师兄妹二人高高兴兴平分了意外所得,抱着一堆时兴零嘴给宗门的师兄妹带回去。

此后两年,师兄妹二人也没有忘记在除夕夜里,发一笔御霄门的小财。两人每年的灵石兑换额度都不小,以至于御霄门开在雍城的店铺掌柜都认识两人了。

第四年除夕过后,掌柜等了很久都没有等到这对师兄妹,后来又等了许久,才等到那位师兄过来,这次再没有几百灵石,只有八十灵石兑换券。

习惯了两人每年都来换一大笔灵石,今年突然少了,掌柜有种莫名的失落感,把灵石兑换给这位师兄后,他笑着问:"今年怎么不见那位小仙子?"

"师妹从年前开始闭关,准备冲击筑基期,所以今年只有我一人了。"提到冲击筑基期,这位师兄的声音都高了些许,"她现在不过十四岁,宗门上下都不放心她入门四年就开始筑基。可修为到了,压也压不住,只好随她去了。"

眼角带笑的师兄虽然口称无奈,但是话里的炫耀与得意恨不得写到脸上。他从收纳袋掏出几百灵石:"带我去挑一件飞仙裙,颜色要鲜嫩些,适合十四五岁的年轻女修穿。"

掌柜听云华门入门四年的弟子,竟然准备冲击筑基期,以为自己耳朵出了问题。云华宗竟也有如此勤奋的弟子,又或者说,竟有身带天赋的弟子进了云华门以后,还能如此勤奋?

但这位年轻修士是云华门的亲传弟子，总不能拿这种事吹牛，掌柜决定把这事传回宗门。

"道君请随小的上楼挑选。"掌柜接待客人的热情半分不减。云华门能有一个入门四年便冲击筑基期的修士已是天大的奇迹，至于能不能筑基成功……

掌柜看了眼身边满脸是笑的年轻师兄，还是希望能够成功的好，不然宗门上下，也不知会怎么看那位长相讨喜的少女。

箜篌已经闭关两月，一年前成功进入金丹期的成易守在她洞府外护法，与其说是护法，不如说是应付每天都来洞府门口晃悠一次的同门们。

"成易师伯，箜篌师叔今日可有动静？"

"成易师兄，这是我求的符包，你挂洞府门口上去。"

你一个修道之人，本就该立志成仙，怎么还学凡尘界那一套——求神问佛。成易心里对这种行为十分不赞同，但还是把符包挂了上去。

算了，总归是同门的一片心意，不可浪费。

就这样又过了近三十日，在师门上下的长辈同辈晚辈们已经开始思索，该准备什么东西来安慰在筑基期有可能失败的箜篌时，栖月峰的上方，隐隐约约出现了劫云。

满门上下炼丹的、练剑的、驭兽的、炼器的，纷纷放下手里的事情，蹲在栖月峰半山腰上。

这可是五灵根修士度筑基劫，肯定与宗门其他人度劫不同。若是错过这场几百年难得一遇的热闹，那就太可惜了。

掌门珩彦察觉到劫云浮现，赶到栖月峰后，就看到半山腰或站或蹲了很多弟子，有些人甚至还从口袋里摸出瓜果来分，热闹非凡。

"你们都在这里做甚？"珩彦板着脸，宽大的广袖袍在风中飞舞。众弟子见到掌门，都不敢再说笑了，忙站直身体，恭敬行礼："见过掌门。"

珩彦看了眼地上，这些弟子虽懒散，好歹知道讲究，没有把瓜皮果屑往地上扔。他看了眼空中踩着飞行法宝往这边赶的弟子，只当不知这些弟子脾性："你们在旁边看看也好，对修养心性也有几分助益。"

弟子们偷偷把瓜果藏进袖子里，仰着脖子仔细看起来。

天上劫云越来越厚，边缘处带有金光，可见师妹修行的路子是对的。

珩彦在人群中扫视了一遍，发现走来走去一刻都不停的忘通，知道他一时半会儿也安心不下来，也不劝他，自己安安静静站在旁边看起来。

身为门派掌门，珩彦考虑得比其他人更多。门派中弟子众多，也有资质不错者，但都是懒散随意的性子，有十分天资也都只愿用七八分，剩下两三分都拿去享受生活了。这本也没有什么错，但是做掌门的，谁不希望门下弟子勤奋好学一飞冲天，甚至是傲视天下修士呢？

一飞冲天傲视天下他是不敢奢想了，只求年轻一辈里面，有个能够拿得出手的弟子，几百年后门派里也有个撑腰人。现在好不容易有了一个天资出众的好弟子，可千万别被其他弟子带坏了。

珩彦又看了眼其他弟子，一个个眼神闪烁，明显是在用传音术私下交谈。想起这些年当掌门的辛酸与无奈，他扭头看了眼自己的亲传大弟子勿川，好在他这个弟子稳重踏实，是个做掌门的好苗子。他欣慰地深吸一口气，平常心，勿骄勿躁。

箜篌尚不知自己冲击筑基期会引来诸多同门的观看，她此刻陷入一种玄之又玄的境界。

何为道，坚持本心，便是道。

何为修，修身修心便是锤炼自身，让自己接触更为广阔的世界，进入更高深的境界。

作为修士，第一步要学会的便是引灵气入体，知天地馈赠，心生敬意。这是炼气。第二步便是超越生死，不惧内心，看清自己的道。

箜篌自幼养在深宫中，姬家江山未亡时，她是皇后唯一的女儿，被养得天真烂漫。后来景洪帝攻占江山，所有人都希望她懵懂无知，身边的宫人皆是帝后眼线，不会让她接触任何外人，谁又会教她用计谋。

便是负责教导她的先生，也只讲一些帝王不仁导致百姓何等凄苦的故事，一次又一次让箜篌认识到其父是何等昏聩，景洪帝占领姬家江山，乃是为了整个天下。再不然便是教她识字绘画，绝对不会让她接触任何为政之道。

一个被圈养的幼童，对天下与人心所知甚少，唯一让她察觉到世界有多新奇的，便只有那两本偷偷藏起来的话本。两本话本，一本让她相信为人存善有厚报，世间有仙人；一本让她对自由产生了渴望，甚至幻想自己也能求仙问道，遨游天地河山。

问道者，不惧生死，又敬重生死。

筌篌似乎又回到六岁那年，母后自刎，官兵追杀时。

逃，拼命地逃。

身后的叛军已经追至她身后，举起滴血的大刀，她避无可避。潜意识里她想闭上眼，但是在刀劈下来的那一刻，她睁大眼，捡起地上的刀，架住了这把煞气浓重的刀。

修道者，不可缺勇，逃避并不能让人走得更远。

她不是六岁幼童，也不是无依无靠的亡国公主，她有师父，有师兄，还有很多友善的师门长辈与同辈，又怎能胆小如鼠，堕师门威名？

心中魔障一破，筌篌感到无数灵气涌入气海，这种感觉并不好受，就像是已经吃饱肚子后，还被不停地强塞东西到肚子里。她强逼自己把这些灵气运转于四肢八脉，一次又一次拓宽经脉，让经脉变得更纯净。

灵气慢慢聚于下气海，宛如修地基，基石不能放得太快，也不能太慢，唯有稳妥冷静，才能修出最坚固的地基。

万丈高楼平地起，基石越坚固，楼才能够修得越高。

无视在头顶上炸响的惊雷，直到气海填满，筌篌才从地上站起身，朝天拜了三拜。

等在洞府外的同门们见劫云忽黑忽金，也顾不上看热闹，都替小师妹担心起来。直到劫云变成全金色，天上例行公事降下三道劫雷后，大家都松了口气，这是成了！

很快天上就降下甘霖，甘霖中饱含灵气。这是对大地的馈赠。每当有修士进阶成功，上天都会降下甘霖，惠泽万物。

人群中不知是谁发出一声欢呼，引得无数同门跟着一起鼓掌欢呼起来。珩彦掌门站在旁边，看着这些弟子毫无仪态的样子，也露出了轻松的笑，嘴里却不轻不重道："越来越没规矩了。"

不过他声音极小，只顾着高兴的弟子们谁都没有听见。唯一听到这句话的掌门亲传大弟子勿川却只作没听见，站在师父后面跟着偷偷无声拊掌，待其他人看过来时，才不动声色地放下手，摆出掌门大弟子的威严来。

洞府门开，一身鹅黄裙衫的筌篌从里面走出来，看到洞府外一张张带笑的脸，朝他们行了一礼："筌篌让大家担心了。"

他们，就是修道路上赋予她勇气的人。

"恭喜师叔。"

"恭喜师妹。"

同门们拿出早就备好的礼物，不等箜篌拒绝，一股脑儿塞进箜篌洞府中，说笑着让她摆酒席招待大家，又说她刚筑基，需要巩固修为，找了借口便勾肩搭背离去了。

急匆匆来，热热闹闹走，倒是很符合云华门弟子的性格。

待这些小辈走了，三个隐在云头的长老才现身，给箜篌送了贺礼，勉励了几句才离开。珩彦是掌门，操心的事情比长老更多，除了送她灵石丹药外，又送了一把飞剑给她。忘通囊中羞涩，恐怕也送不出好东西，他可不想门中天才弟子踩着一把低阶飞剑在外面飞来飞去，忘通丢得起这个人，云华门丢不起。

"多谢掌门师伯。"箜篌见这把飞剑身带法光，还嵌着漂亮的宝石，当下便喜欢得不行，恨不得当着珩彦的面，就把剑挂在腰间。

见她喜欢这份礼物，珩彦也高兴，他名下只有一个亲传男弟子勿川，像这些适合女孩子的法宝，留着也没什么用，还不如送给其他几个师弟的亲传女弟子。

忘通这个做师父的，丝毫不觉得别人送的礼比自己厚重有什么不对，等珩彦离开，他喜滋滋地对箜篌招手："乖徒弟，你可给我们栖月峰争脸了。为师陪你去拆那些礼盒，别累着你。"

潭丰用传音术对成易道："这话，师父当年也跟我说过。"

成易面无表情回道："真巧，这话师父也对我说过。"

师兄二人看着小师妹被师父带着进去拆礼物的样子，仿佛看到了当年的自己。

天降甘霖，不仅云华门上下高兴，雍城的百姓也很开心。每降一场甘霖，他们土里的作物就长得越好。大街上的贩夫走卒，也不撑伞躲避，反而张开手臂让甘霖落满周身。

还有反应快的已经拿出锅碗瓢盆接了起来，这可是好东西，喝了能强身健体。

在雍城做掌柜的其他门派弟子看到雍城百姓这个做派，在这里待过一段时间的习以为常，刚来的人大吃一惊。其他城里的百姓，在修士进阶天降甘霖时，虽也会偷偷拿出盆碗接住，但大家都还比较矜持，哪像雍城这里的人，竟是……竟是……毫无顾忌。

御霄门驻雍城的掌柜呆呆看着门外飘落的甘霖，难道云华门真的出了一个入门四年多就成功筑基的勤奋弟子？

云华门改风水了？

他想了想，忙到楼上修书传信给御霄门。

御霄门很快收到传信，想了想，又把这个消息传给了依附的大宗门琉光宗。

五百年难得一遇的大消息：云华门出奇迹了！

筌筷跟忘通拆完占小半洞府的礼物，忘通心满意足看过一遍后，就让筌筷收了起来，并且要她闭关几日，先巩固一下心境，再与其他师兄妹一起庆祝玩乐。

"还有……"忘通在兜里摸来摸去，摸出一小袋灵石，"这些钱拿去宴请同门，输人不输阵，不要让其他峰觉得咱们栖月峰穷酸。"

"师父，我有灵石。"筌筷不好意思收。

"尊师如父，在你们凡尘界，像你这么大的小姑娘，哪个宴请朋友不是长辈给钱？"忘通板着脸道，"不过是点灵石，为师又不缺这些俗物，收着便是。"

"谢谢师父。"筌筷笑着收下了。

"这才对。"忘通矜持地点了点头，"修道者不可看重外物，更不要因为这些坏了心境。"

"谨遵师父教诲，徒儿一定好好向师父学习。"筌筷郑重点头。

忘通神情更加愉悦，大力夸赞筌筷好几句后才离开洞府。

走出洞府以后，忘通捂住胸口，这几年好不容易攒下的灵石，又没了。

筌筷在洞府中闭关了几天，等心境与修为都巩固以后，才从洞府里出来。穿上二师兄送的漂亮飞仙裙，跳上掌门师伯送的飞剑，筌筷心情十分激动。这是她第一次单独驾驭飞剑，这种成就感和被师父或是师兄们拎来拎去时的不一样。

然而等她真的飞上天空时，才发现飞剑好像不是那么听话，她在天上晃来飘去好一会儿，才勉强掌握要诀。踩稳飞剑以后，她偷偷朝四周看，松了口气，太好了，没有人发现她这么丢脸的事情。

演武场的同门们努力让自己动作看起来自然一些，不让筌筷知道他们围观了全程。尤其是筑基期以上的同门，纷纷露出果然如此的微笑。当年他们筑基后，也是兴冲冲地跳到飞剑上，哪知道控制不好灵气，闹出了不少笑话，最惨的一个摔断了鼻子，靠着晨霞峰青元峰主的回颜丹才让鼻子长回来。

据说就连最稳重的勿川大师兄，刚筑基用飞剑那会儿，也闹得十分尴尬。久而久之，看刚筑基的同门怎么用飞剑，已经成了门派中人人心知肚明却不说出来的小爱好。不过大家都是讲究人，看是可以看，却不能笑话当事人，免得伤了同门情谊。

心满意足看完这场热闹，大家纷纷感慨，原来五灵根修士筑基后第一次用飞剑时，也不是稳稳当当的。

箜篌小心翼翼地控制着飞剑，不让它撞石壁上，更不能撞到建筑。她听二师兄说，师父曾弄倒门派里一整栋房子，虽然没被赶出师门，但是被扣了不少月例。她不想像师父那样，被扣好多灵石，还是小心为上。

"箜篌师妹。"灵慧站在石阶上朝箜篌招手，她身后还跟着几个亲传弟子，有男有女，都盛装打扮过。

箜篌看到约好的师兄师姐已经到了，忙跳下飞剑来到他们身边："各位师兄师姐好。"

"这飞仙裙真漂亮。"灵慧从收纳袋里掏出一包果干递给箜篌，"上面竟然还有防御符纹，谁出手如此阔绰？"

"这是二师兄送我的。"箜篌打开纸包，扔了一粒杨梅干到嘴里，"好吃，谢谢灵慧师姐。"

"成易与潭丰真是把你宠得不成样子了。"还是师兄好，灵慧转头看了眼身后两个师弟，哪像这两个，还要她操心。

两个被瞪的师弟，默默往后退了两步，不敢看灵慧。

箜篌装作没有看到晨霞峰师姐弟的眼神交流："时间不早了，我们还是尽早下山，今天我带够了灵石，你们尽管吃。"

灵慧掏出飞剑往天上一扔，飞身跳到剑上，对两个师弟道："看看别人家的师兄弟，再看看你们。"

两个师弟："……"

为了避免他们师姐弟之间为了一点灵石发生矛盾，箜篌连忙道："灵石不是师兄给的，是师父给我的。"

"忘通师伯……"哪来的灵石？

灵慧看着已经跳上飞剑，离她很近的箜篌，不想让小师妹心中高大厉害的师父形象崩塌，话在舌尖转了一圈："忘通师伯对你真好。"

"嗯。"箜篌赞同地点头，"师父对我最好了。"

灵慧觉得自己可能知道忘通师伯为什么说箜篌是他关门弟子了，再来两个，他也养不起啊。

几个亲传弟子说说笑笑踩着飞行法器下山，这是箜篌第一次单独招待同门，充满了新鲜劲。喝什么茶，吃什么点心，要什么菜，她都是在很认真地问过大家口味后，才让酒楼的堂倌准备。

堂倌是个不到二十岁的小伙，见相貌甜美、梳着百合髻的少女笑眯眯地对他说话，他除了连连点头说好，一句拒绝的话都说不出来。

师兄师姐们见箜篌一本正经的样子，彼此对望一眼，笑着任由箜篌折腾。等箜篌坐回椅子上后，才有师兄调侃道："师妹在吃这方面，倒是有几分研究。"

"哪里是有研究。"箜篌接过灵慧递给她的茶水喝了口润嗓子，"我在凡尘界的时候，是皇室公主……"

在座同门们纷纷惊呼一声，就算是凡尘界的公主，身上也会带有天道馈赠的龙气，这对修炼是有好处的，没想到师妹竟然还有这层身份。

被师兄师姐们的吸气声吓了一跳，箜篌有些不好意思地笑了笑："不过没做几年公主，我们家的江山就被推翻了。"

同门："……"

小师妹这个笑，她可真是看透名利与荣华，超脱不凡了。

"不做公主也没关系，做公主哪有修真好。"灵慧又从收纳袋里掏出一袋杏干递给箜篌。箜篌接过杏干，怀疑灵慧师姐收纳袋里装的全是零嘴。

"师姐说得对。"另外一位师兄接过话头，"问天地大道，修长寿德行，可不比凡人短短几十年有意思？"

箜篌点头："嗯，凡人还不能飞，穿漂亮裙衫飞起来才好看。"

灵慧对箜篌这种说法十分赞同："可不是，什么飞仙裙、漫纱裙，就是要在空中飞起来才有衣袂飘飘的感觉，为了美得久一些，穿的衣服漂亮一些，吃的美食多一些，也要修真。"

坐在旁边的男修们维持着微笑，不敢搭话。在云华门待得久了，他们已经深深明白，想要日子过得去，在女人说话的时候，就要闭上嘴。

古往今来，执意要与女人过不去的男人，大多都没什么好下场。

酒楼的动作很快，不多时便上了果盘冷盘。虽然他们没有穿云华门的弟子套装，但是有堂倌见过他们，所以上菜的时候，酒楼老板还免费送了他们两壶酒。

大家都是同辈，又都是各峰亲传弟子，身份没有高低之分，在一起相处得十分自在。不过几盏茶的时间，箜篌已经听了很多江湖风云事迹，一时听入了迷，连饭都顾不上吃。

"后来呢，后来呢？"箜篌听着某门派长老的女徒弟如何美，"是不是他们相爱了？"

"那倒没有。"聊八卦的人，最喜欢的就是箜篌这种听众，让他有继续说下去的欲望，虽然他觉得箜篌这个想法有些奇怪，为什么师父非要与徒弟有什么，他之前说过这两人有任何男女暧昧吗？

"这个漂亮女徒弟爱上了一位驭兽师，可惜驭兽师郎心如铁，对她没有男女之情。"

箜篌瞪大眼睛，已经脑补了驭兽师与美人虐身虐心，最终相隔天地两方，永生不见……

"女徒弟是个豪爽之人，见驭兽师对她无意，并没有纠缠，哪知驭兽师却拿此事出去炫耀，说什么某派美人也不过如此云云。"说到这儿，师兄语气带了几分不屑，"女徒弟听闻之后，抓来驭兽师狠狠揍了一顿，闹得天下皆知。"

箜篌松了口气，幸好不是驭兽师侮辱美貌女修，女修却芳心不改这种走向，不然她会气死的。

"不对啊。"灵慧道，"我听说不仅女修打了驭兽师，女修的师父还与驭兽师的长辈打了一架，说他们一门品行低劣，不配修真。"

"竟还有这个后续。"几位同门来了精神，"打得狠不狠，有没有让他们痛哭求饶？"

箜篌正欲继续听下去，听到酒楼外传来吵闹声，她推开窗户，探头看了过去。

酒楼外面是条街道，不仅有店铺开在这条街上，还有一些本地小商贩。他们趁着人多的时候卖些小玩意儿，赚点小钱，很少发生太过火的争端。

不过今天的争吵声很大，几个美婢抬着软轿，四周跟着人高体壮的护卫。这些护卫的修为皆在筑基以上，个个趾高气扬，似乎嫌周围摆摊的人太多，影响了他们摆排场，为首两个穿灰袍的中年男人正吼着让这些小贩退开。

然而雍城的百姓，向来懒散惯了，也没遇到太多不讲理的修士。见这些外来的修士如此凶悍，竟个个装作没有听见，低头整理摊上的货物。

挑选货物的客人扭头看了看这几个不知道哪里来的外地人，翻了个白眼，转头继续跟摊主砍价："我都是你的老主顾了，这点零头替我抹了呗。"

"大娘，这个真不行，看在你是老主顾的分上，我已经要最低价了。"摊主摇头，在货篮里挑来拣去，摸出两颗野果子，"要不然我送你两颗果子做添头。"

两个中年修士没料到他们的呼喝竟不起任何作用，面上有些过不去，恰在此时软轿里的人还冷哼了一声，他们吓得抖了抖，转身踢翻离他们最近的两个摊子："无知凡人，看到元婴老祖还不速速回避？"

在修真界，能够进入金丹期的修士已是少数，元婴期的修士更是少之又少，为了以示尊重，元婴期的修士被人敬称老祖。

被踢翻摊子的几个雍城百姓愣住，他们这是被外来土包子修士欺负了？

"雍城地界，不可无礼。"就在大家愣神间，几个年轻男女从酒楼中飞跃而下，拦在了这些修士面前。

来了，来了。

雍城百姓七手八脚地帮着摊贩把踢翻的东西收起来，然后快速躲到墙后、窗户后又或是门后，伸出脑袋看热闹。

雍城很久没有遇到这么嚣张又无知的外来修士了，大家心情略有点激动。

"凡入雍城者，必守雍城的规矩，还请这位老祖理解。"灵慧作为在场几位亲传弟子中修为最高的师姐，沉着脸道，"虽来者是客，但客要随主便，老祖还是温柔些好。"

不管私下里何等懒散，但是身为云华门弟子，他们决不能容忍仗势欺人这种行为。

"温柔？"软轿中传出一个男人的声音，他语气轻浮，带着几分高傲，"想让我对你温柔些？你一个筑基十阶的女修，做我的妾也勉强足够了。"

这话侮辱性十足，就像是街边的地痞流氓，在口头上说自己与女人怎样，就是占便宜了似的。

云华门的弟子即使性格平和，听到这话也不免沉下了脸。

"不要脸的人我见过，这么不要脸的，我还是第一次见识到。"筌篌听到这个元婴老祖说的话,当即反唇相讥道,"就你这种玩意儿,给我家师姐做面首,还嫌你大脑简单。平时照镜子的时候,肯定照不全脸吧?"

"为什么啊?"有个百姓大着胆子扯嗓子问。

"脸太大,镜子照不下呗。"箜篌尚且十四岁,说话的时候还带着几分稚嫩,即使说嘲讽的话,也不显尖酸刻薄。

四周有人发出笑声,看热闹的百姓都躲在角落里,那些身强体壮的护卫,也不知道究竟是谁在笑。

几位同门没有想到箜篌还有这么一面,都有些反应不过来。平时笑呵呵看起来甜美可爱的小师妹,竟是如此言辞犀利吗?

箜篌没有注意到几位师兄师姐的表情,进入云华门后,她知道了什么叫同门之谊,在听到外人欺辱同门时感到格外愤怒。当初在皇宫,年幼且无依无靠的她,都能有办法让那些欺负她的宫奴气得说不出话,别说现在的她已经不是当初那个无依无靠的前朝遗留血脉了。

"黄毛丫头,也敢到我面前说话。"软轿中的人大概是跋扈惯了,听到箜篌的话,气得一拍坐垫,挥手撕开轿帘,飞身而出,速度快得让箜篌看不清。

但她深谙打不过就跑的道理,在对方气急拍软垫的时候,她就很聪明地往旁边躲,还扔出一个惊雷符阻断了对方的攻势。

"我当是什么人敢在我面前叫嚣。"这个元婴老祖看起来十分苍老,脸上皱纹就像是风干的老树皮。很多人上了年纪后,会变得越来越平和宽容,显然这个元婴老祖不属于此列。他面相阴森,五官紧凑,怎么看都不像是心胸开阔之辈。

"我还以为是哪位了不起的老祖,原来竟只是靠着丹药堆出来的无用废物。"灵慧看了元婴修士几眼,"我就说各大门派有名望的元婴老祖都是仁和讲理之辈,怎么可能做出如此不入流的事情,原来是个连心境都过不去的……"她竖起小拇指,摸出了自己的本命法宝。

她不是剑修,跟着青元峰主走丹修路子,法宝是一把扇子,虽然这把扇子平时都是拿来给丹炉扇火的,但是特殊时候,扇火扇也有大作用。

其他亲传弟子也纷纷拿出了自己的本命法宝,云华门一派在剑修上并不出众,门下的弟子都是内修兼法修,法宝更是千奇百怪,有扇火扇,有玉如意,甚至还有扫帚、狼牙棒等。

他们虽然修为不如这个元婴老祖,但作为亲传弟子,身上还是有些长辈给的好东西的，拦住一个靠丹药堆出来的元婴老祖作恶，还不是问题。

这个元婴老祖也没有想到这些修士说动家伙就动家伙，他眯眼看了眼这群年轻人："雍城的修士真是与别处不同，竟是准备以多对一？"

箜篌看了眼元婴修士身后的那些护卫，这些护卫都不是人咯？

"能多打一的时候，还要单打独斗，那是脑子有病。"箜篌小声嘀咕。她还没有本命武器，只能拿出掌门师伯送的飞剑握在手里，提高声音道："师姐师兄，还有这位元婴老祖，大家都不要急，有什么话不能好好说，何必非要动手？"

"怕了？"元婴修士见刚才还伶牙俐齿的黄毛丫头很快就服了软，觉得自己丢失的尊严又回来了，"你比你那个师姐更有姿色，你若是愿意跟我，丹药法宝随你选。"

箜篌看着这个丑而不自知的元婴修士，话本没有骗她，原来世间真有这种不要脸、不讲理、长得还丑的坏人，简直就是把所有不好的都凑在了一块儿。仔细想想，要满足所有条件，也不容易。

"老祖威武不凡，小女子不过蒲柳之姿，怎配做老祖的妾。"箜篌笑弯了眼睛，"不如老祖……"

她从包里抓出一大把惊雷符，扔了元婴修士满头满脸，元婴修士没有想到这个女人说变脸就变脸，这些惊雷符虽然不能伤到他，但让他颜面大失。

刚才若不是听这个黄毛丫头那些吹捧的废话，他早就一掌拍死这些小崽子了。

箜篌之前突然服软，雍城百姓还以为云华门怕事了，哪知道转眼这个笑容满脸的小姑娘就拿符炸得元婴修士满脸漆黑，这种突然反转，让看热闹的百姓纷纷叫好。

酒楼上有客人掌鼓得太厉害，差点从楼上摔下来，幸好他的同伴及时拉了他一把。

元婴修士气得失去了理智，也不管箜篌长得是不是甜美可爱了，挥掌就想拍死她。几个师兄师姐见状，纷纷扔出法宝来挡这一掌的攻势。

"谁在欺负我徒儿？！"天空中突然传出厉喝，带着雷霆之势，威压十足。

元婴修士还没来得及回头，就被重重拍了出去，摔得天昏地暗。至于他那些护卫，也都在眨眼间七零八落地躺在了地上，连求饶都说不出，只能在地上打滚痛呼。

"师父，你来啦？！"箜篌看到来人，露出灿烂的笑容。来人正是收到箜篌飞讯符的忘通，他本来还在五行堂磨蹭，想办法预支五十年后的俸禄。听到徒弟被人欺负，薪俸也不要了，当下便缩地成寸赶到山下。

远远看到有个老畜生想对自己徒儿动手，他哪里还能忍，一巴掌拍过去，这个风光的元婴老祖就扑在了地上。

"峰主。"其他亲传弟子见到忘通出现，都松了口气，收起法宝向忘通行礼。心里又觉得奇怪，不是说栖月峰的峰主很穷嘛，怎么箜篌小师妹还用得起奢侈的飞讯符？

忘通朝他们随意一摆手，示意不用多礼，便匆匆走向箜篌："乖徒儿，可受伤了？"

"师父不要担心，我没受伤，就是这个元婴老祖调戏师姐和我，还说要纳我们为妾。"做了四年栖月峰关门亲传弟子的箜篌，已经养成了受委屈就向师父告状的习惯。

"什么？！"忘通上前拎起元婴修士的头发，看了眼对方那张丑陋的脸，连忙丢开手，忙不迭在袍子上擦手，仿佛自己摸到了什么恶心东西。

"就这么个丑玩意儿，还想纳我们云华门亲传弟子为妾？！"忘通用脚尖踢了踢元婴修士的腰，"敢侮辱云华门亲传弟子，你是哪个门派的？"

"你这个贱人，打不过竟然背后叫人。"元婴修士吐出一口血，阴狠地瞪了箜篌一眼。

"打不过当然要叫人帮忙。"箜篌理直气壮道，"难道站着让你打，又不是脑子进水。"

"打打打，打得他亲妈都不认识！"刚才还躲在角落里看热闹的雍城百姓，此刻全都站了出来，里三层外三层把元婴修士包围了起来，像是在看关在笼子里的大猩猩，也不知道之前他们都躲在哪儿。

"哎哟，这么老这么丑的厌老头，也好意思要人家两个小姑娘做你的妾。"一个阿婆凑近看了两眼，连连摇头，"不能仗着丑就不要脸，难道是你出生时脸忘长了？"

"还元婴老祖呢，连我们云华门修士一巴掌都扛不住。"另外一个大姐扭了扭粗壮的腰，发出咯咯笑声，"人家这位修士还比你好看，比你年轻咧。"

被夸奖的忘通双手负于身后，脸上不怒不笑，一派高人形象。

"云华门你别欺人太甚,你可知我是谁?我可是御霄门新任门主的弟弟……"

"御霄门?"忘通脸色变了变,低头看元婴修士,"你真是御霄门门主的亲人?"

"怎么,怕了?"元婴修士见忘通变了脸色,脸上露出得意之色,云华门果然都是无能之辈,不过是抬出御霄门的名号,他们便怕了。

就算修为比他高又如何,不也害怕御霄门后面的琉光宗?

忘通皱眉思索片刻,转头看筀篌:"乖徒儿,此人违反了雍城多少规矩?"

"欺压百姓、调戏良家女子、仗势欺人、对云华门出言不逊。"筀篌板着脸道,"他还踢翻了两个百姓的货摊。"她瞥了眼地上几片烂菜叶,"这些货品都是千年难得一见的药材,十分珍贵,有损伤就不值钱了。"

元婴修士:?

良家女子在哪里,珍贵药材在哪里?!

黄毛丫头,无耻至极!

"岂有此理!"忘通面沉如水,对看热闹的雍城百姓拱手道,"请各位老乡让一让,让我门下弟子把这个修士绑进牢狱,让御霄门的门主亲自来给我们一个说法。大家放心,我派定会把此事告知各大门派,并说明缘由。需让他们御霄门知晓,云华门与雍城百姓不能任人欺凌!"

在元婴修士被两位师兄捆起来以后,筀篌腿一软:"灵慧师姐,你扶一下我。"

"受伤了?"灵慧扶着筀篌跳上飞剑,以为她年纪小要面子,不好意思在普通百姓面前露出受伤后的狼狈,小声问,"那个老畜生伤到你哪儿了?"

"没有受伤,就是……有点腿软。"筀篌有些不好意思,拿手捂了捂脸。那个元婴修士就算是靠着丹药堆砌出来的,修为也比她高出太多,对方身上的威压,压得她几乎喘不过气。只是在当时那个情况下,如果连她都露出胆怯的神态,雍城这些常年无忧无虑的百姓,岂不是要跟着害怕?

身为云华门的弟子,她觉得自己无法对这种事坐视不理。她父亲对不起天下百姓,而她身为云华门亲传弟子,却不能对不起雍城百姓。

"傻师妹。"灵慧笑了笑,伸手轻点筀篌额头,语气中多了几分温柔,"你虽然只是刚筑基,年纪又小,但已经明白何为仁义,已经很了不起了。"

修真是逆天而行,所以云华门讲究外修身,内修德,小师妹天资出众,不过十四岁的年纪,已经有了为百姓站在恶人面前的勇气与善良,这比她五灵根资质更难能可贵。

忘通师伯的性格她清楚，绝对不会拉着徒弟满口仁义道德，但是栖月峰三个亲传弟子都十分优秀，优秀到连她师父都嫉妒的地步。

看了眼在最前方开路，手里还拎着两条鱼、一只鸡、一只鸭的忘通师伯，灵慧忍不住笑了笑。这些都是城里百姓送的，死活都要忘通师伯收下，师伯的衣袍都差点被扯下来。

"嘎嘎！"

被倒提着的肥鸭张大嘴，发出不甘的叫声，忘通在手里使劲晃了晃，将其晃得晕了过去。

筌筷看着肥肥的鸭子，心想是拿来炖汤还是红烧呢。

忘通把元婴修士直接带到掌门面前，珩彦掌门看着灰头土脸的元婴修士，问站在忘通身后的筌筷与灵慧："这是怎么回事？"

灵慧把事情经过一五一十讲了出来。

"嗯。"珩彦点了点头，神情温和地看元婴修士："这位道友，我们雍城讲究以和为贵，你如此行为，让我们云华门上下也很为难。"

元婴修士见掌门神情温和，跟他说话时还带着三分笑，心里隐隐有了几分希望："珩彦掌门，今日的事是我做得不妥当，你放我下山，我一定好好赔偿那些百姓。"

"知错能改善莫大焉，你有这样的觉悟，我十分欣慰。"珩彦脸上的笑容更加明显，转头对身后的弟子道，"勿川，你去取一件干净衣服给这位道友换上。"

元婴修士心中大喜，看来这个珩彦准备放他走了。

"请道友放心，我给你安排的牢狱非常干净，光线不强烈又安静，不会影响你打坐或是休息。"珩彦端起茶杯轻啜一口，"我记得丁字房还没有关人，就请这位道友暂且委屈几日。待你的兄长来以后，我再放你出去。"

"什么，你不是现在送我出去？"元婴修士大惊，不放他走，刚才跟他说那么一大堆废话干什么？

"城有城规，宗门有宗门的底线，道友想差了。"珩彦放下茶盏，抬了抬眼皮，"勿川请这位道友下去。记住，是丁字房，别记错了。"

"是的师父，徒儿领命。"勿川从收纳袋里取出一条绳子，往元婴修士身上一扔，便把他捆得紧紧的，他除了双腿能动，全身上下像是失去了力气般。

元婴修士开始害怕了，他想开口叫喊，哪知连声音都发不出来。

可恶的云华门，竟然使这种阴损手段！

"丁字房？"箜篌还没去过云华门的牢狱，不明白掌门师伯为什么要强调这个。

灵慧小声道："丁字房比较特别，一天十二个时辰都见不到光，而且里面有避音阵，一点杂音都听不到。所以是光线不强烈又安静。"

没有光也没有声音，这种牢狱也挺吓人的。

抬头看着微笑的掌门师伯，箜篌不自觉地把头埋得更低，姿态更加恭敬。

"你们几个今天做得很不错，但也有不妥当之处。"珩彦把目光投向几个亲传弟子，"为了百姓安危与元婴修士对峙是勇，但是做事不能有勇无谋。若今天是个出手更加狠厉的元婴修士，你们能够保证所有人都全身而退？若是你们忘通师伯没有及时赶到，后果又会如何？"

几个亲传弟子羞愧地垂下头，掌门师伯说得对，他们今天确实过于冲动了。

见他们把自己的话听进去了，珩彦满意地点了点头："虽然谋略不足，但是你们今天的行为值得夸奖。等会儿每人去五行堂领五十灵石的奖励，回去好好想想，以后遇到这种情况，还有哪些更稳妥的处理方式。"

忘通扭头看珩彦，没有他的份儿？

"谨遵掌门师伯教诲。"亲传弟子被珩彦训得心服口服。

"你们还年轻，能做到这样已经很不错了。"珩彦无视忘通的眼神，对箜篌道，"箜篌这次做得很好，知道提前通知师父，还想办法拖延时间。不过你后面行事过于急躁，如果不是你的师兄师姐拿出法宝掩护你，你师父或许来不及拦下对方那一击，你定会受重伤。要记住，事情还没有彻底结束时，就算胜利在望，也不能有半分大意。"

"谢掌门师伯，箜篌记住了。"箜篌若有所思，掌门师伯说得对，她掩饰得还不够彻底，以后一定要做得更好。

"都下去休息，今天你们也受到了惊吓。"珩彦让亲传弟子们回去后，扭头看向忘通，恨铁不成钢道，"那是给后辈的奖励，你好意思去领？"

"你如果给，我肯定好意思领。"忘通道，"应得的东西怎么能不要？"

"行，我让五行堂在你的欠债表里扣去一百灵石。"珩彦摆手，"滚滚滚，我看着你就来气。"

"师兄，御霄门来赎人……领人的时候，可不能让他们白把人带走。"忘通咳嗽一声，"你说对吧？"

珩彦知道他打的什么主意，无奈道："人既然是你抓住的，后面的事情也交给你们栖月峰负责。"

"多谢师兄，师弟告退。"目的达到，忘通干脆利落地走人，免得掌门师兄翻白眼时把眼珠子翻出来。

勿川把元婴修士关起来以后，见箜篌站在牢狱大门口，走到她面前："箜篌师妹？"

"掌派大师兄。"箜篌对勿川笑了笑，"里面都关着什么人？"

十四五岁的少女，对没有见过的东西，总是容易抱着几分好奇。勿川见箜篌朝里面伸着脖子看，神情平淡道："里面关着一些违背修真界道义的人，还有门内犯错的弟子。"

"我们门里……也有弟子关在里面吗？"箜篌愣住，在她认知里，满门上下都是好人，无法想象他们犯错的样子。

"就算是行事最严谨的琉光宗，也会有犯错的弟子。"勿川神情平静，转身往台阶上走，"我带你进去看看。"

"可以吗？"箜篌跃跃欲试。

"嗯。"勿川点头，神情有些微妙，"反正再过几天，也该安排你来这里看看。"

云华门有个不成文的规矩，刚筑基的弟子，都要来牢狱里看一圈。要以最真实的场景让他们明白，有了修为以后肆意行凶的下场，观看的对象越惨效果越好。

原本他们是打算等箜篌满十五岁以后，再带她过来看，但现在人都来了，那他就干脆带她去观赏一番。

牢狱中没有箜篌想象中的霉臭味，但是很阴冷，这种渗入骨子里的冷，让她很不舒服。看到他们进来，关在里面的人也不敢大喊大叫，抠脚的、骂人的全都站直了身体，似乎在极力向他们展示：我们改造良好，以后出去绝对是大善人。

这些小房间里，全都有克制五行的阵法，再厉害的修士，在这里都只是普通人。

越往里走，阴冷感就越强，箜篌甚至看到某个房间里有人在受刑，他全身血肉模糊，没有一处是好的。

"此人拿童男童女练功，死在他手上的普通小孩近百。"勿川道，"所以判了他千刀万剐之刑。"

箜篌对这种血腥画面有些不适，但没有怯懦害怕，而是低骂道："活该。"

"我们云华门有上好的丹药，在千刀万剐之刑完成之前，他死不了。"勿川转头看箜篌的反应，嘴角微弯，继续带她去里面看。

很快箜篌见识了一番坏人的十八般下场，走出牢狱大门时，只有一个想法：做好人，真是太好了。

云华门发往各大门派的飞信，很快传到了他们手上，其中也包括御霄门依附的琉光宗。

琉光宗，是整个修真界势力最大、管理最严格、天才最多、法宝最多、弟子最多、剑修最凶残的宗门，就连参与编纂各种修士必读书籍的大能也是最多的。

看到云华门忽然传飞信过来，琉光宗的宗主金岳转头问其他人："云华门最近有什么大事？"

其他人纷纷摇头，除了他们终于收到了一个五灵根弟子外，好像也没有什么事。

金岳更加疑惑，以云华门不爱多事的性格，竟然会主动给他们传书，难道是有人惹到他们了？几十年前，有个不长眼的少掌门跑到云华门管辖地惹事，结果云华门狠狠将其收拾了一场，还特意传书给各大门派，让这个少掌门丢尽了颜面。这都六十年过去了，那个少掌门都没脸出门。

外人只知道云华门上下都很懒散随和，却不知道云华门是不惹生气则已，生气便要弄死你，弄不死也要打残你的性子。

有前车之鉴，所以应该没哪个不长脑子的再去招惹他们。

金岳心里这么想，抱着看热闹的心态打开信封，一看脸就黑了。

旁人见金岳黑了脸，以为是云华门出了事："云华门发生了何事？"

"云华门倒是没事，是我们有事！"金岳把飞信拍到桌子上，把目光投向众人，"御霄门新任的门主是谁？"

"上任门主准备冲击出窍期，年前卸任，新任门主好像是他的师弟？"理事堂的堂主想起御霄门在雍城设立了店铺，"莫不是开在雍城的店铺惹出了什么事端？"

这家店铺在雍城开设了不少年，听说收益一直很好，有时候高修为的散修前去闹事，还是云华门帮着处理好的，怎么又弄得不愉快了？

琉光宗管辖下的门派很多，为了严格管理他们言行，每个宗门都安排了宗内有地位的峰主或是管事监察，像这种仗势欺人的事情，几乎已经没什么人敢做了。

"云华门修书过来，说御霄门新任门主的弟弟到雍城后，欺压当地百姓，调戏云华门亲传弟子。"金岳几乎没脸再说下去，"让御霄门新任门主亲自去给云华门赔礼，若是此事处理不好，就让御霄门重新换一个门主。连自己的家人都管不好，又如何管理好一个门派。"

"仲玺，"金岳转头去看下方从头到尾一句话都没说的年轻峰主，"以后御霄门交由你管。"

年轻峰主朝掌门恭敬拱手，表情没有半分变化，只是那剑眉星目看起来有些疏淡："师父，徒儿近来心境不稳，无暇管理此事。"

金岳似是想到了什么，叹息一声："罢了。"

年轻峰主再度沉默下来，他低头看着自己白皙的掌心，像是没有感情的雕像。

"掌门，不知云华门此次是单给我们传了书信，还是……"理事堂堂主表情有些尴尬。

"以珩彦掌门的性格，他必会把事情告知十大宗门，以示他处事公允。"若不是这样，金岳看到飞信以后，脸色也不会这么难看。想到这儿，他又安排了一位峰主，跟御霄门门主一道去云华门告罪。虽然这事严格说起来，与琉光宗内门没有什么关系，但他们与云华门友好来往了近千年，又怎么能因为这种事起嫌隙。

金岳所料没错，其他宗门收到云华门的飞信以后，皆回了飞信以示他们的公允，私下里却把御霄门的事情打听得一清二楚。这位新任的御霄门门主周仓修为不错，性格也好，唯一的问题就是把弟弟当作儿子养，惯得他无法无天。

原本周仓在御霄门内门做事，天天盯着这个不成器的弟弟，对方也没机会闯下大祸。这次打着"巡视商铺"的旗号到雍城，就惹上了云华门，还出言让人家两个亲传弟子做妾。

人家云华门就算在十大宗门里排名靠后，那也是在凌忧界屹立多年不倒的大门派，你一个依附琉光宗的御霄门门主弟弟，哪儿来的胆子让人家亲传弟子给你做妾？怕是在家里被宠得没了脑子，不知道天高地厚。

云华门多和气的门派啊，这个叫周兴的元婴修士能惹得他们动怒，也真是有本事。

各大门派反应与想法都相似，也代表着事情还没解决，他们已经站定了云华门没错的立场。若不是御霄门这些年并没有做出什么不好的事，他们在回信中，恐怕还要跟着谴责几句。

日子最不好过的当数刚当上门主的周仓，他以为自己的弟弟终于懂事了，没想到出门就惹事。惹事就算了，还惹到了云华门头上，扬言要纳云华门峰主亲传弟子为妾。便是待弟弟如亲生子一般，周仓也忍不住想问他那个不成器的弟弟，究竟有多不要脸才说得出这样的话来。

周仓也不敢多想，备下厚礼，跟在琉光宗峰主后面，匆匆往云华门赶。

一进雍城地界，就有云华门两名亲传弟子过来迎接。金丹修为的弟子他以前见过，另一个筑基初阶修为的弟子倒是眼生，不过两人待他们十分和善，并没有因为周兴犯错便迁怒于他们，这让琉光宗的松河峰主心里好受很多。

"恭迎松河峰主、周仓门主。晚辈乃云华门栖月峰大弟子成易，这是我的师妹箜篌。"成易朝两人行了一礼。

"两位师侄不必多礼，有劳两位师侄带路。"松河听说过成易的名号，据说这是云华门后辈里面，天资比较出众的弟子之一。他对成易笑了笑，把目光投向成易旁边的年轻少女。小姑娘不过十四五岁的年纪，相貌不俗，前几日有消息传过来说，云华门招收的那位五灵根女弟子已经成功筑基，难道就是这位？

"峰主客气。"松河在看箜篌，实际上箜篌也在偷偷打量他们。早就听说过琉光宗十分厉害，高手如云，这次把那个元婴修士关押起来，她还以为琉光宗与御霄门会咄咄逼人，没想到态度竟如此端正亲和，倒是让她想了整整一夜的各种计划胎死腹中。

话本里不都是这么写嘛，大宗门高高在上，拿下巴看人。遇到这种事，往往都是针锋相对，谁气势更足，谁就能占上风。她今天特意跟大师兄一起过来，是抱着提前了解一下对手的打算，没想到……就这样？

"这位师侄可是贵派新收的亲传弟子？"松河取了件样式精致的法器出来，"云华门与我琉光宗交好多年，你称我一声师叔也不为过，出门在外也没什么好东西可以给你，这个你拿去玩，不要嫌弃。"

没有挑衅，反而还有礼物给她？

筌篌看了眼大师兄，见他并没有反对，才把这份见面礼收下，朝松河行了一礼。转眼见那个元婴修士的兄长也准备伸手去拿收纳袋，筌篌赶紧说："时间不早了，请两位前辈随我来。"

拿人手短，吃人嘴软，琉光宗峰主的礼收了便收了，这位周仓门主的东西，此时此刻却不能收。

等下还要收拾他弟弟，免得心生尴尬。

从雍城到云华门，并不需要太多时间。途中周仓几次想向两位云华门亲传弟子打听有关弟弟的消息，也不知是这两人装傻，还是年轻听不懂暗示，从头到尾都不提这一茬。

到了云华门正堂大殿外，一行人从飞行法器上下来。周仓终是忍不住，把心里的话直接问了出来："两位小友，不知在下那个不成器的弟弟，近来可有悔改之心？"

在前面领路的筌篌闻言，回头对周仓粲然一笑，那双乌溜溜的大眼睛，让周仓不自觉便多了两分好感与信任。

"请周门主放心，这位元婴老祖虽然犯下大错，但是掌门师伯向来处事公允，只是把他关在一个安静的屋子里，并没有做其他的。"筌篌笑起来的脸上，有没长开的婴儿肥，令其看起来带着几分娇憨之气。

"珩彦掌门高风亮节，在下并没有此意。只是担心那不成器的弟弟叨扰了贵派。"周仓松口气，没有动私刑就好，这次回去，就把这个混账东西锁在院子里，哪儿都不让他去。

筌篌见周仓这样，没有再多说什么，对周仓的观感却是淡了下来。这些年她得了御霄门不少灵石兑换券，所以对这个门派有着天然的好感，没想到新上任的门主竟然这般……

不是说这位周门主不好，只是如此纵容亲人却不加以管束，到底有助纣为虐之嫌。那个叫周兴的元婴修士，胆敢如此嚣张跋扈，不就是仗着他这个兄长。

踏进云华门正殿，筌篌就站在一旁听师父与松河峰主寒暄，两人或许是旧相识，聊得还算愉快，只是谁也没有先提元婴老祖周兴犯了雍城规矩这件事。

两人聊着聊着，便说到了教徒弟这件事上。

"哪能跟你们琉光宗的弟子相比，我这三个徒弟都是不成器的。"忘通摇头晃脑，自我贬低道，"老大前两年才突破金丹期；老二近来闭关，也不知能不能突破成功。"

"忘通兄谦虚了，成易与潭丰才多大的年纪，就有如此修为，放眼整个修真界，也是佼佼者了。"松河的心情就像是茶盏里的茶叶，被水泡得漂上漂下翻腾得难受。

整个修真界，谁不知道忘通收了两个好徒弟，前几年还收了一个五灵根天才弟子，这会儿跑到他面前说什么徒弟不成器，不就是想要他夸一夸吗？都是活了几百年的老头子，谁还不明白谁。

松河内心很愤慨，面上还要保持微笑，把忘通的几个徒弟从头到脚夸了一遍。

"哪里哪里，他们还年轻，担不起你的夸奖。"忘通嘴上谦虚着，得意却写在了脸上。

陪坐在旁边的周仓想要搭话，却不知道该从哪里说起。现在听到松河夸忘通的徒弟，连忙跟着夸奖道："忘通峰主教徒有方，让在下佩服。你的关门弟子小小年纪，便已是筑基修为，还行事有度，让在下羡慕不已。在下教弟不严，给贵派惹麻烦了。"

跟松河说了半天话的忘通冷哼道："周门主过谦了，您这位不成器的弟弟，可是口称要纳我小徒弟为妾呢。"

周仓脸色一僵，觉得面子里子都在熊熊燃烧，丢脸至极。他知道弟弟曾调戏两名云华门亲传弟子，没想到其中一个就是忘通的关门弟子。

转头看了眼站在忘通身后明眸皓齿的少女，周仓苦着脸行礼道："筌篌姑娘，舍弟无礼，在下代他向你赔罪。"

筌篌连忙躲开这个礼，满脸惊讶道："周门主，你这是做甚？您是您，别人是别人，筌篌虽年幼，也知不可迁怒他人的道理，还请门主万万不要如此。"

弟弟犯了错，哥哥来赔礼算什么？

"周门主，我这个徒弟还小，可受不起你的礼。"忘通站起身，拦在了周仓与箜篌之间，怎么也不让周仓把这个礼行下去，"既然已经提到了此事，我们便坐下来细谈。"

周仓心中泛苦，却不得不依言坐下。

松河坐在旁边品尝着云华门特有的茶，秉持绝对不偏帮的理念，准备从头安静到尾。

一碟点心放到他面前，他偏头看去，正是忘通的小徒弟箜篌。

箜篌指了指点心，对松河眯眼一笑，捂嘴退到忘通身后站定。松河无奈叹息，忘通这老小子，收徒弟的运气真是好得让他们这些同辈羡慕。

琉光宗虽不缺有天分的弟子，但收亲传弟子讲究的是缘分，他在宗门里待了这么多年，也没挑出两个合心意的弟子。

"周门主，你应该知道我们云华门的规矩。无故欺压无辜百姓、调戏女子者，便是打杀了也不为过。"说到正事，忘通脸上的表情严肃了很多，"他在你御霄门管辖区域干什么，我们云华门管不着也不想管，但是到了雍城地带，就要按我们云华门规矩来。"

"忘通峰主，舍弟犯下如此大错，是我教导不严之过。只是看在你我相识多年的分上，还请你高抬贵手。"周仓站起身，朝忘通一揖到底。

忘通比周仓修为高，这个礼他受得心安理得。

"周仓，不管是普通人还是修士，都有情感偏向。你护着你的弟弟本没有错，但是被他欺负的百姓，他们也是别人的弟弟或是儿子，谁来给他们一个公道？"

周仓知道忘通说得有道理，他理亏气短，半个字不敢反驳。

"他这次调戏的是我云华门女弟子，她们有我云华门撑腰；可若他调戏的是普通女子，这些无辜的女子又有谁来撑腰？"

箜篌发现，平时总在她面前笑眯眯的师父，严肃起来后格外有震慑力。她仅仅是站在师父背后，就已经是大气不敢出，更别说站在师父面前的周仓，此时已经冷汗淋漓，语不成句。

"你周仓的弟弟是人，别人就不是人了？"忘通冷嗤一声，"我若是你，今天就不会代他告什么罪，因为没脸说出口。"

周仓知道忘通说得没有错，可是他统共就一个弟弟，难道真要眼睁睁看弟弟死在云华门手里？周仓无奈之下，只好把求助的目光投向松河，然而此刻的松河正在品茶吃点心，根本没有注意到他的目光。

"请峰主饶舍弟一命。"周仓再次向忘通行了一个大礼。

站在忘通身后的筌篌看着周仓如此伏低做小，心情十分复杂，那个周兴在外面嚣张跋扈时，可曾想过他兄长为了他丢尽颜面？

周仓这个兄长，一味顺着弟弟，可曾想过有一日，这个弟弟被他宠得无法无天，惹出大祸？

她偷偷看了眼忘通，暗自下了决定——她以后一定好好修炼，也不在外面惹事，免得连累师父师兄们为自己弯腰屈膝，只要想一想那种画面，她都没法接受。

所以，她绝对不能成为像周兴这样的人。

察觉到小徒弟情绪有异，忘通便道："今天的心法背了没有？师父这里不用你陪着，回去好好修炼。"

"徒儿告退。"筌篌给松河、周仓二人行了礼才退下，举止间还带着几分在皇宫里养成的贵气。

松河眼神微亮，这个小师侄身上竟然还有一缕微弱的龙气，日后真是前途无量啊。

"怎么出来了？"成易见筌篌从正殿走出来，兴致还不太高的样子，"是那个周门主对你说了难听的话？"

筌篌摇头，看着大师兄脸上毫不掩饰的关切之色："师兄，我以后一定不像他那样。"

"哪个他？"

"关在牢中的那个。"说到牢狱，筌篌就想起了那些作恶多端的坏人的下场，忍不住抖了一下肩膀，"我舍不得师父与师兄为了我卑躬屈膝。"

"没出息，跟这种人比。"成易轻笑出声，"怎么不跟仲玺、绫波这些人比。"

筌篌连连摇头，她才不想长九尺高，那样就不能穿漂亮的飞仙裙了："不比不比。"

"真是没出息。"成易笑道，"都被你那些师兄师姐带坏了。"

"师姐师兄都很好啊。"筌篌小声道，"嘘，大师兄，你小声点，别被其他人听到了。"

成易再度笑出声来，气得箜篌瞪大眼睛，哪有讲坏话声音还这么大的，还能不能好好说坏话了？

最后也不知忘通怎么跟周仓交流的，周仓给了云华门一大笔感谢费，还在御霄门驻扎雍城的店铺门口，张贴了一封公开致歉信。

周家兄弟离开云华门那天，箜篌也不打坐修炼了，特意起个大早去"送行"。

在牢狱中关了几日的周兴格外老实，下巴不扬了，眼睛不乱瞟了，就连脑门上的头发，都乖乖耷拉着，遮住了半张老树皮似的脸。最让她吃惊的是，周兴的修为竟然降到了筑基期。

但是看着周仓感恩戴德的模样，箜篌用传音术问跟她挤在一块儿看热闹的灵慧："灵慧师姐，那个周兴修为怎么降了这么多？"

"哦，琉光宗与我们宗门经过严肃的讨论与思考，觉得周兴死罪可免活罪难逃，便废了他一半的修为，免得他又仗着修为出来欺负人。"灵慧分了一半零嘴给箜篌，"这次回去，周仓刚坐上的门主位置，就要让人了。"

恐怕从此以后，周兴只要听到"云华门"三个字就会两股战战绕道走了。

一走出云华门势力范围，沉默不语的周兴声音颤抖道："兄长，云华门内，都是些伪君子，实在是……实在是……"

想到他这几日都被关在暗无天日的牢狱中，没人跟他说话，也看不到什么东西。好不容易里面的看守点了灯，他看到的竟是别人受刑，那一声比一声更加凄厉的惨叫，让他浑身发抖。

这还不算，那施刑的人还说："这个受罚的元婴老祖，还剩下五千刀没剐呢。"

"以童男童女为药引炼丹，算哪门子老祖？"另一个施刑的人冷哼一声，"这种人死了都是便宜他。"

也不知道是不是错觉，周兴觉得这两个人在说话的时候，有意无意朝他所在的方向看了好几眼，吓得他不敢骂不敢闹，连呼吸声都忍不住放轻了。

外面都说什么云华门性格随和，不争强好胜，偏安一隅，都是骗人的狗屁话，那施刑的手段哪里随和了？现在只要他一闭上眼睛，脑子里都能浮现出那个元婴修士身上皮肉被剥下来的画面。

"住口！"周仓怒道，"云华门能留你一条命，已是我豁出几百年老脸求来的。你以为这里是什么地方,那些二三流的小门派吗?这里是云华门,传承多年的大宗门,不要以为外面常拿云华门一些小事来开玩笑,云华门就真的好欺负了。若云华门真是如此无能,能在凌忧界安稳这么多年吗?!"

周兴不甘,刚想说云华门施刑的事情,就听到周仓道:"此次回去以后,你好好闭关修炼,没有我的允许,哪里都不能去。若再闹出这种事,我也护不住你。"

"你是堂堂御霄门的门主,难道……"

"已经不是了。"周仓面无表情道,"琉光宗又怎么能够允许一个管家不严的修士做门主。"

虽然周家兄弟离开了,但是琉光宗的峰主松河还留在云华门内。修行之人,有时候也会聚在一起论道,以弥补自身的不足。

云华门内灵气充裕,气氛祥和,美食众多……

松河站在山峰之上,看着山间翻滚的云雾,长长叹息一声。云华门这个地方,真是让人来了就不想走。难怪常有外面的修士来雍城玩耍,各大宗门也都要到雍城开铺子,实在是这个地方的人,太会享受生活了。

他若不是道心坚毅的剑修,每天吃着云华门准备的各色美食,恐怕也要产生一种人生就是要这样才舒适的错觉。几番感慨间,半山腰处传来说话声,想来是云华门的弟子在练习功课。

"师兄,原来掐算还要背这些东西,我还以为只要修炼了,自然就懂了呢。"

"是谁跟你说,只要修炼就什么都会?"

"……"

"嗯?"

"我没乱看话本。"筼筜连连摇头,"我就是随便问问,随便问问。"

"天地阴阳,天干地支,星象山川,都与算字有关。"成易不与她计较,"越是简单的人生,越容易掐算出来;越是复杂的人或事,就越容易受这些影响。我们云华门虽不以掐算为长,但不能无知。你现在已经筑基,待你掐算入门以后,就可以去珍宝殿选属于你的本命法器,或是选适合你的材料,自己亲手打造一把出来。"

"这里地势空旷,灵气充足,你初学掐算,在这里更容易感悟。"成易看了眼天空，"这几日天气不好，待天气好了，我再教你看星象。"

松河没有去打扰这对师兄妹，当然也不会去看他们的教学方法，虽然现在宗门与宗门之间会相互探讨，很多内修方法都融会贯通，但是该尊重的还是要尊重一下的。不过谁说云华门的弟子都懒散的，以他看还是很勤奋的嘛，哪里有外面传的那么过分？

不便久听，松河正准备转身离开时，听到又有一个男声传了过来。

"师兄，师妹都学了这么久了，先吃点东西休息一下，不要着急慢慢来。小孩子长身体呢，脑子用太多，长大了会变丑。"

松河脚下一顿，几乎不敢相信自己的耳朵。简直就是荒唐，这才学了多久，就需要休息？琉光宗门下的弟子，起床后做的第一件事就是挥剑三百下。这才勉强称得上不懒散，就刚才这么一会儿，能累着什么？

"师弟说得有道理，箜篌你先休息一刻钟。"

松河再也听不下去了，他怕自己再听下去，会指着这几个弟子的鼻子骂。好在他是一个有修为有气度的老祖，知道别人家的弟子骂不得，只能把这口气忍了下去。

好好一个五灵根天才苗子，要被云华门给养成什么样子？

以松河的修为与敛气功夫，师兄妹三人根本不知道刚才有人就站在他们上面。三人吃吃喝喝学一学，喂一喂招式，很快就度过了愉快的一天。

回到洞府后，箜篌摸出自己的小本子，用毛笔工工整整地写下了几句话。

凌忧界五年三月十九日，跟师兄们学习，又是愉快的一天。

接下来几天，箜篌终于记牢了卦象演变，还帮二师兄算了一个小卦，说他近来会破小财。没过几天，二师兄就喜滋滋地告诉她，他掉了一个钱袋，里面装了五块灵石。

师兄师姐们听说箜篌终于能起卦了，个个跑来恭喜她，仿佛箜篌做成了一件天大的事情。

松河透过正殿大门，看着远处演武场上亲传弟子们挤在一块儿你笑我闹，转头再看珩彦的脸色，他竟是毫无情绪波动，仿佛已经习以为常。

察觉到松河的眼神，珩彦微微笑道："鄙派的弟子活泼了些，让松河兄见笑了。"

"哪里哪里，贵派弟子……机灵活泼，挺好的，挺好的。"松河心里隐隐有些讶异，云华门里这些弟子，感情竟如此好吗？

便是管理严格的琊光宗，亲传弟子之间，也会因为资源问题发生矛盾。以云华门的现状来看，其他亲传弟子资质都不错，本是门派里的天之骄子，现在突然来了个五灵根师妹，而且还在短短四年内突破筑基，其他人难道就没有其他想法？

"我今日来找掌门，是来辞行的。"松河对珩彦拱手道，"这次的事情，是我们琊光宗治下不严，幸而掌门宽宏，没有因为此事伤了我们两派多年的和气。"

"松河兄严重了。"珩彦道，"这事怎么能怪贵派，此事已过，我们无须再提。只是松河兄为何如此着急，可是我招待不周？何不在鄙派多待几日，我也能好好招待你。"

"贵派待我十分热情，只是鄙派事多，我留了这几日，已经是忙里偷闲了。"松河摇摇头，犹豫片刻，到底没把仲玺心境不稳的事情说出来，只说了其他事情。

珩彦知道他去意已决，也没有多问，只好留他用了午饭，然后亲自送他到了云华门正殿大门外。

"珩彦掌门请留步，在下告辞。"

"慢走。"珩彦还了一礼，目送松河踩着飞剑离去。

松河踩在飞剑上，速度极快，见前方有人朝这边飞来，便往旁边避了避。作为一个上了年纪，收敛修为的出窍期老祖，他向来不太爱跟年轻修士在空中抢道。

"见过前辈。"倒是这个年轻修士飞到他面前，行了一个礼。

这不是忘通那个五灵根小徒弟嘛，上午还在演武场，怎么一顿午饭的时间，就跑出去了？

"筌篌师侄不必多礼。"松河看到对方袖子里露出一半的话本，上面似乎写着"修仙记"。

注意到松河的眼神，筌篌低头把话本往袖子里塞了塞。

松河："……"

筌篌："……"

早知道就该把话本放收纳袋里，这下丢脸丢到其他门派面前了。

"修真一途，不能沉迷外物。"松河终究舍不得这么好一个苗子走上懒懒散散的歪路子，便决定做一回讨人嫌的恶人，多说了几句，"这本书师侄可否借我一阅？"

筌篌伸手在袖子里摸啊摸，忍住心中强烈的不舍，双手把书递给了松河："多谢峰主教诲，请。"

"多谢师侄赠书，告辞。"

"峰主慢走。"看着松河如流光般飞走，筌篌松了口气，美滋滋地摸了摸袖子，幸好还有一本藏在里面这位峰主没有看见。

松河回到琉光宗跳下飞剑以后，听到有人问："师叔，你手中是何物？"

松河这才想起刚才自己收了人家小姑娘一本话本，回头看了眼面色苍白的师侄，他道："在一位小友那里借来的。"

问话的人目光落到了他的手上，长长的睫毛轻颤："原来如此。"

见师侄难得主动开口问起不相干的杂事，松河心生欢喜，忍不住拉着他多说了几句。

"好好一个五灵根小姑娘，被云华门上下娇惯着，竟然还看这些庸俗的话本，怎么能有利于修道心。"松河又舍不得说太过，"不过这孩子品行好，又乖巧，着实讨喜。"

松河又说了一些云华门是如何对待这位小师妹的事，见师侄面无表情，以为他没兴趣听下去，便准备止住话头让他去休息，哪知道师侄再次开口了。

"师叔，这个话本可否借我一阅？"说出这句话以后，他捂着嘴轻咳了几声，苍白的脸上多了几丝血色。

松河二话不说，便把话本递给师侄，对方伸出白皙如玉的手，接过卷成圆筒的书籍，轻轻把它抻平，连翘起来的边角都没放过："多谢师叔。"

"说什么谢，不过是本话本而已。"松河看着师侄白得病态的脸，想要说几句，却不知道说什么合适。这个师侄是修真界近几百年来出众的天才之一，从炼气到分神期，有如神助，从没出过岔子，就连他这个做师叔的，也不过出窍期而已。

出窍期与分神期看似只差一个等级，但要跨过这道坎何其艰辛与困难，现如今整个修真界，分神期以上修为者，也不到十人。他们以为师侄会是近千年来最有希望度劫飞升的修士，没想到却在分神期时，出现了心魔。

当初突破元婴境时，并没有任何预兆，哪知道大劫竟在后面。

"仲玺……"松河想跟师侄说，不要沉迷这种不入流的话本。但是当师侄回头，琉璃色的眼睛像平静无波的潭水望着他时，他竟微微一怔，什么话都说不出来，"没什么，有空多出去散散心，凌忧界有许多有意思的地方。"

"多谢师叔告知，晚辈告辞。"仲玺缓缓点头，朝松河行了一礼，侧身招来一只仙鹤，踩在它的背上远去。

白云滚滚，很快便淹没了他的身影。

松河叹息一声，摇头离去。

箜篌回到门派里，没好意思说自己偷看小说话本被琉光宗峰主发现的事情，老老实实学习了半个月的推演，不过她似乎格外不擅长这个，学了很久也算不大准。一段时间下来，她话本也不看了，天天抱着推演书看。

"三阴三阳六气，日月更替……"箜篌打了个哈欠，一边背诵一边用笔在纸上画来画去，脑子里绕成一团乱麻。

"师妹。"潭丰走进来，见箜篌有气无力地趴在桌上，把买来的发钗递给她，"怎么有气无力的？"

"谢谢师兄。"箜篌无神的双眼终于有了光彩，捧着发钗盒道，"我最近不得不接受了一个现实。"

"什么？"潭丰给自己倒了一杯水喝，盘腿在箜篌对面坐下，拿过箜篌面前的小本子看了两眼，上面密密麻麻的卦象图看得他眼晕。

"可能我没有话本主角那样的运气。"箜篌皱着脸，细嫩的手指在首饰盒上面点啊点，"主角们都是天资聪颖，学什么会什么，我学个推演都这么难。"

"世间哪有十全十美的修士，话本里都是骗人的。"潭丰见箜篌眼睛下挂着两个大大的黑眼圈，"不擅长推演算什么，师父跟我也不擅长，我们栖月峰就只有大师兄在推演这一块比较出众。"

不然小师妹推演的课程，也不会交给大师兄来负责了。

"真的吗？"箜篌觉得自己这样虽然有些不厚道，但是想到有两个很亲近的人和自己一样不优秀的那种感觉，还是……很开心的。

"当然，其实大师兄的出众，也是在咱们门派里横向比较得出的，真正擅长推演的门派，是月星门。"潭丰边喝水边道，"整个修真界，最擅长这个的就是月星门。凡是进他们门派的弟子，灵根不是最重要的，最重要的是对天地的感知能力。"

"就是十大宗门里，唯一给我们垫底的那个？"

"喀喀，不要说得那么直白。"潭丰拍了拍胸口，"在宗门里，只需要提我们是十大宗门之一便是，排名这种东西不重要。"

"哦。"筌篌乖乖点头，"那我们宗门最擅长的是什么？"

"我们宗门最擅长的……"潭丰有些为难，他们宗门里好像什么都有，晨霞峰最擅长炼丹、午阳峰擅长炼器与剑术、夕照峰擅长驭兽、子午峰擅长画符与结阵、他们栖月峰……他们栖月峰擅长啥都会一点，但是究竟什么最厉害，就凭借弟子的本能了。

听了潭丰的解释，筌篌眼神一亮，击掌道："我明白了，我们栖月峰一定是最厉害的，这些都会都擅长，是不是？"

"是、是吧。"潭丰扯着嘴角笑，有梦想总是了不起的嘛。

云华门宗主峰上，珩彦教完勿川新的剑法，指着珍宝殿的方向道："明日，你带筌篌去选法器。"

"师父，筌篌师妹还小……"

珩彦缓缓摇头，微笑道："她虽然年龄小，却已经是筑基期的修士，该去选属于自己的武器了。"

勿川犹豫了片刻，拱手道："弟子领命。"

在云华门内，没有本命法器的弟子，都是属于被保护的对象。若有外敌来袭，他们是属于保护在最里层的弟子。但若是拿起了本命武器，也就代表着生是云华门的人，死是云华门的鬼，若有外敌前来，即便死也要护住宗门。

收到主殿传来的消息，忘通在屋子里坐了整整两个时辰，最后长长叹息着回给主殿一个"可"字。

"师父……"

"去告诉你师妹，明天你陪她一起去。"忘通摆手，让成易出去。

"是。"成易拱手退下，踩着飞剑来到筌篌洞府前，看到师弟跟师妹两个在互相抽背卦象，脸上忍不住浮出笑意。

"大师兄。"箜篌看到成易,笑着从地上站起身,"你怎么来了?"

"我是来告诉你,明天就能带你去珍宝殿选本命法器了。"

"真的?"箜篌脸上露出灿烂的笑,"太好了。"

看着箜篌脸上的笑,成易道:"那你知道不知道,拥有了本命法器的弟子,要遵守哪些规则?"

"我知道。"箜篌想也不想就说了肯定答案,带着婴儿肥的脸上写满郑重,"凡云华门弟子,需记心正身直,守卫宗门百姓,背叛宗门者,必死无葬身之地。"

"好。"成易点了点头,"这几句话,永远都不能忘,知道吗?"

"嗯!"箜篌重重点头。

第二天早上，勿川去栖月峰接箜篌去珍宝殿的时候，发现箜篌特意梳洗打扮了一番，不仅换上了漂亮的裙衫，就连头发也梳成了飞仙髻，忘通师叔与两位栖月峰的亲传师弟也在。

相互见了一下礼，勿川看着箜篌脚上新换的绣鞋："师妹，你这是……"

"师兄说，珍宝殿里很多法器都是有灵的。既然有灵，那就是有思想，有思想就是有美丑观，我打扮漂亮一点，也许法器会更欣赏我一点。"箜篌觉得自己这种想法还是有些道理的，万一她进了珍宝殿，没有任何法器适合她，那多没面子。

听到这话，勿川把目光投向忘通师徒三人，这三个人平时究竟是怎么教师妹的？

忘通脸皮厚，只当作没有看到勿川的目光："乖徒弟不用担心，你一定能选到称手的本命法器。"

"师叔，我这就带师妹过去了。"勿川决定选择沉默，他惹不起忘通师叔。上一个招惹忘通师叔的青元师叔，到现在还常被忘通师叔气得跳脚。

"去吧。"忘通把手背在身后，"成易、潭丰，你们一起陪箜篌过去。"

"是，师父。"

箜篌看了眼两位师兄，觉得自己似乎变得不那么紧张了。

珍宝殿对于云华门而言，是重要的建筑之一。宗门里三位长老就居住在附近，若有歹人闯入珍宝殿外的大阵，必会惊动三位长老。

当有筑基弟子进殿选本命法器时，三位长老也会齐齐现身，这也是箜篌第一次见齐三位长老。

这几年一直没有出现过的长老是个分神修为的女修,她虽然头发已经银白,但是容颜没有老,姣好的容貌让箜篌忍不住多看了几眼。

"见过谷雨长老、暑九长老、秋霜长老。"勿川朝三位长老行礼,"晚辈带栖月峰亲传弟子箜篌师妹前来求取法宝。"

"不必多礼。"谷雨长老看了眼跟在勿川身后的箜篌,点了点头,对箜篌道,"进入珍宝殿,既是你挑法宝,也是法宝挑你,万事讲究的是一个缘,不可强求。"

"里面的法宝成千上万,品阶也皆不相同。但不管品阶如何,一旦选定就不能后悔。从此它就是你的一部分,你最忠实的伙伴,若是你排斥自己的法宝,也就等于排斥自己的道。"秋霜接过谷雨的话,继续道,"记住,唯有互相契合才是最好的。"

"晚辈记住了,多谢长老提醒。"箜篌朝长老恭敬行礼。

"记住就好。"秋霜一摆衣袖,珍宝殿大门顿开,门后一片漆黑。秋霜长老对箜篌笑了笑:"进去吧,不用怕。"

"谢谢长老。"

箜篌回头看了眼三位师兄,慢慢走进珍宝殿大门,迈过高高的门槛,她再看身后,已经看不到大门了。但是她很快便无暇他顾,因为这里法器太多了,样式千奇百怪,让她目不暇接。

头顶上有闪着各种光芒的法器飞来飞去,珍宝架上摆着发钗、花瓶、毛笔、扇子等物——全散发着莹莹光芒,以此证明它们法器的身份。

最让箜篌意外的是,地上还有砖石、木棍之类的法器,样式普通得像是从山沟里随意捡回来的。有这种法器,出去打架的时候,恐怕都不好意思掏出来吧?难怪秋霜长老会特意说,不能排斥自己的法宝。

当她看到角落里放着一个像夜壶的法宝以后,忍不住揉了揉额头,看来成为一个了不起的修士的第一步,就是做好接受千奇百怪的法器的思想准备。

一支漂亮的白色玉笛从箜篌眼前缓缓飞过,箜篌摸了摸它,但是心里的感觉告诉她,这不是属于她的东西,虽然它很美。

从外面看,珍宝殿只是一栋建筑,进来以后才发现,它是一个独立的空间,可以让站在里面的人听不到外面所有的杂音。

箜篌盘腿坐下,闭上了眼睛。她听到了很多声音,有宝剑发出的嗡嗡声,有葫芦倒来倒去的响动，还有琴箫微弱的乐声。

也不知过了多久，她听到了一个清纯柔和的声音，就像是水波颤动，清泉潺潺流过，又像是雪花飘飞。这个声音，她曾经听过，再耳熟不过。想起过往种种，她心情有些复杂，睁开眼看着飘在自己面前的凤首乐器，伸手轻轻抚动它的琴弦。

凤首箜篌。

箜篌身上，盘旋着一只凤凰，凤凰散发着五彩金光，一对眼睛像是活了一般，直直望进箜篌的心中。当她的手碰到凤首时，这个法宝瞬间变得只有女子半臂长，安安静静躺在箜篌手中。

"我因凤首箜篌而得名，没想到最后得到的法宝，还是一把凤首箜篌。"箜篌拂过法器身上的凤纹雕饰，想起父皇沉迷乐器与享乐，不管母后，不管她，也不管天下的过往，忽然笑出声来。

"我与箜篌当真是有缘分。"箜篌从地上起身，握紧了凤首箜篌，只听弦上发出悦耳的声响，似乎很高兴她能带走它。

箜篌随意拨弄了一下弦，就发现弦发出强大的气流，四周的法器纷纷躲避，似乎在担心凤首发出的气流会伤到它们。

"我叫箜篌，你也是箜篌，以后可怎么区分？"箜篌把手放在弦上，让弦停止颤动，"日后便唤你凤首。"说完，也不等凤首箜篌的反应，她拍了拍腰，"就这么决定了。"

"师兄，师妹怎么还没出来？"潭丰盯着珍宝殿大门，心里有些焦急，这都等了一天一夜了，怎么还没动静。当初他进去挑法宝的时候，连一个时辰都没有用到。

勿川与成易都习的剑道，本命剑是由自己亲手打磨的，所以并没有去珍宝殿里挑本命法器的经历。听到潭丰念叨，两人也免不了有些担心，只是他们性格比潭丰沉稳，没有表现出来。

"出来了。"

"师妹？！"潭丰往前走了几步，看到箜篌手里似凤凰似竖琴的东西，脚下一顿，"琴？"

"不，那是箜篌。"

潭丰转头看勿川，掌派师兄怕是傻了，他当然知道那是师妹箜篌。

"我说师妹手里的法器，"勿川板着脸道，"凤首箜篌。"

在修真界，凡是与龙凤有关，又开了灵智的法器，都带着几分神秘色彩。

拥有这种本命法器的人，就像是沾上了神奇的运道，要么拥有辉煌的人生，要么历经坎坷受尽磨难。

逆光中，珍宝殿大门洞开，青发少女徐徐而出，脸上还带着灿烂笑意。

这种笑，三位活了很多年的长老见过很多次，几乎每一个拿到本命法器的弟子出来的时候，都会露出这种笑。

灿烂、干净、纯洁、不谙世事。

随着时间的流逝，有些人陨落，有些人默默死在了外面，还有人为宗门而战，死得轰轰烈烈。他们曾经用过的法器，或随着主人一起陨落，或被封锁进珍宝殿，等待着下一个主人。

因此，这座珍宝殿里的法器，除有些是云华门历代炼器高手打造出来的，有些是从秘境中得来的外，还有一些属于……遗物。自创派至今，云华门收了多少弟子，陨落多少弟子，他们已经记不清了，唯一能够证明他们存在的，只有黎阳堂后面那栋木楼里，一块块失去光亮的玉牌。

与那些失去光泽的玉牌相比，这些刚筑基的弟子，是如此鲜活，鲜活得让他们这些上了年纪的老家伙，恨不能保他们顺遂一生，永远不要遇到苦难。

"箜篌已取得法器，多谢三位长老。"少女走到三位长老面前，双手把法器捧过头顶，法器在她手中闪耀着华光。

"好东西。"秋霜长老赞叹道，"声音无孔不入，几乎无人能挡。但若想用好它，需要你更加努力修炼。以你现在的修为，仅仅能用它，却用不好。"

"回去好好参悟，争取早日与它心灵相通，让它成为你身体的一部分。"暑九长老笑了笑，"我们相信你能做到最好。"

"谢谢长老，晚辈定加倍努力，不让长老们失望。"握紧凤首，箜篌稚嫩的脸上洋溢着勃勃生机。

"年轻真好。"秋霜喜欢长得好看的后辈，尤其是有活力的后辈。她取出一支祥云玉钗插在箜篌发间，"这是我炼制的一把剑，名为'水霜'，送给你做称手的兵器，就当是……我送你的见面礼。"

说完，也不等箜篌言谢，飞身而去。

谷雨走到箜篌面前，看了看她手中的凤首箜篌片刻，叹息道："修真一途，虽艰难险阻，但切记不可丢失道心。可勤奋上进，却不可冒进嫉妒，稍有踏错，便是万劫不复。"

箜篌看着谷雨长老，不太懂他为什么会说如此严肃的话，但把这些话记在了心里。这是本门的长老，说这些话肯定不会是害她："箜篌记住了。"

"好。"谷雨点了点头，转身对勿川道，"回去告诉你师父，我要闭关一段时间，无事不要给我传信。"

"是。"勿川拱手答道，"请长老放心。"

不知道是不是错觉，箜篌在谷雨长老眼中，看到了几分感慨与无奈。但她又觉得是自己看错了，她年纪轻轻，又怎么能看出长老们的想法。

等长老们离开后，她收起手中的凤首，一蹦一跳地跑到三位师兄面前："勿川师兄、大师兄、二师兄，让你们久等了。"

成易温和一笑，旁边的潭丰道："你真是命好，秋霜长老亲手炼制的宝剑，可不是谁都能求到的，她竟然送了你一把。"

摸了摸发间的祥云钗，箜篌眯眼一笑："也许是因为我跟秋霜长老有一点点相似的地方。"

"哪里相似？"

"长得比较好看。"

潭丰："……"

完了，师妹跟着师父学坏了。

等这对师兄妹打闹得差不多，勿川才道："既然箜篌师妹已经取到本命法器，我便告辞。"

"勿川师兄，今天是师妹拿到法器的好日子，为了给她庆祝，我们去喝一杯。"潭丰走过去揽住他的肩，"走走走。"

"不用了，我……"

"走走走，我跟你说，我师父藏了几壶好酒埋在地下，不喝太可惜了。"不等勿川拒绝，潭丰拉着他便走。反正对付总是板着脸的掌派大师兄，讲道理是没有用的，不如直接动手。

成易跟箜篌走在他们俩后面，成易转头看箜篌："师妹，你的表情好像有些不对劲？"

"有吗？"筌篌摸了摸脸，有些不好意思，"被大师兄你看出来了？"

被自己当作半个女儿养大的师妹，他哪能看不出她有些不对劲："不喜欢选中的法器？"

清风徐来，吹动了筌篌的衣摆，仅十四岁的她，已有几分属于女子独有的美："不是不喜欢，只是觉得命运有些无常。"

"我出生那日，有附属国使臣给我父皇送来一把凤首筌篌，父皇欣喜异常，当场让乐师弹奏，连母后生产都顾不上来看一眼，甚至连我的名字，也因此而来。"筌篌叹口气，"后来景洪帝造反，我父皇被杀，母后自刎，我的名字就成为一个笑话。"

她到现在还记得，景洪帝宫里的后妃子女常问她是不是很擅长弹奏筌篌，那时候的她，除了傻笑好像也没有别的选择。

没想到来到凌忧界，她的本命法器，最后还是一把凤首筌篌。

成易静静听着筌篌讲那些过往，他没有开导她，也没有讲大道理。等他们到了筌篌的洞府门口，成易才道："可是你还是选择了它。"

"嗯。"筌篌笑了，"逃避是没有用的，我有迎接未来的勇气，也有直面过往的决心。"

成易闻言轻笑出声，他就知道，小师妹的心性，比他跟潭丰两个还要好。就像是……天生适合修道这条路，她会比他们走得更远，站得更高。

"师兄，从今日起，我准备闭关一段日子。"筌篌对成易行了一个大礼。

"好。"

成易站在门外，看着筌篌的洞府大门重重关上。他转身理了理衣服，大步往潭丰洞府门口走去，希望二师弟还有些良心，能给他留几口酒。

走不出过往，有时候会成为修士的束缚。身体上的束缚固然可怕，但最可怕的是心灵上的自我囚禁。筌篌知道，她若是参不透凡尘界那些事，那么永远都无法与本命法器融为一体，日后更无法发挥出法器最大的功力。

她怨恨父皇的昏聩无能，为母后自刎难过，因他人的欺负心生委屈，可是这一切是人造成的，而不是哪一个物件，更不是某个乐器。

世间万物的存在自有它的道理，它们没有错，错的是控制不住欲望的人。

春去秋来，寒来暑往。两年匆匆而过，在某日的初晨，一首轻柔的筌篌曲响彻栖月峰，然后由栖月峰传到了峰外。

"这是什么声音？"问仙路上，无数人四处张望，似乎在找寻声音传来的方向。这首曲子轻柔和缓，他们听了以后，连酸软的双腿似乎都舒适了几分。

问的人见其他人还在拼命往上爬，也不敢耽搁，手脚并用朝上爬去。

只有爬上去，才算真正地踏上问仙路。

成易正守在问仙路的出口处，听到乐声响起，猛地回头看向栖月峰方向。跟在他身边的师弟们见成易反应这么大，都有些疑惑："成易师兄，发生什么事了？"

"你们守在这儿，我去去便回。"成易足尖一点，朝栖月峰的方向赶去。

几个弟子满头雾水："什么事能让成易师兄这么着急？"

"难不成是筌篌师妹出关了？"一位弟子道，"两年前筌篌师妹取到本命法器后就一直闭关不出，也不知道怎么样了。"

两人正说着，问仙路上走来一个衣衫褴褛的少年。他头发散乱，跟跟跄跄往上走着，十指上全是污泥与瘀血，脸被冬雪冻得发青，一双眼睛亮得吓人。

踏上最后一级阶梯，他脸上露出笑，身体晃了晃后跌坐到雪地上。

他爬上来了，终于爬上来了。

栖月峰。

筌篌走出洞门，看着外面飘扬的雪花，呼出一口白气："又到冬天了啊！"

"师妹，你出来了？"成易飞身而来，见她神情轻松，笑问，"一切都还顺利？"

"嗯。"筌篌点头，指了指远处的问仙路，"那边好像有很多人，门内有什么大事发生吗？"

"门派里每十年都要招收一次弟子，那些都是打算拜入云华门的普通人。"成易见筌篌对这件事似乎有些好奇，"要去看看吗？"

"嗯。"筌篌点头，提气往下一跳，朝问仙路所在的方向飞去。

问仙路出口处，除云华门弟子外，还站着几个神情疲倦，没有任何修为的普通人。不管他们身上的衣服是华丽还是破旧，都无人敢大声喧哗，他们想争取在云华门面前表现出自己最好的样子。

"有个仙子飞过来了。"有个十多岁的少年抬头看向空中，小声惊呼一句。

其他人也都抬头望去，只见一个身着翠色裙衫的少女踏雪而来，一头青丝在风中飞舞，让一众平时很少接触修士的普通人看呆了眼。

衣衫褴褛的少年抬头看了一眼，学着其他人的模样，也跟着露出钦羡的表情，伸手理了理破旧的衣服，扒开额前的头发，让那张俊美的脸完完全全显露出来。

然而那个少女并没有靠近他们，她只是在半空中微笑着看了几眼，朝他们遥遥行了一个平辈礼。随后从袖子里祭出一把飞剑，踩到飞剑上远去。

"刚才那位女仙子，真好看。"一个穿着锦袍，身材略胖的少年半晌才回过神。

"那是我们宗门里的亲传弟子，你们好好表现，以后说不定有机会叫她一声师姐或是师叔。"云华门弟子笑道，"还有一个时辰的时间，一个时辰后问仙路关闭，进行下一场考核。"

"亲传弟子……"衣衫褴褛的少年低声念了一句，默默捏紧了拳头。

"怎么不下去看？"成易问箜篌，"你不是好奇吗？"

"我怕去了会影响他们发挥。"箜篌从飞剑上跳下来，在演武场上站定。她是被师父直接带回来的，看着那些拼命才能进宗门的弟子，心里有些发虚。

"真是一年不同一年，想得越来越周到了。"成易看到几个同门朝这边走过来，知道他们是来找箜篌的，忙道，"我去考核处看看有什么能帮忙的，你二师兄最近闭关，等下你去见见师父。"说完，也不等箜篌反应，转身就走。

不是他不想跟箜篌多聊一会儿，实在是灵慧这一干女弟子太会说，他看着她们就觉得头大，惹不起只能躲远点。在云华门待了一百多年，他永远都弄不明白，为什么女人待在一起，随便哪个话题，都能聊得风生水起。更让他想不明白的是，明明她们花了很多精力在首饰、头发、聊天等方面上，修为还半点没落下。

虽然大多时候，成易对这群女人有种难言的恐惧心理，但他又希望自家小师妹能像她们一样，能够开心地装扮自己，而且行走在修真界无人敢欺。

"箜篌师妹。"灵慧与几个师妹围拢在箜篌身边，"又水灵了不少。"

自家人看自家人，总是带着几分我们家师妹最好看的心态，灵慧看箜篌，也有几分这种心理。在她眼里，箜篌白皙的皮肤吹弹可破，杏眼秋水盈盈，一头青丝如墨染，反正就是哪儿哪儿都好。

"师妹的修为又长了？"另外一位女弟子惊道，"这才两年时间，师妹竟是筑基五阶的修为了？"就算是天生适合修炼的苗子，这修炼的速度也太快了。

"箜篌师妹啊，"一位师姐犹豫道，"修炼固然需要努力，但也不能让自己太辛苦了。我们虽然追求长生大道，但若只是追求活着，那么长生还有什么意义？"她怕箜篌一味只顾着修炼，把自己弄得五感缺失，连正常的情感都没有，这样又如何追求成仙大道？

为神者需怜悯天地，若是无情无心就能成就大道，那么路边的石头早就立地飞升，又怎么轮得上他们这些人修身修心。古往今来，凡是修无情道的，从没有哪一个得到了好下场。

"师姐们不要担心，我知道的。"箜篌笑了笑，这两个月她的修为一直没有进步，想了很久，她终于找到了原因。从出生开始，她就生活在高高的宫墙里，没有接触过外面的世界。后来被师父带到云华门，一直被师兄师姐们宠着的她，也只是偶尔下山走走，从没有真正接触过"外面"。

没有见识过，没有接触过，又怎么能拓展眼界？

能够顺利筑基，已经是运气。但她如果一直待在云华门内，当一个被师兄师姐们娇宠的小师妹，那么永远都没有机会长大，更不可能变得更加强大。

"灵慧师姐，你单独去外面行走过吗？"箜篌问。

"当然去过，我们每个亲传弟子，在筑基期时都会单独出去历练。"说到这儿，灵慧顿了一下，"师妹，你想出去？"她当时出去的时候，已经活了三四十年，师妹虽与当时的她修为相差无几，但是年龄尚幼，忘通师叔只怕不会答应。

箜篌笑了笑，没有说话。

为了打消她这个想法，灵慧道："走，我们去会英殿看看今年能招多少弟子。"

会英殿上，通过考核的弟子站成两列。为了关照这些没有修为的普通人，殿内摆着几个很大的黄铜雕莲烤笼，把整个大殿烘烤得十分暖和。

掌门、峰主、管事全在殿内，看着二十个弟子，面上不悲不喜。今年通过考核的弟子，虽然没有让他们感到惊喜，但也没有太过失望。真正的"惊喜"，已经被忘通在六年前带回来了。

"你叫什么名字？"青元指了指站在左边第二个，衣衫破旧的少年。

"弟子归临。"少年跪下，双手举于额前，恭恭敬敬拜了下去。

"归临。"青元点了点头,"单灵根修士,不错。"

"青元师弟准备收他做晨霞峰内门弟子?"裴怀好奇地问。

跪在地上的少年眼睑动了动,跪得稳稳的,似乎对裴怀这句话没有多大反应。

"不用了,都按规矩来。"青元微微摇头,"一年考核之后再论这些事。"单灵根虽然难得,但在场二十个新入门弟子,搞特殊对其他十九个弟子不好。

裴怀松了口气,他也觉得这样比较好。

"那就这样吧。"坐在中间的珩彦喝了口茶,对五行堂的管事道,"带这些弟子下去休息。让他们先好好休息两天,熟悉一下门内的环境,再教他们修行入门。"

"是。"五行堂管事站起身,对二十名弟子温和道,"你们跟我来。"

二十名弟子连忙跟在管事后面,一路上小心翼翼地打量四周。对于他们而言,脚下干净无垢的地板让他们惊奇,天上飞翔的骑兽与御剑的同门都让他们忍不住想多看两眼。

"哇!"身穿华服的胖子忍不住惊叹一声,"好多漂亮仙子。"

新弟子们纷纷扭头,不远处白玉亭中,站着几个美貌女弟子,她们此时也正在往这边看。

"各位随我来,不要在此处逗留。"管事带着他们拐过石阶,往另一个方向走去,"她们都是各峰亲传弟子,你们日后见到她们,可不能无礼。"

"弟子记住了。"

衣衫褴褛的少年,回头朝亭中看了一眼,黑黝黝的眼瞳中,倒映出白惨惨的雪地。

与师姐们围观完新入门的弟子，箜篌找到忘通，说了想下山一段时间的事情。

　　"你要下山？"忘通沉默片刻，皱眉，"在门内受了委屈？"

　　"师父。"箜篌无奈笑道，"哪有人让我受委屈。最近修为一直停滞不前，我想要下山去看看。这么多年，我一直不太清楚外面的世界究竟是怎样的。第一次真正接触到外面，还是十岁那年师父你带我来凌忧界的那个晚上。那天晚上太美，美得让我以为自己在做梦。"

　　"师父，我想出去看看。"箜篌扯着忘通的袖子，摇啊摇，"你就答应我吧。"

　　"都十六岁的大姑娘了，还跟为师撒娇。"忘通扭头，"明日再提此事，为师先考虑考虑。"说完，扯出袖子，大步走了出去。

　　"这是同意还是不同意？"箜篌双手捧脸，叹了口气。她转头见忘通的洞府里空荡荡的，出去摘了两枝梅花放在洞府的书桌上，才转身回自己的洞府。

　　"忘通，你到底想干什么？！"青元瞪着坐在他洞府里不走的忘通，不耐烦道，"我这里不欢迎你。"

　　"你以为我想在你这儿？"忘通翻个白眼，拿起桌上的茶壶，不紧不慢地给自己倒了一杯茶，轻啜一口后嫌弃道，"你这什么品位，喝了几百年都不换个口味。"

　　"嫌我没品位，你可以不喝。"青元恨不得把忘通打出去，"有事说事。"

　　"还记得七百年前你下山历练的时候，借了我一百灵石那件事吗？"忘通放下茶杯，"都这么多年了，是不是该还了？"

　　"七百年前的事你还记得？"青元不敢置信地看着忘通，"你怎么不说当年出门的时候，你老在我这蹭吃蹭喝？！"

"蹭的是蹭的，借的是借的。"忘通摸了摸胡须，"这笔账还是要算清楚的。"

"拿去拿去。"青元掏出一包灵石扔到忘通面前，"本钱加利息，拿去！"

忘通也不恼，捡起桌上装灵石的袋子，哼着从凡尘界学来的小曲儿，一步三摇地走了。气得青元在后面咬牙切齿，差点骂人。

早知道这个王八蛋如此好说话，他就不该这么大方，竟然扔五百灵石出去。

在晨霞峰晃悠了一圈，忘通又去午阳峰、子午峰、夕照峰跑了一通，在每个师弟那里都搜刮一笔灵石后，开始往主峰去。反正师弟没灵石花时，找师兄是天经地义的。

珩彦正在看书，听到勿川说忘通要见他，忍不住有些头疼，只要这些师弟无缘无故跑来找他，就肯定不会有好事："让他进来吧。"

"师兄啊！"忘通苦着一张脸进来，给珩彦行了一个大礼，"我……"

"说吧，要多少？"珩彦把书扔到桌子上，揉了揉太阳穴，"别号，我头疼。"

"师兄，你这话说的……"忘通伸出一根手指头。

"一百？"

忘通摇头："一千。"

"你又弄坏东西了？"珩彦眉头紧皱，"要这么多。"

"我这几年连门都没出，上哪儿弄坏东西。"忘通盘腿在珩彦面前坐下，"是我的小徒弟要出门历练，虽说舍不得吧，但是孩子大了，也该出去走走，万一被我养得不知疾苦，岂不是被我养坏了？"

他叹了口气，语气里是满满的不舍："但她才这么点大，身上没些防身的符咒法器我也不放心，好在这些年我那里攒了不少防御法器，让她带在身上也够了。不过出门在外，上哪儿都不能缺灵石花。"说到这，他朝珩彦讨好一笑，"师兄你是知道的，我就是攒不住灵石的命，所以只能厚着脸皮向你讨灵石花了。"

"你这辈子，就只有教养徒弟这一点值得称道了。"珩彦朝勿川抬了抬下巴，"勿川，去取两千灵石给你忘通师叔。"

"还是师兄你阔气，我代小徒弟谢过你了。"忘通搓了搓手，"若是你身上有什么不要的符咒法器，也可以一并送给我家小徒弟。"

珩彦盯着他看了片刻，从袖子里掏出一个收纳袋递给他："拿去拿去，让筌篌在外面注意安全，我们云华门虽讲一个善字，但最重要的是量力而为，不管任何事，都要在保证自身安全的前提下才能做。"

"我会嘱咐她的。"忘通飞快地把收纳袋藏进自己袖子里，才道，"那丫头脑子聪明着呢，就是性格单纯了些，在外面长长见识也好。"

"你能想通这点就好。"珩彦点了点头，"若你强留着她，不让她出山，就是害了她。"

忘通笑了笑，没有说话。三个亲传弟子对于他而言，就跟自己亲生孩子一般。做父亲的，既希望自己孩子能够出人头地，又希望自己孩子平安一生，就算没有大出息也没有关系。但无论他心里如何不舍，当孩子长大时，他能做的也只有放手，让他们选择自己想走的路。

师父当年这样待他，他现在也要如此待他的徒弟。

第二天早上，筌篌看到放在自己桌上的灵石与收纳袋，拿起桌上的信细细看完，笑得红了眼眶。什么懒得送她，明明就是舍不得她走，所以才不露面。筌篌把信纸小心叠好放进怀里，把桌上的东西都收起来放进收纳戒里，起身走出洞府。

"师妹。"早已经等在洞外的成易见筌篌出来，对她笑了笑，"今天就要出门？"

筌篌点了点头，低着头有些不敢看成易："若是二师兄闭关出来时我还没有回来，你就跟他说，我出去历练了，说不定等我回来，就能冲击金丹期了呢。"

"这么有自信？"成易轻笑一声，把准备好的收纳袋递给筌篌，"早去早回，记得师父师兄都在门里等你。"

"谢谢师兄。"筌篌接过收纳袋，伸手抱了抱成易，"大师兄，等我回来。"松开成易，她头也不回地朝山下飞去，她怕一回头，就舍不得走。

被师父师兄当作掌上明珠宠爱了六年，筌篌觉得自己只有更努力、更成功，才能回报这份亲情。因为看重，所以珍惜；因为珍惜，所以努力。

"这边演武场是你们以后练身手的地方。两日后，你们每隔一天都要在这里学习……"清脆的铃声传过来，管事停下话头，朝门派出口行了一礼。

"管事，这是什么意思？"已经换上云华门外门弟子服装的微胖少年好奇地问，"为什么忽然有铃声响起？"

"这是为远行的弟子饯行。"管事神情严肃，转身对他们道，"等你们筑基后，也会单独出门历练。但是想要成功筑基，你们现在就要努力，记住了吗？"

"弟子记住了。"

箜篌直接下山，路过书斋时，犹豫了一下走了进去。书斋老板见到她，笑着道："仙长来得正好，小店里来了妙笔客的新书，您要吗？"

"要。"箜篌点了点头，掏出灵石递给书斋老板，"我要外出一段日子，这段时间若有妙笔客的新书来，你帮我留着，等我回来向你取。"

"请仙长放心，我一定好好帮你留着。"书斋老板连连答应，反正这个作者的书，除了这位仙长，也无人问津。

"老板，此处有妙笔客的话本？"低沉的男声响起。

书斋老板回头看去，只见门口逆光处站着一位面如冠玉的公子。他以玉冠束发，身上的白色锦袍纤尘不染，白皙的手掌放在嘴边，低声咳着，脸上带着几分病色。

听到有人竟与自己一样喜欢妙笔客的书，箜篌十分好奇，扭头朝身后看去。穿着素色锦袍的男人正朝里走来，头发梳得整整齐齐，没有一根是杂乱的。这是一个十分干净整洁的人，干净得让人觉得，若是让他沾上尘土就是罪过，是对他的侮辱。

箜篌眨了眨大大的眼睛，往后退了一步。

进来的男人朝她微微颔首，看着她手上的书，眉梢舒展开："抱歉，打扰二位了。"

他大概并不常笑，偏浅色的嘴唇微微上弯，看起来略有些不自在，但是很好看。事实上，长得极其好看的人，就算是哭，也比别人笑起来好看。

"没有。"箜篌回过神，回了对方一个大大的笑容，"我也只是路过来买书的人。"

男人低声咳了两声："方才我在门外已经听见你与这位掌柜的对话，你……也喜欢这个人的书？"

"也？"箜篌眼神一亮，难道这个长得好看的男人也喜欢妙笔客的书？想到这，她高兴地点头道，"是啊，他的书剧情很精彩，主角厉害又讨喜，我那里有好多他的书，你如果喜欢……"她想说，你若是喜欢，我可以借给你看，但是想到她马上要离开雍城，只能不好意思一笑，"若不是我这次要出门，还能借给你看看。"

"你要出城？"男人看了眼外面飘扬的雪花，略担心道，"外面风雪如此大，雍城外的修士心思难测，姑娘若是出城，一定要小心行事。"

"多谢，我会小心的。"陌生人的善意，并不让箜篌觉得对方是多管闲事，她朝对方回了一个礼。她转头对书斋老板道："掌柜，你一定要给我好好留着，等我历练回来，就来你这里取。"

"仙长放心，我一定给你留着。"书斋老板想了想，又补充了一句，"不仅我给你留，我的儿子孙子都给你留。"这些仙长有时候出门就是几十年，他怕自己熬不到对方历练完的那一天，所以把儿子孙子都算上了。

"老板你真会说笑。"箜篌递给他几块灵石，"这些就当是订金，告辞。"

"仙长慢走，在下等仙长平安归来。"书斋老板笑着目送箜篌离开店后，才客客气气对男人道，"公子请稍等，我这就去为您取书。"

在书柜下面找出妙笔客的几本书，书斋老板想顺手递给男人，但是看到对方洁白的锦袍、莹白如玉的手，转身找来帕子把书擦得干干净净后才双手递给男人："公子，请。"

"有劳。"男人眉眼疏淡，接过书拿到手里。那干净的手让书斋老板觉得，这些破书放到人家手里，简直就是玷污了对方的高洁。向来爱推销自家书籍的书斋老板，在这位看起来身体不太好的贵公子面前，连一句多余的话都不敢说。

不过他没想到的是，这位看起来仙气儿十足的贵公子竟然主动说话了。

"刚才那位仙子，是云华门的人？"

"公子好眼力，这位仙长不仅是云华门的人，还是云华门亲传弟子呢。"提到云华门，书斋老板语气中带了几分自豪。对于雍城百姓来说，云华门有面子，那就是他们脸上有光："当年她第一次来我这间铺子的时候，还是个梳着双丫髻的小孩子呢，转眼就成为筑基期修士了，你说厉不厉害。"

男人点了点头，掏出灵石递给书斋老板。

"这几本书花不了这么多钱。"书斋老板只取了一块灵石，还找给男人四十玉币，"公子你虽是外地来的，但是咱们雍城人讲究诚信做生意，外地人、本地人都一个价，这几本书不值钱，你别给我这么多。"

男人收起灵石，轻轻摩挲着手里的话本，动作温柔得像是对待珍宝："这些书，不值钱吗？"

"这个妙笔客不是名作者，他写的书自然没有其他人的贵。咱们整个雍城，最喜欢妙笔客的读者，大概就只有刚才那位仙长了。"书斋老板见男人脸上表情有些冷淡，以为自己说得太多导致对方烦了，忙道，"客人您还有什么需要的？"

"不用了。"男人把书收起来，转身走出大门，整个人几乎与莹白的雪天融为一体。

雍城有四个大门，筵篌选了东门。雍城以东有好几个繁华的大城以及很多小城，它们各有修真门派守卫。筵篌听灵慧师姐提过，东边有个叫水月斋的门派，里面的弟子全是十分漂亮的姑娘，她们会酿造好喝的美酒、做漂亮的衣服，打起架来就像是仙女在跳舞。她想去看看。

不管怎么样，看漂亮的小姐姐，总是能让人心情愉悦的。

在雍城的街道上，踩着厚厚的积雪，筵篌走得很慢，走得很认真。她观察着身边每一个经过的人，听着他们细碎的交谈，脸上露出怡然自得的笑。

雍城很大，但是再大的城，也有走到尽头的时候。看着高耸的城门，筵篌回身看了眼繁华的街道，坚定地往前走去。

走出东门，筵篌刚祭出飞剑还没跳上去，就听到身后有铃声响起。两匹洁白的马儿拉着一辆马车朝城外走来，马脖子上的铃铛发出叮叮当当的声音，铃铛上的红缨在风中飘来飘去。

赶马车的是个穿黑袍的中年男人，他身上带着修士的气势，但是筵篌看不透对方的修为，说明对方修为高出她很多，所以她很识趣地往旁边让了让。

出门守则第一条：遇到比自己厉害的人，不要摆谱，更不要嚣张。话本里面，敢这么干的人，一般都死得快。

马车在即将经过她时，徐徐停下。筵篌深吸一口气，来了来了，走在外面被人莫名找碴的定律快要出现在她身上了。

帘子被掀开，露出一张俊美又不陌生的脸。

"姑娘？"男人看到她，似乎有些意外。他还想说什么，却猛咳起来，忙用洁白的手帕捂住嘴，别过脸不再面对她。

好看的男人，咳嗽都这么好看。

筵篌见对方咳得双颊染上了红晕，似乎命都快没有的样子，从收纳戒中取了一枚丹药出来，踮着脚递到对方面前："我是云华门弟子，这是师门长辈炼制的丹药，吃了可能会舒服一些。"

随随便便给药，别人也不敢吃，讲明身份，对方可能会比较放心。

想到这，筌筷在心里偷偷叹口气。出门前，她还暗自立誓，遇事不能光靠师门名气来解决，没想到出门还不到半天，她就要靠师门的脸面来取信于人了。

幸好这个誓言她没有说出口过，那就当它不存在吧。没说出口的话，随时都可以不作数的。

"多谢姑娘。"男人接过丹药，毫不犹豫地咽了下去。赶车的中年男人看了眼站在马车旁，笑得眉眼弯弯的筌筷，垂下眼睑没有说话。

"不用客气。"筌筷飞身跳上飞剑，笑着道，"外面风雪大，公子身体不好，还是等雪停了再出门吧。"看这位公子气息微弱的样子，他应该没有修为，在这种大雪天里可能会被折腾得有些难受。

"有劳姑娘担心，只是在下需要去水月斋求一味药，这味药冬天才能有，所以只能走这一趟了。"男人抬头看着飞在自己前上方的少女，"在下俗名桓宗，多谢姑娘赠药。"

"原来如此。"筌筷见这人身体虚弱，猜测这味药对他可能很重要，便道，"那便祝愿公子早些取到药，身体康健。"

"多谢姑娘吉言。"桓宗弯了弯嘴角，"告辞。"

"告辞。"筌筷见对方说了告辞却不放下帘子，不解地歪了歪头。

注意到她这个动作，桓宗轻笑出声，轻轻咳了一声后道："姑娘先请。"

原来是让她先走啊。筌筷恍然大悟，朝对方拱了拱手，踩着飞剑飞走，飞到空中往下望时，还能看到那辆停在东门外的马车。

母后曾跟她说过，长得好看的女人是祸水。也不知长得这么好看的男人，又是什么呢？希望他身体能没事，长得这么好看，若是有三长两短，太可惜了。

城门外有很大一块领域都属于雍城管辖，加上筌筷飞得不快，所以花了好几天的时间，她才来到下一个城镇。与雍城相比，这个城小了很多，不过也算热闹。

进城的时候，筌筷发现守城的人会收普通百姓的过路费，修士却不必给。她有些不明白，按理说修士更有钱，为何偏偏只要普通百姓的钱，不要修士的。

进了城，街道上熙熙攘攘，筌筷身上穿着华服，虽然年幼却没有普通人敢来招惹她。普通百姓虽然看不出修士的修为，但是能分辨普通人与修士的差别，但凡是修士，他们都会恭敬地避开。

"客栈、客栈……"箜篌沿街寻找着，出门在外，不去客栈住一住，怎么好意思叫出门？

找来找去，她终于挑中了一家门庭敞亮的客栈，前厅是食客用饭的地方，房间大概全都建在后院。她走进门，还没来得及开口，便有伙计来招呼她，把各个房间价格介绍了一遍。

"仙子您若是需要炼丹房或是单独租小院儿，鄙店也是有的。"伙计热情问道，"您有什么需要，尽管吩咐便是。"

"姑娘独自一人在外居住多不安全，不如住到我那个院子里。"一个坐在旁边用饭的华服男人懒洋洋道，"我那里宽敞，还有伺候的下人，定不会让姑娘受委屈。"

箜篌朝说话的男人看去，眉梢微微动了动。

"公子，奴家不够好吗，你竟然邀请其他女人住咱们院子？"男人身边的女婢娇怯怯笑着，玉手轻轻搭在男人手臂上，拿眼角瞥箜篌。

"你当然是最好的，只是你家公子向来是怜爱娇花之人，怎么舍得如此美人孤零零住在客栈里。"男人在女婢脸颊上亲了一口，摇着手里灵光闪闪的扇子，似笑非笑道，"这位美人，你说是不是？"

他以为这个女子会惊慌或是愤怒，但是让他意外的是，对方一双漂亮的大眼睛中竟带着几分……兴奋？

她在兴奋什么，兴奋的不该是他这个调戏美人的男人吗？调戏他人，当对方露出惊慌、害怕、愤怒的情绪时，他才会有成就感。这种好奇、兴奋的眼神，不仅不能让他兴奋，反而让他有种自己被调戏的错觉。

这种感觉，让身为纨绔子弟的他，非常没有成就感。

"你是在调戏我吗？"绿衫少女走到他桌前，俯身看他，黑白分明的眼眸中，倒映出他的身影。他不自在地往后挪了挪身体："小爷我见你有几分姿色，才愿意调戏你，懂吗？"

"哦？"少女点了点头，双手环胸，"按照一般的规律，像你这种纨绔公子，很快就会有人来收拾你了。"

杜京拍桌，得意道："也不出去打听打听，整个邱城谁敢收拾我，知道我是谁吗？"

"不想知道。"筌篌看出这个纨绔子弟不过炼气五阶的修为，理都懒得理他，转身把住店的钱给了掌柜，"给我一间上房。"

"仙长请稍等。"掌柜快速做好登记，招手让一个穿着灰色布衣的大婶领筌篌去房间，顺手把桌上值钱的东西都收了起来。做他们这行的，最重要的就是眼力见儿。杜京公子与这位仙长，说不定要打起来。

"站住！"杜京从椅子上站起来，用扇子指着筌篌，"我让你走了？"

"好吧。"筌篌停下脚步，"既然你坚持想让我知道你是谁，那你说，你是哪位？"

"我是邱城城主之子，杜京。"杜京转着手里的扇子，"看你孤身一人在外，也不像是大门派子弟，在外面乱晃什么呢？"

"孤身一人与门派有什么关系？"筌篌"啧"了一声，"修行又不是讲排场，难道还要一群人抬轿撒花，你以为是在戏台上唱戏呢？"

"掌柜，把你们这里最好的小院收拾出来。"风起，夹带着雪与花瓣，几个彩衣女婢走进来。她们身上带着幽幽花香，面冷如霜，仿佛此刻四周其他人根本不存在。

走在她们中间的女人轻纱覆面，烟霞色流仙裙上流光涌动，美得仿如仙人下凡。

整个大厅的食客都沉默了。婢女们似乎早已经习惯庸俗凡人们惊呆的模样，嗤笑一声，把灵石扔给掌柜："收拾干净些，我们家仙子受不得半点脏污。"

吩咐完这些，她躬身在前面提着铜花熏球，引着主人往后院走去，留下满地的花瓣与暗香。

"咔。"杜京干咳一声，把脑子里"戏台上唱戏"五个字赶出去，朝后院方向抬了抬下巴，"看到没有，这才是大宗门的气派。"

筌篌低头看着地上的花瓣，思考着一个严峻的问题：这要采多少花，才能走一路飘一路花瓣？

"喂。"杜京用扇子敲了敲桌子，"女人，要不要跟我走？"

"刚才大美人从你眼前走过去，你怎么不叫她跟你走？"筌篌眨了眨眼，"难道我比她更美？"

"瞎想什么，这种大宗门的弟子，我惹得起吗？"杜京十分诚实地说道，"我又不傻。"就算是纨绔，他也是一个识趣有脑子的纨绔，惹不起的坚决不惹，欺软怕硬是他的人生格言。

"那你还很了不起哦。"箜篌翻了一个白眼，懒得再理他，转身往楼上走。

"喂喂喂，我跟你说了，你今天必须跟我走……"

杜京的话还没有说完，就见这个看起来可爱活泼的少女的袖中飞出一把剑，剑身散发着莹莹金光，剑尖直直指着他，离他的脑袋只有不到半寸的距离。

"是上品法器！"腻在杜京身边的女人飞快地收回手，吓得往旁边躲了躲，不敢再靠近他。

"有、有话好好说，舞刀弄剑多不文雅。"杜京往旁边躲了躲，剑尖跟着移了移，寒冷的剑气刺得他眼睛涩涩地疼，冷汗止不住地往下流。这个女人究竟是什么身份，竟然出手就是上品法器。

"是吗？"箜篌捧脸，"但是我觉得调戏女孩子更不文雅，你觉得呢？"

"我觉得你说得对！"大滴大滴的冷汗朝脖子里流，杜京就怕这把剑不小心一抖，"嗖"的一下插进他脑子里。

"细说起来你们邱城还是依附在云华门下，云华门向来可是厌恶调戏良家女子这种事的。"箜篌手一挥，收起飞剑，"知道两年前一个元婴老祖调戏云华门弟子的事情吗？"

杜京一边擦汗，一边连连点头。

"他最后是什么下场，你知道吗？"箜篌笑眯眯地问。

杜京全身一僵，汗也不敢擦了："仙子见谅，仙子见谅，在下以后再也不做这种事了，告辞。"说完，连滚带爬地冲出客栈，连头都不回一下。就怕跑慢了，箜篌手里的剑就戳到了他身上。

客栈老板松了口气，还好还好，没有打起来。他弯下腰，把藏进抽屉里的招财貔貅摆件又拿了出来。

箜篌回到房间，把床上的被子枕头全都收起来放到一边，从收纳袋里取出被子枕头铺上。灵慧师姐跟她说过，客栈里很多被子枕头不干净，用自己带的比较放心。

还是修真界好，这么多东西都可以塞进收纳戒里。若是在凡尘界，她出门带的那些东西，肯定要装好几辆马车。

躺在陌生的床上，筌篌有些睡不着，干脆起身打了一会坐，让灵气运转周身。这个客栈非常安静，没有半点声音。

"啊！"

凄厉的尖叫声划破黑夜，也打破了客栈的寂静。筌篌披上外衣，也不顾披散着头发，拉开门跑了出去。到了楼下，就见一个女人倒在地上，她身上的彩衣被血染红了很大一片。最可怕的不是她身上恐怖的伤口，而是她脸上怪异僵硬的笑。

这个女人，是今天跟掌柜高傲说话的婢女，现在她死了。

"月莲。"赶来的彩衣婢女们脸色非常难看，她们转身看着客栈里赶过来的住客们，冷声道，"凶手就在你们里面。"

"姐姐，月莲的心脏没有了。"一个婢女惊慌道，"还有身上的血……"

屋内盈满血腥味以及死人的味道。筌篌看着这几位神情愤怒的彩衣婢女，皱了皱眉，莫名想到了那个调戏她，还说要带她走的纨绔。那个纨绔是知道什么，还是说这只是巧合？

"发生了什么事？"穿着流仙裙的女人走出来，她头发松松垮垮地绾着，不过没有再戴面纱，露出了漂亮的脸庞。只是这个时候，客栈里的人都被月莲恐怖的死法震惊，来不及感叹她的容颜。

"姑娘，月莲死了。"一个婢女红着眼眶回答。

女人皱了皱眉，快步走上前，弯腰在月莲手腕上探了探，用手帕擦干净手，转身对众人道："诸位，在下是昭晗宗的绫波，我的婢女的死因十分可疑，还请诸位给我几分薄面，回答我几个问题。"

"原来竟是昭晗宗的绫波仙子，失敬失敬。贵派的人死得如此凄惨，确实应该查清楚。"

"仙子请问，在下一定知无不言，言无不尽。"

"多谢诸位。"见众人如此给面子，绫波脸色好看了几分，她目光在众人身上扫过，"不知诸位可有觉得你们中间哪位形迹可疑？"

众人你看我，我看你，大家虽然不敢得罪昭晗宗，但也做不出得罪其他人的事，一时间没有人说话。

绫波也知道他们在顾虑什么，让几个婢女守住门，才道："那么请问，今晚有哪些人进了房间以后，又出来过？"

箜篌怔怔地看着绫波，觉得这位女修真是好看——松松垮垮的发髻好看，手也好看，全身上下都好看，生起气来的样子，都自带风流。这样一个大美人提问，就算她的问题有些可笑，大概也没有人舍得不回答她。

果不其然，众人对绫波的提问很配合，纷纷表示自己没有出过门，还拉旁边的住客来为自己证明。

杀人者不仅仅杀了月莲，还挖去了她的心脏，吸干了她身上的血，这绝对不能是正统修士的手段。但是坏人不会在脸上刻字，若是有意隐瞒，谁也看不出来。

"哎呀！"听到动静的大婶跑出来，看到地上的尸首，吓得往后退了几步，"怎么又、又死人了？"

"又？"箜篌抓住这句话的重点，看向普通妇人，"这个客栈，发生过类似的事？"

意识到自己说漏嘴，妇人脸色发青，不敢靠近尸首："不不不，不是我们客栈。一个月前，也就是十一月十五的晚上，有个姑娘死在凤祥客栈里面，据说内脏都没有了，身上的血被吸得一干二净。他们都说，这是妖魔闹事。城主派人巡查全城，没有发现可疑之人，没想到……"

是邪修干的？

可若是邪修拿人练功，他也应该挑不起眼的人下手，为何偏偏挑昭晗宗的婢女，这不是让事情闹得更大？

难不成，这还是一个喜欢引起轰动的邪修？

师父说过，好人千篇一律，坏人千奇百怪。他们的想法与手段，是正常人无法理解的。只可惜如花似玉的女子，就这么丧生于魔爪。

绫波早就注意到了站在人群中的箜篌，在一群相貌普通的人里面，若有一个姿色出众的少女，自然会比其他人显眼。只是她看出对方虽已经是筑基五阶修为，但骨龄不过十五六岁，便没有把目光过多地放在她身上。

见箜篌主动帮她向客栈里的人提问，绫波才主动开口道："不知姑娘是？"

"在下云华宗弟子箜篌。"箜篌向绫波行了一礼，"绫波仙子有礼了。"

"箜篌仙子好。"绫波回了一礼，脸上的表情郑重了几分。她听说过箜篌的名字，两年前师父跟她说，云华门出了个跟她一样的修炼天才，年仅十四便已经筑基，没想到她们会在这里相见。对于箜篌，绫波心情有些复杂，既欣赏对方的天分，又不喜欢一个比她小的姑娘抢去她的风头，所以一时间，她不知道自己对这个少女是喜欢还是不喜欢。

其他人在心中暗暗吃惊，今天究竟是什么日子，一下子就遇到两个大宗门的弟子。还有人想到白天时，有纨绔子弟调戏箜篌，如果那个纨绔子弟知道这位姑娘是云华门弟子，恐怕早就吓得腿软了。

"不知箜篌姑娘晚上睡觉时，可曾察觉到什么异动？"绫波问。

箜篌摇了摇头："今晚格外安静，我也是听到尖叫声后才出来的。"她往四周望了一眼，"尖叫声是谁发出来的？"

那个尖叫声格外凄厉，甚至让人分不清究竟是男人还是女人发出的。

让箜篌意外的是，在场所有人都说，他们也是听到尖叫声以后才跟着下楼的，没有一个人承认是自己先发现了尸首。

见此情景，绫波脸色再度变得难看，那个尖叫声是故意引他们出来的，也许这个人正装作不知情的住客，得意扬扬地看着她束手无策，来嘲笑他们昭晗宗的无能。

他是在落昭晗宗的颜面。

想到这点，绫波美丽的脸上染上怒意："凶手是想与我们昭晗宗为敌吗？"很多事她可以忍，但是宗门的颜面，半点都不能丢。

其他人见绫波动了怒，心里暗骂那个藏在他们中间的邪修，又怕死的下一个是自己，开始怀疑起身边的人来。

"绫波仙子，既然此事发生在邱城，不如派人去通知邱城的城主，让他一起来协助查案。"箜篌见绫波的婢女堵住了大门口，不让任何人离开，"这样你也能多几个帮手。"

"若是他们能查出凶手，上个月便把人抓住了，今天又怎么会再发生这种事？"绫波语气有些淡淡的，"箜篌仙子，此乃我昭晗宗的事，请仙子由在下自己做主。"

这是嫌她多管闲事咯？

箜篌往楼梯围栏上一靠，双手环胸，懒洋洋道："绫波仙子请便。"说完，双眼一闭，开始养起神来。

明明对方没有跟她针锋相对，甚至连一句重话都没有，但是绫波莫名觉得，自己心头被一口气堵住了，偏偏还不能发火。她沉着脸对手下的婢女道："把月莲的尸骨收好,明日就地安葬。"

"姑娘,月莲祖籍在平城,奴婢想把她的骨灰带回平城安葬。"与月莲交好的婢女硬着头皮跪下,"求姑娘允许。"

绫波面无表情地看了婢女一眼,冷声道:"好。"

说完,她看了眼众人:"在事情没有查清楚前,还请诸位在客栈多住几日,费用由在下承担。"

众人虽然想要逃离这个地方,但是绫波开了口,谁也不敢反驳,只得稀稀拉拉、有气无力地应了。偶有几个胆子大的,也只敢小声嘀咕几句,却不敢当着绫波的面反驳。

按照规矩,客栈里出了命案,确实不能轻易离开;但若查清身份,证明自己清白后,是可以离开的。昭晗宗的这位绫波仙子,分明是把他们所有人都当作怀疑对象了。

绫波才不管这些人怎么想,她入昭晗宗虽不足二十年,却已是金丹修为,在宗门内受足了宠爱,是闻名整个修真界的天才,谁不给她几分颜面?至于这些修为平平甚至是普通人类的住客,她也只是面上客气,实际根本没有把他们看在眼里。

这些人私下里抱怨就抱怨了,当着她的面,不还是恭恭敬敬称她一声仙子?

就在大家准备回房间休息时,城主杜彬带着人过来了,他一进门就向众人致歉:"杜某管理不严,让诸位受惊了。"说完,朝众人行了一个大礼。

众人连连还礼,说这是邪修作乱,不怪杜城主云云。邱城虽不大,但与云华门相邻,属于云华门的附属城。云华门平日虽然不爱插手管附属城的事,但若是闹大了,绝对不会坐视不理,所以邱城惹不起。

"弟子见过箜篌师叔。"杜彬穿过人群,来到箜篌面前,恭恭敬敬行了一个晚辈礼。

"不用多礼,不用多礼。"箜篌站直身体,指了指下面,"这里的事情你来解决,我去睡觉。"她打了个哈欠,转身准备回房间。

忽然,她脚下一顿,指着缩在门口的华服青年:"这位是?"

"回师叔的话,这是犬子杜京。"杜彬有些不好意思道,"今年没有通过入门考核,所以还没有机会加入门派,但是按照辈分,他是您的徒孙辈。"

"哦，徒孙啊。"箜篌似笑非笑地看着杜京，"瞧着……还挺精神。"

"师叔过奖了，这个孽障整日招猫逗狗，不做正事，二十好几的人，也没多少修为，让您看笑话了。"他转身朝杜京呵斥道，"站在那里干什么，还不快过来给你师叔祖见礼。"

杜京心里暗暗叫苦，早知道他刚才就不该跟过来，简直就是自取其辱。世间怎么就有这么寸的事情，一时头脑发热，嘴巴上没把门，就招惹上了一位师叔祖。

云华门究竟是怎么搞的，这么小的姑娘，怎么就成了他师叔祖了？

"晚辈……见过师叔祖。"

"大声点，平时嗓门不是挺大嘛，怎么这会儿像没吃饭似的？"杜彬看到儿子那缩头缩脑的样子就来气，一巴掌拍到他脑门上，"没规矩！"

杜京幽幽地看了杜彬一眼，这可真是他亲爹呀，不遗余力地坑亲儿子。他老人家要是知道，做儿子的今天把师叔祖给调戏了，会不会气得当场宰了他？

"师侄不必如此客气，自家人不讲究这些虚礼。"箜篌笑眯眯地看着站在台阶下的杜京，伸手拍了拍他的头顶，"孙儿乖。"

杜京："……"

堂堂邱城无敌小霸王，竟然沦落到给十六岁小姑娘当孙子的地步，他还有什么脸做纨绔？他就是纨绔界的耻辱，小霸王团体中的失败者。

正在暗自痛苦时，他手里多了一个红色锦囊，是箜篌塞给他的。他不解地抬头看箜篌，这是啥意思，给他毒药让他自行了断吗？

虽然他是纨绔界的耻辱，但也不想死啊，俗话说好死不如赖活着，他这个人没啥优点，就是脸皮厚，为了能好好活着，脸也是可以不要的。

"徒孙乖，这是师叔祖给你的见面礼。"箜篌拍了拍他的肩，心情愉悦道，"明天见。"

"恭送师叔。"杜彬见自家儿子没反应，伸腿踢了他一脚。

杜京连忙鞠躬："恭送师叔祖。"

"孙子乖。"

杜彬望着箜篌离去的背影，在心中暗自感慨，不愧是云华门亲传弟子、五灵根天才，这气度就是不同。再看看身边不成器的儿子，他叹了口气，算了算了，这是亲生的，就不拿来比了。

再比下去，他会忍不住动手抽这个不成器的玩意儿。

看到杜彬向箜篌走去时，绫波就猜到是箜篌用飞讯符通知了他过来。心里虽然有些不高兴，但是人既然已经过来了，她也不想把气氛弄得太僵，留下婢女跟杜彬交流，自己转身回了后院。

杜京小声对杜彬道："这位昭晗宗的绫波仙子可真沉得住气，婢女被杀，还能回去睡觉。"

"闭嘴。"杜彬瞪了他一眼，吩咐手下把客栈围拢起来，以免凶手从其他方向逃走。在他去察看尸首时，昭晗宗的婢女却不让，说月莲是个女子，不宜让其他男人触碰。

"人都死了，你们不让她安安心心走，还讲究这些俗礼，是不是有毛病？"杜京嘲讽道，"难不成凶手是你们自己人，怕我们发现，才故意找借口不让我们靠近？"

"胡言乱语！"婢女们气得柳眉倒竖，拔出剑来。

"你们想干什么？"杜京扯开嗓子大喊，"昭晗宗仗势欺人，要杀人灭口啦！"

"杜城主，杜公子如此抹黑我派，怕是不妥吧？"为首的婢女脸色阴沉，恨不能一剑戳死大喊大叫的杜京。

"姑娘见谅，犬子素来无状，在下一定带他回去严加管教。"杜彬歉然一笑，那张脸要多老实就有多老实。但是口口声声说要管教儿子的他，此时却没有阻拦杜京的大声叫喊。

咚咚咚。

一个黑衣男人站在客栈门口，敲了三下门。

"不好意思，还有空房间吗？"

众人齐齐回头，看到了门外纷飞大雪中白衣胜雪的男人，刹那间屋子里安静下来。烛火被夜风吹得轻轻晃动，在死者脸上投下一片阴影。

黑衣男人看到摆在地上的尸首，转身对男人道："公子，这店里死了人，不能住人。"

客栈里的住客们："……"

难道他们这些站在屋里的都不是人？

莶篌回到房间以后，并没有睡着。她打开窗户，看了眼楼下围拢住客栈的邱城护卫，靠在窗户上单手托腮，另外一只手去接飘扬下来的雪花。

一辆马车从街头东边徐徐而来，然后停在了这家客栈门口。

穿着锦衣，披着纯色白狐毛斗篷的男人从马车中下来，抬头与她四目相对。

桓宗取下戴在头上的兜帽，对莶篌展颜一笑，在这瞬间，红梅绽放、冬日初阳，都不及这个笑好看。莶篌忍不住回了对方一个笑，朝他挥了挥手。

"公子，这店里死了人，不能住人。"

黑衣中年男人走回桓宗身边："公子，我们换一家店吧。"

桓宗抬头看楼上的少女："姑娘，你不换一家客栈住吗？"

黑衣男人往楼上看去，才看到有个姑娘趴在窗户边，正笑眯眯地跟自家公子对视。他看了看少女，又看了看桓宗，神情有些微妙，这寒夜雪天的，公子什么时候养成跟人楼上楼下对话的习惯了？

"客栈里死人的消息恐怕已经传出去了，今晚其他客栈恐怕也不敢收客人。"莶篌从窗户里爬出来，飞身跳到桓宗面前，"我旁边的房间还空着，桓宗公子若不嫌弃客栈里晦气，可以暂时住一晚上，明天早上再走。"

身边有个至少金丹期修为的人做马夫，这个叫桓宗的美男子肯定不是普通家庭出身，这样的人应该不会害怕客栈里一具尸体。

"生死乃天理循环，对于我而言，并无晦气可言。"桓宗笑了笑，"多谢姑娘告知，今晚便打扰了。"

守在客栈门口的护卫觉得桓宗脑子可能有些毛病，知道客栈里死了人，还要住进去。虽说修道者不拘小节，但这也太不讲究了。邱城那么多家客栈，就算晚上不愿意接待客人，但是只要多花一点钱，就没有办不成的事。这位俊美公子衣衫华丽，也不像是没钱的人，何须如此委屈自己？

"桓宗公子，你的这位护卫，修为应该很高吧？"莶篌对桓宗不好意思一笑，"等下可不可以拜托二位帮我一个小小的忙？"

出门守则第二条：需要求人办事的时候就求人，脸皮要厚，心要宽。

"嗯？"桓宗看了眼自己身后的黑衣男人，"他叫林斛，姑娘有什么需要，尽管开口。"

"林斛先生。"莶篌对黑衣男人行了一礼，"客栈里现在人心惶惶，等下若是两边起了争端，还请先生出手平息一下争端。我修为浅薄，到时候怕起事来怕是压不住。"

黑衣男人看桓宗。

桓宗道："不过是小事，姑娘需要的时候，叫一声便是。"

箜篌松口气，再次向桓宗道谢。现在客栈里的众人还能给云华门与昭晗宗几分薄面，能在客栈里忍一忍，但是到了明天早上，情况会变成什么样，还真不好说。

客栈里面的人还在好奇这个俊美公子究竟是从哪个地方冒出来的，随后见到箜篌与此人说话，似是相识，也不好意思再质疑此人的身份，任由他们进了门。

尤其是他们发现贵公子身后的护卫修为深不可测以后，就更加没有意见了。不管什么时候，强者总是能让人学会安静与沉默。

杜京好奇桓宗的身份，可是又不想跑到箜篌面前去当孙子，偷偷蹭到门口，问守在那里的护卫，刚才箜篌跟两个陌生男人说了什么。

护卫茫然地摇头："少城主，刚才他们说话的时候，属下只听到嗡嗡声，什么都听不清楚。"

听到这话，杜京瞬间明白，这是用了术法，混淆了其他人的听力。不过用术法的人是那位师叔祖，还是那两个身份不明的男人？

客栈里的伙计快手快脚收拾好房间，并不敢久留，一溜烟儿跑下了楼，头都没有回一下。明知道店里死了人还敢住进来的客人，他们得罪不起。

箜篌看着伙计匆匆忙忙的背影，回头看了眼桓宗身后的林斛，这个护卫有这么吓人？

"桓宗公子请好好休息，我不打扰了。"箜篌想了想，提醒了一句，"按照我的经验，明天一大早他们就会吵起来。到了那个时候，你想睡都睡不好。"

桓宗愣了愣："没想到姑娘对这些事如此了解。"

"其实不是我了解。"箜篌掏出妙笔客的话本，有些不好意思，"妙笔客话本里写过的，主角投宿那一段，就是被其他人的打斗声吵醒的。"

说完这些，箜篌见桓宗神情呆滞，以为他还没看过这本，便把书塞给他："你还没看过这一本，那这本借给你看。"难得遇上一个同样喜欢妙笔客的读者，箜篌十分大方。

这种自己喜欢的人或物，终于也有其他人欣赏的欢喜之情，一般人是不会理解的。

"谢、谢谢。"桓宗拿着书，微愣后便露出一个灿烂的笑。

见他收了一本妙笔客的书就高兴成这样，莶篌对桓宗的好感更甚。原本的好感源于对方的容貌，现在增加的好感来源于他对妙笔客的欣赏。

"不用客气，我那里收藏了很多妙笔客的书，以后有机会也可以借给你看。"莶篌听到对方咳了好几声，"你早些休息。"

她走了几步，走到自己门口时，有些不好意思道："那个……你看完以后，一定要还我。这书我手上只有一本，没有多的。"这话说出去，她脸有些红。一本书也不值钱，强调让人送回来这种事，怎么看怎么小气。可是书只有一本，她实在是舍不得啊。

"请姑娘放心，我一定会保护好这本书，不会让它受损。"好在桓宗并不是小心眼的男人，他不仅没有生气，反而笑得更加温柔，把书小心翼翼收在了袖子里。

莶篌松了口气，朝桓宗眯眼一笑，回了自己的房间。

桓宗回到房间，走到桌边坐下，翻开了手里的书。书上有多次翻阅的痕迹，书脊处起了毛边，但是书页被保护得很好。有些书页下方，还有书籍主人的标注。不过主人标注得很小心，字体写得很小，似乎舍不得让正文字体染上些许墨水。

"看来她真的很喜欢。"桓宗轻咳几声，用手背抵着嘴，苍白的脸上露出了笑容。

"公子，"林斛拿出一个玉盒递到桓宗面前，"您该用药了。"

桓宗接过玉盒，取了药丸咽下，轻轻闭上了眼。林斛收起玉盒，看了眼摆在桌上的话本，沉默地退到屋子角落里，开始盘腿打坐。

天色刚亮，莶篌被楼下砸碗砸杯的声音吵醒，她起身洗漱好，开门刚好遇到桓宗从房门里出来，忙朝他招了招手。等桓宗走近了，她压低声音激动道："看看看，楼下果然闹起来了，妙笔客是不是很厉害？"

桓宗低头看着身边的少女，她脸上的表情带着三分激动，还有两分得意，好像妙笔客做了一件很了不起的事，让她与有荣焉。

"嗯，很厉害。"桓宗听到自己这样说。

楼下的氛围确实不太好，一个金丹期修士、两个筑基期修士同坐一桌，他们神情阴沉，盯着坐在角落里的昭晗宗婢女，敢怒却不敢言。

他们都是有事要做的人，后半夜里证明了自己的清白，想要离开客栈，昭晗宗的人却不让。明明邱城的城主都觉得，洗清嫌疑的人可以离开，偏偏昭晗宗的人如此难说话。按照规矩，在哪里发生了命案，就该由当地城主或是修真门派负责，这里是邱城的势力，昭晗宗凭什么越俎代庖？

不过是仗着宗派势力大，不把他们这些散修跟小门小派弟子放在眼里罢了。这里是云华门势力范围，人家云华门弟子都还没摆这么大的架子呢。

有脾气不好的，就忍不住骂骂咧咧几句，顺便摔了几个碗碟。但是一切不满，在绫波出来的时候，全都咽回了肚子里。

绫波的目光在众人身上扫过，神情冷漠地走到旁边坐下。伙计连忙小跑着把茶果、点心、早餐全都摆上，又小跑着退下，快得仿佛一阵风。

婢女用玉杯给绫波换了茶，绫波端起茶杯轻啜一口："我听说有人想走？"

"绫波仙子，在下还有重要的事情要办，请仙子高抬贵手，让在下先行离开。"金丹修士起身抱拳道，"在下乃龙虎门弟子，与贵宗并无仇怨，又怎么可能伤害贵派婢女？"

"龙虎门乃正道宗派，自然不会做出这种事。但今日我若是让你走了，不让其他人走，岂不是处事不公？"绫波扯了扯嘴角，"还请这位道友委屈两日，不要让小女子为难，绫波先在这里向大家道一声'得罪'。"

金丹修士面色变了又变，终是不敢闹起来。

"欺人太甚！"一个年纪不大的修士拍桌而起，"你们昭晗宗不要欺人太甚，你们一日找不出凶手，我们一日不能出去。难道你们一个月找不到凶手，我们就要在这里留一个月？就算你是大宗门弟子，也不能如此欺辱人！"

绫波冷冷看了他一眼，忽然出手如电，大家还没看清她如何出的手，刚才那个拍桌而起的修士就被打飞到墙上，摔在地上吐出一口血。

众人顿时噤若寒蝉。

"这是怎么了？"一个红衣少女从楼上下来。她语气轻快，似乎没有察觉到楼下怪异的气氛，笑眯眯地走到众人中间，看到倒在地上的修士，大大的眼睛眨了眨："哎呀，怎么吐血了？"

她走到这个修士身边，塞一枚药丸到对方口中，扶着他坐起来，探了一下他的经脉，确定没有性命之忧后，起身对绫波笑道："绫波仙子，这么早就起了？"

"门下婢女无故被杀，我如何睡得着。"绫波见箜篌扶起了与自己作对的修士，扯着嘴角勉强笑道，"箜篌仙子昨夜睡得可还好？"

"有劳仙子关心，睡得还好。"箜篌笑得一派天真，好像当真不知道绫波心里已经不高兴了。她走到一张空桌子旁坐下，转头朝楼上笑了笑。

绫波朝楼梯处看去，只见楼梯间有个俊美无比的白衣男人站在那。他神情淡漠，仿佛世间一切都与他无关；身边所有喧嚣与争吵，都不能对他产生半分影响。

"这边吹不到风，坐这里。"箜篌朝这个男人招了招手。

于是绫波就看到这个神情冷漠的男人，脸上露出了笑意，似是终于染上了烟火气，一下子就活了过来。她收回目光，皱起眉头，这个男人是什么时候出现的？昨天晚上，并没有这样一个人出现。

等桓宗与林斛坐下，伙计照例用最快的速度摆好碗筷、早餐，并以最快的速度消失。

这家客栈收费比较高昂，早餐准备得丰盛又精致。箜篌虽已筑基，但仍旧有进食的习惯，见早餐上桌，想也不想便拿起筷子吃起来。

见箜篌动了筷子，桓宗也夹起一个水晶饺放到自己面前的碗里尝了尝，味道不算好，但也不差。不过或许是因为坐在自己对面的少女吃得香甜，他也有了胃口，连着吃了两个才放下筷子。

林斛倒了一杯清水递给他，他喝了两口放下，便安静地看箜篌吃饭。事实上，整个大厅里，还能安下心来吃饭的，也只有他们这一桌了。

"箜篌仙子，你的这位朋友看起来有些面生。"绫波等箜篌吃完饭，才开口道，"不知昨晚我家婢女遇害时，这位公子在哪儿？"

刚说完这句话，绫波发现箜篌身边的男人朝她边看了过来。

那双眼睛里，冷冷清清，没有丝毫感情，就像是外面的雪，看似干净纯白，却没有一丝温度。

明明是个看起来病弱的男人，绫波的心底却升起一股寒意，整颗心脏都跟着颤了颤。

"昨晚事情发生的时候,我的朋友并不在场。"筌箜看出桓宗不爱说话,主动开口道,"所以此事与他并没有干系。"她以为绫波还会问下去,没想到对方听了她这种解释,竟然只是点了点头,便不再开口了。

这位性格孤傲的绫波仙子此刻竟然这么好说话,筌箜诧异地挑了挑眉,伸出筷子夹起最后一个灌汤包放进自己碗里,埋头苦吃。本来她已经吃饱了,但是看到蒸笼里还剩下一个包子,忍不住心生罪恶感,只能把它送进肚子里,让它跟其他兄弟姐妹团聚。

桓宗静静地看着筌箜把整整一笼小包子吃完,莫名有种满足感,仿佛这些东西都吃进了他肚子里。

见桓宗微笑着看自己,筌箜摸了摸脸:"怎么了?"

在对方眼眸里,桓宗看到了自己的笑脸,他收敛起脸上的笑:"不知姑娘准备去哪儿,若是不嫌弃的话,可以与我们一起同行。"

"这……"筌箜有些犹豫,她第一次单独外出游历,为的是接触不同的人,了解天下各地的风俗习惯,若是与桓宗同行,还算单独游历吗?

"在下这些年常待在家里,很少出门,对外面很多事都不太了解。说是外出求药,不如说是出来散散心。"桓宗神情认真,"若是在下的话让姑娘为难了,就当在下没有提过。"

"不麻烦,不麻烦。"听到对方很少出门,筌箜的脑子里已经有了病弱公子孤零零待在屋子里的画面,他不能吹风,不能晒太阳,把药当饭吃,几乎从没有接触过外面精彩的世界。

好惨,好可怜。

"刚好我也是外出游历,并没有什么事情做,承蒙公子不弃,那便打扰了。"筌箜不知道桓宗究竟患了什么病,但是看对方面色苍白的样子,就猜到他病得不轻,说不定哪天就……

搓了搓脸,把脑子里不太吉利的想法搓走,筌箜当即答应了下来。其实这个桓宗挺不错的,长得好看,又不摆架子,最重要的还有他也喜欢妙笔客,一路上她还可以跟桓宗讨论妙笔客书里的情节与人物。这么一想,她对接下来的旅途,开始充满了期待。

"你以后叫我筌箜便好,不必那么客气。"筌箜把手放到嘴边,小声嘀咕道,"就是不知道什么时候能走,昭晗宗的这位绫波仙子看起来脾气不太好,凶手没查出来之前,她肯定不会让我们走。"

"按照修真界规矩,哪里发生了事,就由当地城主府或是宗门负责。昭晗宗虽说是受害者,但也该按照修真界规矩办事。"沉默寡言的林斛皱眉道,"今日在场的人,只要能够证明自己的清白,便是邱城的城主也不能让人强行留下,这位绫波仙子坏规矩了。"

"先生,你小点声。"筌篌捂着脸,给林斛打眼色,"现在她人正在气头上,你别跟她一般见识。"她也觉得绫波这事做得过了些,下楼的时候见人受伤,才顶着得罪人的风险,把那个躺在地上的道友扶了起来,还塞给他一枚养气丹。但不管怎样,昭晗宗与云华门关系还不错,她还不想出门几天的时间,就跟绫波仙子闹起来,这要是传回宗门,多尴尬。

林斛转头看了眼桓宗,见他神情平静,没有任何表示,便道:"筌篌姑娘放心,出门在外讲究规矩,此事乃昭晗宗做得不厚道,不必担心得罪她。"

筌篌干笑,这个林斛看起来忠厚老实、沉默寡言的模样,没想到说话这么硬气,看来这两位也是大宗门的人。

林斛声音并不小,与他们相邻的几桌听得清清楚楚,以绫波的修为,自然也听得见林斛的话。她脸色变得十分难看,但是看着神情平静的桓宗,她没有发作。她从小到大被宗门里的人捧着,虽然瞧不起普通修士,但是桓宗身份不明,他身边的护卫修为高深,说不定是位元婴老祖,她不敢轻易得罪。

现在的修真界在各大门派的联合治理下,已经不像几千年前那般说打就打,说杀就杀,但归根结底,还是讲究强者为尊。所以绫波虽然看不起客栈里的这些修士,但不能直接跟筌篌翻脸,也不敢与桓宗闹起来。

场面一时间变得有些尴尬,在场其他修士见绫波隐忍不发,心中有了底气。刚才强忍不满的龙虎门金丹修士开口道:"这位道友说得有道理,仙子的婢女无辜横死,我们很惋惜,也理解仙子心中的感受。但是在下有要事,还请仙子理解在下的难处。"

"是啊,这都过去一晚上了,说不定凶手早就偷偷跑了。贵派的婢女又不让城主府的护卫靠近死者尸首,这个案子还怎么查?"有修士躲在众人中间,阴阳怪气道,"谁知道是不是这些婢女起了内讧,把人杀了以后,怪在我们的头上。"

"胡言乱语。"绫波拍桌道,"凶手在月圆之夜动手杀人,还把死者心脏挖出来，我怀疑这是邪修所为，难道错了？"她凤目一扫，眼神变得凌厉，"我不得不怀疑，凶手就藏在众人中间，他故意挑拨大家的关系，好趁机洗脱嫌疑。"

荃篌赞同绫波的说法，凶手确实有可能藏在众人中间，甚至故意挑拨各派之间的关系。不过绫波的姿态太强硬，已经引起在场大多数修士的反感，现在再说这些，恐怕已经不起作用。

果不其然，尽管绫波说了这些，众修士脸上仍有不悦之色。有人把目光投向荃篌，希望她这个同是大宗门的弟子出来说几句。或者说，他们更希望荃篌跟绫波仙子针锋相对，帮他们壮声势。

然而让他们失望的是，荃篌没有站出来说话；绫波仙子与荃篌说话时，也极为克制。这让他们内心那点想要看热闹的小心思，无处安放。

没有大宗门的人牵头，其他人嚷嚷几句，也不敢闹得太过，大厅里的气氛僵住了。

荃篌目光在众人身上来回扫视。由于大厅里的气氛太严肃，不适合说悄悄话，而桓宗的身体太差，更不好用传音术，她只好掏出一张纸，拿出一支简易的炭笔在上面写了一句，推到桓宗面前。

你觉得谁最可疑？

看着面前的字条，再看少女满脸的好奇，桓宗笑了笑，伸手拿过荃篌手里的炭笔，在纸上写了几笔。

——有怀疑的对象？

荃篌点头，在纸上写了一个怀疑的人。

——刚才那个故意挑事的筑基修士。

桓宗看了以后，笑着摇头。

——角落里那个灰袍男人。

荃篌状似随意地往后看了一眼，若是桓宗不提，她根本注意不到此人。因为这个人实在太普通了，长相普通，修为普通，就连打扮也普通，他坐在那里若是不说话，几乎让人很难注意到他。如果非要用一个词来形容他，那就是老实。

就是那种欺负一下，也不会生气，更不会惹事闹事的老实人形象。

看起来最不可能的人，有时候却最有可能。荃篌恍然大悟，觉得桓宗实在太聪明了，就像妙笔客笔下的主人公一样聪明。

——我觉得你的怀疑很有道理。

桓宗见箜篌脸上的神情变来变去,最后露出恍然大悟的模样,有些怀疑对方脑子里究竟想了什么,才能露出如此生动丰富的表情。

林斛默默看着箜篌与桓宗把一张纸递来递去,心情有些复杂。他们以为自己动作很含蓄吗?在众人眼皮子底下递字条,是怕别人不知道他们在说悄悄话?

箜篌与桓宗的举动,早就落在了绫波眼里。她脸色变来变去,觉得心口有些堵,忽然有些明白师门的人提到云华门时,表情为什么会变得一言难尽。

就在气氛越来越尴尬时,门外走进三个人——管理邱城的杜家父子,还有个器宇轩昂、神情严肃的青年男子。原本还端坐在桌边的绫波仙子,看到青年男子后,忙站起身:"掌派师兄,你怎么来了?"

青年男子走到她面前,神情有些不悦道:"胡闹!"他转身朝众人拱手道:"诸位道友,在下是昭晗宗弟子长德,师妹不懂事,给大家添麻烦了。"

长德?昭晗宗掌派大弟子长德?

众人大惊,哪还会受长德这个礼,连忙纷纷还礼,口称无碍。现在的掌派大弟子,就是未来的宗派掌门,谁得罪得起?更何况长德言语客气,对他们又极为有礼,他们心里就算有口气,这会儿看到长德如此态度,也都散了。

绫波也有些惧怕这个掌派师兄,虽然被他当着众人的面训斥心里有些不高兴,但面上不敢表现出来,乖乖站在旁边一句话都不敢多说。

"这位想必便是忘通峰主的高徒箜篌仙子,因为鄙派的小事耽搁了仙子的行程,请仙子见谅。"长德走到箜篌面前道歉,"仙子若有什么需要,请尽管开口。"

"道友不必客气,贵派婢女无故身亡,绫波仙子心里难过,乃是人之常情。"箜篌起身还礼,"道友不必把此事放在心上。"

长德相貌俊秀,身材匀称,在整个修真界也称得上是天之骄子。这样的人语气诚恳地向人道歉,很容易让人心生好感。箜篌想,也只有这样的人,才配得上做掌派弟子。

长德早就听过箜篌的名字,也知道她是修炼奇才。但是他没有想到,对方竟是如此娇俏的少女,一双眼睛像是会说话,笑起来就像是盛开的鲜花,十分讨喜。在得知师妹所作所为,客栈里还有云华门的亲传弟子后,长德就担心师妹把人得罪,坏了两派的情谊。

现在见到箜篌,他偷偷松了口气,幸好对方不是不讲理的人。习惯了五灵根天才师妹的骄傲脾性，长德对五灵根天才的性格要求，已经低到没有底线。

在进门的时候，长德就注意到了桓宗，对方看起来像是没有修为的病弱公子，但是身上的锦袍却是御霄门最昂贵的防御法袍，身边的护卫还是元婴修为，这样的男人谁都无法忽略，他也一样。虽不清楚对方的身份，长德还是认认真真地向对方致歉。

对方大概是不爱说话的性格，客气两句便不再开口。长德也不强求，再次对众人致歉后，道："不敢耽搁大家的时间，已经证明自身清白的，随时可以离开。"

"师兄……"绫波听到这话，有些不高兴，她费了这么大的劲儿把人留下来，师兄怎么说放就放。

长德没有理会她，也没有改变决定。绫波气得跺脚，往桌边一坐，不说话了。

众人见长德说的不是假话，急着办事的人，连忙起身告辞，就怕又改变主意，不让他们走了。大厅里的人很快走了一半，原本不急着走的人，也起了离开的心思。

"等一下。"原本坐在桌边品茶的箜篌手中的飞剑如闪电般飞出，直指着门口准备离开的灰袍男人，"其他人可以走，你却不可以。"

站在角落里不敢说话的杜京见箜篌发话，忙吩咐护卫："拦住他，拦住他。"

灰袍男人见护卫拦住了他的去路，平凡的脸上露出为难与委屈的神情，他有些畏缩地转身看箜篌："不知仙子是何意？"

"无辜的人可以走，你这个凶手当然不能离开。"箜篌站起身，被她控制的飞剑散发出凛冽的寒气，灰袍男人鬓边的头发断了几根。

林斛惊愕地看着箜篌，他家公子说这个人是凶手，她就信了？万一弄错，她就不怕丢脸？也不知道该说她脑子简单，还是该说她太容易相信人。

长德听箜篌这么说，面色顿时变了，手中的利剑出鞘，拦住了灰袍男人的去路。灰袍男人身形动了动，想趁着众人还没反应过来逃走，结果他刚起了这个念头，整个人就不受控制地朝后飞了回去。

林斛头也不回道："道友何必急着走，不如早些说清楚好。"

众人看着林斛，眼中是掩饰不住的惊骇。这个灰袍男人准备逃离时，身上泄露的威压至少表明其是金丹后期修为，这个护卫竟然连眼都不眨，挥手间就把人甩了回来，这是何等高深的修为？

能让这样的人做护卫，这个俊美病弱的男人，究竟是什么身份？

一些准备离开的人，见到这个架势，都放缓了脚步。事情闹成这样，大家也很想知道，真凶究竟是谁，敢在太岁爷头上动土。

看着被林斛用术法束缚住的灰袍男人，他们心中有些犯疑，印象中这个男人并不爱说话，刚才绫波仙子打伤那个闹事的修士后，这个男人更是吓得面如土色。这样一个看起来有些窝囊的男人，会是那个徒手挖出死者心脏的凶手？

该不会是弄错了吧？

大家心里有这种猜测，但是当着箜篌的面，却不好把这种话说出来，云华门的面子还是要给的。而且这位箜篌仙子长得好看，笑起来更是让人舍不得说重话，在场的男修士都不想落箜篌的面子，女修士则秉着多一事不如少一事的心态，也只看热闹不开口。

"你、你们是什么意思？"灰袍男人摔在地上，没有愤怒，也没有抱怨，反而惊惶又无助地看着箜篌，连连摆手，结结巴巴道，"仙子，您误会了，我怎么敢对昭晗宗的婢女做出这等恶事？"

窝囊、胆小、相貌普通，这是一个怎么看都不像是能做出大事的男人。

"这种无辜可怜的表情，美女做起来楚楚动人，你来做就迷惑不了我。"箜篌不顾投在自己身上的那些疑惑的眼神，起身围着灰袍男人转了一圈，"你伪装得确实很好，如果我不是一直偷偷观察着你，也会相信你是无辜的。"在桓宗说这个灰袍男人最可疑后，箜篌就一直借着各种小动作观察这个男人，仔细观察后，就发现桓宗怀疑得没有错，这个灰袍男人十有八九就是凶手。

在绫波与在场诸修士闹得越来越僵时，这个男人眼中有得意、有嘲讽，甚至连端茶杯的手都有些发抖。他这个凶手在嘲笑众人是傻子，他为自己能够骗过众人而扬扬得意。

昭晗宗的掌派大弟子长德出现以后，他神情收敛了很多。看到长德三言两语便化解了昭晗宗与其他门派的矛盾，这个"老实"男人露出了不甘与愤怒的情绪，只是这种情绪他掩饰得很好，几乎无人能够发现。

但也仅仅是几乎，他没有瞒过一直观察他的箜篌。在长德说出，洗清嫌疑的修士可以离开以后，箜篌就注意着灰袍男人跨过客栈门槛时的表情，很是自得。

一种在别人眼皮子底下做坏事，又光明正大离开的自得。

箜篌把观察到的这些都说了出来，灰袍男人道："什么眼神，什么得意，仙子为何要冤枉我？"

"是啊，我们无仇无怨，我干吗要冤枉你？"箜篌反问，"所以除你是凶手以外，就没有别的可能了。"

"箜篌仙子乃是云华门亲传弟子，肯定不会冤枉你。"一位女修道，"我也觉得此人有些可疑，从昨晚到今天，他一直缩在角落里不说话，谁知道是不是心虚不敢说话。"

她身边的大汉点头："道友说得有理，此人住在下房最靠外的房间，半夜出门谁也不能察觉。"

大家七嘴八舌讨论起来，每句话都在给灰袍男人定罪。凶手如果不是灰袍男人，难道还能是他们？尤其是那些无法洗清自己嫌疑还不能离开的修士，反应最强烈，恨不得当场把灰袍男人摁在地上，揍得他承认自己是凶手。

"你们是宗门弟子，就如此欺负我们这些散修吗？"灰袍男人一句话便把矛盾拉到散修与宗门对立上，他吼道，"无凭无据，你们凭什么冤枉我？"

"冤枉你？！"脾气不好的绫波冷笑道，"今天就算把你打了杀了，又能如何？"

听到这话，箜篌忍不住揉额头，昭晗宗这位绫波道友脾气忒大，这话传出去，也不怕给昭晗宗拉仇恨？不过这个灰袍修士还真不是个好东西，一句话就扣下这么大个帽子。

"道友这话真是可笑，我凌忧界的散修个个自在、风流、讲仁义，又怎么可能做伤人性命，挖人心脏的事？"箜篌反问，"你做错了事，竟然拉所有散修下水，这是何居心？"就这点挑拨离间的水平，还真算不上高明。这个邪修应该去看看后宫的那些妃嫔，她们挑拨离间的本事才是炉火纯青，让人防不胜防。

"箜篌仙子说得好。"在场一位散修道，"我们散修向来讲究自在随心，也讲究仁义德厚，你可代表不了我们。"散修确实不如宗派弟子势力强大，修炼资源也比不上宗门弟子，但是他们也不用像宗门弟子那样，要遵守各种宗门规矩。谁不喜欢被夸奖，箜篌身为十大宗门之一的亲传弟子，说他们散修自在风流，散修们听得心情畅快，自然也不愿意让一个看起来窝囊又有杀人嫌疑的修士代表他们散修团体。

长德看着面带微笑的箜篌，暗暗叹息一声。论天分，绫波并不比箜篌差什么，但要论心性与修养，绫波恐怕比不上小她二十多岁的箜篌。修真界从来不乏天资出众，却因为心性陨落的修士，他不想绫波也是其中之一。

灰袍见所有人都在指责他，一直都在结结巴巴辩驳，就在大家以为他已经认命时，忽然他身影一闪，身上的煞气与血气暴涨，以眨眼的速度欺近箜篌，直指她的胸膛。

他要挖去她的心脏。

长德大惊，若是箜篌死在他面前，以云华门护短的性格，这笔账有一半都要算到他头上了。可是这个看起来十分窝囊的灰袍男人动作太快，快得他来不及拦。

这根本不是什么普通修士，他至少有元婴期的修为，之前是故意封印住修为，用来迷惑他们。

然而灰袍男人没有机会靠近箜篌，他被人拦住了，拦住他的是身穿锦袍的桓宗。没有人看清桓宗是怎么出的手，他们只看到一道光，再看时箜篌已经被桓宗护在了身后，而灰袍男人被林斛一掌拍翻在地，连元婴出窍的机会都没有，就被林斛毁去了修为。

"箜篌仙子，你没事吧？"长德顾不上看倒在地上吐血的灰袍男人，闪身来到箜篌面前，询问她的身体状况。

"我没事。"箜篌从桓宗身后伸出脑袋，"多谢长德道友关心。"

"没事便好。"长德松了口气，只要箜篌没事，他就不用担心云华门来找麻烦了。

桓宗用帕子捂住嘴猛咳，苍白的脸颊瞬间泛起病态的潮红，若不是另一只手扶着桌子，他几乎无法维持站立的姿势。

箜篌忙扶着他坐下，想也不想便把手放到桓宗脉门上，把自己体内的灵气传给桓宗。

"箜篌姑娘，你不要浪费灵气，我这是老毛病了。"桓宗止住咳嗽，声音有些沙哑，"休息片刻便好。"他脸上的潮红很快退去，只留下苍白，仿佛连唇上的红色也跟着退去，俊美的脸白得透明。

"在开口拦住这个人前，我就在身上放了防御符咒，符咒是宗门的峰主做的。他若是碰到我,就会受到法力反噬,我不会受伤的。"箜篌在收纳戒里翻找了一会儿,找出一枚补气丹放到桓宗掌心,"你别拿自己的身体开玩笑。"

刚才他一阵猛咳的时候,箜篌真担心他一口气上不来,连命都没了。这么好看的男人,还跟她一样喜欢妙笔客的书,最重要的是在危急时刻,能为朋友两肋插刀,这样的人她希望他能活得久一点。

"抱歉,是我没有想周全。"桓宗把箜篌给他的丹药咽下,问都不问她给的是什么。

"你跟我道什么歉,你担心我有什么错?"箜篌瞪大眼睛,觉得桓宗有点傻,幸好她已经答应了与他同行,不然他肯定会被人骗得团团转。

"我的意思是让你以自己身体为重。"箜篌叹气,"外面的世界很凶险,你要多留个心眼。妙笔客的书里不是写了嘛,好看的女人有可能是要人性命的妖姬,看似天真可爱的小孩有可能是食人心的邪物,你可长点心吧。"

桓宗看着眼前一脸"真拿你没办法"表情的箜篌,勾了勾唇角:"嗯。"

"别光只是'嗯',要记到心里去。"见桓宗垂着头,长长的眼睫毛颤啊颤,箜篌也说不出重话,叹了口气,转头对站在旁边的长德道,"道友,既然事情已经查清,凶手就交给你们处置吧。"

"多谢箜篌仙子,多谢这位公子。"长德不清楚桓宗的身份,但是对方能比元婴修士速度还要快,可见修为不低,只是身体看起来好像不太好,身上的气息也很微弱,不知道是不是元神有损。

"不用客气。"桓宗表情有些疏淡,似乎不爱与外人多说话,"邪魔外道,人人得而诛之。"

"不知公子高姓大名,若是公子不嫌弃的话,在下想请公子与箜篌仙子用些茶水点心。"长德并不在意桓宗淡漠的态度,他有意与两人交好,表现出来的态度十分亲和。

桓宗没有直接拒绝或是答应,而是把询问的目光投向了箜篌。

箜篌不想落长德的面子,但是她担心桓宗的身体,还是出言婉拒了。不过她没有拿桓宗的身体说事,只称昨晚没有休息好,今天精力不济,担心扰了长德与绫波的兴致。

"既然如此,还请仙子与公子先休息一晚。在下明天在摘星楼设宴,请二位与诸位道友饮几杯淡酒,还请诸位赏脸。"长德知道绫波行事冲动,得罪了不少人，想借着设宴，打消众人心中的不满。

在场众人除了实在不能留下的，其余的人都欣然答应。平时他们连跟昭晗宗弟子说话的机会都没有，这次能参加长德设的宴席，回去以后够他们吹几百年了。

大宗门的掌派弟子就是不一样，不仅修为高，气度不凡，说话做事也让人心里舒服。

见长德把话说到这个地步，箜篌无法再拒绝，只好答应了下来。

"那么在下明日在摘星楼恭候诸位。"长德处理好一切，就把绫波跟灰袍修士都带走了，他怕把绫波留下，又会惹出一堆事情来。

等昭晗宗的人走了，杜京期期艾艾凑到箜篌面前，赔着笑道："师叔祖，小辈无知，之前多有得罪，还请师叔祖不要介意。你就当我是条狗，眼神儿不太好，日后我绝对不干这种事儿了。"

"你想当狗，我还不想有个狗孙子呢。"箜篌指了指旁边的座位，"坐下说。"

"多谢师叔祖。"杜京狗腿地坐下，还不忘朝桓宗露出一个讨好的笑。

桓宗低头给自己倒了杯茶，不去打扰这对"祖孙"之间的谈话。

"你是不是猜到昨天晚上有可能出事？"箜篌直截了当道，"昨天晚上你们父子那么快就调齐了护卫，是早有准备？"

"师叔祖，我就是一个上不了墙，也不想上墙的纨绔，我哪能猜到这些？"杜京挠着脸笑，像只坐不住的猴子，"这不就是一时见色起意，踢到铁板了嘛。"

"真的？"箜篌挑眉。

"真、真的。"杜京有些底气不足，"这种事无凭无据，谁能确定是真是假。"这事传出去，会闹得整个邱城人心惶惶，可若是当作什么都没有发生，他又担心真的有邪修作乱，导致更多的人丧命。所以昨天很多客栈都有他安排的人在，唯一没有安排人的客栈，只有这一家。

当时他想着这家客栈有昭晗宗的人，邪修胆子再大，也不敢在这里动手，哪知道人家胆子就是这么大，还专挑昭晗宗的人动手，这是他没有预料到的。

早知道事情会发展成这样，他昨天就该留下来，说不定那个婢女还不会死。

箜篌明白了他话里的未尽之意，点了点头没有说话。原来外面的世界这么复杂，人命似乎不太值钱，说死就死了，连遗言都来不及说一句。

见她脸色不太好，杜京以为她还在计较昨天的事，也不敢再留在这里碍眼，找个借口连滚带爬地跑走了,离开前还很殷勤地帮筌篌与桓宗订好了中午与晚上的膳食。

"桓宗公子,你要回房间休息一会儿吗?"筌篌见桓宗苍白的脸色没有好转,有些担心他的身体状况。

"你放心吧,我没事。"桓宗放下杯子,对筌篌略笑了笑,"既然你让我与林斛直呼你名,你也该直呼我们的名字,总是公子公子地叫,显得生疏了。"

"其实我也觉得叫着拗口。"筌篌摸了一下茶壶,朝伙计招了招手,"换一壶热的来。"她拿走桓宗放下的杯子,"身体不好的人,就不要喝凉茶了。"

桓宗笑了笑,任由筌篌给他换上一杯冒着热气的茶水。

"筌篌仙子,多谢你抓住凶手,还了我们清白。"几个修士走过来,向筌篌道谢。他们是昨天晚上起过夜,无法洗清嫌疑的那些人。因为不敢得罪昭晗宗,一直忍气吞声,若不是筌篌发现灰袍男人不对劲,他们也不知道该怎么证明自己的清白。

"实际上是我的这位朋友提醒,我才知道那人不对劲。"筌篌指了指桓宗,"所以你们该谢他,不是谢我。"

众人来向筌篌道谢,一半是因为真心感谢,一半是因为想在筌篌面前混个脸熟,现在听她这么说,便又向桓宗道谢。

"不必客气。"桓宗神色淡淡。大家说了几句话以后,就聊不下去了,只好各自散开。再聊下去,他们所有人都要陷入尴尬气氛中了。

等这些人都离开,筌篌才小声问:"桓宗,你是怎么看出那人不对劲的?"

桓宗伸手拿起茶杯,遮住自己的嘴角:"就是发现他情绪有些不对劲,像是在看大家的热闹。"神情掩饰得再好,身上的血气却无法完全掩饰。更何况无缘无故的,何必掩饰修为。

"而且妙笔客的书里也有这种情节,看似不可能的人,却是最坏的。"桓宗抿了口茶,"幸好我没有猜错,不然会给你带来麻烦。"

"妙笔客的书有写吗?"筌篌惊讶,"是哪一本?"

"就是《修仙记》里《夜宿狐山》那一册。"

"啊!那一册啊……"筌篌情绪瞬间变得低落,捧着脸道,"原本我也买了那一册的,可是没有机会看。我买书回去那天,半路遇上一位其他宗派的师叔,被他发现我在看话本,他就把话本收走了。"

刚说完,她听到桓宗又咳了起来,忙起身拍了拍他的背:"等明日参加了长德办的宴席,我们就去水月斋,早点把药取到,对你身体有好处。"

"不急。"桓宗用手帕擦了擦嘴角,"我这次出来,主要是为了散心,若是匆匆去水月斋,反而本末倒置了。我的身体本就这样,就算吃了药也只是补充元气,病状也无法减轻多少。"

"怎么会这样?"箜篌眉头紧皱,"没有治疗的方法吗?"

桓宗低头看着手中的茶杯,茶水冒出的热气,熏进了他的眼中。他眨了眨眼睛,语气淡淡:"随缘吧。"

见他这样,箜篌咬了咬唇,不知道该说什么才好。中午吃饭的时候,桓宗照旧只夹了几筷子,箜篌塞给他一瓶补气丹,就让他回房间休息。

在床上打了一会坐,让灵气在体内循环了两个周天,箜篌听到了敲门声。打开门,站在门外的是林斛,他手里还拿着一本线装书。

"箜篌姑娘,这是我家公子让我交给你的。"林斛不说话的时候,像是块没有感情的石头,开口说话像是个硬邦邦的木头。

箜篌接过话本,一看书封,竟然是《修仙记》里《夜宿狐山》那一册,顿时高兴道:"多谢桓宗赠书,整套《修仙记》,我就差这一册了。"她小心翼翼地把书放进收纳戒里,自从那次把书塞在袖子里被松河峰主发现以后,她就再也不把书往袖子里塞了,"桓宗身体怎么样了,有没有大碍?"

林斛面无表情摇头:"公子的身体是老毛病,没有什么大碍。公子还说,等下你去用晚饭时,叫他一声,他与你同去。"

"好。"箜篌连连点头,对于这个慷慨赠书的好友,箜篌好感十足,别说让她叫他一起去吃饭,就算让她帮他带饭,她也没有半点意见。

林斛回到桓宗的房间,见公子还在打坐,安静待在一旁,不欲打扰。哪知道他刚盘腿坐下,桓宗就睁开了眼睛:"书送过去了?"

林斛点头,见桓宗还盯着自己,他只好补充了一句:"箜篌姑娘很喜欢公子送她的这本书。"

"嗯。"桓宗闭上眼,整个人像是玉雕的人偶,完美精致却没有丝毫活气。

一个时辰后,箜篌敲响桓宗的房间门,开门的是林斛。箜篌见桓宗在打坐,做了一个她先离开，不打扰桓宗的手势，林斛木讷地点头。

"是箜篌来了吗？"桓宗在此刻睁开眼，起身走到箜篌面前，"到用晚饭的时间了？"

箜篌点头："我打扰到你了？"

"没有。"桓宗随意道，"我正想着你什么时候过来，你就来了。"

"那就好。"箜篌笑了笑，"好多筑基以上的修士就算不闭关，也没有用膳食的习惯。"她今天就发现，好多修士并不爱用饭食。与这些人比，他们云华门在吃食方面，就讲究多了。好在桓宗虽然每顿饭都用得少，但还是会吃几口，让她不用单独一个人吃饭，旁边桌还要坐几个偷偷打量他的人。

"能够享受美味，也是一种修行体验，这没什么不好的。"桓宗跟在箜篌身后，看着少女鲜活的背影，淡漠的脸似乎也沾染上了一丝活气。

"你说得对，吃也是修行嘛。"箜篌跳下最后一级台阶，鬓边的步摇跟着晃了晃。

桓宗看着她略有些孩子气的动作，忍不住笑了笑。

"对了，还不知你是宗门弟子，还是散修？"箜篌转身看桓宗，眼里是单纯的疑惑，再无其他的含意。

桓宗微微一怔："我是……琉光宗的弟子，不过因为身体不太好，并不常与外人接触。"

"琉光宗？"箜篌瞪大眼睛，闪身靠近桓宗，小声道，"你真的是琉光宗弟子？"

看到她眼中的好奇与兴奋，桓宗眼睑微微垂下："嗯。"

"那我问你一个小小的问题哦，你千万别说出去。"箜篌音量变得更低，"你们宗门里那个仲玺真人，真的身高九尺，双目如电吗？"

"嗯？"

在这个瞬间，桓宗的表情有些茫然。

见桓宗一副反应不过来的样子，箜篌瞬间反应过来，桓宗身体不好，平时跟宗门弟子来往可能不会太多，她只简单提这么几句，对方可能还不知道她说的是谁。

"就是那位年仅三百岁就已经是分神期修为，一剑能推山倒海的仲玺真人。"箜篌眼巴巴地看着桓宗，"你对他有印象吗？"

"他……有什么地方不对吗？"桓宗与箜篌在桌边坐下，沉默不语的林斛替他们倒了两杯茶。

"他身高九尺，洞府的门是不是要比其他弟子高？"箜篌捧着茶杯，语气带着几分猎奇，"我还从没见过长这么高的人，有那么一点点好奇。"

"身高九尺，双目如电……"桓宗看着箜篌，眉头微皱，整个人都染上了一丝忧郁，"是谁跟你说，他长这样的？"

"外面都这么说，据说这位仲玺真人气势如虹，敌人站在他的面前，还没有动手就已经被他吓得屁滚……"箜篌觉得这个用词有些不文雅，于是换了一个说法，"被吓得腿都软了，是修真界近千年来最厉害的修士。雍城有本专门写仲玺真人生平的书，卖得特别好。"

"还有呢？"桓宗问。

"还有？"箜篌愣了愣，仔细回想着那本书里有关仲玺真人的描写，"还有就是他以一当五，越阶杀敌之类的，特别厉害。就是吧……相貌普通了些。"

"哐当"一声，林斛手里的茶杯掉在了桌上，他板着脸捡起茶杯："抱歉，手滑了。"

箜篌把自己手帕借给他，转头问桓宗："你跟这位仲玺真人关系好吗？"

桓宗默默地、缓缓地摇头。

箜篌松了口气，觉得这个话题还可以继续下去："身高九尺，说明他比我们高很多，骨头也特别粗壮。双目如电，能把人吓得腿软，这说明他的相貌可能不会太好看。所以说啊，仲玺真人的经历告诉我们一个道理。"

"什么道理？"擦完桌子的林斛，扭头看她。

"上苍是公平的，拥有了令所有修士都羡慕的天资，就会在外貌上找补回来。"箜篌语气有些遗憾，"世间长得好看天资又出众的人，实在是太少了。"

桓宗闻言笑了："那你一定是那个例外。"

"嗯？"箜篌愣了愣，随即笑开，"桓宗，你这是在夸我长得好看？"

桓宗微笑着点头。这个笑太好看了，好看得他说什么话，别人都会觉得肯定是真的。

捧着脸颊，箜篌道："所以老天给了我一个坑女儿的爹，如果不是师父把我带来修真界，现在的我不是被送去和亲，就是在皇家道观祈福。这已经是最好的结局了，说不定我连活到成年的机会都没有。"

等景洪帝赢得了天下民心，她这个前朝吉祥物存在的意义已经可有可无，就算悄无声息地病死，也不会引起别人的关注。

桓宗在箜篌身上，没有看到愤恨与不甘，而是一种释然与庆幸。

"人学会满足很重要，珍惜拥有的，放过已经失去的，会让自己开心很多。"箜篌看伙计端菜过来，从筷笼里抽出筷子，所有心思都放到了吃上面。

看着她笑弯的眉眼，桓宗跟着笑了。

"传言是假的。"

"什么？"箜篌夹起菜，一双眼睛茫然地看桓宗，不懂他这句话是什么意思。

"我说有关仲玺真人的传言是假的，他身高没有九尺，眼睛……"他手握成拳，抵在唇边轻咳一声，压住嘴角的笑意，"眼睛也不是如电。"

"所以那本书骗了我？"箜篌放下筷子，咬着唇道，"那本书还说是什么仲玺真人实录，究竟实在哪儿？"

桓宗终于忍不住轻笑出声："仲玺真人是个男的，修为也是分神期，这些都没错。"

箜篌："……"

感觉并没有被安慰到。

另一家客栈中,长德特意花钱租了一个后院,他与另外几个外门弟子住东边,绫波与她的婢女住西边。院子中间有个大屋,供住客来招待朋友。此刻所有人都在大屋里,长德沉着脸表情不太好看,绫波红着眼眶坐在椅子上,几个外门弟子大气都不敢出,气氛十分沉重。

"师兄……"

"这次回去,我会禀告师父你这些日子的所作所为。"长德沉着脸道,"你好好想想,这次的事情处理得是不是不妥当。"

"可若是我好言好语对他们,他们会听我的话吗?"绫波反驳道,"难道要外面的人说我们昭晗宗好欺负,自己的人被杀,也不敢追究,任由凶手在眼皮子底下离开?"

"查清事情真相的方法有很多,你用了最糟糕的方法。"长德无奈叹气,"你大可以向邱城的城主施压,让他尽快查出凶手。"邱城的城主肯定不敢得罪昭晗宗,查案的时候一定会很用心,师妹只需要在旁边看着就好。这样既不损失昭晗宗的颜面,得罪人的事情也不用她来做。

他没有想到师妹性格如此冲动,把很简单的一件事办成了这样。

"邱城的城主修为平平,胆子又小,能查出什么来?"绫波看不上邱城城主,"如果靠他来找出凶手,也不知道要等到何年何月。"

"就算他不行,还有他背后的云华门。"见师妹还没想明白,长德忍不住怀疑,这个师妹的天分全用在五灵根上了,根本没有长脑子,"你这样一闹,让我们从最受同情的受害者,变成了盛气凌人的欺压者,你明不明白?"

"谁稀罕那些小门小派的人怎么看我们。"绫波小声嘀咕道,"便是不高兴,他们也只能忍着。"

"若是遇到不愿意忍，修为又比你高的怎么办？"长德反问，"等你出了事，就算宗门替你报了仇，难道你还能完好无缺地回来？"

"不、不会有胆子这么大的吧？"绫波语气有些发虚。

"那你说，为什么有些大宗门的弟子外出游历丧命？"长德站起身，"今晚你好好想想，明天中午的宴席上，你站出来好好向众人致歉，不要让人说你嚣张跋扈。修行的路还长，难道你想让这种名声跟你一辈子？"

绫波绷着脸没有说话。

"你该庆幸客栈里没有琉光宗的人，我们昭晗宗是厉害，但还得罪不起琉光宗的人。"想起琉光宗那些不出手则已，一出手就是山崩地裂的剑修，长德忍不住揉了揉脸。

"云华门那个箜篌……"

"云华门的弟子大多性格随和，不是多事的性格。只要你行事不是太过分，他们是不会管你的。"长德见绫波终于反应过来，心情好了些许，"所以我才说，你该庆幸遇到的是云华门弟子。若遇到的是琉光宗弟子，等到宗门交流会的时候，琉光宗肯定又要站出来，提什么宗派弟子言行规则，丢脸的还是我们。"

绫波悻悻道："师兄，我知道错了。"

"去休息吧。"长德叹气，"以后做事不要再这么冲动了。"

绫波脸上发烫，觉得在场几个外门弟子都在看她笑话，匆忙点了点头，便退了出去。

第二天上午，桓宗在屋子里坐了很久都没有等到箜篌过来敲门，他担心她是打坐修炼时出了岔子，便让林斛去敲门问问。没过一会儿，林斛回来了："公子，箜篌姑娘说再等半个时辰就好。"

桓宗发现他神情有些不对劲："怎么了？"

"箜篌姑娘在梳妆打扮，她说不能输给绫波仙子，这是女人与宗门的颜面。"林斛不明白，梳妆打扮与颜面有什么关系。

桓宗愣住，他也不明白。

半个时辰后，箜篌果然过来敲门了。桓宗打开门，发现箜篌换上了一件广袖流仙裙，整个人仿佛在发光，比昨日漂亮许多，但是除头发与衣服不同以外，他又看不出究竟哪里不一样。

"回神啦。"箜篌伸手在他眼前晃了晃，挥袖间带着淡淡香味，很好闻，若有似无。

"抱歉。"桓宗觉得自己这样盯着人看不礼貌，忙收回神，"现在走吗？"

"嗯，让你们久等了。"箜篌展颜一笑，眼中仿佛有星星在闪耀。

对女人容貌没有美丑认知的桓宗，第一次真切认识到什么是美。他不擅长夸奖女子的容貌，也从没有夸奖过，所以只能有些别扭道："很好看。"

"谢谢。"箜篌笑容变得更加灿烂，没有哪个女孩子不喜欢别人夸自己好看，尤其是辛辛苦苦梳妆一个时辰后。至少这会让她觉得，这一个时辰没有白折腾。

摘星楼是邱城最大最出名的酒楼，靠着收费高、服务好、食材全部蕴含着丰富的灵气而出名。在这里已经不仅仅是为了吃饭，它更代表着身份或是地位。

很多修士为了符咒、药材、法器节衣缩食，哪里舍得花大笔的灵石去这种地方奢侈。所以能去这里赴宴，被绫波强行留在客栈里的修士们，还是很期待的。

箜篌与桓宗去得晚一些，等他们到的时候，其他人基本上都已经到了。身为昭晗宗掌派大弟子的长德亲自站在门口迎接客人，论处事手段，长德比绫波强太多。

不过修真界的天才修士们大多性格各异，但凡修为高深的修士，都很难做到长袖善舞。像长德这种修为不错，又擅长处事的修士，能做掌派弟子就不奇怪了。

看到箜篌、桓宗与林斛过来，长德热情地迎了上去："三位道友，请上座。"

"多谢长德道友相邀。"箜篌踏进摘星楼，终于明白这座楼为什么要取这个名字了。因为楼里摆了法阵，灵气充裕，屋顶上空有灵气聚集形成的星星点点，就像是真的星星一般，闪耀美丽。

"请随我来。"长德在前面引路，领着三人上楼。上了楼以后，箜篌看到了被众修士讨好的绫波。这些修士昨天还对绫波抱怨连连，今天就已经开始献殷勤了。

这些男修士对修为高、长得漂亮的女修士，总是格外宽容。今天绫波不过是站出来说了几句道歉的话，他们便纷纷表示不再计较，一口一个仙子叫着，热情不已。

箜篌的到来，让这些男修士情绪更加高涨，若不是箜篌身边还有个相貌俊美但身份不明的桓宗,他们恨不能立刻围拢过来。

看到箜篌,绫波脸上的笑意略淡了几分,幸好今天出门前特意打扮过,不然就被这个箜篌比下去了。没想到她小小年纪就如此心机,连耳珰都精心挑选过。

"箜篌仙子。"绫波笑着上前,牵了一下箜篌的手,语气亲热道,"你总算到了,我刚才还担心你有事耽搁,不能过来呢。"

"有美人姐姐在,我怎么舍得不过来。"箜篌笑了笑,与绫波寒暄几句,与桓宗、林斛在桌边坐下,她捂着嘴小声在桓宗耳边道,"幸好我今天特意打扮过,刚才那位绫波仙子,从头到脚至少打量了我十遍。"

带着暗香的热气轻轻吹在桓宗耳朵上,他觉得自己半边脸都跟着热起来了。一时间箜篌说了什么,他都没有听清楚。

"虽然我的直觉告诉我,这位绫波仙子可能不太喜欢我,但她是个美人,她的脸能让我感到身心愉快。"箜篌端起茶杯轻啜一口。桌上摆着很多精美的吃食,但是她很矜持,并没有像与桓宗单独在一起时随意地动筷子。

"你很好。"桓宗这句话说得很认真。在他看来,箜篌性格鲜活,天真可爱,没有哪处是能让人讨厌的。

箜篌偷笑:"嗯,你也很好。"

长德一边与宾客说话,一边注意着箜篌与桓宗这边,桓宗身份不明,又不是云华门的弟子,难道与箜篌有男女之情?箜篌是云华门中天分最高的五灵根弟子,云华门又怎么能允许她与其他男人有私情,从而影响修为?

就在他再一次看向箜篌与桓宗时,桓宗突然抬起头,迎上了他的视线。对方眼神淡漠,发现他在看他们,也不闪不躲。这反而让长德有些尴尬起来。他端起酒杯,向桓宗遥遥举杯。

哪知道桓宗只是看了他一眼,便低下了头,自然也没有举起酒杯与他互敬。

这个举动让长德面上有些过不去,他捏紧酒杯,勉强让自己维持风度,转头继续与其他人寒暄,仿佛这件事从未发生过。不过这件事过后,后半场宴席上,他再也没有偷偷打量箜篌他们了。

一顿饭称得上是宾主尽欢,在场修士们恨不得拍着胸口说昭晗宗有多好,夸长德与绫波的话,像是不要钱似的,接连不断,将他们都夸出了花来。

从这些人身上,箜篌又明白了一个道理:人心易变,在地位与利益面前,喜恶也可以像六月的天，说变就变。就连昨天早上被绫波一掌拍得吐血的修士，在长德夸奖几句，又送了一瓶丹药后，笑得连嘴都合不拢。

宴席结束，箜篌起身向昭晗宗弟子辞行，走出摘星楼以后，长长舒了一口气。

"幸好昨天早上我没有因为那个吐血的修士与绫波闹得不愉快，不然就白做恶人了。"箜篌把手背在身后，语气有些淡淡。

"你不高兴？"桓宗看得出箜篌情绪不太高。

"也没有不高兴。"箜篌摇头，"就是觉得外面的世界，好像比想象中要复杂很多。"

桓宗试图安慰她，想了半响："没关系，我陪你多走走多看看，你就会发现，这种事很正常。"

林斛默默看他：公子，如果不会安慰人，你还是不要开口了。

"嗯。"箜篌想了想，"你说得有道理，我还是见识太少了。"

林斛绷紧了脸，庆幸自己不爱说话。

"那边好像有个特色风味店。"箜篌突然又高兴起来，"桓宗，你等我一会儿，我去买些东西。"

桓宗见箜篌小跑着奔向店铺，犹豫了一下，跟了上去，见她大包小包买了不少东西，不解地问："你买这些做什么？"

"给师父他们寄回去啊。"箜篌掏出灵石递给掌柜，"我出来前特意打听过了，很多城里都有驿站，他们可以帮着寄东西回去。"

"姑娘，驿站就在西街边上，你的东西多，又是寄同一个地方，价格上会有优惠。"掌柜卖了不少东西，心情好，拿出一个牌子递给箜篌，"我们店跟驿站关系好，你拿这个牌子过去，他们能给你八折优惠价。"

"谢谢你啊掌柜。"箜篌把牌子收起来，把买好的东西全都塞进收纳戒里，问桓宗，"我刚才看了，这家店的东西挺不错，你要买吗？"

桓宗目光扫过货架上的东西，不是珍稀的丹药法器，只是一些风味小吃以及富有邱城特色的手工艺品，比不上宗门里的东西精致讲究。

"我出门后师父师兄他们肯定很担心，这些东西虽然不值钱，但是他们收到后，肯定会很开心。"箜篌似乎已经看到师父师兄他们开心的样子，脸上的笑容越来越灿烂。

"掌柜的,给我拿……"桓宗面无表情地指了指货架上几样东西,"拿二十份。"

"好嘞!"掌柜十分高兴,他最喜欢这些买风味产品的外地修士了,不仅出价爽快,买得又多,他这家店能开下去,全靠这些外地人鼎力支持。

两天后,琉光宗宗主、峰主以及某些弟子听到下面的管事来汇报,说有来自邱城驿站的飞剑使者求见。

他们非常茫然,飞剑使者?

作为一名资深的飞剑使者,鲁甲去过很多地方,到过很多宗门,为无数修士及普通人送过书信及物品。他以前是个散修,修为进入金丹期以后,就一直停滞不前,又买不起昂贵的丹药,就只能加入驿站,成为飞剑使者的一员。好在修士们对飞剑使者非常礼遇,也不敢冒着得罪各大宗门的风险抢劫他们。尤其是二百年前,一位有名的元婴老祖写赋赞扬过他们以后,他们在修真界的地位更是水涨船高,被无数人誉为"希望的使者""爱与情感的指路人"。

这次让他这个老手到琉光宗送东西,是驿站特意安排的,怕新来的飞剑使者资历浅,沉不住气,在琉光宗面前露了怯。等鲁甲走进琉光宗以后,他觉得驿站在这件事上考虑得非常周到。宗门里凛冽的剑气,还有那些剑修面无表情的模样,都让他有腿软的冲动。

但是尽管如此,他还是挺直了腰,站稳了腿,身为金牌飞剑使者的尊严不能丢。

"这些东西,真的是你口中那位桓宗寄来的?"金岳看着用油纸捆扎得结结实实的各种包裹,动了动手指,其中一个包裹就到了他手上。拆开包裹一看,里面装着的不是孤本秘籍,也不是珍稀药草,而是……熏肉?

"这是邱城最有名的蜜香熏肉,口感香甜又有嚼劲,是外地修士到邱城必点的一道菜。"飞剑使者见在场众人表情十分奇怪,以为他们在担心吃食不卫生,尽管非常敬畏这些人,但是他仍旧尽职尽责地解释道,"请诸位放心,我们驿站的伙计都十分有良知道德,在打包的过程中,非常注意卫生情况,更不会偷吃导致缺斤少两。这是客人下单时签的字,诸位可以根据订单上的内容,核对数量与重量。"

"寄东西的人,真的说他叫桓宗?"坐在下首的松河峰主忍不住又问了一遍,"你没有记错?"

"请尊贵的客人放心,我们绝对不会弄错顾客的信息。"鲁甲道,"请您相信我们的工作能力。"

整个大殿陷入沉默中,金岳在确认单上签了自己名字:"有劳使者了。"

"不必客气。"拿到确认单,鲁甲再也不想在这里多待,离开正殿就跳上飞剑,头也不回地离开了琉光宗。跟这些剑修说话实在太有压力了,待太久不利于长寿。

"宗主,您说这会不会是什么暗示?"松河把特产翻来覆去看了几遍,也没看出上面有特别的标志,"还是说邱城发生了什么事?"

金岳眉头紧皱:"派个弟子去邱城打听打听。"

"我这就安排。"松河站起身匆匆往外走,怕自己动作慢了,会有不可挽回的事情发生。

云华门演武场上,内门弟子正在教新来的弟子练习入门剑法,见到一个飞剑使者由五行堂弟子领着进正殿,默默猜测是谁给掌门他们寄了东西。

新弟子见内门师兄师姐们躲在一旁窃窃私语,都生出了好奇心。

等到傍晚的时候,他们才知道是栖月峰的亲传师姐给掌门、峰主还有亲传弟子寄了土特产,就连晚上他们吃饭的时候,碗里都多了几片邱城特色熏肉。

身材微胖的高健演吃得很开心,见身边的归临还没有动筷子,便问:"你不喜欢吃?"

归临小声道:"我听说晨霞峰的峰主与栖月峰峰主关系不太好。"

高健演扒了几口饭,不明白归临这话是什么意思。

"箜篌师姐给晨霞峰寄特产,就不怕栖月峰峰主生气?"归临垂下眼睑,"做弟子的,不应该对师父言听计从?"

"话是这样没错,但两位峰主之间又不是深仇大恨,用不着闹得这么僵吧?"高健演往四周看了看,伸手揽住归临的肩膀,"你别说了,这话传出去可不好听。"

归临推开高健演搭在自己肩上的手,夹起一片熏肉放进嘴里。直到他结束用餐,碗里其他的肉都没有动。高健演咽了咽口水,这么好吃的熏肉都能剩下,挑食真不是好习惯。

雪一直没有停，箜篌与桓宗离开邱城后往东前行，天黑的时候他们还在林子里。到了冬季，很多树的叶子已经脱落，雪与腐烂的叶子混在一起，散发着淡淡的腐朽味道。

箜篌从飞剑上跳下来，往四周看了一眼，兴致勃勃道："我们今晚睡在树上吧。"

桓宗掀开帘子，见箜篌似乎对露宿在外充满了期待，抬头挑了一棵粗壮的大树，从袖中取出某个东西往树上一抛，一栋小木屋便出现在了树上。

"树屋？"箜篌欢呼道，"桓宗，你好厉害，连这个都有。"

"只是一件不值钱的法器而已。"桓宗没有想到，不过是一栋木屋就能让箜篌高兴成这样。

"我长这么大，还从来没有住过树屋呢。"箜篌想飞进树屋去看看，又不好意思表现得太急切，只好把手背在身后，用脚轻轻踢地上的积雪，"我原本还打算用树枝搭个小窝来着。"

踢了没几下，积雪下面忽然蹿出一个黑影，黑影散发的灵气，让四周的枯草长出了几片绿叶。

灵物还是灵药？箜篌愣了一瞬，很快便反应过来，足尖一点飞身追了上去。这个灵物速度非常快，箜篌飞来跑去，在地上打了好几个滚，才把它死死摁在自己手里。

"桓宗，是朱红草！"箜篌紧紧捏住手中扭来扭去的灵草，顾不上擦去脸上、头上的枯叶与污雪，趴在地上扭头喜滋滋地对桓宗道，"你快拿玉药盒来，吃了它对心肺有好处。"

桓宗见她一身的狼狈，手臂被冰雪磨得通红还舍不得松开朱红草。取出一个玉药盒，他蹲下身取过她手里的朱红草，盖上盒盖，把手伸到她面前："地上凉。"

"没事。"箜篌抓住桓宗的手，借力站起身。低头见桓宗白皙干净的手掌，被她弄上了污泥，有些心虚地移开视线，默默地把手移到了背后。

"这个玉药盒你一定要收好，这种灵草十分难得，在你回到宗门前，不要让别人知道你有这个。"桓宗看了眼旁边那团被箜篌踢开的雪，觉得自己好像在看某个奇迹。

朱红草生长毫无规律，十分难得。就算偶然遇到，也会有凶蛇护灵。谁能想到这么难得的灵草，被人踢上几脚就蹿了出来，至于护灵的凶蛇……大雪天气，或许是在冬眠？

"给我干什么？"筌篌莫名其妙，"需要这个的不是你吗？"

她身体好好的，没病没灾，留着这个干什么？做成药丸子吃着玩吗？

桓宗愣住，看着眼前这个浑身脏兮兮的少女，好半晌才找回自己的声音："给我？"

"对呀，"筌篌点头，"给你啊。"筌篌怀疑桓宗的脑子因为生病太久，反应有些慢。不过这是她下山后认识的第一个朋友，就算傻了点，也不能嫌弃。

"你知不知道这是朱红草？"桓宗伸手摘去筌篌发间的枯叶，失笑，"怎么能给我？"

"就是因为知道才给你啊。"筌篌觉得桓宗提的这个问题实在有些奇怪，他们三个人里面，就他身体不好，一路上总是咳嗽，这个药不给他给谁？

桓宗觉得，筌篌此刻看他的眼神，似乎在问他你是不是傻。他握紧玉药盒，笑出声来，因为笑得太大声，还忍不住咳了好几声，耳尖跟脸颊都红了起来。

"筌篌，谢谢你。"他的眼睛亮极了。

看着他的眼睛，筌篌想起了夏夜里的星星，又闪又好看。

"不客气。"她大方地摆了摆手，随后想起自己的手还脏着，不好意思地笑了笑。

"你的手臂受伤了。"桓宗收起玉药盒，掏出柔软干净的帕子，弯腰用药液冲干净筌篌手臂上的擦伤，把帕子缠绕在她手臂上，"雪天冷，伤口愈合的速度慢一些，今晚睡一觉，明天就能痊愈了。"

"谢谢。"筌篌抬头偷偷看了好几眼树上的木屋，红着脸道，"我能不能上去看看树屋？"建在树上的屋子，一定很好玩。

"可以。"桓宗笑，"你去看看有什么不满意的地方，我可以重新炼制一下。"

"那我去啦。"筌篌迫不及待地飞上树，爬进了木屋中。

桓宗仰头看着少女欢快地消失在树屋门后，脸上的笑意仍在。

"公子，"林斛走到他身后，难掩激动之情，"真的是朱红草？"

让御霄门找遍了整个凌忧界都没有寻到的朱红草，竟然这么简单就到了公子手中？他看着地上那堆被筌篌踢开的积雪，觉得这个世界有些不真实。

桓宗微微点头："没错，就是朱红草。"

在修真界价值连城，无数修士苦求不得的朱红草。

"桓宗！"树屋的窗户打开，少女伸出脑袋，激动得像是收到心爱礼物的孩子，"树屋里面好漂亮，里面居然还有软软的大床与各种吃食，你准备得好周全。"

这件法器是他很小的时候，宗门里一位长辈送给他的，他从未拿出来用过，也不知道里面有什么东西。

"里面还有好多玩具。"没过一会儿，少女从屋里捧出个比她脑袋还要大的不倒翁，递到窗外让桓宗看得更清楚，"这个不倒翁长得好像你呀。"

桓宗看着那个眉眼扭曲，圆肚子的不倒翁，默然无语。

这种没手没脚的不倒翁，究竟哪里像他？

"不像。"桓宗仔仔细细看了好几眼，很肯定地回答。

"眼睛很像嘛。"签篌指了指不倒翁的眼尾，"这里往上这么微微一翘，就是跟你一模一样的桃花眼。"

桓宗："……"

"好吧，不像就不像。"签篌见桓宗似乎不愿意接受这个事实，放下不倒翁，"我换衣服，你们不要上来。"说完，把门窗一关，还不忘在四周加一个结界。

"喀。"桓宗干咳一声，不太自在地转身，见林斛蹲在地上刨雪，"林斛，你在做什么？"

"公子，我想看看这里面还有没有灵草。"林斛板着脸回答，手里的动作不停，眨眼间就在地上挖出一个大坑。

桓宗摇头："别挖了，哪有那么多灵草长在同一个地方。"

林斛认真道："公子，就算只有一丝希望，我也不想放弃。"

桓宗微怔，半晌后轻轻叹口气："雪大了，晚上你在马车里睡吧，不要在马车外面打坐了。"

"桓宗，树屋里面很大，等下我睡里间，你睡外间。"换完衣服的签篌打开窗，"中间隔了一道门，没关系的。"

桓宗长得这么好看，怎么看都不是她吃亏。

树屋的确做得很精致，有门有窗户，吃食玩具桌椅齐全，屋檐上挂着玉铃铛，风一吹就发出轻柔美妙的声响。它非常完美地符合签篌对树屋的所有幻想。

美好得就像是一个梦，筌篌很开心，她觉得心脏仿佛要从胸口飞出来。趴在窗户上，她对站在树下的桓宗笑了笑："谢谢你。"

"里面所有用具我都没有动过，你可以放心用。"桓宗脚尖一点，轻飘飘在树屋旁边的树干上坐下，侧身靠着树干，点点雪花穿透没有树叶的树枝，落在他的发间。

他轻咳几声，从收纳戒中取出一个小药瓶，仰头咽下整瓶药，转头见筌篌正睁大眼睛看着他，收起药瓶："怎么了？"

筌篌摇了摇头，张开手掌，一把折叠纸伞徐徐展开，她指尖一点，纸伞轻轻飞到桓宗头顶，为他遮住冰凉的雪花："雪化了会冷。"每天吃这么多药，不能肆意用灵气，这样的日子一定很痛苦。

纸伞为桓宗遮住了风雪，他伸手握住伞柄，冰凉的触感传入掌心："谢谢。"

玉铃叮叮当当作响，筌篌看着桓宗的侧脸，眼也不眨。她以前不知道，原来世间有男人能把撑伞的动作做得这么好看。长得这么好看的男人，简直就是上天给世人的馈赠，给大家带来美的享受。

忽然间，桓宗收起伞，抬头望向天空。

"怎么了？"筌篌见到桓宗这个动作，抬头往黑漆漆的天空看，除了树屋烛火照耀下的雪花，她什么都没看见。

"有修士过来了。"桓宗飞到树屋门口，一撩衣袍盘腿坐下，头也不回道，"树屋有防御阵，若是等下修士进了林子，你不要出来。"

刚说完这句，他身后的树屋门被推开，一股力气缠住他的腰，他保持着坐在地板上的姿势，被硬生生拖了进去，姿态实在称不上优雅。

"筌篌，你……"

"嘘。"筌篌挥袖封印住玉铃，不让它们发出声音，灭了树屋里的烛火，见树下的林斛已经收起了马车，躲到了不知哪棵树上，才关上窗户，小声对桓宗道，"你别说话，也许只是路过呢。"

桓宗站起身，整理了一下衣袍。虽然身处在黑暗中，但是以他的修为，还是能够看清筌篌的动作。此刻的她，小心翼翼地趴在门边，贴着门缝往外看，像是只有些胆小的奶狗。

"你别怕，过来的修士修为不算高。"他藏在心中的话脱口而出，"我能护着你。"

筌篌坐直身体，转头朝桓宗所在的方向望去，可是树屋里太黑，她看不到桓宗在哪儿，自然也看不清他的表情："出门在外，以和为贵，能不动手就不动手，安全为上。"更何况以桓宗现在的身体状况，她哪里敢让他出手。

想到这，她双手合十，默默在心里念叨——千万不要是邪修，也不要是不好相处的散修，最好是无意间路过，注意不到他们。

桓宗看着黑暗中默默祈祷的少女，忍不住想：她知道元婴修为以上的修士，能在黑暗中视物吗？桓宗移开视线，决定不让筌篌知道这种有些尴尬的事。

这么大的小姑娘，大概正是要面子的年龄？

"师父，我们已经飞了两天两夜了，要不要休息一会儿？"青袍弟子抹了一把脸上的霜雪，说话的时候，口里吐出一大口热气。

水冠真人回头看了眼面带疲倦之色的几个师门弟子，点了点头："下面有片林子，我们在此处稍作休息，明天早上再启程。"

几个弟子心中一喜，连忙操纵飞行法器往林子里降去。青袍弟子跟在水冠真人身后，小声道："师父，这次不过是元吉门一位峰主的元婴大典，我们何必这么急着赶过去？"

水冠真人从飞剑上跳下，叹气道："我们龙虎门势微，就算想做十大宗门的附属门派，人家也看不上我们。元吉门近百年来发展得越来越好，外面都在传，元吉门有可能取代现在十大宗门中的某一个，成为新的十大宗门之一，我们得罪不起。"

青袍弟子皱了皱眉，元吉门这些年发展得确实越来越好，在很多修士中声望也高，但是十大宗门的排名，已经近千年没有动过了，元吉门想挤进十大宗门，可能也没那么容易。

"元吉门去年收了两个单灵根弟子，据说天赋极高，连五灵根弟子都比不上。"水冠真人从收纳袋里取出一盏防风灯提在手里，提醒几个弟子道，"不要走散了，以防林中有凶兽。"

"是。"几个弟子牢牢跟在水冠真人身边，青袍弟子有些不甘道："若是我们能像御霄门、和风斋那样，依附在琉光宗门下，就不用讨好像元吉门这样的门派了。"

水冠真人摇头叹气，不好直接说徒弟异想天开。他们龙虎门从上到下资质平平，修为最高的长老，也只是个元婴修士。元婴修为放在整个凌忧界，确实还算不错，可是琉光宗还缺一个元婴修士吗？就连他们宗门里最年轻的峰主，都是分神期修为。

整个凌忧界，能到分神期修为的修士，也不足十人，可见琉光宗的实力有多强大。

越往里走，水冠真人越觉得不对劲，他停下脚步，朝四周拱手道："在下龙虎门水冠，带门中弟子路过此地，无意打扰道友休息，请道友莫怪。"

几个弟子见水冠真人这个反应，握紧手中的法器，仓皇张望，以他们的修为，根本找不到哪里有其他修士。

嚓嚓嚓。

林中传出脚步声，一个模糊的人影从树后走出来。水冠真人深吸了一口气，把弟子拦在了身后。

"水冠真人请随意。"人影在离水冠真人十几步远的地方停下，摊开手掌，手心发出灿烂的光芒，照亮了他平静的脸庞。

水冠这才看清对方的样貌，高鼻梁，宽脸，嘴唇很薄，看起来有些不好相处的样子。身上的黑袍看起来非常不起眼，却有灵气涌动，更重要的是，对方修为比他高，应该是位元婴老祖。

"见过这位老祖，冒昧打扰，请老祖见谅，在下这就带弟子离开。"水冠真人很识趣，不敢拿自己与弟子的性命，来赌这位老祖的脾气。

"不必，在下也只是随公子在此处暂住一宿，明早便会离开。"林斛看出这几个修士神情疲倦，猜到他们赶了很久的路，"诸位在此地休息就好。"

"多谢老祖。"水冠真人松了口气，朝林斛作揖感谢。也不知这位元婴老祖口中的公子是何等高人，竟能让元婴老祖受他差遣。

林斛没有再理他们，很快就隐没在树林中。

"原来真的只是路过的修士。"箜篌放下心来，"桓宗，你好厉害，隔着这么远都能察觉到有修士靠近。"

桓宗苦笑，他若是连这点修为都没有了，那可就真是到了油尽灯枯，离死不远的时候了。

"原本我一个人出门,心里还有些害怕,现在有你同行,我是一点都不害怕了。"箜篌点亮树屋里的灯,解开玉铃铛封印,叮叮当当的铃声再次响起。

烛火映红桓宗的脸颊,他站起身道:"我去外间,有什么事你叫我。"

"好。"箜篌点头,"嗯……做个好梦。"

桓宗脚步顿了顿,转头看箜篌,嘴角微微弯起:"你也是。"

树上突然出现一栋木屋,让水冠真人惊了一下,刚才他竟是半点都察觉不到这栋屋子的存在,有人在屋子外面弄了个隐藏结界?

"师父,这栋树屋里该不会就住着元婴老祖口中的公子?"青袍弟子小声道,"这好像是件上品法器。"

"不要说话。"水冠真人喝止徒弟,以免他说出不合适的话,"早点休息,明天早上再去见礼辞行。"

夜已深,桓宗坐在树屋的屋檐下,寒风吹着他的脸颊。他从收纳戒中取出玉药盒,轻轻抚着上面的花纹,伸手封印住响个不停的玉铃。

玉铃声虽美,但响个不停,仍旧扰人清梦。

"公子,"林斛跳到树枝上,向桓宗传音道,"你该休息了。"

桓宗转头看他:"林斛,你说我这是不是占了小姑娘的便宜?"

林斛板着脸反问:"公子想听真话还是假话?"

在林斛反问出这句话后,气氛有片刻的凝滞。桓宗面无表情看着林斛,林斛面无表情地看着他。寒风刮过,桓宗的衣袍在风中摇摆。

"你还是去休息吧。"桓宗站起身,推开树屋的门,躺在铺好被子的软榻上。

这还是他第一次离女孩子这么近,近得只隔着一扇门。树屋的墙上,雕刻着简易的剑法与花朵,他只需要睁开眼就能看见。内间的呼吸声缓慢匀称,箜篌睡得很沉。

他坐起身,盘腿打坐。虽不太通世故,但是他无法做到安心睡在一个小姑娘身旁不远处,总有一种难言的心虚感。

灵台处灵气翻涌,不停地撞击四肢经脉。他引导着灵气顺着经脉运转全身,把乱涌的灵气压制下来,再睁开眼时,天已经亮了。他捂住嘴,压抑住想要咳嗽的欲望,回头看了眼还没有动静的内间,闪身飞出树屋,扶着树干用帕子捂着嘴猛咳起来。

"公子。"林斛连忙上前,把丹药递给桓宗。桓宗打开手帕,把药咽下:"今天比往日好多了。"

林斛看了眼他手中的帕子，上面没有血，确实比往日好。

野外不方便沐浴，桓宗去马车里换了身衣服，下马车后问林斛："昨晚那几个修士是去元吉门参加元婴大典的？"

林斛点头："是龙虎门的人。"

"无须管他们。"桓宗从林斛那里取了两瓶灵液、几颗灵果放进琉璃碗中，回到了树屋中。

筌箜从睡梦中醒来，在床上懒洋洋地打了好几个滚，才从收纳戒中取出水洗漱梳妆。等到走到外间，发现桌子上摆着灵果、灵液，桓宗靠窗而坐，低头看着一本书。

见她出来，桓宗收起书："昨晚睡得好吗？"

筌箜点头，在桌边坐下："这么早就在看书？"

"你想看？"桓宗把书放到她面前。

"《剑术心法要点》？"筌箜敬谢不敏，把书推了回去，"我的剑术只能算作入门，这种书不适合我。"

桓宗把灵液递给她："这种书对于非剑修来说，确实非常枯燥。"

"你也是剑修？"筌箜打开灵液瓶塞，喝了一口，清香流入四肢百骸，舒服得她全身经脉都舒展开了，"我认识的剑修，都喜欢把剑握在手上，我都没见过你拿剑。"

"剑修与剑确实不能分离。"桓宗把灵果推到筌箜面前，"但是到了一定境界，就能做到心剑合一，我手中虽无剑，但是心中有剑。"

"虽然不太明白，但是感觉很厉害。"筌箜捧起灵果咔嚓咔嚓啃着，叹口气道，"近来我的修为一直停滞不前，也不知道哪里出了问题。"

"修行讲究一个悟字，当你领悟到某些东西，自然便水到渠成。"桓宗见她吃得香甜，忍不住也拿了颗果子咬了一口，"不要太过心急。"

"都是五灵根修士，贵派的那位仲玺真人怎么做到三百岁就到分神期的？"筌箜掰手指头算，"你看啊，炼气、筑基、心动、金丹、元婴、出窍、分神、化虚、大乘、度劫飞升总共十个境界，他再努力努力，就能度劫飞升了。"

"从分神到化虚何其艰难，更别提度劫飞升。"桓宗失笑，"整个修真界，大乘期的修士只有一位，已经几百年不曾现身，生死不知。化虚境界修士三位，其中一位多次冲击大乘期失败，已经无缘再进一步，待寿元用尽，便是陨落之时。分神期的修士，总共也不足十人，其中有两位在你们云华门。"

云华门上下性格随和，却无人敢轻易招惹的原因，就在于他们门派里有两位分神期修为的长老、四位出窍期修士、十几位元婴期修士。加上他们门派护起短来，连脸皮都不要，打了小的来了老的，谁愿意招惹这样的门派？

很多修真门派中，能有一位元婴期修士坐镇，已是非常了不起，哪像云华门命这么好，元婴修士都有一打。不过有这么多高手坐镇，云华门也只能在十大宗门中排倒数第二，可见这个门派有多么不思进取。

"分神境界的修士这么少？"筌簇瞪大眼，"这位仲玺真人才三百多岁，几乎能算得上修真界的十大高手之一了，他是吃什么长大的，竟然这么厉害？"

桓宗从琉璃碗中挑出最大的灵果塞到筌簇手里："多吃灵果，多喝灵液，你会比他更厉害。"

"桓宗，我觉得你把我当小孩子在哄。"筌簇捧着拳头大的灵果使劲儿啃上一口，"我相信你跟这位仲玺真人关系不好。"话里话外，都是仲玺真人离飞升还远的意思，如果关系亲密，能不盼着对方好？

"我觉得吧，我们修行之人还是要心胸宽广，就算同门有不讨喜的地方，我们也不好这样的。"筌簇小心翼翼地观察桓宗脸上的表情，见他没有不高兴，才继续道，"嫉妒会影响心境，我们可以跟别人比，但不能太在意这些。俗话说人外有人，天外有天嘛，人学着满足会开心一点。"

听着筌簇一口一个"我们"，桓宗有种筌簇把他拉到同一个阵营的感觉。虽然身上多了一个"嫉妒同门"的嫌疑，但他心情依旧没有受到影响。

"仲玺真人是厉害，但是修为高又不能代表一切，比如说在我眼里，你就比那个仲玺真人好。"为了增加自己这句话的真实性，筌簇重重点了一下头，"真的。"

桓宗长得多好看啊，那个仲玺真人拿什么跟桓宗比。

桓宗笑了："好，我相信你。"

"公子，"树屋外，林斛轻轻敲着门，"龙虎门的水冠真人来向你辞行。"

"水冠真人？"筌簇看了眼手里啃了一半的灵果，舍不得放下，便对桓宗道，"你要去看看吗？"

"你先坐一会儿,我马上回来。"桓宗站起身,走出树屋,与林斛的双目对上。

"公子,箜篌姑娘还小,"林斛心情复杂,"是个心性很好的姑娘。"

桓宗用手帕擦了擦手:"你说得对,我也很喜欢她。"

水冠真人带着弟子站在树下,看到一个面白黑发、容颜俊美的锦衣公子从树屋中出来,忙见礼道:"龙虎门水冠见过老祖,昨夜多有打扰,幸而老祖没有嫌弃,今日在下特带弟子来辞行。"

"不必客气,这片树林天生地长,谁都能在这里休息。"桓宗没有下去,他神情淡漠,对这些不相干的修士没有任何喜恶,"诸位请自便。"

水冠见桓宗神情疏离,很识趣地不再打扰,把手伸到背后,给身后的几个弟子打手势,让他们跟着自己马上离开。

刚走了没几步,林子里面传出叽叽喳喳的说话声,水冠回头看去,几个年轻修士踩着飞剑飞过来,你追我逐,十分热闹。

"师兄,你看树上有栋树屋,好漂亮。"穿着粉衣的女修让脚下的飞剑升高,想靠近树屋看得更清楚一些,见树屋门前站着一个锦袍美男子,愣愣地悬在半空,好半天没回过神来。

"你、这位公子,你是树屋的主人?"粉衣女修终于回过神来,朝桓宗行了一个礼。

桓宗看了眼女修身后那几个匆匆跟上来的修士,沉默着转身回了树屋,留下林斛独自站在门外。

林斛:"……"

女修面上有些过不去,小声嘀咕道:"这是什么意思吗?"

不远处水冠真人默默看着这一幕,转头对弟子道:"你们出门在外,不要学这几个修士。"

青袍子弟结结巴巴道:"师父,这几个人好像是元吉门的弟子。"等下对方要是打起来,他们要不要去帮忙?可是……他们打得过吗?

水冠沉思片刻,伸手捂住眼睛:"我什么也没看见,快走快走。"说完,跳上飞行法器,恨不能马上就飞出这片林子。

"前面几位道友,请留步。"粉衣女修身后的男修们注意到水冠真人,开口

158

叫住他们，"诸位是去奎城？"元吉门就在奎城，整个奎城都属于元吉门管辖范围。

水冠真人很后悔，为什么他刚才不能走得再快一些。他让飞剑掉转头，朝几人拱手道："正是。"

男修们回了一礼："刚好我们也回奎城，倒是可以同行。"

水冠心中暗暗叫苦，还是不了吧，我怕跟你们一起，就不能活着到奎城了。他僵硬地扯了一个笑，示意徒弟们不要随便说话："怎么好麻烦诸位？"

"无碍，恰巧顺路而已。"为首的男修是元吉门掌派大弟子周肖，天资虽然普通，但是修行刻苦，为人稳重，心地也好，已是心动期十阶大圆满修为，很快就能冲击金丹境界。

这次他带几个筑基期的师弟师妹出门历练，算得上是尽心尽力，只是这些师弟师妹性格有些跳脱，让他头痛不已。

"师兄，这修士好生无礼，我与他见礼，他连一句话都没有。"粉衣女修是周肖的师妹，因为相貌出众，在宗门里受到很多男修追捧，以至于有些任性。好在一路上风平浪静，没有招惹出什么事来。听到师妹的抱怨，周肖就觉得头有些疼，他朝树屋门外的林斛拱了拱手，对师妹道："金玲，不得无礼。"

叫金玲的粉衣女修撇了撇嘴，对掌派师兄这种怕事的性格十分不满："我又没做什么，怎么就无礼了？"

林斛板着脸："我家公子喜欢清静，诸位请自行离去。"

"请前辈见谅，我们这就离开。"周肖看不出林斛的修为，但可以肯定对方高出他很多。他怕金玲再说出更多得罪人的话，也顾不上男女之别，伸手抓住她的手臂："师妹，走。"

"你干什么？！"金玲想推开周肖，但是周肖抓得太紧，她没有推开，"师兄，你放手。"

"不要闹。"周肖沉着脸道，"这有可能是位元婴老祖。"

"元婴老祖怎么了，元婴老祖也要讲理，总不能随便杀人。"金玲皱眉道，"我又没准备做什么。"

周肖想，你要真打算做什么，这会儿就不是站在飞剑上，而是躺在地上了。他转身对几个师弟道："看好金玲师妹，不要让她乱来。"

几个师弟也看出林斛修为高深，不敢多言，团团把金玲围住，你一言我一语地劝起来。

"师父,我觉得……我们还是别讨好元吉门了。"青袍弟子小声对水冠真人道,"这个门派看起来,行事太……率直天真了。"

他说得很委婉,与其说是率直天真,不如说是没脑子。门下弟子不好好管束,惹出事来是会连累整个宗门的,他们这种小门小派都明白这个道理,元吉门难道不懂?

还是说近些年发展得越来越好,就开始张狂起来了?到底是新兴的门派,比不上十大宗门有底蕴,行事气度差得远了。

眼看元吉门几个弟子叽叽喳喳吵嚷得厉害,林斛皱了皱眉。他跟在桓宗身边多年,向来不爱做欺负小辈的事情,所以尽管不喜这些小辈的做派,还是忍了下来:"诸位,请速速离开。"

"我可以离开,让你家公子出来我就走。"金玲道,"别人行礼要还礼的道理,他难道不懂吗?"

树屋里,箜篌趴在窗户缝隙边看热闹,听到粉衣女修这句话,转头对桓宗道:"跟这位姑娘比,绫波道友实在是可爱多了。"绫波虽然有些娇纵,但也不是蛮不讲理,而且还知道尊敬师长,长德说什么就做什么;这位在外面这么不给师兄颜面,是怕别人没有笑话可看?

云华门外面真有意思,什么奇葩都有。

"吵什么?"一个穿着黑袍的女修飞过来,见到元吉门几个弟子吵吵闹闹,抬掌一拍,飞剑上的男女纷纷落地,好不狼狈。

"哪里来的阿猫阿狗,这么不懂规矩。"女修冷哼一声,"扰人清净。"

"你……"金玲从地上爬起来,一句话还没完全说出口,女修便凌空一挥,一巴掌拍在她的脸上,打得她在地上滚了三四圈才停下,她来不及爬起身便吐出几大口血来。

"不知死活。"女修理了理宽大的袖子,与站在树屋前的林斛对视一眼,"道友好脾性,这种不懂规矩的小辈,该教训就教训,也算是替他们宗门分忧,免得他们出去得罪更多的人。"

林斛看了眼躺在地上的那几个连话都不敢说的小辈,略点了点头:"道友说得是。"

女修红唇轻扬:"还是说道友见这个小姑娘相貌姣美,舍不得动手?"

林斛瞥了眼躺在地上吐血的粉衣女修，娇美？

"你这个妖妇，你竟然敢动手伤人，可知我的师父……"

女修冷笑着回头，黑色的摆袖突然暴涨，变成长长的绫布缠绕住金玲脖子。她单手一拉便把金玲拖到了她面前，抓住金玲的脖子："我最讨厌别人威胁我。"

箜篌见黑袍女修一言不合就要杀人，伸手拉了拉桓宗的袖子："桓宗，这人是谁，脾气怎么这么大，一言不合就动手？"

"她叫雪玉，外号黑袍女，是一位元婴修士，脾气古怪，最不喜欢年轻娇俏的小姑娘。"桓宗见箜篌趴在窗缝边实在太辛苦，干脆推开窗户，让她看得更清楚，"若是有长得好看的女修得罪她，她往往会动怒，把对方羞辱一番。"

"你别开窗户，等下她看到我的脸，跑来羞辱我怎么办？"对自己容貌有几分自信的箜篌连忙探身去关窗户，手刚刚伸出去，就与黑袍女望过来的双眼对上。

被对方阴冷的眼神吓了一跳，箜篌干笑一声："你继续，继续。"

雪玉冷笑一声，刚想开口说话，看到箜篌身后的桓宗后，面色微微一变，松开手里的金玲。见桓宗没有反应，她咬紧牙关，朝树屋方向行了一礼，转身就往林子外飞去，眨眼便消失不见。

"我长得很吓人？"箜篌捧住自己的脸，不敢置信地回头看桓宗，"她那是什么反应？"

她的眼睛这么大，皮肤这么白，头发梳得这么漂亮，怎么就能把人给吓跑了？

"也许是因为你太好看，让她自惭形秽。外面有林斛守着，她又不敢嫉妒你，只能生气走了。"桓宗见她捂着脸，瞪大眼不甘心的模样，忍不住笑出声来。

"真的？"

桓宗点头："我见过的女孩子里，你最好看。"

"哇！"跪在地上的金玲连吐几口心头血，靠着周肖的搀扶才勉强站起来。抬头看见树屋窗户边微笑的少女，她才知道刚才发生的事，被其他女人从头到尾都看在了眼里。

想到这一点，她又忍不住吐出几口血来。

她属于女人的面子，没了！

"她再这么吐下去，不会出人命吧？"虽然觉得这位女修有些咋咋呼呼没脑子，但也顶多有些不讨喜，还不到闹出人命的地步。她往桓宗身后蹭了蹭，避开金玲望过来的视线，小声道："桓宗，我们还是走吧。"

一定是因为她在这里拔走了朱红草，坏了这里的风水，所以才会遇到这些奇奇怪怪的修士。

"好。"桓宗看了眼下面被几个修士围住劝慰的粉衣女修，拉着箜篌跳出树屋，挥手间收起树屋，"既然我们已经决定慢慢走慢慢看，不如你跟我一起坐马车，里面比飞剑上舒适。"

之前不好意思邀请箜篌与自己同坐，但是自从昨天晚上两人同住一栋木屋后，桓宗觉得自己这个邀请似乎也不算冒犯了。

"好呀。"箜篌想也不想便答应了。筑基刚成功的时候，她觉得御剑飞行特别好玩；现在早没了当初的那股新奇劲儿，坐马车能省点灵力，挺好的。

"诸位道友请留步。"周肖匆匆追上来，拱手向三人行礼，"方才多有得罪，请道友见谅。"

桓宗没有理会他，从怀中取出一支玉笛轻轻一吹，只听林子里传来马儿的嘶鸣声，眨眼间就见两匹雪白无杂色的马从林中跑出，拖着车架停在了桓宗等人面前。

林斛摸了摸两匹马儿的头，从收纳戒里摸出两根灵草，给两匹马各喂了一根。

风来草？周肖以为是自己的眼睛出了问题，用昂贵的风来草喂马？他眨了眨眼，继续看马嘴边已经吃下一半的灵草，不得不承认，那确实是近百灵石一根的风来草。

桓宗上了马车，转身朝箜篌伸手："箜篌，来。"

箜篌把手递给桓宗，一下子跳到马车上，扭头见周肖还傻愣愣站在旁边，看起来有点可怜巴巴，便对他笑了笑："告辞。"

"告、告辞。"周肖看着马车上对他微笑的少女，愣愣地站在原地，忽然觉得这个雪天也跟着温暖起来。

"师兄，"金玲捂着胸口走到周肖身边，"这三个修士是谁？"会不会把今天发生的事情说出去？她丢不起这个人。

周肖摇头："我不知道，但是能用风来草喂马的修士，身份肯定不简单。"

"卖近一百灵石的风来草喂马？"金玲以为自己听错了，但是她知道掌派师兄是不爱撒谎的性格，不会在这种事情上骗她。

想起那个白衣修士俊美的容颜，金玲摇头叹息。母亲常常跟她说，女人可以利用自己的美貌让男人为自己跑腿，让他们做牛做马。但不会过日子的男人，是万万不能选的，长得再好看都不行。

用那么贵的风来草喂马？怕是脑子不太好，可惜了那张祸乱女人的脸。

"师妹，我们还是赶紧回去吧。"见金玲沉默下来，周肖道，"近来频频发生邪修作恶的事情，前两天邱城一家客栈里，有邪修把死者的心脏都挖了出来。而且死者还不是普通人，是昭晗宗绫波仙子的婢女。"

"绫波？"金玲冷哼一声，"就她也配叫仙子？"

没事让几个婢女跟在旁边撒花抬轿，真当自己是仙女了？有本事飞升给她看看，仗着五灵根资质，那股矫情劲儿，她隔着一百里外都能感受到。

周肖沉默，木讷如他，也知道在某些时候是不能乱开口的。他往四周望去，刚才那几个也要去奎城的修士不知何时已经离开。他也不觉得意外，修真界明哲保身的修士很多，黑袍女出现得突然，若是动了杀心，他们都不是她的对手。

只是修真界平静了这么多年，突然频频闹出邪修杀人事件，不是什么好预兆。

"马车里好宽敞，竟然一点都不晃。"箜篌坐在铺了厚厚垫子的马车里，觉得自己做公主时坐的马车与这辆马车相比，实在是寒酸极了。

桓宗盘腿坐在垫子上，他面前摆着一张木桌，木桌上放着整套茶具，茶水倒在杯子里，浮起一圈很浅的涟漪，但是不会从杯子里溅出来。箜篌想不明白，马儿不是跑在山道上嘛，为什么马车里会这么平稳。

"尝尝。"桓宗把茶杯递给箜篌，"在天黑之前，我们能赶到一个叫三树的小城镇。"

"谢谢。"箜篌接过茶杯，低头闻了闻，"好香。"

"我不擅长此道，茶叶与茶具都是同门送的，现在泡着打发时间。"桓宗轻轻摩挲着茶杯的杯沿，俊美的容颜隐藏在茶水的热气后面，他像是高高在上的仙人，一切凡尘俗事都与他无关。

桓宗没有骗箜篌，他九岁进入琉光宗，之后几乎把所有精力都放在了修行上。他不好酒，不好茶，也不好享乐，更不好美色，与他相伴的只有剑。

若不是修行出了意外，他不会像现在这样，在路上慢慢行走，看风景喝茶，甚至……

他抬头看着捧着杯子喝茶，举止间带出几分皇室贵族习惯的少女。十年前的他，肯定不会想到，自己有一天会坐着马车，带着林斛，与一位年仅十六岁的小姑娘漫无目的地在外游历。

"香而不浓，灵气不散，好茶。"不知道是不是自己的错觉，筌篌觉得这杯茶喝下去，她灵台中的灵力都跟着强大了些许。

桓宗替筌篌续上茶，与她闲聊："筌篌今年才十六，已是筑基五阶修为，这虽是好事，但你还年轻，最重要的是心境，不要急着冲击境界，对你日后无益。早上我听你提起修为停滞不前，可能就是与心境有关。"天分再强，也会因为阅历与见识限制修为，这不是天分能够弥补的。

这话若是心胸狭窄的人听了，只会觉得桓宗不安好心，或是故意拉后腿。但是桓宗并不是长袖善舞的性格，很多时候都是随心而为，当他觉得这样对筌篌好时，便直接开口了，根本没有想过筌篌有可能会误解他的用意。

马车外的林斛，听着两人的交谈，很担心公子这种说法方式，也许他很快就会失去这位第一个认识的异性朋友。

好在筌篌想得简单，对桓宗这个朋友又很信任，根本没有怀疑过他的用意。她叹口气道："桓宗，你说的话，怎么跟我的师兄师姐们一模一样？"

"他们天天都觉得我修炼辛苦，每次闭关出来，他们总是担心我累傻了，一个劲儿给我塞吃的、喝的，还跟我强调要劳逸结合。"筌篌悻悻地放下茶杯，还没出来多久，她就有些想他们了，不知道她寄回去的特产他们喜不喜欢。

林斛赶着马儿越过一片峡谷，马儿前蹄轻轻落在地面，收起后背上的翅膀，变成普通马儿的样子，继续往前奔跑。他回头看了眼马车里，这事发生在云华门，不会让人觉得奇怪。若是其他门派的师兄师姐们这么做，就会让人怀疑，他们是不是嫉妒小师妹的天分，故意让她分心，好影响她的修行。

说来也奇怪，很多放在其他门派会让人怀疑用意的事情，但让云华门弟子做起来，含义就完全不同。从这一点来说，云华门也称得上是一个神奇的门派了。

"不过我觉得你说得有道理。"筌篌掀开马车窗帘，外面是皑皑雪山，大地白茫茫一片，美极了，"我出生后，就一直住在深宫中，唯一的娱乐，便是两本破旧不全的话本。第一次见识到外面世界的精彩，还是来凌忧界的那天。这些年我一直待在宗门里，从未好好看过这个世界。"

说到这，她看着桓宗，眼睛笑成了月牙："不过我运气很好，下山不久就遇到了你，不用一个人吃饭、赶路，真好。"她本性中，还是喜欢热闹的，并不喜欢孤零零一个人，尤其是得到云华门给予她的温暖以后，就更加不喜欢了。

桓宗无奈摇头轻笑，真正幸运的，也许是他，而不是她。

"你不信哦？"箜篌哼哼道，"我跟你说，诚实可是我的优点之一。"

"没有不信，我只是不赞同你这种说法。"桓宗从木桌抽屉里取出一盘点心放到桌上，"因为幸运的是我。"

这个小姑娘，有着非一般的气运。气运这种东西玄之又玄，看不见摸不着，但是气运好的修士，往往事半功倍，是别人羡慕不来的。

"算了算了，我们也不用争下去，都幸运嘛，这就是缘分。"箜篌见桓宗拿出了点心，也从自己收纳戒里取出一袋点心。点心做得很漂亮，有些做成鲜花模样，有些做成动物模样，摆在桌上十分可爱。

"这是宗门里膳食堂的姐姐特意给我做的，点心袋子上面有符阵，能让点心在拿出来之前，一直保持着最新鲜的状态，所以你放心吃，绝对没问题。"箜篌介绍着不同形状点心的不同口味，介绍完了，取了一块放到桓宗手里，"你口味好像偏清淡，这个你应该喜欢。里面加了灵花汁，香却不甜腻，尝尝看。"

从点心的花样到装点心的袋子上的符阵，全都印证着云华门在吃食上用心的事实。难怪外面都说吃喝在雍城，云华门这个管辖者在吃食方面如此讲究，想必城里的百姓也如此。

桓宗把手心的点心放进嘴里，鲜花的清香很快占据整个口腔，咽下去的那一刻，整个身体仿佛被大自然包围住，连呼吸都清新起来。

"好吃吧？"箜篌满含期待地看着桓宗，脸上只差没写着"快夸我宗门"几个字了。

"很好吃。"桓宗又从袋子里取了一块点心，"我以前从没吃过这种点心。"

"那当然啦。"提到自己的宗门，箜篌觉得哪儿都好，吹个十天十夜都没有问题，"这种点心只有我们门派弟子能够吃到，不对外供应的。不过你去我们宗门做客的话，就能吃到很多好吃的。可惜好多菜不适合带出来，不然我现在就想让你尝尝。"

"要不等游历结束，我请你去云华山上做客吧。"筌筿觉得自己这个主意非常不错，"我让膳食堂的姐姐，每天都给你做好吃的。"

"好。"桓宗笑，"我很期待。"

"你去了一定会喜欢的。"筌筿喝了口茶润嗓子，"之前贵宗的松河峰主去我们那儿，每天三顿饭都会按时食用。听膳食堂的姐姐说，每天送到松河峰主院子里的点心，他也吃得很开心。"

桓宗有些意外，没想到松河师叔……也这么重口腹之欲吗？

从山上下去，很快便到了叫三树的城镇。与邱城相比，三树城就寒酸很多，城墙陈旧，就连城门上"三树城"几个字，都已经掉了漆。

已经临近傍晚，街上的行人并不多，而且大多是没有灵根的普通人，偶尔有修士经过，也都是修为平平。

经过一条巷子时，筌筿听到有小孩子在哭，她掀起帘子往外看去，一个三四岁大的小孩儿摔倒在地上，手里捏着一根糖葫芦。也不知道是不是贪玩跑太远，他身边没有大人跟着。

她正准备下马车去看看那个孩子时，巷子的围墙后跳出一个黑袍女人，她抱起摔在地上的孩子，弯腰拍去他身上的积雪，裙摆沾上脏污的雪泥也没有管。

是那个脾气怪异的女修雪玉？

蹲在小孩面前的雪玉神情温柔，没有半点在林子里时的阴狠。筌筿看到她为了哄哭个不停的小孩儿，从怀里掏出了一个小铃铛，在他眼前晃来晃去，逗得小孩顾不上流泪，伸手去抓铃铛。

雪玉把铃铛给了小孩，见孩子父母找了过来，不等他们道谢，转身便往巷子外走。走了没几步，就发现了坐在马车中的筌筿。

她愣了一下，毫不犹豫地转身，足尖点了点，腾空飞走。

准备向雪玉露出微笑的筌筿愣住，她傻傻地望着雪玉飞走的方向，转头看沉默喝茶的桓宗："桓宗，我真的不吓人吗？"

隔着车窗瞥了眼雪玉离开的方向，桓宗语气平静道："她怕的是林斛。你这么一个可爱的小姑娘，怎么会吓人？"

"也是哦，她肯定是怕我们计较早上发生的事情，又担心打不过林斛，所以才逃走的。"这么一想，筌筿觉得自己心里好受了许多。

谁能接受一个大美人看到自己就跑这种事？

所以这一定不是她的问题。

"这位雪玉姑娘对小孩子好温柔。"箜篌不想叫她黑袍女。一个能对普通孩子都如此温柔的女修，本性应该不是太坏。

"她原本是宗门弟子，后来与一位散修相爱，便离开宗门与他结为道侣，与这位散修游历天下。"说到这，桓宗语气顿了顿，"哪知道夫妻二人在进入一个秘境后，散修与一位年轻女修暧昧不清，甚至在夺宝时，想要害死雪玉。雪玉死里逃生，腹中孩子却没了。后来她潜心修炼，杀了负心的丈夫。从此后，她便十分厌恶长得娇俏又爱撒娇的年轻女修，脾气也越来越怪异。现在很多人叫她黑袍女。"

桓宗告诉箜篌这些，是想让她明白一件事：修真界某些好看、嘴甜的男修，并不可靠。她还年轻，最好不要随意对某个人动心，有些感情经不起时间的考验。

箜篌看的话本里，妙笔客很少写男女感情之事，所以她对情爱之事并不了解。就算看过一些与情爱有关的话本，结局都是两位主人公幸福快乐地生活在一起，并没有男主人公背叛女主人公，女主人公最后杀了男主人公这种故事。

她以为皇宫里的人，才会戴着虚假面具，与不爱的人虚与委蛇。可是雪玉与那位散修，明明是因为相爱才在一起，为什么散修最后还要背叛雪玉，甚至想要害死她？

"我不明白，"箜篌语气有些低落，"他们不是恩爱夫妻吗？"

桓宗想告诉箜篌，人心易变，在利益与诱惑面前，很多人都难以保持本心。可是看着她闪亮的双眼，桓宗又不忍心说出口了。

她还小，还是个小姑娘。

有些道理，等她大一点再告诉她吧。

"可能是因为这个散修本性不太好。"桓宗指了指桌上的点心，"你刚才说，这个像马儿一样的点心，是什么味道的？"

"哪里是本性不好，简直就是个浑蛋！"箜篌小声骂道，"可惜了雪玉姑娘，被这种人害了。"

她喝了一大口茶，压下心头的火气，才想起桓宗刚才好像跟她说了什么："桓宗，你刚才说什么？"

"没什么。"桓宗见她火气似乎消了不少，便道，"我让林斛去找个客栈，我们在客栈里住一晚。"

"好。"筌篌赶紧再喝几口茶，这茶能够帮着浇灭心头的火气。

"林斛，去客栈。"桓宗掀起帘子，对林斛道，"找个安静的地方。"

"好的，公子。"林斛头也不回，他怕自己回过头，会让公子看到他脸上的震惊。真没想到，不善言辞的公子，也会开始哄小姑娘了。

这一路上，公子学会的东西真不少，可见实践出真知，可爱的小姑娘让男人学会成长。

"桓宗，有个问题我一直忘了问。"听到要到客栈休息，筌篌把桌上的东西收了起来，"你都知道我十六了，我还不知道你多大呢。"

"我……"桓宗收茶具的手一顿，车窗外的风呼啸着，似乎有点凉。

"我比你痴长些许岁数。"窗外的风呼呼刮着，说出这句话的时候，桓宗脑子里有些恍惚，他甚至不知道自己为什么会这么说。

"哇，真看不出来，感觉你就比我大一点点。"看着桓宗这张只有二十岁左右的脸，筌篌想起"修真无岁月"这句话。普通人短短几十年的寿命，心境与想法尚会产生变化，更别提上百年。

在这个瞬间，她隐隐领悟了什么，又好像仍旧懵懂。

"筌篌很介意我比你年龄大？"桓宗微微低头，似乎连发梢与睫毛都染上了忧郁。

美人忧郁的模样杀伤力十分巨大，在这个瞬间，筌篌内疚不已，觉得自己似乎多嘴问了不该问的内容："没有，桓宗你别误会，我不介意这些的。我的师兄师姐很多都比我大一二百岁，我们在一起玩得也很开心。年龄不是问题，我又怎么会嫌弃你！"

与桓宗虽只相处了短短几日，但是对于筌篌而言，桓宗是个很好的朋友。他会跟她一起分享话本，有漂亮的树屋，还知道很多她不知道的修真界传闻，而且还长得那么好看。

有这么好看的脸，谁还在乎他多大呢。

"公子，客栈到了。"林斛半掀帘子，目光落在桓宗身上。桓宗不与他对视，优雅地仰头靠着垫子："去订好房间，我与筌篌马上就过来。"

林斛收回目光，放下帘子，声音从外面传来："好的，公子。"

帘子轻轻晃动，桓宗看着帘子下端的琉璃珠坠儿，缓缓眨眼。他掀起帘子，走下马车环视四周，转身对跟着下车的箜篌道："这边条件差些。"

"出门在外，不用那么讲究。"箜篌跳下马车，半只脚陷进雪里，她抬了抬脚，听到风吹动布料的声音。左边一栋锁着门的木楼上，破旧的布质招牌在风中飞舞，不知道多久没有清洗，已经脏得看不清上面的字。

浓浓的荒凉感，盈满整个街头。

"贵客请往里面走。"堂倌迎了出来，想去牵马，还没靠近，马儿扬起前蹄嘶鸣几声，吓得他连连后退几步，不敢再上前。

堂倌身上的衣服打着补丁，收拾得却很干净，眼神看起来分外小心，似乎担心客人一个不满意，转身便走了。他穿得并不厚实，青布鞋踩在雪地里，已经湿了小半，露在袖子外的粗糙的手带着乌青色，却不敢在客人面前跺脚搓手取暖。

"没关系，这两匹马儿很听话，不会乱跑。"箜篌看了眼他脚上的鞋，"带我们进去客房看看。"

"好的，贵客。"堂倌小跑着跨进门。下面的大厅很冷清，稀稀拉拉坐着三四个食客，油灯昏黄，火苗因为蹿进门的寒风而晃动。

或许是因为大厅太过冷清，见到有其他客人进门，食客们纷纷抬头，靠着观察陌生人来打发无聊的时间。但是这一瞧，就让他们倒吸了一口气。好俊的贵公子、好生娇俏的姑娘，也不知是哪里来的小夫妻出来游玩，怎么就跑到这里来了？

"公子，箜篌姑娘，上房都空着，我订了三间相邻的房间。"林斛从楼上下来，见掌柜与堂倌想上前说话又不敢的样子，掏出灵石放到桌上，"等下打好热水送上来。"

掌柜连连称是，作揖弯腰道谢，又问晚上他们想吃什么。

林斛知道公子在吃食方面并不挑剔，便把目光投向箜篌。箜篌道："准备几道拿手菜就行了。"

"好嘞。"掌柜脸上的笑容更灿烂了，转身拍站在身边的堂倌，"快去准备着，挑最好的做。"只看桓宗与箜篌的穿戴，他就知道这不是普通人，没准是法力无穷的修士。这些修士大多出手大方，但也不好伺候，迎接他们时，他心里七上八下,现在见女贵客如此好说话,喜得眯起了双眼。

笙篌等人上了楼,看着已经掉漆的雕花木门,实在很难相信,这会是三树城最好的客栈。笙篌转头对桓宗道:"这里的百姓日子看起来不太好过,刚才在门口迎我们的堂倌,还穿着湿鞋子。"

桓宗点头"嗯"了一声,尽管他根本没有注意到堂倌长什么样子:"你先回房间休息一会儿。"

"好。"笙篌推开门,屋子里收拾得很干净,但是陈旧的家具,让整个屋子看起来有些沉闷。屋里的烛火有些暗淡,笙篌从收纳戒里取出一件可以照明的法器放到桌上,推开窗户让屋子透透气。

天色昏暗,街道上看不到几个人影。一个卖炭的汉子挑着半担还没卖出去的木炭深一脚浅一脚地走着,箩筐左边装着没卖出去的木炭,右边坐着个五六岁的孩子。小孩儿捧着大大的肉包啃着,脑袋上的皮帽,遮住了他半张脸。

笙篌听到小孩叫汉子阿爹。

"阿爹,这包子里有肉,给你吃。"

"好好坐着,别动。"汉子凶巴巴道,"你老子还不饿。"

"阿爹,吃!"

"信不信老子抽你。"汉子放下担子,脱下身上的夹袄盖在小孩身上,"不要张嘴说话,风吹到肚子里,有你受的。"

小孩把手里的包子高高举起,坚持要让汉子吃。

汉子瞪了他一眼,弯腰咬了一口,再度挑起箩筐,缓缓往前走着。

笙篌盯着这对父子的背影看了很久,直到再也看不见,才收回目光走到桌边坐下。这种贫穷与父子情,是笙篌不曾体验的。

那个冻得双手乌青,却还要对客人赔笑的堂倌,还有生活艰难却爱护着孩子的父亲,都是这个修真界的一员。他们生活贫苦,却还坚持活着,保持着对未来的希望、对后代的希望。

她摸着胸口,那里有点酸、有点热。许久没有动静的灵台开始松动,窗外的风声变得格外清晰。起身盘腿坐到床上,笙篌闭上双眼,进了入定状态。

坐在照明法器下看书的桓宗放下手里的书,起身走到窗边。四周的灵气涌动,全都往他旁边的房间挤压,好像那里有什么吸引它们的存在。他准备开窗的手一顿,犹豫片刻,还是放下手来。

"公子，"林斛走进来，"箜篌姑娘那边……"

"她应该是入定了。"桓宗头也不回道，"下去告诉客栈的人，这几日不要上门打扰，多给他们几日的住宿钱。"

"好的，公子。"林斛表情有些奇怪，"刚才收到了宗门的飞讯符，宗主与几位峰主似乎担心你在外面发生了什么事。"

他把飞讯符递到桓宗手里，桓宗把灵气输入飞讯符，一目十行看完所有内容，眉头皱起来。箜篌说，出门在外给宗门的人买特产会让他们高兴，为什么师父师叔们好像并没有高兴的意思？

难道是他让驿站送过去的东西他们不喜欢？

"下一站是什么地方？"桓宗收起飞讯符，若有所思。

"是宜城。"

"可有什么值得买的东西？"桓宗问。

林斛愣了愣："有的，宜城最出名的就是刺绣。"

"我知道了。"桓宗徐徐点头，师父师叔他们好像不重口欲，买些刺绣回去，他们应该会喜欢。

第一天，箜篌没有从入定中醒来，桓宗打坐一日。

第二天，箜篌没有从入定中醒来，桓宗在城内一家破旧的书斋里买了几本话本。

到了第三天，箜篌仍旧在入定。桓宗下楼的时候，见到几个炼气期的修士在责备堂倌，堂倌跪在地上擦水渍，裤腿都湿透了。

桓宗向来不爱管这种闲事，神情淡漠地从他们身边走过，不小心瞥到堂倌被冻得有些肿大的指节，想起箜篌说过这里百姓生活不太好。他停下脚步，看到一个修士正用脚踢着堂倌的后背，在打着补丁的衣服上，留下又脏又大的脚印。

"你们太吵了。"桓宗面无表情地看着这几个炼气修士，"公众场合，不要喧哗。你们是哪个门派的，竟如此不懂规矩？"

"你个小白……"踢人的修士本想骂人，但是看清桓宗衣服上的流光符纹，连忙闭上嘴，拱手道，"我们几个粗人不懂规矩，扰着公子清修，请公子恕罪。"

桓宗低头看着堂倌后背："弄脏了别人的衣服，要赔的。"

"公子说得是。"炼气修士连连点头，从怀里掏出一把玉币塞到堂倌手里，"这都是我们的不是。"

"不敢要诸位贵客的赔偿。"堂倌哪敢收这些修士大爷的玉币，想要把玉币还回去，这些修士却无人伸手去拿。

"这是他们赔给你的钱，你好好收着。"桓宗抬了抬手，跪在地上的堂倌便不受控制地站起来。他惊讶地回头看桓宗，原来这位贵公子也是修士？

桓宗见几个修士缩头缩尾想偷偷溜走，微微抬起白皙的下巴："这就走了？"

几个修士吓得双腿一颤，心里暗暗叫苦，却只能乖乖走回来，个个垂着头站在桓宗面前。

"日后不要让我看到你们做这种事。"

"是！"修士们连忙答应下来。

桓宗微微点头，抬了抬手指头，示意他们可以走了。几个修士见状，一边道谢一边跑，再也不见方才的嚣张跋扈。

"多谢仙长相助。"堂倌走到桓宗面前不断鞠躬道谢，就差没给桓宗磕头谢恩。

看着他卑微的样子，桓宗沉默良久，淡淡道："不必谢。"走出客栈，他回头看了一眼，堂倌正低头把玉币小心地塞进怀里，害怕玉币掉出来，还把腰带重新扎得紧紧的。

看到这一幕，桓宗心情有些怪异。他不爱管与自己无关的事，但是今天管了，似乎也不厌烦。

从收纳戒中取出纸伞，是前几日箜篌在树屋里给他撑过的那把。撑开伞骨，桓宗抬头看了眼箜篌住的房间，已经第三天了，不知这个小姑娘什么时候醒来。

出去转了一圈，有家包子铺自称是千年老字号，桓宗想起箜篌可能对包子感兴趣，便买了几个。路过几个小乞丐，他停下脚步，往里面扔了些玉币。回到客栈时，想起箜篌还在入定，见林斛正好下楼，便把包子塞进林斛怀里。

"公子？"捧着热乎乎的包子，林斛有些不解，这是什么意思？

"多吃点，对身体好。"桓宗收起伞，面无表情上楼。经过箜篌的房门，他掏出几张聚灵符贴在了门上，刹那间，往屋子里涌动的灵气更多了。

对浓郁的灵气很满意，桓宗回到自己房间，取出了自己的本命剑。这把剑看起来非常普通，乌黑的剑柄，泛着银光的剑刃，上面没有镶嵌宝石，也没有挂剑穗，唯一称得上亮点的，便是剑刃上的暗纹。

握紧剑柄，剑身发出嗡嗡声，桓宗捂住胸口猛咳几声，剑刃上倒映着他漠然的双眼。盯着剑刃上的眼睛看了一会儿，桓宗食指点在剑刃上，嗡嗡声终于停了下来。

"公子。"门外传来林斛的声音。

"进来。"

林斛进门见桓宗手里拿着剑，几个大跨步来到桓宗面前："公子，你……"

"包子吃完了？"桓宗收起剑，打断了林斛的话。

"吃了。"林斛大脑有片刻的空白。

"好吃吗？"桓宗又问。

"好像……还行？"林斛觉得包子就是包子味儿，没什么好吃不好吃的。

"看来味道一般。"桓宗皱眉，味道一般的包子铺，也好意思说千年老字号，难道是千年如一日的普通？

"公子，你现在的状况，最好不要轻易用剑。"尽管被桓宗打断了话，但是林斛并没有忘记自己想说什么，"我怕会加重你的伤势。"

"我知道。"桓宗垂下眼睑，脸上没有表情，"我自己的身体如何，我很清楚。"

林斛见桓宗没有情绪的样子，心中的担忧更重。药材虽难求，但是最难的是心境。公子这无欲无求的心态，如何过得了心魔一关？

"公子……"

桓宗忽地站起身："箜篌醒了。"他走到门口，拉开门走了出去。

林斛愣了愣，才跟了过去。

箜篌睁开眼，桌上的照明法器因为没有主人输入灵气，早已经熄灭。烛火也已燃尽。外面的天色不太好，屋子里有些昏暗。

她长长吐出一口气。此次入定，让她修为大有长进，原本筑基五阶的修为，已经变成筑基九阶，再修炼一段时间，说不定能达到筑基大圆满，冲击心动期。

敲门声响起，她拉开门，面如冠玉的桓宗站在门外。看着如此美貌的桓宗，箜篌想起自己已经好几日没有梳洗，瞬间脸色大变："桓宗，我们稍后再聊。"

看着在自己面前关上的房门，桓宗疑惑不解地扭头看林斛。

林斛摇头："公子，你不要看我，我也不明白箜篌姑娘的意思。"他若是了解女人，也不会活了几百岁，连个道侣都没有。

桓宗伸手撕下门上的聚灵符，轻轻一揉，符篆瞬间化为粉末。林斛不明白，他家公子这是做了好事不留名？幸好这不是追求心上人，不然像他家公子这样的，恐怕一百年都不能让人家女孩子明白心意。

"箜篌姑娘，有什么事就叫我。"桓宗道，"我让客栈里的人给你准备吃食。"

门从里面轻轻拉开，但是只开了一道缝，露出箜篌半张脸："桓宗，谢谢你，等我洗漱完就出来。"

桓宗这才明白箜篌刚才为何关门，他点了点头："好。"

原来小姑娘会在意这种小事？桓宗觉得自己好像对女孩子的习性又了解了一些。

方才小姑娘匆忙关门的样子，有几分娇憨可爱。

三树城门外，一艘飞舟跌落在门口，几个身形有些狼狈的修士仓皇跑了出来。其中一人几乎无力站直身体，勉强靠一把剑撑着，才没有倒下。

"师兄，此处是一座小城，只怕没有高手坐镇。"碧衣女修面色惨白，无力去擦嘴角的血迹，"不若我们换个地方走，至少不会连累城里的人。"

只是他们现在已经没有灵力支撑飞舟继续前行，该往哪边走，才能引开后面追杀他们的人？

"来不及了。"被称作师兄的蓝袍男子回头看着远处翻滚的乌云、厉声尖叫的黑鸟，把剑从地上拔出，"你们往西边跑，我去拖一会儿。"

"师兄……"

"不要废话，难道你想让这个城里的人陪着我们一起死？"蓝袍男子沉着脸道，"全都走。"

他压住胸口乱窜的灵气，提剑飞向了天空。

"师兄！"碧衣女修擦了擦眼角的泪，对身后几个年幼的师弟师妹道，"你们走，我去助师兄一臂之力！"

"师姐！"师弟师妹们知道他们两人现在去迎战，几乎等于是送死。年龄最小的弟子已经控制不住情绪，失声哭起来。恐惧、挫败、伤心等各种情绪缠绕着他们，让他们慌乱失措。

"师兄跟师姐说得对，我们马上离开这里。"剩下的弟子中，最年长的女修擦干净脸上的泪，"小师弟你进城里去，看看有没有高阶修士能助我们一臂之力。若是没有……若是没有，就去通知城主，让他提高警惕，尽量保证城里百姓的生命安全。"女修跳上飞剑，眼神渐渐变得坚毅起来，"剩下的所有人跟我走，记得动作做得明显些，至少……至少让那几个邪修知道我们去了哪个方向。"

等师兄与师姐拦不住以后，邪修会来追杀他们，这座城里的百姓就能躲过一劫。她很怕死，可若是因为他们连累城里这么多人，她后半生良心亦难安宁，不如拼死一搏，至少无愧于心。

听着胆子小的师弟师妹跟在她身后偷偷啜泣却没有私自逃走，女修道："若是这次能活着回去……"她看着师兄被赶上来的邪修一剑穿透胸膛，哽咽道，"我就把珍藏的宝石分给你们。"

"走！"

客栈中，箜篌洗漱完，换好干净衣服下楼。桓宗与林斛坐在桌边等她，桌上刚摆上的菜还冒着热气。她快步走到桓宗身边坐下，朝桓宗露出一个笑。

桓宗在箜篌身上闻到了沐浴后的清香，他侧首，看到翠红耳坠在她白皙的脖颈处轻轻摇晃。眨了眨眼，他连忙收回了视线。

"这些都是从山里收来的野菜，比一般的菜味道好，几位客官请慢用。"堂倌又端了几盘菜上来。这几天箜篌一直没有出过房门，现在终于见到她的身影，他忍不住偷偷看了一眼。只是想到这位姑娘可能是贵公子的伴侣，他不敢多看，鞠了一躬便退了下去。

"堂倌今天好像格外热情。"来客栈订房间那天，堂倌会热情，是因为他想留住他们这些客人。今天的热情与那天不同，多了几分真心在里面。

"是吗？"他察觉不出热情还有区别，用筷子夹起几片堂倌介绍的野菜尝了尝，虽没有灵土园里种的菜有灵气，但是胜在鲜嫩。

箜篌好几天没有吃饭，胃口比平时好，快速又不失优雅地吃了两碗饭，在准备添第三碗时，她听到外面有个带哭腔的男声在叫"救命"。

她放下筷子，准备起身出去看看，却被桓宗捏住手腕："坐着，让林斛去看。"

说话间，林斛已经闪身到门口。大厅里的几个食客听到外面叫"救命"，想也不想便放下筷子躲回了房间，整个大厅只剩下还坐着的桓宗与箜篌，以及躲在柜台后面瑟瑟发抖的掌柜。

"修真界以前发生过这种事，半夜有人呼救，有好心的人出去，结果却遇了害。"桓宗松开箜篌的手腕，"有些邪修利用正派修士的善心，来暗算他们。你年纪小，不知道外面的人心有多险恶。"

箜篌震惊，原来邪修有这么多手段？

"还有邪修变作小孩子的模样，掉进水里求救或是无助哭泣，等修士靠近，就趁机毁掉修士灵台，吸取对方身上的灵力。"桓宗见箜篌一脸惊讶，把自己听来的一些修真界案件讲了一遍，"总之防人之心不可无，明白吗？"

箜篌乖乖点头，对修真界的危险度又有了新的认识。难怪师父给她的收纳戒里会有《行走修真界注意手册》，不是师父太过担心她，而是邪修的手段千奇百怪。

"有道友吗？救命！"受伤的弟子一路跑来，声音已经嘶哑，身上的力气也都用尽。然而路人听到呼救，见他身上还有未干的血迹，纷纷慌乱躲避，无人伸出援手。

现在的他全靠一口气撑着，麻木地呼救，茫然地往前走，脚下的积雪虽冷，却没有他的心冷。他知道不该怪这些人见死不救。他想起生死不知的师兄与师姐，干涸的双眼已经流不出眼泪，心痛得几乎失去知觉。

难道他们注定在今日命绝，所以整个城里才没有一个高修为的修士？想到这里，他无力地坐在雪地里，茫然四顾。

谁能去救他的师兄师姐？

林斛站在客栈看了一会儿，转头朝里面道："公子，呼救的是个筑基二阶的修士，看他身上穿的衣服，像是清风门的弟子。"

"清风门？"桓宗对这个门派有印象，这是个剑修门派，名为清风，行事作风却一言难尽。二百多年前，清风门差点成为琉光宗的附属门派。当时清风门有意依附，琉光宗也有些意动，最后这事却不了了之。

不是因为清风门出了大奸大恶之辈，而是身为剑修，清风门弟子竟然喜欢在本命剑上镶嵌各种珍贵宝石，在剑穗上更是玩出了各种花样。这种不比剑术，只比剑的浮躁作风，与琉光宗的剑道截然相反，而清风门上下也觉得本命宝剑就该弄得漂亮华丽，最后两边很有默契地不再提此事。

这事虽然没有成，但是从此以后，桓宗就记住了这个门派。他觉得这个门派的人，是剑修中的异类。现在得知是清风门弟子求救，他起身走到了门口，箜篌连忙跟在了他身后。

坐在雪地里的弟子看起来并不大，衣衫散乱，身上带伤，十分狼狈。箜篌看了看此人，又转头看桓宗，没有说话。

"没事，他不是邪修装的。"不爱揣测人心的桓宗，却看懂了箜篌的心思。

得到桓宗的确认后，箜篌才开口道："这位道友，发生了什么事？"

清风门弟子以为自己太想有人去救师兄师姐，所以产生了幻觉。他怔怔地抬头看着客栈门口站着的三个人，使劲揉了揉眼睛，那三个人还在。

　　看出里面有两人修为比他高，他跪直身体，朝箜篌三人重重磕头："在下是清风门弟子冯奇，求道友救救我的师兄与师姐。"

　　桓宗朝城门方向看了一眼，衣袖一挥，一艘玉舟在空中浮现。他抓住箜篌的手跳上飞舟，顺手用灵气把神情恍惚的清风门弟子拖进玉舟，冷着脸道："林斛，跟上。"

　　冯奇被卷进玉舟，脑子里还一片茫然，难道这个看起来没有修为的贵公子才是能做主的人？想到生死未卜的师兄师姐，他连忙爬起来，趴在舟沿往下看，没想到眨眼的时间舟已经飞出了城。不远处的上空，盘旋着密密麻麻的黑鸟。

　　"道友请小心，这些鸟受邪修驱使，喙与爪十分锋利，速度非常快，常常趁人不注意的时候偷袭。"冯奇吃过这些黑鸟的苦头，连忙提醒这位看起来有些病弱的公子。

　　"桓宗，这是什么鸟？"箜篌听着像是厉鬼哭号的鸟叫声，忍不住摸了摸手臂上冒出来的鸡皮疙瘩。

　　"这不是鸟。"桓宗负手而立，"这叫食骨兽，不仅吃人肉，连人骨都不会放过。"

　　几头食骨兽朝桓宗袭来，他伸出手掌，凌空握掌，靠近玉舟的食骨兽来不及惨叫，就已经身首分离，落下云端。

　　玉舟快速从食骨兽群中掠过，食骨兽纷纷像下饺子般跌落。冯奇呆呆地看着这一幕，实在不敢相信，让他们狼狈逃窜的食骨兽在这位病弱公子跟前，比蚊子苍蝇还要弱小。

　　"大哥，这个女人有几分姿色，你可别把她弄死了。"留着山羊须，眼小嘴大的灰袍修士凌空而立，看着几乎支撑不住的衣衫褴褛、浑身是伤的女修，笑声中带着淫邪之意，"不如抓回去做炉鼎，就这么简简单单杀了，多可惜啊。"

　　"都什么时候了，还在想女人！"年纪最长的邪修指了指地上生死不明的男修，"你先去把这个人灵台里的灵力取走。"

　　"住手！"女修厉喝道，"你们这些畜生，休想动我师兄。"

　　"哎哟，小妞儿脾气可真大。我不仅要动你师兄，还要动你呢。"山羊须邪修嬉笑出声，操纵食骨兽叼走女修身上一片衣料，"啧啧啧，皮肤真白。"

"还不快去取灵力？！"年长邪修一掌拍在山羊须身上，"没见过女人？"

山羊须见大哥动了怒，虽然舍不得美人，但不敢违背大哥的命令，取出葫芦朝男修飞去。

"师兄！"女修情急之下，飞身拦在男修身前，掏出身上所有符箓，朝山羊须扔去。山羊须早有防备，掏出法器把所有符箓都拦在了外面，阴沉着脸道："我比较喜欢乖巧的女人，小美人儿，你若是现在让开，我可以饶你不死。"

"滚！"女修挽起剑花，与山羊须缠斗起来。但是她身负重伤，几息间，便已显弱势。

"师姐！"冯奇看到在地上与邪修打斗的女修，就要跳下玉舟，被桓宗拽住扔回玉舟上。

"别碍事。"他语气不疾不徐，脸上也没有表情，仿佛只是在阐述一个事实。

冯奇却顾不了这么多，他急道："我就算是死，也不能眼睁睁看着师姐受邪修欺辱。"

桓宗没有理会他，转头对筌筷道："跟邪修动过手吗？"

筌筷摇头。

"去吧。"桓宗指了指地上，"只有真正动手过，你才知道自己哪里有不足。"

他往前跨了一步，与筌筷的距离不到十寸。他伸手轻拍了一下筌筷发髻，这个动作轻得几乎令人察觉不到："别怕，我就在旁边看着。"

眼见女修已经支撑不下去，筌筷深吸一口气，点头道："好。"话音一落，她便跳出了玉舟，直直朝女修身边飞去。

桓宗看着筌筷的身影，让玉舟飞得低了些，却没有动手的意思。跟在他们后面的林斛一言不发地去料理另外一个邪修，出手便打得年长邪修没有还手之力。

冯奇暗暗吃惊，这三人究竟是什么身份？！

山羊须邪修还不知道大哥被人打得没有还手之力，甚至连呼救的机会都没有。他打落女修手中的剑，冷笑道："既然你这么想死，我便成全你。"

他五指成爪，朝女修喉咙抠去，这是必死之招，女修避无可避。

然而他的手却没有机会靠近女修，因为有人拦住了他。是一个穿着华服，手持利剑，打扮精致的女修。

"又来了一个送死的美人？"山羊须舔了舔干枯开裂的唇，一个筑基九阶的修士，竟然妄想从他这个心动五阶驭兽修士手里救人，真是异想天开。

强大的驭兽修士有通天地兽语的能力，山羊须虽还没有这么强大，但是操纵一些强大的妖兽没有问题。他高吼一声，密密麻麻的食骨兽从四面八方飞来。

"道友，你快走！"女修不想连累这位突然出现的姑娘，"此人是驭兽邪修，你不是他的对手。"

箜篌抬头看着天空密密麻麻犹如飞蛾的食骨兽，掏出一把符咒扔给女修："护好你自己。"她身上这件法衣能够抵挡好几次元婴修士的攻击，眼前这个邪修只有心动期修为，她勉强还能撑一会。

若是撑不下去……

她抬头看了眼玉舟上站立的男人，身为女人，怎么能轻易说不行。

驭兽修士最擅长对妖兽的控制，近战能力却是平平，箜篌用她半吊子的剑法，竟也能与山羊须对上好几招。山羊须不擅长近战，修为却高。她修为低，身上的符咒与法宝却不少，一时片刻与他打得难解难分，也不见颓势。

山羊须见自己一时半会奈何不了箜篌，也不恋战，闪身便离她十几丈远。早已盘旋在他们上空的食骨兽得到山羊须命令，气势汹汹俯冲而下，铺天盖地就像是乌云，整个上空都暗淡下来。

"姑娘！"女修恨不能马上拦在箜篌面前，可是她刚往前走了两步，便倒在地上大口大口吐血。

"哎，都叫你别动了。"箜篌抬头望天，伸手握住了发髻上的凤首钗。

"你快去救她呀！"玉舟上的冯奇看到这一幕，吼道，"那么多食骨兽，她会没命的！"

桓宗抬起手臂，准备出手相助时，看到箜篌取下了发间的一支钗。他眉梢微动，慢慢收回了手。

"喂！"冯奇顾不上自己刚才有多怕桓宗，急得语无伦次，"你还是不是个男人，是男人就不能眼睁睁看着自己的女人赴险！"

"闭嘴！"桓宗冷着脸看了冯奇一眼，即使过了二百年，清风门的剑修还是如此不稳重。

胡言乱语，不知所谓！

铺天盖地袭来的食骨兽，发出如同地狱索命的恶鬼的叫声。清风门女修觉得她与拦在自己身前的少女就是两块鲜肉，下一刻就会被这些食骨兽吃得连毛发都不剩。

　　她回头看了眼衣服已经被鲜血浸透的师兄，撩起鬓边散乱的碎发，仰头看着越来越近的食骨兽，握紧手中的宝剑。修行近二百年，真没想到死法竟是这样的。

　　曾听说过一个传说——死后的尸骨离天越近，灵魂就会飞上天，受到神仙庇佑。不知道这种死法，算不算离天空很近？眯眼看向云层，食骨兽的双翼结实有力，好像能飞很高。想到这里，她为自己即将迎来的凄惨死亡，有了些许聊胜于无的安慰感。

　　箜篌顾不上去猜测女修的想法，这是她出来历练以来，第一次与邪修动手。在看到密密麻麻的食骨兽袭来的那一刻，她已经想到用什么来对付它们了。

　　音攻。

　　凤首钗于发间取下，落到掌心那一刻，发出耀眼的赤金两色光芒。华丽的凤首箜篌在光芒中出现，凤首发出刺耳的凤鸣声，俯冲到半空的食骨兽似乎十分惧怕这凤鸣声，烦躁不安地在空中盘旋，不敢再继续往下。

　　山羊须邪修才不管这些，他从袖子里取出一个黑色哨子放到嘴边吹响，盘旋不停的食骨兽，嘶鸣着再度冲下来。

　　箜篌就等着这一刻，她回头对女修道："封印听觉！"

　　灵力聚拢于右手五指，在手指碰到凤首弦那一刻，美妙的声音夹杂着攻击力，就像是巨大的浪潮，朝四面八方飞去。冲在最前面的食骨兽瞬间四分五裂，血的腥臭味在空中蔓延。

　　然而箜篌并没有停下手，她拨弄凤首弦的动作越来越快，急促的乐声无孔不入，使人无处可避。

　　清风门女修怔怔地看着浮在空中的华丽的凤首箜篌，空中飘下许多黑色的羽毛，像下了一场华丽的大雨，然而她知道这不是华丽的表演，而是生死一刻。

　　方才还嚣张无比的食骨兽，此刻纷纷从空中跌落，一只不存。幸好挡在她身前的少女搭起了结界，食骨兽的血与尸体才没溅落到她与师兄身上。

　　山羊须吓得面色大变，他顾不上心疼那些好不容易驯来的食骨兽，转身就想逃。然而箜篌又怎么会给他这个机会，她取下发间的祥云钗，发钗化作一把水蓝色的宝剑，带着巨大的威力，划过长空，穿透山羊须的双腿。

"大哥，救我！"山羊须在云头晃了晃，眼见箜篌拿着缩小成半臂长的凤首追来，忙大声呼救。然而当他回过头时，空中哪还有大哥的身影，只有玉舟上傲然而立的白衣公子，还有舟尾把他大哥捆得严严实实的黑衣男人。

见到此景，他哪还不知道有高手出来坏事。动手之前，他们早就打听过三树城人烟稀少，百姓贫寒，并且没有修真门派坐镇，所以才敢如此明目张胆地追杀这几个正派修士。这几个高手究竟是从哪里钻出来的？

顾不上管被抓住的大哥，他掏出一件法器就往外扔，然而这件法器在水霜剑面前，就像白萝卜一般，轻轻松松就被斩成了两段。

这把剑究竟是什么东西，上品法器连与之抗衡的能力都没有？然而他已经没有时间追究这个问题，因为水霜剑已经刺破了他的灵台，他就像是没有油的灯，浑身的灵气瞬间消失殆尽。双腿已废，又被毁了灵台的邪修，从云端重重跌落。

没了灵力的邪修，就是没牙没爪的老虎，与普通人无异。

"哎呀，好像戳歪了？"箜篌捂着嘴小声呢喃。她本想给对方来个一剑穿心，但是手抖了，这是从未杀过人的她第一次真正跟人动手，身上的灵力又几乎用尽。

箜篌扭头偷偷看了眼玉舟上的桓宗，他应该没有看到吧？

身为云华门的亲传弟子，可不能在这种时候丢脸，更不能丢云华门的尊严。她偷偷运了一口气，召回水霜剑，上面干干净净的，连一丝血都没沾上。难怪师兄看到秋霜长老送了她这把水霜剑会那么羡慕，这把剑是真的厉害，而且还自带清洁功能。

这样也好，至少她把它变成祥云钗往头发里插的时候，不会有什么心理障碍。

"赢、赢了？"冯奇看着满地的食骨兽尸体，几乎不敢相信自己的眼睛。站在满地食骨兽尸体中的少女，用手帕擦了擦手中的祥云钗与凤首钗，又把它们插回了发间。如不是亲眼看见，谁会相信如此漂亮精致的发钗，竟会是力量强大得恐怖的法器？

他从震惊中回过神，朝桓宗与林斛行了一个大礼，跳下玉舟朝师兄师姐飞去。

"师姐!"地上的积雪已被食骨兽的血染红,他单膝跪在师兄师姐面前,伸手去探师兄脉搏,脉搏已十分微弱,几乎察觉不到。胸口处仍在流血的伤口,让他想起了那穿胸一剑。他抖着手取出凝气丸,还没喂到师兄口中,因为手抖得太厉害,就已经撒了一半。

"没用的。"师姐声音嘶哑,看着冯奇往师兄嘴里塞药,眼里再次掉下泪来,"师兄他……"

"你再塞药,他不是伤重而死,而是被药噎死。"桓宗站在几步开外的地方。浑身干净无尘的他,站在满是鲜血的雪地里,让人觉得这片肮脏的雪地辱没了他。

他脸上的表情冷淡,语气里听不出对垂死者半分怜悯。冯奇双手无力垂下,跪在师兄面前号啕大哭起来;浑身狼狈的清风门女修,也捂住脸痛哭失声。

"林斛,"桓宗微微侧首,"看看还能不能救。"

他转身看向远处正在用绳子绑山羊须邪修的箜篌,冷漠的脸上总算有半分笑意。怎么也算是箜篌拼尽全力救下来的人,能活着比死了好。

箜篌把山羊须五花大绑以后,用绳子拖着他过来。山羊须的尖嘴猴腮脸在满是积雪、尸骨、鲜血的地上摩擦,不知是因为被人拖着走的姿势太过屈辱还是伤势太重,连连吐着血,连开口辱骂的力气都没有。

把绳子往树上一捆,箜篌用帕子擦了擦手心,上面沾了山羊须的血,她不喜欢鲜血的味道。回到女修身边,见林斛正在为倒在地上的男人疗伤,箜篌便没有出声。倒是桓宗见箜篌过来,取出一瓶灵药递给她:"可有受伤?"

因为使用灵气过度,箜篌面色有些白。她接过药瓶,刚想倒出来吃一粒,想起刚才绑山羊须时,手上沾了对方的血还没洗,顿时有些犯恶心:"桓宗,你喂我吧。"

这话一出口,她看到桓宗眼珠左看右瞟,就是不看她,白皙的脸颊也染上了绯红,才恍然惊觉自己这话太有歧义,忙解释道:"你别误会,我的意思是说,我手上沾了血,只是擦了擦还没来得及洗,所以要麻烦你帮我一下。"

桓宗默默拿过药瓶,倒了两粒,小心地喂到箜篌嘴边,箜篌低头吃掉:"谢谢啊,桓宗。"

"不客气。"桓宗把手背在身后,指尖有些发烫。

"命已经救回来了。"林斛停止给男修输入灵气,在他受伤的地方倒了整整一瓶药液,"不过需要休养一段时间,这段时间不能用剑,也要慎用灵气。"

"多谢前辈!"女修喜出望外,激动得向林斛磕头。林斛侧身避过,保持着他百年不变的板砖脸道:"我只是听我家公子命令,这些药都是公子所给。"

"多谢姑娘与公子的救命之恩。"女修并没有因为箜篌骨龄比她小,就觉得向箜篌行礼不好意思。她跪在两人面前,恭恭敬敬磕了一个头。

箜篌往旁边蹭了两步,躲在了桓宗身后。这么漂亮的姑娘向她磕头,她有些过意不去:"你不必放在心上,我们只是恰巧路过,遇到不平事,又怎能坐视不理。像这种作恶的邪修,人人得而诛之。"

"对姑娘与公子而言,或许只是举手之劳,但是对于在下而言,是再造之恩。"女修又伏地磕了一个头,"在下是清风门掌门的弟子叶绯,昏迷的是我大师兄胡一安,今日之恩,叶绯没齿难忘。"

常有人受了恩情,口口声声说要报恩,却不说自己是谁,住在哪儿,这是真想报恩,还是害怕别人挟恩图报?像叶绯这样,把自己身份、门派和盘托出的人,才是真正抱着日后报恩的心思。

眼看叶绯还要继续磕下去,箜篌站不住了,走到叶绯面前伸手去扶她:"现在不是说这些的时候,令兄的伤势要紧。"

让身上被戳了一个洞的重伤患躺在雪地上,不太合适。

桓宗挥袖让飘在空中的玉舟落下:"把人抬上去。"

"多谢前辈。"叶绯与冯奇也知道不该再麻烦恩人,但是现在师兄重伤未醒,他们实在不敢拿师兄性命开玩笑,只能厚着脸皮继续欠人情。幸而这位公子虽然面冷,却是好心人,不然他们今天还不知道该怎么办。

等叶绯与冯奇把浑身是血的胡一安抬上玉舟,桓宗手指微勾,被箜篌绑在树上的山羊须邪修便像麻袋一般飞了过来,挂在了玉舟上。

桓宗没有跳进玉舟,他从收纳戒中取出一片羽毛,羽毛飞到空中瞬间变得巨大无比,他转头对箜篌道:"走吧,我们不要打扰伤者休息。"

箜篌见桓宗跳上了羽毛,也跟着他跳了上去。见叶绯与冯奇所有心思都在胡一安身上,不会注意到她,她浑身的气势一泄,白着脸瘫坐在羽毛上。刚才打的那一架,早就用光了她的力气,若不是靠着法器取胜,她哪还能好好坐在这里。

这种事就不能让叶绯他们知道，她还想在他们面前维持施恩不图报的高大形象呢。幸好桓宗重新拿了飞行法器出来，不然她恐怕要强撑到客栈。

"手伸出来。"桓宗见她坐在羽毛上，脸上表情不变，从收纳戒里取出一个葫芦瓶，打开了木塞。

筌筷疑惑不解地伸出手，总不能是看她表现得一般，要打她手心？他们可是朋友，桓宗应该做不出这种事吧？

白嫩纤细的手指忐忑不安地颤动着，清凉、透明的带着淡淡清香的水倒在她手心，掩盖了上面淡淡的血腥味。筌筷回头看蹲在身边的桓宗，睁大了眼。

"别看我，搓手。"见少女呆愣愣的模样，桓宗指了指她的手，"不是想洗手？"

筌筷回过神，把手洗得干干净净，闻着指尖淡淡的清香味，她笑弯了眼："谢谢你，桓宗。"

"你不怪我让你去杀敌，而我在一边冷眼旁观就好。"桓宗收起葫芦瓶，学着筌筷的样子坐下来。这是他第一次坐在飞行法器上，脚却悬在外面。他姿势有些僵硬，背挺得直直的，不像是在放松身体，更像是正襟危坐。

"我知道你是为了我好。"与同门练手的时候，师兄师姐们都很有分寸，根本舍不得让她受伤。然而外面的敌人却不同，他们不会留情，更不会讲什么分寸，他们唯一想做的，就是杀她。

习惯了与师兄师姐们斗法，刚开始与山羊须动手时，筌筷看似不落下风，实际上不过是仗着身上有很多长辈赠予的护身符箓与法器而已，对战手段却缺少章法，心态也磨炼得不够。

"我第一次动手斩杀邪修的时候，比你现在的年龄要大，好长一段时间都厌恶闻到血腥味。"桓宗在收纳袋里掏了掏，找出一个拇指大小的镂空香熏金铜球，放到筌筷手中，板着脸道，"这很正常，以后多遇到几次邪修，就习惯了。"

香丸在镂空金铜球里滚来滚去，发出好听的声音，沁人心脾的清香让筌筷浑身都舒适起来。她把小球系在腰间，笑着哼道："桓宗，你真是一点都不擅长安慰人。"

桓宗从袖中抛出一盏琉璃灯，琉璃灯发出金色光芒，食骨兽的尸首在琉璃灯的照耀下，眨眼间化为灰烬。除了当事人，谁也不知道这里发生过一场恶斗。

收回琉璃灯，桓宗转头看筌筷："现在有没有好些？"

筌筷看着他手里漂亮的琉璃灯，点了点头。

"喜欢？"桓宗把灯递到她面前。

箜篌知道这是件厉害的法器，摇头道："你别给我，我就是看它漂亮，才多看几眼。这跟看花看月看星星，路过法镜会忍不住照照自己时一样，属于身体自然反应。"

桓宗沉默片刻，摇头："不明白。"

"不明白没关系，你只需要知道我并不想要这盏灯就对了。"箜篌看了眼空旷的四周，"林斛前辈这会儿……应该带着清风门的人到客栈了吧？"

伤患躺在客栈里，他们两个还在这里闲聊、烧食骨兽尸体，好像有那么一点点不妥。

"林斛做事很稳妥。"桓宗见箜篌头顶上有一层白茫茫积雪，靠箜篌最近的左手有些冲动，想拂去那些雪。不过他还记得男女之别，把左手放到膝盖上，用右手握住了。

"林斛前辈是个男人，叶绯道友是位女子，有些事可能会不太方便。"想到美人有可能受委屈，箜篌就坐不住。

"那我们回去。"桓宗站起身，羽毛便往前飞动起来。箜篌看着他袍角在空中飞舞，把鬓边垂落的碎发撩开，单手捧着脸笑了。

箜篌摊开另一只白皙干净的手掌，垂下捧脸的手，戳了戳腰间的镂空小香球。

她交到了一个很好的朋友。

回到客栈，叶绯等人已经安顿下来，还多了几个同是清风门的人。这些浑身狼狈的人见到箜篌与桓宗进门，就满脸感激地朝他们道谢。桓宗看着他们腰间珠光宝气的佩剑，一脸冷漠。

箜篌累得口舌发干，总算把这些立誓要给她做牛做马的清风门的人劝去照顾伤患，转头见桓宗坐在旁边悠闲喝茶，忽然领悟到沉默寡言的好处。

察觉到箜篌看着自己，桓宗放下杯子："今天你也累了，先去休息，这边还有我跟林斛在。"

"好。"箜篌确实也身心疲倦，让客栈给她送来热水沐浴后，便沉沉睡去。这一晚上，闻着香熏球的味道，她睡得很安稳，连一个梦都没有做。第二天早上醒来的时候，天色已亮，阳光从窗缝里溜进来，在屋子里留下点点光斑。

推开窗，外面的雪已停，屋檐下的冰凌在阳光下反射出漂亮的光芒。她打了个哈欠，洗漱穿戴好，开门就看到站在走廊上的桓宗。

"桓宗？"箜篌走到桓宗身边，看到楼下大厅里清风门几个弟子坐在桌边用早餐。换上干净衣服，梳好头发的他们，看起来比昨天有精神。

"昨晚睡得怎么样？"桓宗递给她一颗灵果。

箜篌接过来就咬，咽下后点头："睡得很香，连梦都没有做。"

"那便好。"桓宗见她腰间还挂着那颗香熏球，唇角微动，捂住嘴轻咳了几声。

"公子，姑娘。"叶绯从房间里出来，看到并排而立的箜篌与桓宗，上前行了一礼，"多谢公子赠药。"昨天半夜师兄便醒了，虽然还无法起身，但已无性命之忧。林斛前辈还说，师兄灵台并没有受到破坏，所以不会影响他的修为。

"胡道友怎样了？"箜篌对叶绯笑了笑。

她亲和的态度，让叶绯自在了很多："师兄他好多了，幸而有三位道友出手相助，不然……"

"昨天不是说好，不用这么客气吗？"箜篌打断叶绯的话，"相逢便是有缘，叶道友再这么客气，我反而不好意思了。"

叶绯不好意思地笑笑，不再提这些话，却把这份恩情记在了心里。

林斛从屋子里走出来，来到桓宗面前："我在那两个邪修口中，得到了一些消息。"

桓宗示意他继续说。

"他们要为一位魔尊的分神大典准备贺礼，所以四处搜集正派修士灵台里的灵气用来炼丹。"林斛向来平静无波的语气带了几分凝重，"邪修那边，又多了一个分神期修为的人。"

这些年来，因为十大宗门把修真界打理得很好，邪修们只敢出来小打小闹。近百年来闹得最厉害的那个邪修，还在云华门的牢狱中，这辈子都不可能出来。

现在邪修不仅出来杀人取心，还毁人灵台取灵力炼丹，难道邪修们又要兴风作浪了？

修真界安稳的这些年，普通百姓也过了些放心的日子。现在邪修若是开始采取大动作，最先遭罪的不是他们这些正派修士，而是在邪修面前毫无抵抗力的普通百姓。

但现在只是两三个邪修作乱，毫无证据之下，恐怕其他门派的修士不会相信他们的话。

"把事情经过记下用飞讯符传给宗门，让他们转告给九大宗门，就算其他宗门不信，也能早做防范。"桓宗醉心剑道，几乎不跟其他宗门的人打交道，这种事让宗门去办更合适。

莶篌听了桓宗与林斛的交谈，意识到这事可能不简单。但她不是凌忧界土生土长的人，进入凌忧界的这几年一直待在云华门，所以对修真界知之甚少。虽不清楚事情究竟有多严重，但她可以把发生的事情全部告诉宗门，不管会发生什么事，早做打算总是稳妥一些的。

"桓宗，我也传一份飞讯回宗门。"莶篌道，"我先回房间。"

叶绯心中暗惊，轻轻松松就能拿出飞讯符来用，而且还能让宗门传信给其他九大宗门，这两位恩人身份肯定不普通。但是两人不说，她也不会问，这是对恩人最基本的尊重。

很快飞讯符便传了出去。中午用餐的时候，莶篌发现桌上的菜精致讲究许多，每道菜都散发着浓郁的灵气。一问才知道，这些菜是清风门弟子亲手做的。

吃着味道还不错的菜，莶篌有些怀疑，这些弟子是真打算给她跟桓宗当牛做马了？

"桓宗……"莶篌出手相助时，没打算让他们报恩，所以这让她挺不好意思的。

"随他们去。"桓宗虽不太懂别人情绪，但是莶篌此时的表情很好理解，他小声道，"救命之恩，对方必然惶恐，这样若是能让他们心情好一些，就由着他们。"

莶篌怔住，很快便明白过来。某些时候，桓宗比她通泰多了。

吃完饭，莶篌看到叶绯面带为难之色走了过来："姑娘，在下有一个很重要的问题想要请教，请姑娘原谅在下的冒犯。"

难道是想问她的身份？

莶篌点头："请说。"

"请问姑娘昨日用的剑上嵌的是何种宝石，为何剑身如此漂亮？"

筌筷："啊？！"

"请姑娘不要误会，在下并没有其他意思，只是姑娘的剑实在太过漂亮，让在下羡慕不已。"叶绯脸有些红，她知道自己的问题十分唐突，但若是不问清楚，她可能会惦记一百年。

"你说的是这把？"筌筷从发间取下祥云钗，发钗在她手中化为水霜剑，幽幽蓝光美得惊人，比宝石还要璀璨。

"对对对，就是这把。"叶绯的目光死死黏在剑身上，连眼睛都舍不得眨。

"这把剑名为水霜，是宗门长老赠予我的，至于用了什么材料，镶嵌了什么东西，我并不清楚。"筌筷现在只会制作一些常用的符箓，对法阵也了解些许皮毛，炼器、炼丹、驭兽都没怎么学，师父的意思是，东西学得太多太杂容易分心，这些等她到了心动期以后，再开始上手。

"姑娘也不知道吗？"叶绯有些失望，恋恋不舍地看了水霜剑好几眼，才收回目光，"是在下冒犯了。"

"叶姑娘太过客气。"筌筷把剑递到叶绯面前，"你若是不嫌弃，可以拿着仔细看看，或许能找到些许头绪。"

"多谢姑娘！"叶绯用双手小心翼翼地接过水霜剑，触手就感觉到剑身蕴藏着巨大的能量，这让她手抖差点拿不稳。剑身上加持了无数符纹，很多符纹叶绯根本看不懂，但她看得出锻造这把剑的人，是修真界难得一见的高手，有钱都求不来的。剑柄上镶嵌的石头根本不是什么宝石，而是修真界难得一见的五运石，这种石头能够转换五行能量，威力极大。仅指甲盖大小一块，在拍卖场上就能卖出几十万灵石的高价，这把剑的剑柄上却镶嵌了五块，而且每块都大如鸽卵。

看清这把剑全身以后，叶绯觉得自己捧着的不是一把剑，而是一条小灵脉，沉重得让她抬不起手来。更可怕的是，她的这位救命恩人竟然顺手就把剑给她赏玩，这是何等洒脱的心态？

抖着手把水霜剑还给筌筷，叶绯深刻认识到自己的贫穷。

"叶姑娘看出这是什么石头了吗？"筌筷把剑变回发钗，顺手插回发间，如墨青丝配着华丽的发钗，格外好看。

叶绯见筌筷如此随意的态度，猜到她可能是真不知道剑柄上的石头有多珍贵。深吸一口气，叶绯道："姑娘的长辈，一定很疼爱你吧？"

筌篌点头，宗门的人都很好，上至长老师父，下至师弟师侄们，没有一个是不好的。

"剑柄上的石头，叫五运石，能够借天地五行之气凝于剑身，让剑发挥出巨大的威力。"但是最厉害的不是这几块五运石，而是剑身上加持无数层的符纹，一般人根本就做不到。

"原来如此。"筌篌恍然点头，心中有些疑惑，叶姑娘的表情看起来为什么如此奇怪？

见筌篌还是宠辱不惊的模样，叶绯真的很想抓住她的肩膀猛摇，想告诉她这把剑究竟有多厉害与名贵。然而眼前的少女眼神太过干净，让她觉得若是用金钱来评判这把剑的价值，是对这把剑的侮辱。

或许她的长辈出于爱惜后辈的心情，便送了她这把剑，并不想让她知道这把剑的价值。既然如此，自己又怎么能做这种恶人？

"筌篌。"桓宗打断两人的交谈，起身道，"来了这里好几天，你还没去街上看过，可要出去走走？"

"好啊。"筌篌想也不想便点头应下，她对叶绯歉然一笑，"叶姑娘，失陪。"

"二位请随意。"叶绯往后退了一步，不太敢看桓宗。不知道为什么，她对这位病弱公子有些惧怕，只要他说话，她就不自觉气势弱了。

难不成是受人恩德便气短？可是面对这位娇俏可爱的姑娘时，她好像没这种心态。

思来想去，可能只有一个原因，那就是男人没有小姑娘可爱，所以她不自觉更喜欢这位姑娘些。

"我去看着两个邪修，就不与你们一道出门了。"林斛站起身，指了指楼上，转身大步离开，一刻都不多待。筌篌看着他离去的背影，莫名觉得他有些步履匆匆。

出了客栈，虽然太阳已经出来，地面的冰却没有完全化开，十分湿滑。短短一段路，筌篌已经看到好几个人摔跤，她忍不住摸了摸自己的后脑勺，这摔得该有多疼。

三树城的街道并不长，铺子里卖的东西也很普通，筌篌逛完整条街，也没找到适合寄回宗门的东西。好在她也不坚持，没有适合的便直接放弃。

"桓宗。"她转头看身边安静沉默的男人，"五运石是不是很难得？"

"倒也不算难得。"桓宗回忆了一会儿，"我洞府里好像还有一小匣子，你若是喜欢，我让林斛回宗门走一趟，给你取来。"

这些身外之物，他都是交给林斛打理的。若不是几年前的万星除夕年御霄门到各个主城散发新年锦囊，他见同门都给御霄门凑了份子，于是也给了御霄门一颗五运石，他都想不起洞府里还有这个东西。

"不要。"箜篌摇头，想也不想便拒绝，"我拿这么多石头干什么，又不能做项链。"箜篌取出在脖子上戴了好几年的石头，"这几年我已经戴习惯这个了。"

她来凌忧界的第一个晚上，就是这块石头陪着她入睡。师父说它有舒筋活络、洗经伐脉的功效，她便把它戴在了脖子上，一直没有取下来过，这些年已经成了习惯。

也正是看在这颗石头的面上，那个与御霄门沾亲带故的周姓元婴修士，被关在云华门牢狱中后，她都没有特意去找对方麻烦。不管怎么说，没有御霄门，她就得不到那个金色锦囊。

桓宗看着她从衣服里掏出来的珠子，眼睑微颤，这颗石头……

"哎哟！"几步开外，一个提着竹筐的老人摔倒在地，箜篌想上前去扶，旁边一个摆摊的小贩小声道："姑娘，你可小心些，这个老头子一天要在街上摔个几十次。"

箜篌不解地看小贩，这是什么意思？

"谁扶他，谁赔钱。"小贩见箜篌长得白白净净，不忍心她被骗，"好些外地人上当了。"

箜篌："……"

世间还有这样的人？

她想了想，对桓宗道："你先回去，我去收拾他。"说完她走到老人面前，"大爷，你没事吧？"

原本还趴在地上的老人迅速地抓住箜篌衣角："你这小姑娘穿得这么漂亮，怎么能推我？"

老人扬扬得意，像这种打扮漂亮又不知人间疾苦的小姑娘，最好骗了。她们面皮薄，最受不了别人指指点点，最后肯定只能赔偿了事。

然而老人的打算落空了，他没想到这个漂亮小姑娘想也不想，就跟着往地上一躺，痛苦地哼哼道："哎呀，谁拉我一下，我的腿摔断了，好疼。"

老人目瞪口呆地看着这一幕，愣了半晌从地上爬起来，拍了拍衣服上的污渍，骂道："你脑子有病啊？"

赔点钱就能解决的事，偏偏要往地上躺，现在的年轻小姑娘怎么能这么不要脸。

"我要去告城主府，你欺负了人还想跑。"筌篌指着老人，坐在地上又是喊疼，又是指责，很快引来了大堆人围观。尤其是几个身强体壮的大汉，见到漂亮小姑娘被欺负，团团把老人围住，要送他去城主府。

向来靠着舆论取胜的老人，第一次体验到有嘴说不清的憋屈，尤其是看到那个小姑娘还在嘤嘤哭泣装可怜时，他更是气不打一处来："她是骗子，故意讹诈我的。"

"人家小姑娘长得娇娇俏俏，衣服穿得也讲究，讹诈你干什么？"一位大婶道，"你全身上下的物品，有人家一块手帕贵吗？"

谁说有钱人就不骗人了？老人气得差点翻白眼昏厥过去，但是不知道为何，他的双脚像是不受他控制，连弯都不能弯一下，更别说装晕。

"把他送到城主府去！"

"对，年纪一大把了，还欺负人家小姑娘，不要脸！"

"老不羞！"

桓宗站在人群外，看着捂脸假哭的筌篌、气得脸色通红的老头，还有义愤填膺的围观人群，整个人都呆住了。身为大宗门弟子，他从未想过会有人做出这种事。

像这种喜欢讹诈的普通人，送到当地城主府解决或是直接用术法教训便是，哪里需要这样。

但是不知道为什么，明明觉得这样不太合适，桓宗还是跟在人群后面，看着老人被众人扭送到城主府，一路上看热闹的百姓都知道了他是个十分可耻的人。

事情一直闹到天黑才结束。夜色下，桓宗看着筌篌从城主府大门出来，与几个关心她的大婶大妈道别后，才走到她身边："该回去了。"

"桓宗，你一直在外面等我？"筌篌脸颊红扑扑的，看到桓宗有些惊讶，"外面这么冷，你该回客栈休息。"

"没关系，左右我也无事。"桓宗看到箜篌裙摆上还留着泥点，应该是刚才躺地上时沾上的，"怎么用这种法子与普通人计较？"

"我这叫以牙还牙，他讹诈人，我就让他体验一下被讹诈的感觉。"箜篌笑得很开心，"这件事闹出来，几乎全城的人都知道他是个骗子，看他以后还怎么骗人。"

看着她脸上的笑，桓宗原本想说的话通通咽回了肚子里："很厉害。"

"那倒不是我厉害。"箜篌有些不好意思，"只是对付这种不要脸的人，就要比他更不要脸。"

她抬头，无云的夜空中挂着一轮弯月，漂亮极了。她忍不住伸手指着空中："月亮！"

"不要指。"桓宗握住她伸出的手，把她的手指头压了下去。意识到自己这个动作有些失礼，他闪电般收回手，把手背在了身后。

箜篌倒没有注意到这点，只是疑惑道："为什么不能指？"

"小孩子不能指月亮。"桓宗回忆起很多年前，母亲陪他坐在院子里，告诉他小孩子不能指月亮，给他讲很多与月亮有关的故事。

只是这段记忆太久远，久远得连母亲容貌都模糊了。

"可我不是小孩子了。"箜篌蹦跳两步，追上桓宗的步伐，一双大眼睛亮极了，"所以指了没关系吧？"

"在我眼里，你还是小孩子。"桓宗见她踩街面上的积冰，冰块发出"咔嚓"破碎声响便高兴的样子，眉眼都跟着舒展了。

"哪有十六岁这么大的孩子。"箜篌若无其事地收回踩冰的脚，恢复正经的样子，"桓宗，今天林斛前辈提到的邪修，会很麻烦吗？"

"只要十大宗门不倒，就不是什么麻烦。"桓宗见她眉头都皱了起来，"你还小，不要为这些事影响了道心。"

"也不知道师伯有没有收到我的飞讯符。"箜篌咬了咬唇，摇头叹道，"成为宗门的弟子，便是宗门的一分子，总不能仗着自己还小，就把万事置之度外。"

听到这话，桓宗心中微微一动，不再劝她。他想，他大概明白云华门的长辈为什么会宠爱箜篌了。

飞讯符发出后，很快便传到了琉光宗与云华门。琉光宗接到消息后，十分郑重，刚准备好措辞，打算给其他九个大宗门传消息时，云华门的飞信便到了。

金岳拆开盖着云华门门主印鉴的飞信，看完里面的内容，神情更加凝重。没想到云华门也得到了消息，而且信中还提到什么？

多谢贵宗弟子一路上对门下弟子的照顾？

自家弟子是什么作风金岳很清楚，门内弟子爱剑成痴，性格沉稳不爱多言，什么事都讲究规矩。而云华门的弟子大多行事随意，性格也跳脱活泼，还喜欢凑热闹。这样的性格，他们宗门的弟子怕是受不了，又怎么可能在外出历练时与云华门弟子同行？

怕是凑巧碰见，便同行了一段，珩彦在信里也只是与他客气几句而已。想明白了这点，金岳给云华门回了一封措辞严谨的信，把有关邪修的消息，也发往了各大门派。

云华门正殿，珩彦翻看完琉光宗的回信，把信递给了几个师弟："这段时间修为不满筑基的弟子不可轻易离开雍城，加派人手在城内巡逻，确保当地普通百姓的安全。另外把所有金丹期修为以上的弟子派至附属城池与附属门派坐镇，带好飞讯符，有任何可疑的人或事，都要传信回宗门，不要心疼飞讯符。"

"在外历练的弟子有多少？"裴怀问，"可要召回他们？"

"暂时不用，不过要传信给他们，让他们注意安全，不要去偏僻城镇。"珩彦道，"现在事情还不明朗，我们如果匆匆召回所有历练的弟子，下面的小门小派岂不是要人心惶惶？"说完，他看忘通在椅子上扭来扭去，一副坐立不安的样子，便道，"你放心吧，筌簇有琉光宗的弟子同行，不会有事的。"

"琉光宗的人性格沉闷无趣，筌簇跟他们待在一起，会不会玩得不开心？"忘通皱眉，"要不，我还是把她叫回来？"

"忘通，筌簇总要长大的。"珩彦知道他是不放心筌簇的安全，语重心长道，"她只有多看多走，才知道修真界的残酷，那个孩子被我们保护得太好了。"

忘通小声嘀咕道："我倒是想保护她一辈子。"自己弟子自己疼，哪里舍得她真去吃苦。

"惯子如害子，忘通师弟，你偏执了。"珩彦道，"筌簇那孩子是我们看着长大的，她性格虽有些单纯，但十分机敏，不会吃亏的。"

"不召回她也行。"忘通把手伸到珩彦面前,"师兄,你给我十个飞讯符呗。"

"干什么?"珩彦觉得自己就是欠这些师弟的。

"给我徒弟写信啊。"忘通理直气壮道,"我又没有飞讯符,只能找你讨要了。"

珩彦叹气,他上辈子不知道欠了多少债,作了多少孽,才摊上这样的师弟。给了一个师弟,另外几个也厚着脸皮上前讨要,珩彦把飞讯符扔给他们,把人通通赶了出去。

"勿川。"珩彦满脸沧桑,对弟子道,"知道为师为什么只收你一人做徒弟吗?"

勿川没有回答,因为这个答案师父已经在他面前说过不下二十次了。

"师父命不好,摊上这几个师弟。我不想你以后做了门主,步上我的后尘。"

勿川抱着剑,语气平静道:"师父,您还年轻。"

做门主这种事,还是几百年后再考虑比较合适。

尽管不想把事情闹大,以免影响弟子修行,但是随着门内几位金丹期师兄师姐外派到其他宗门办事,内门弟子也经常下山在城内转悠,刚入门的弟子还是察觉到些许不对劲。

不过随着接下来的几天伙食水平没有降低,膳食堂的师姐师兄们给他们打饭时,也还总是看脸决定手腕抖动的幅度,让新入门的弟子们很快忘记了这个小插曲,在门内快快乐乐地过着日子。

"你们难道不觉得不对劲吗?"归临看着同桌几个弟子嘻嘻哈哈抢着菜,忍不住道,"最近两天好多内门弟子下山。"

"有什么不对劲?"高健演扒了一口饭,摁住碗里的红烧肉,不让另一位师兄抢走,"不是好好的?"饭菜还是这么好吃,师姐们还是一个比一个厉害。

"有几位金丹修为的师兄师姐全都派去附属门派了。"归临压低声音,"你们就没听到什么消息?"

"这不很正常?"高健演所有心思都放在红烧肉上。他来云华门前,家中有长辈是修士,所以对宗门一些规矩比较了解,"大宗门派人去附属门派不是约定俗成的规矩吗?就连琉光宗,也会派人监管附属门派,不然附属门派闹出事来算谁的?"

"小高说得没错,这种事很正常,归临你就不要多想了。"没抢到红烧肉的师兄笑嘻嘻地凑过来,"我们可是十大宗门的弟子,能有什么事?"说完,趁着归临不注意，快速夹走他碗里的红烧肉，塞进了自己嘴里。

归临深吸一口气，提醒自己不要生气。

但是不管怎么安慰自己，他都觉得自己跟一群猪坐在一起，整天就知道嘻嘻哈哈、吃吃喝喝，还能不能有点上进心。

"你、你别气，大不了我把肉还给你。"师兄挑了一块红烧肉还给归临。

"不吃了！"归临一拍桌子，起身就往外走。他怕自己跟这些人待久了，也会变成猪。

"小小年纪，脾气这么大。"师兄看着归临的背影，用手肘撞了撞高健演，"他刚才问你什么？"

高健演想了想："好像是问有什么不对劲。"

"他的脾气就很不对劲。"师兄捧着碗摇头叹息，"这么好吃的红烧肉，都能说不吃就不吃，那是很不对劲了。"

清风门的弟子在客栈里养了几天伤，等到胡一安能够行动自如时，清风门来人接他们了。

见到几位弟子都保住了性命，清风门长老松了口气，提着厚礼就去向箜篌与桓宗道谢。然而他没有见到桓宗，见他的是林斛。

在林斛现身那一刻，清风门长老心中暗暗吃惊，竟是位元婴修士？！

林斛装作没有看到清风门长老眼里的震惊，板着脸道："道友不必客气，都是正派修士，互相帮助是应该的。"

"对道友而言虽只是举手之劳，但是对于我清风门而言，却是天大的恩情。"清风门长老行了一礼道，"不知道道友是哪个宗门的高人，我清风门虽无甚出息，但也想为恩人做些小事。"

身为宗门长老，开口说出这种话，是铁了心要报恩了。若是救命恩人不愿意接受他们的感激，他们便回报对方的宗门，以示诚意。

清风门在修真界的地位虽然比不上十大宗门，但也算是有头有脸的门派，可见这份承诺有多郑重。一般人若是得了这种承诺，恐怕是惶恐与惊喜皆有，然而站在他面前的人是林斛。

他神情平静道："道友无须如此客气。"

"还请道友告知。"长老一揖到底。

林斛叹息一声，这又是何必呢？琉光宗与清风门当年那件尴尬事，这些年虽然没有再提过，但也不是忘得干干净净了。

"道友。"长老见林斛不说话，又深深作揖。

见对方如此坚持，林斛只好道："我家公子，乃是琉光宗弟子。"

清风门长老："……"

这位道友说的是那个古板无趣，连本命剑都能狠心不打扮的琉光宗？

气氛有片刻的凝滞，长老把礼盒硬塞进林斛手里，转口道："不知另外一名恩人师出哪位高人？"听叶绯师侄说过，那位恩人虽有一把十分厉害的剑，但不是剑修，应该不是琉光宗的弟子。

"吱呀"一声，他们旁边的门打开了，从里面伸出一颗脑袋。长老转身望去，只见一位穿着淡粉裙衫的小姑娘站在门口。大大的眼睛，白净的脸蛋，实在是漂亮可爱。

"筌筱姑娘。"林斛朝筌筱点了点头。

"林斛前辈。"筌筱走出门，朝两人拱了拱手，"不知这位前辈是？"

"这位是清风门的玄牧长老。"林斛扭头看玄牧，"长老，这位便是救过贵宗门弟子的姑娘。"

"见过玄牧长老。"筌筱本来是想出来问桓宗，什么时候离开这里，不过有外人在，她只好把话咽进肚子里，微笑着向玄牧长老见礼。

"请筌筱姑娘万万不要如此客气。"玄牧长老还礼道，"多谢姑娘出手相救，我的几个师侄才能逃出邪妖的魔爪。"

两人你来我往客气一番后，玄牧长老道："不知姑娘师出何人，日后在下定登门道谢。"

"不用不用。"筌筱连连摆手，扭头看林斛，林斛默默把视线转向远方。

筌筱："……"

"还请姑娘告知老朽。"玄牧长老又是一揖。

筌筱只好道："晚辈是云华门弟子，长老乃是长辈，您的礼晚辈受不起。"

"原来竟是云华门高徒。"清风门与云华门的交情平平。一是因为两个门派相隔甚远；二是因为云华门偏安一隅，没有大事是从不插手修真界事务的，两派几乎没什么机会往来。

修真界举办各大交流会时，各大门派都是匆匆而来，匆匆而去，之间没有什么时间细谈。但是不管怎么说，在玄牧长老眼中，与云华门打交道，肯定比与琉光宗打交道轻松。

不过受人恩情，该报还是要报的。玄牧长老在心中打定了主意，把谢礼给了箜篌，便提出告辞。

知道清风门这些弟子这次受到了惊吓，箜篌也不挽留，与林斛一起把他们送到门口。

"姑娘。"叶绯走到箜篌面前，对她盈盈一拜，"不知下次我们何时再相聚，门派交流大典你可会来？"

箜篌还不知道什么门派交流大典，面上却保持着微笑："一切都听师门安排。"

"姑娘天赋如此出众，定能成为宗门出席弟子之一。"想起云华门上次因为看热闹，错过了交流大典的时间，叶绯表情有些微妙，这位姑娘与云华门那些弟子，应该……不一样吧？

"我也盼望着与姐姐下次相见。"箜篌握住叶绯的手，送她上了飞舟，"多多保重。"

"嗯。"叶绯依依不舍松开箜篌的手。飞舟拔地而起，她趴在栏杆旁，探出半个身子朝地上的箜篌挥手："姑娘，若是来了交流大典，一定要来找我。"

"师姐。"冯奇站在旁边，看叶绯与箜篌不舍道别的模样，忍不住道，"幸而这是位姑娘，不然我还以为你跟她一见钟情了。"

"姑娘怎么了？"白云遮挡了视线，叶绯收回探出的身子，转头瞪冯奇，"姑娘香香软软的，比你们这些臭男人可爱多了。"

"师姐，你可不能这样，我天天沐浴焚香，没有水时都记得给自己来两个清洁咒，哪里臭了？"冯奇小声嘀咕道，"我们清风门可不讲究重女轻男，你这样不好。"

"才说你两句，便委屈上了。"叶绯失笑，"没想到箜篌姑娘竟是云华门的高徒，真是半点都看不出来。"大宗门的弟子，虽然表面上待人客客气气，但是骨子里还是带着几分清高之气，就像那位桓宗公子，坐在那里一言不发，跟他们都不像是一个世界的人。

"那倒是，云华门与琉光宗的弟子，性格全然不同，也不知箜篌姑娘看上了那个桓宗什么。"冯奇想到桓宗那张淡漠的脸，就觉得可惜，多水灵的姑娘，竟是被木头拱了。

"你说什么？"叶绯道，"你说箜篌姑娘与桓宗公子有男女之情？"

"这不是明摆着的吗？"冯奇道，"桓宗公子的随从是元婴老祖，若不是两人有男女之情，一个元婴老祖怎会对外人如此客气？"

"真的？"叶绯叹息一声，这么好的姑娘，怎么就被琉光宗的人抢走了呢。

她转身看自己的这些师弟师兄，摇头叹息一声，歪瓜裂枣，更加配不上箜篌姑娘。

冯奇："……"

师姐这挑剔的眼神，是啥意思？

玄牧把弟子们接回宗门以后，就给琉光宗与云华门写感谢信，大力夸赞了箜篌与桓宗的高风亮节。单让这两个宗门知道此事还不够，他深谙出名要趁早的道理，又给其他交好的门派写信，说这次如何凶险，箜篌与桓宗如何施恩不图报云云。短短几日内，箜篌与桓宗的大名，就传到了各大宗门。

各大宗门的门主纷纷感慨，云华门终于出息了，竟然培养出了这么厉害的弟子。

于是还是筑基期的箜篌，得到了与绫波一样的待遇，被无数修士尊称为箜篌仙子。

箜篌还不知道玄牧长老替她在修真界吹嘘了一番。准备离开三树城当天，她看到两个身穿白袍绣金线的修士从桓宗门里出来，准备敲门的她与这两名修士面面相觑，一时间谁都没有开口。

还是林斛出来打破这尴尬的气氛，主动跟箜篌解释道："这两位是琉光宗的弟子，他们是来带那两个邪修回宗门的。"

"二位道友好。"箜篌回过神，跟琉光宗的修士见礼。

"道友好。"两名年轻弟子还不能做到喜形不露于色，脸上露出几分惊讶，他们怎么都想不到，师叔出门在外还有女子同行。

"这位姑娘是云华门的箜篌仙子，按辈分你们该唤她一声师叔。"林斛把两个五花大绑的邪修扔出门，对两名弟子道，"一路上小心，不要耽搁，直接回宗门。"

"是。"两名弟子对林斛十分恭敬，并没有因为他是桓宗的仆从，就生出半分慢待之心。

他们向林斛行了礼以后，又恭恭敬敬朝箜篌抱拳："晚辈不知姑娘竟是箜篌师叔，请师叔恕罪。"

"不知者无罪，不必多礼，不必多礼。"想起上次琉光宗的松河峰主给过她见面礼，现在琉光宗的弟子叫她一声师叔，她好像也该意思意思？

想到这，箜篌从收纳戒里取出两个锦囊，给两名弟子一人塞了一个："初次见面，一点薄礼，不要嫌弃。"

琉光宗弟子："……"

他们两个一百多岁的大男人，收十多岁小姑娘的见面礼？这要让师叔知道，他们会受罚的。

"这……"两名弟子扭头看林斛，这是要还是不要？

"既然是师叔给的，你们就拿着。"林斛轻咳一声，压住心底的笑意，"还不谢谢箜篌师叔。"

"多谢箜篌师叔。"两名弟子一板一眼地行礼，礼仪标准得让人挑不出半点错处。

"不用不用。"箜篌往旁边让了让，"你们忙去。"

"是，谨遵师叔之命。"两名弟子又是一个抱拳，才弯腰提起两名邪修，离开客栈。

箜篌松了一口气，琉光宗的这些弟子也太讲规矩了。若是在云华门，那些师侄看到她拿东西出来，早就喜笑颜开伸手要了。跟琉光宗一比，他们云华门是不是懒散了些？

"箜篌来了？"

屋内传出桓宗的声音，箜篌趴在门口往里望："桓宗，我可以进来吗？"

桓宗坐在窗边，手持书卷对她笑："进来吧。"

箜篌蹦跳着进门，在桓宗身边坐下："桓宗，我们什么时候离开这里？"

"若你没什么东西需要买，我们下午就走。"桓宗放下书，"下次看到那些后辈，不用给他们见面礼。"

"那怎么行，他们好歹叫我一声师叔，总不能白叫。"箜篌双手托着腮，"不过你们琉光宗的弟子都是这样吗？"

"什么样？"桓宗起身从柜子里取出茶具，用灵力把葫芦里的晨露加热烧沸，为箜篌泡了一壶茶。

"就是严肃认真，对规矩严格遵守。"箜篌喜欢喝桓宗泡的茶，捧着茶杯吹着热气，小口小口喝着。

"宗门对弟子要求很严格，尊师重道，不可懈怠，这是最基本的要求。"桓宗给自己倒了一杯茶，闻着茶香却并没有喝，"他们是晚辈，对你恭敬是应该的。"

"你们私下就不会一起出去玩，喝喝酒，赏花看月之类？"箜篌震惊了，难怪琉光宗能够成为修真界第一大宗，每个弟子都是精英，他们付出的努力也是其他修士比不上的。

"贪图享受，又怎么能在修真大道上走得更远？"桓宗见箜篌还没转换过情绪，为她续上茶，"每个宗门都有自己的道与坚持，没有谁对谁错，更没有高明拙劣之分。说得通俗些，便是人以群分。也正是因为如此，修真界才能百花齐放，天下太平。"

听到这话，箜篌笑了："你能这么想，真是太好了。"她虽然算不上好逸恶劳，但是在吃穿方面，也有自己的小爱好。不闭关的时候，也会跟师姐们下山逛铺子，还常与同门去晨霞峰青元师叔那里讨丹药吃。这种行为放在琉光宗，算得上是不尊师重道了吧？

桓宗嘴角微弯，没有说话。这些道理，也是他近来才想明白的。以前他总觉得，身为修士他就应该无欲无求，更不能贪图享受，剑道是唯一的追求。

与箜篌在一起的这些日子，他才发现，有其他喜好并不是错，偶尔放松心神也不是罪。若这些都是错的，为何箜篌这个小姑娘，还是如此讨喜可爱？

以前是他偏执了。

用完午饭，箜篌跟桓宗坐上了马车："下一个地方是哪儿？"

"宜城。"桓宗在原来的垫子上多铺了几层软垫，让箜篌坐得更舒适，"林斛说宜城的刺绣非常出名，到了那里，你可以好好去看看。"

"刺绣？"箜篌连连点头，"好呀，好呀。"师姐、女师侄们肯定喜欢，还有秋霜长老也要买。长老长得那么漂亮，布料一定要选最华丽的，才能配得上她。

见箜篌已经趴在桌上开始算要买多少份刺绣，桓宗撩起帘子对林斛道："走吧。"

"仙长，等一等。仙长请等等！"

桓宗偏头，看到客栈里的堂倌捧着个灰扑扑的布包跑过来，肩膀上搭着擦桌子的旧帕子。

"仙长。"堂倌喘着气跑到马车前，"前几日我见仙长与仙子都很喜欢新采摘的鲜菇，今天早上我与娘亲到林子里找了些野山菇。只是冬天山货少，我们寻了几个时辰，也没找到多少，还请仙长不要嫌弃，收下小的一片心意。"

堂倌身上的衣服满是补丁，包着山菇的布包却是干净完整的，虽然这种布料，在桓宗看起来粗糙不已。

见桓宗没有伸手接，堂倌憨厚的脸染上了红晕，他两只脚互相磨蹭着："是小的冒犯了。"这些他们平时舍不得吃的东西，在仙长眼里，恐怕一文不值。他贸然跑过来，是不是给仙长添麻烦了？

"多谢。"白皙干净的手取过他手里的布包，俊美如天上星月的仙长对他点了点头，"麻烦你了。"

"不麻烦，不麻烦，仙长喜欢就好。"堂倌搓着手，激动得整张脸都红了，"祝仙长与仙子一路平安，早登成仙大道。"

桓宗对他点了点头："告辞。"

"仙长慢走。"堂倌怕自己挡了马车的路，连忙往后退了几步，躬身朝马车行了一礼。

等马儿跑动起来后，箜篌看着被桓宗放在马车角落里的布包："这个堂倌真客气，我们离开了还送礼。"

"嗯。"桓宗点了点头。

这可能是他收过的谢礼中，最寒酸的，但是他亲手接过来的。

箜篌打开布包，惊喜道："好新鲜的山菇，肯定很好吃，晚上我们做烤山菇吧。"

"好。"桓宗双手交握在一起，微微皱眉。

烤山菇怎么做，直接拿到火上烤，还是用灵力烤熟？

夜色来临前，三人在一个山谷里停下来。山谷里风很大，刮过谷口时，发出呜呜的声响。地上的枯草在风中摇摆，一些低矮的小树成了枯黄草丛中唯一的绿色。

桓宗看到箜篌裙摆被风吹得高高扬起。他在收纳戒里找了很久，找出一枚玉简往空中一抛,玉简落地化为一座金屋,从屋顶到柱子都散发着亮闪闪的金光。

"好漂亮的金屋。"筌篌惊道,"桓宗,你好厉害,怎么什么东西都有?"

桓宗记得这栋金屋是他幼时随师父外出拜访时,一位长辈送给他的。但是他觉得这个金屋浮夸又俗气,在收纳戒里放了几百年,都忘了有这件东西存在,可能是这次出门前,林斛把它收进来的。

不过在听到筌篌说金屋漂亮后,他突然觉得这座通体闪着金光的房子,似乎也不是那么俗气了。

金屋有些像是缩小版的宫殿,里面的花草树木全都是由宝石堆砌而成的,几乎能够以假乱真。走进金屋,风不吹了,裙摆也不扬了。桓宗让林斛去把山菇处理了,他带着筌篌在院子里蹲下。

"烤山菇要什么?"

"要烤签吧。"筌篌捧脸想了一会儿,"还有盐跟油?"

"我知道了。"桓宗站起身,走到金屋门口对外面洗山菇的林斛道,"林斛,记得把油跟盐取来。"

林斛甩了甩手上的水,起身面无表情道:"公子,金屋虽然怎么折腾都不会着火,但山菇是无辜的。"

桓宗神情平静地回看他。

"算了,我去取柴火。"林斛从收纳戒里取出油盐等各种香料,把它们与山菇一起塞给桓宗,"你跟筌篌姑娘好好玩。"

等桓宗取了山菇与香料回来,筌篌已经挽起了衣袖,找出了一把签子。

"烤山菇的第一步,应该是把它们穿起来吧?"筌篌转头看桓宗。经过这段时间的相处,桓宗在她心中的形象,几乎称得上是无所不知了。

"嗯。"面对筌篌如此信任的眼神,桓宗……桓宗鬼使神差地点了点头。

"那我们一起。"筌篌分了一半签子给桓宗,桓宗接过签子,挑了一片比较大的山菇,大的应该比较好弄。

林斛捧着柴进来,见桓宗与筌篌正蹲在地上兴致勃勃地穿山菇,用来穿山菇的签子,竟然是一种十分珍贵的炼器原料——玄金铁。

炼器师若是知道拿玄金铁做烤签,可能会拔剑杀了他们两个。

两个不知疾苦的败家子。

"林斛前辈,你要一起来玩吗?"筌篌笑眯眯地朝林斛招手,"一起来。"

呵，好在还有一个有自知之明，知道这是玩，不是在烤东西。算了，还是去看着他们，好好的山菇别浪费了。

"好。"林斛板着脸走到两人身边，蹲了下去。

桓宗瞥了他一眼，往旁边挪了挪，给他让出一片空间。

琉光宗的弟子一路疾行，把两个邪修带回宗门后，就去给宗主汇报师叔的近况。

"你们师叔的身体可好些了？"

"回宗主，师叔面色比往日好了很多。林斛前辈说，他们已经找到了朱红草。不过……"

"不过什么？"金岳喜悦的心还没扬起来，又落了回去。

"师叔身边，有位十分美貌的女子。林斛前辈说，这名女子是云华门的箜篌师叔。"

"你再说一遍！"

"师叔身边……有名云华门的女子。"弟子语气渐弱，脑袋也埋了下去，不敢迎视宗主的视线。

坐在旁边的松河见金岳反应如此之大，便道："云华门那位箜篌姑娘我见过，天资出众，性格活泼随和，是个十分讨喜的姑娘。"虽然喜欢偷偷看话本，但是年轻小姑娘，有些个人小爱好也不是什么大错，"师侄情感淡漠，不知世事，与这位姑娘同行，倒也是件幸事。"

金岳心想，前几日珩彦来信说什么多谢照顾，他只当是客气，没想到竟然是真的。云华门的弟子大多随和自由，与他这个徒弟同行，只怕是受委屈多些。想到云华门那护短的性格，若是箜篌姑娘真的在他徒弟那儿受了委屈，恐怕是不会给他面子的。

思来想去，他马上传信给宜城的御霄门分铺，让他们派人守在城门处，待徒儿进城，就给他多备下一些小姑娘喜欢的东西。性格不讨喜，就只能拿东西来讨好了。

安排完这一切，他又准备好厚礼，让宗门里亲传弟子亲自送到云华门，向他们表示感谢。吃人嘴软，拿人手短，希望云华门看到他如此诚心道谢的分上，别闹起来。

不知道自己让老师父操碎了心的桓宗，取出炼器制符的干净小刷子，与箜篌盘腿坐在地上给山菇刷油，衣摆上溅上了两滴油也不介意。

柴火上搭好了架子，火势也已经弄小，就等山菇上烤架了。

"桓宗，是现在就刷盐，还是快熟的时候刷？"箜篌把山菇串放到烤架上，山菇滋滋作响。桓宗盯着烤架上的山菇，沉默片刻，把手上的山菇串也放了上去："皆可。"

不一会儿，山菇就散发出烤后的清香。桓宗把山菇翻了一个面，对箜篌道："箜篌，马车左边第一格抽屉里，放着两瓶玉蜂蜜，第二格有几本妙笔客的话本，你能帮我取来吗？"

"好。"箜篌把烤得发黑的山菇放进旁边盘子里，起身就往金屋门外走。等她后脚踏出门，桓宗就扭头看林斛，林斛扭了扭头，装作没有看到他的目光。

桓宗继续沉默无言地盯着他。

林斛扭头："公子，骗小姑娘不好。"

桓宗低头盯着林斛手里已经烤好的山菇串不说话。

在桓宗目光的压力之下，林斛默默把手里的山菇跟桓宗的做了交换。擦去手背沾上的油，林斛默默叹息，宗门外真是个大染缸，好好的公子也学会了这种无赖手段。

听到身后传来脚步声，主仆二人很有默契地收回目光，桓宗拿起刷子在已经烤好的山菇上刷油，一切就像什么事都没发生过般。

"桓宗。"箜篌捧着话本跟玉蜂蜜进来，"好香啊，桓宗你烤好了？"

"嗯。"无视林斛看自己的眼神，桓宗接过蜂蜜，在山菇上轻轻刷了一下，"我以前也没做过这些，若是不好吃，就吐出来。"

箜篌接过山菇，吹了吹上面的热气，便往嘴里塞了一片进去。旁边看着这一幕的林斛默默想，这位箜篌姑娘也是心大，什么都敢往嘴里塞。

"好吃！"箜篌被烫得直吸气，"蜂蜜的清香与山菇的鲜嫩混合在一起，简直就是美味。桓宗，你真的好厉害，什么都会！"

"你喜欢就好。"桓宗背脊挺得直直的，没有去看林斛望过来的目光。

"你跟林前辈也尝尝。"箜篌见桓宗与林斛不动，把山菇分给两人，"不要浪费。"

吃完烤好的山菇，桓宗拿出葫芦瓶倒水给箜篌洗手："这些东西尝个鲜就可以了，不要吃太多，对身体不好。至于剩下的山菇……"他看向林斛，"让林斛拿去炒着吃。"

箜篌虽然有些舍不得，但是看到如谪仙的桓宗衣摆上因为烤山菇溅上了油，就觉得让他陪着自己做这种事，简直就是罪恶。

"好。"箜篌点头，往四周看了看，"我能四周看看吗？"

"我们是朋友。"桓宗黑白分明的眼睛看着箜篌，"你不用跟我这么客气。"

看着桓宗如此认真的眼神，箜篌愣了一下："哦。"

看她傻愣愣的模样，桓宗站起身对她笑："去吧。"

"那我去啦。"作为一个没有怎么见过世面的年轻修士，箜篌对修真界很多东西都抱着极大的兴趣。金屋仿的宫殿格局，所以有外殿、内殿，屋檐下还挂着精致的灯笼。

箜篌小时候听母亲讲过一个帝王与王后的故事——帝王与王后青梅竹马，帝王对王后说，他要建一座世上最漂亮、最华丽的金宫给王后。

她不记得帝王最后实现这个诺言没有，只记得母后讲这个故事的时候，神情有些落寞。那时候她不懂，现在回想起这件事，有些明白了。也许帝王没有实践他许下的诺言，所以母后才没有跟她讲故事的结局。

屋檐下的金铃叮叮当当响着，箜篌忽然又高兴起来，那位帝王许诺给王后的华美金宫，被她看到了呢。她拎起裙摆，足尖轻点，跳到了房顶上。

房顶上的风有些大，她遥望着远处黑漆漆的山谷，她脚下这座宫殿，是这片黑暗中唯一的光明。

"公子。"林斛看着换了身衣服出来的桓宗，"你该吃药了。"

桓宗沉默着接过药丸，咽下药丸后突然开口道："若是箜篌没有拜入云华门门下就好了。"

林斛悚然一惊，公子这话是什么意思？

"若她是我的徒儿……"桓宗停了下来，想象着自己把箜篌从小养大该是如何的体验。

"公子，箜篌姑娘的性格，不适合琉光宗。"林斛委婉道，"你说是不是？"琉光宗一堆修炼狂魔，哪里养得出这样的小姑娘。也只有云华门，才能养出这种性格的女孩子。

"倒也是。"桓宗轻咳几声,"她还是在云华门好。"

"桓宗!桓宗!"

东北角传来箜篌急促的叫声,桓宗想也不想便飞身上屋檐,朝箜篌所在的方向飞去。

箜篌站在屋檐上,见桓宗过来,踮起脚尖神情激动地指着远方:"你快看那里。"

桓宗刚落到箜篌身边,就被她抓住了袖子。他顺着她指的方向望去,只见山谷中有很多闪着蓝光的小点,风吹起时还会轻轻摇动,像是漫天银河。

"是不是很漂亮?"箜篌痴痴地看着夜色中的美景,"刚才那里还漆黑一片,等一阵风过,突然就冒出这么多星星来。这是什么?"

"这是蓝银花。"桓宗喉咙有些干涩,"传说这种花的花期比昙花还短,只能盛放一炷香的时间。不开花的时候,与普通杂草无异。"

传说看到这种花盛开的人,会迎来好运。

"难怪会这么漂亮。"箜篌拉着桓宗坐下,"那我们赶紧看,再不看就没了。"

大风起,吹起蓝银花的花瓣,整个山谷成了满天星河,漂亮得让人移不开视线。但也仅仅是片刻的时间,很快这些星星点点开始消失,最终归入黑暗之中。

"没了。"箜篌捧脸,有些失落,"美丽的东西总是短暂的。"

"不必介怀。永恒的美总是不被珍惜,只有短暂才能惊心动魄。"桓宗站起身,把手递到箜篌面前,"屋顶凉,我们下去吧。"

"好吧。"箜篌乖乖把手递给桓宗,跟他一起跳下房顶。

或许是因为看了一场美到极致的鲜花盛开的盛宴,箜篌整个晚上都睡得很香,梦里的她像是长了一对会发光的翅膀,飞过了八荒六合,天地四野。

等她睁开眼时,天已经亮了。早上喝的粥带着股淡淡花香,灵气浓郁得四肢百骸都舒服起来。

"林前辈,今天的粥真好喝。"箜篌喝完第四碗以后,才放下碗,"是用什么做的?"

"蓝银花的花瓣,昨天晚上掉了很多花瓣,我全都收集起来了。"林斛掏出一包花瓣,"你要吗?"

什么美丽、浪漫、好运在美味的粥面前,都化成了两句话:"能不能吃?""怎么吃?"

"要！"箜篌毫不犹豫地接过这一大包花瓣，把它塞进收纳戒里，决定到了宜城就给膳食房的师兄师姐们寄回去，让他们做给宗门里的人尝尝。

好东西要分享。

"我这里还有很多，再给你一包吧。"林斛见箜篌高兴的模样，又默默摸出了一包。

"谢谢林前辈。"箜篌也不跟林斛客气，跟他多讨了几包。宗门里人不少，多要点花瓣才够吃。

看着两人你一包我一包地分干花瓣，桓宗觉得昨夜的惊叹与感动在此刻化为了烟云。传说中能给人带来好运的蓝银花，都被他们吃进了肚子，好运大概……也被吃得不剩什么了。

一大早收到琉光宗厚礼的珩彦很迷茫，这些年他们跟琉光宗交情虽然还不错，但还没好到琉光宗莫名其妙就送厚礼的地步。这些法器、药材、灵石、法衣，随便拿一样出去，都能让无数修士疯狂，琉光宗却送了这么大一堆过来。

习惯了与琉光宗君子之交淡如水的模式，对方突然这么热情，他心里非常不踏实。

看了眼坐在下首的琉光宗亲传弟子，他笑着道："金岳宗主太客气了，如此厚礼，实在不敢收。"

"还请门主不要嫌弃。"亲传弟子恭恭敬敬行了一个大礼，"鄙派宗主说，这份薄礼是为了感谢贵宗门箜篌仙子对我家师叔一路上的照顾。"

珩彦心里有些莫名，他们家箜篌在外面干什么了，前不久清风门才送了一大堆谢礼上门，今天又有琉光宗送礼上门？

修真界最近很流行送礼吗？

身为宗派的门主，就算天地变幻，也要为了宗门的面子，绷住不能慌。所以尽管对当下发生的事情十分不理解，珩彦的表情还是非常平静，坐姿也很端正。

"金岳宗主客气了，同为宗门弟子，互相帮助是应该的。"珩彦觉得这事实在太过奇怪，箜篌虽然在修行上很有天分，但是踏入修真界也才短短六年的时间，对修真界的了解有限，修为也有限，能帮到金岳宗主亲传弟子什么？

他叫亲传弟子勿川来接待这位琉光宗亲传弟子，准备找忘通问问这究竟是怎么回事。

勿川与琉光宗弟子面对面坐着，客套了几句后，琉光宗弟子终于忍不住道："听闻勿川道友在剑术上十分有造诣，不知可否请道友指教一二？"

勿川端茶的手一顿，在内心默默叹了口气，放下茶杯道："不敢谈指教，相互切磋罢了。"

琉光宗弟子会提出这种要求，勿川半点都不意外，这么多年了，只要他遇到琉光宗的弟子，十个有八个都会找他切磋。身为云华门的剑修弟子，他还能怎么办，当然只能答应。

与琉光宗的剑术相比，云华门的剑术华美又温和，使剑者把自身守得密不透风。琉光宗的剑术更肃杀，每一招都像是经过精确计算的，直取弱点，华美是他们剑术中最不需要的东西。

但勿川必须承认，最正宗的剑道在琉光宗。但最正宗的，并不一定就是最适合的。

他与这位亲传弟子修为相仿，一场切磋下来，也没分出胜负。

"勿川道友好剑法。"琉光宗弟子比得很尽兴，说话时也随意了些，"以后我们两派要多多来往。"

勿川把剑收回剑鞘，听到这话心里更加怪异。琉光宗是个十分讲规矩的门派，作风习惯与他们云华门相差甚远，平时尽管大家维持着友好交流的状态，但是万万没到互通有无、亲密无间的地步。

这种门下弟子一天十二个时辰都爱板着脸的门派，主动跑来跟他说，要多加来往，这比自家门里的弟子天天沉迷修炼还要可怕。

难道是琉光宗出现了经济危机，想向他们借灵石？

堂堂修真界第一大宗门，连御霄门都是附属门派之一，不至于缺灵石吧？他们云华门虽然是十大宗门里最大的地主，但是他们对百姓好，从来不收高地租，论富裕程度，在十大门派里也只是不上不下的位置。琉光宗找他们，还不如去找昭晗宗。

琉光宗弟子并不擅长观察人心，所以他也没看出勿川平静脸庞下翻涌的情绪。他拿出这辈子最大的热情，与勿川拉交情，离开云华门时，心满意足地想，云华门一定感受到他们想要交好的诚意了。

送走琉光宗的弟子，云华门长老、峰主们全都聚在一起，讨论着琉光宗的用意。

"也许是察觉到邪修动作，想要与我们关系更亲密一些，后面好共同抗敌？"

"琉光宗行事，向来不卑不亢。更何况消灭邪修，维护百姓是我们应尽义务。琉光宗知道我们宗门的行事原则，不会为了这种事特意来讨好。"暑九长老摇头，"所以应该不是这回事。"

"左右不会是坏事，以琉光宗的作风，绝不可能抱着什么坏心思。"秋霜长老玩着自己红艳艳的指甲，懒洋洋道，"现在也讨论不出什么，既然他们说是感谢我们家箜篌对他们家弟子的照顾，那我们就这么听着。反正这些东西是他们自己送上门的，又不是我们厚着脸皮去讨的。"

坐在下首的忘通扭了扭屁股："秋霜师叔，我们家箜篌还是个孩子呢，总是被他们这样当作借口，也不太合适。"

"有什么不合适的。"秋霜柳眉一挑，"我们家箜篌长得好看，天分又高，就算名扬整个修真界也不算什么。就许昭晗宗天天吹嘘那个绫波，不许我们箜篌美名远扬了？"

"再说了，那个绫波一半的名气是他们昭晗宗自己吹出来的。还是我们箜篌有出息，才出去历练不到一个月，就有其他宗门真心夸赞她。"秋霜一拍桌子，秉持着自家弟子是最好的的态度，"我们女人最重要的就是扬名立万，只有这样，日后在修真界行走，才能处处受人尊重。"

秋霜长老这话虽然有些狂妄，但是在座的男修士没有一个人敢反驳。作为炼器这一行排名前三，修为已到分神期的大师，在她面前谁敢不恭敬？

忘通想象着小徒弟有秋霜师叔这般风光的未来，瞬间不再多话。

他家箜篌可是五灵根天才，以后肯定可厉害了。

坐了三天马车，箜篌一行三人终于来到了宜城门外。威风气派的城门，穿着银甲的守门侍卫，来往行人身上干净整洁的衣服，都在给外地人展示着它的繁华。

修士都有特制的命牌，这个命牌让他们在各大城州都畅通无阻。进了宜城，听着外面的叫卖声、说话声、笑闹声，箜篌掀起车窗帘子往外张望了一会，才问桓宗："桓宗，我们今晚宿在哪个客栈？"

"不住客栈。"桓宗垂下眼睑，"今天要去拜访一个人。"

箜篌微微一愣，随即便道："那我先去客栈，你们办完事再来找我。"

"你不想跟我一道？"桓宗唇抿得紧了些。

"我一个外人，跟着你去不合适。"这些日子习惯了跟桓宗与林前辈在一起，突然听到他们有别的安排，莶篌还有瞬间的不习惯。但也只是瞬间而已，她没有打扰朋友办事的坏习惯。

"对于即将要拜访的人而言，我也是个外人。"桓宗低下头，白皙的手握着茶杯，无意识地摩挲着，"我是去求一味药。"

莶篌明白过来，这味药肯定是治好桓宗身体的药之一。想到桓宗这般完美的人，因为身体不好，要四处向人求药，她便觉得有些难受："我陪你一起去。"

"谢谢，我是不是让你为难了？"桓宗放下了茶杯，屈起的手指也开始变得自在。

"怎么会为难。"莶篌小心观察着桓宗的表情，"桓宗，你的病……需要很多药吗？"

桓宗看着桌子上的茶杯，神情平静，没有半分情绪起伏："有十几味药非常难得，就连宗门里也没有。长辈们担心我待在宗门里太闷，就让我出来散散心，顺便找一找这些药引，万一找到其中一两味，也是极好的。"

事实上他跟宗门长辈都很清楚，整个宗门都找不齐的药，就算他出来也不可能找到。不过是抱着一丝可能有的希望，让他能在余生过些快活日子而已。

"我陪你找。"看着桓宗提到自己身体漫不经心的样子，莶篌抓住他的袖子，认真地道，"桓宗，我陪你一起找。师兄们都说我运气特别好，有我在，肯定能把所有药都找到。"

桓宗抬头看着少女认真严肃的模样，抓住他袖子的手很用力，好像这样就能帮他抓住所有的希望。

"真的，我们一定能够找到。"莶篌扯了扯他的袖子，"我们老姬家十八辈子孙中，就我运气最好。"

被扯住的明明是他的袖子，桓宗却觉得心里又紧又酸，好像也被一只白嫩的手抓住了，连跳动都停了。

"好。"桓宗眉眼都染上了烟火气，"谢谢。"

"说什么谢，是朋友就不要这么客气。"见桓宗终于有了活气，莶篌笑得眉眼都弯了，"那我们等会儿要拜访的人是谁？"

"无名真人。"桓宗道，"他脾气甚是怪异，最擅长炼丹，是修真界三大炼丹师之一。他的药庐里收藏着无数奇花异草，也许他那里有我需要的药引。"

"一般名字叫无名、无情、无尘的人，脾气都会比较怪。"筌篌摸了摸下巴，"我觉得等下还是我去敲门比较好。"

"为何？"桓宗不解。

"你长得太好看了，可能不招同性喜欢。这位无名道人性格又怪异，万一他看不惯你这张俊美的脸怎么办？"筌篌指了指自己的脸，"在长辈面前，我这种长相的年轻姑娘可能比较受欢迎。"

桓宗失笑，到底是小姑娘，把这些活了上千年的修士想得如此简单。不过见筌篌对自己容貌信心十足的模样，桓宗还是点头道："你说得有理，待会儿怕要多靠你了。"

"没问题。"筌篌掏出小镜子，照了照自己的脸。很好，头发没有乱，脸上的妆容也没有花，"为朋友两肋插刀是应该的。"

"公子，筌篌姑娘，我们到无名药庐了。"林斛声音传进来。

桓宗与筌篌掀起帘子走下马车，他们面前是一栋十分华丽的木楼，楼外挂着牌匾，上书"无名"二字。一位穿着灰袍的老人坐在摇椅上晒太阳，连眼皮都没有抬一下。

"前辈可是无名真人？"

老人睁开一边眼睛看问话的林斛，正准备坐起身，但是看到他身后的桓宗以后，又躺了回去，冷声道："不是，别跟我说话。"

"前辈……"林斛话音未落，老人从怀里掏出一张纸扔给林斛，扭头不看主仆二人，打定主意不开口。

林斛弯腰捡起地上的纸，上面歪歪扭扭写着几个字。

——好看的男人不救。

他默默转身看筌篌，把纸递给桓宗，刚才筌篌姑娘跟公子在马车里说什么来着？

"林前辈，怎么啦？"筌篌悄悄靠近林斛，拿过桓宗手里的纸张看了一眼。

筌篌："……"

这真不能怪她乌鸦嘴，只能怪男人之间那阴暗的嫉妒心。

"前辈你怎么能这样，自己长得好看就不允许别人长得好看。"筌篌走到躺椅旁，弯腰行礼，"晚辈见过无名真人。"

原本躺着不动的无名真人扭头看躬身站在他面前的小姑娘，很快又把脸扭了回去："不救。"

"前辈。"筌筷起身走到无名真人正面，"请前辈出手相助。"

无名真人继续扭头，筌筷继续跟着走。就这样来来回回三四遍以后，无名从躺椅上坐起身："小丫头，你小小年纪，脸皮怎的如此厚？"

"出门在外，脸皮太薄怎么能行。"笑眯眯地回答了这个问题，筌筷双手合十，眼巴巴地望着他，"前辈，拜托拜托嘛。"

白嫩的小姑娘，乌溜溜的大眼睛，漂亮的裙衫，如墨的头发，这样的小姑娘，眼巴巴望着人的时候，无论男女，心神都会忍不住动摇。

站在旁边的桓宗看到筌筷为了他，在别人面前卑躬屈膝，忍不住上前想要带她离开。无名真人不一定有他想要的药，看着她弯腰讨好，他心里难受。

林斛往前跨一步，拦住了桓宗的步伐，用传音术道："公子，你不要坏筌筷姑娘的事。"

桓宗冷着脸看他。

林斛不为所动，继续传音道："都走到这一步了，不试试怎么能知道结果，难道你想筌筷姑娘白讨好人了？"

看着对无名真人笑得一脸乖巧的筌筷，桓宗僵硬地停下脚步。

"你刚才说什么，我长得好看就不允许别人好看？"无名真人理了理满头的银发，拿余光瞥桓宗，对筌筷道，"小姑娘，虽然你脸皮厚了些，不过眼光还凑合。要我答应你们的请求也可以，但是你们必须满足我一个条件。"

"前辈请讲。"筌筷脸上出现喜色，"只要我们能够办到的，一定为您办到。"

"我药庐里的仆人都沉默无趣，你若是留下给我做十年药仆，我就答应帮他看病。"无名真人从躺椅上站起来，看向桓宗，"你面色苍白，五脏六腑都有内伤。但是这些对于修士而言，都不是最大的麻烦。你身上最大的问题是灵台不稳，几乎到了崩塌碎裂的边缘。我可以暂时稳住你的灵台，但治得了身，治不了心，其他的我帮不了你。"

筌筷没有想到桓宗的身体状况已经这么严重，她急道："您也没有办法吗？"

无名真人摇头，说出的话没有半分委婉："没有。"

"能稳住灵台也好。"筌筷想了想，"若在此处做药仆，每年可不可以请假回宗门探亲？做药仆没问题，我就是怕宗门的长辈担心……"

"不用了。"桓宗打断箜篌的话，挡在箜篌面前，对无名真人道，"多谢前辈，只是晚辈的身体如何，晚辈心里很清楚。箜篌姑娘尚年幼，不精药理，怕是不适合做真人的药仆。今日多有打扰，告辞。"说完，他转身握住箜篌的手腕往外走。

"桓宗，桓宗。"箜篌小声道，"反正修真无岁月，十年时间也不长，说不定……"

"你今年才十六岁，哪来的底气说十年时间不长？"桓宗停下脚步，转身对箜篌微笑，"小姑娘应该在最好的年华享受生活，修真无岁月这种话，等你一百岁过后再提吧。"

他这一生与剑在一起，从未放松过一刻。遇到箜篌后，才知道年少的时光有多珍贵，就算修士寿命很长，时光也不会再回来。

"可是……"箜篌拉住桓宗的衣角，"我想你好好活着。"明明此时最难过的应该是桓宗，他却对她笑着说话，怎么有这么傻的人。

"傻姑娘。"桓宗轻笑出声，"我是琉光宗的亲传弟子，就算无名真人不愿意帮忙，也还能找到其他人，师门不会放弃我的。"他一个三百多岁的男人，怎么能让一个小姑娘为了他给别人做药仆。别说是十年，就是一日都不允许，死也不能。

"我们走。"桓宗隔着衣袖的布料，握着箜篌的手腕往马车方向走，"箜篌，你要记住，很多事不是委曲求全就能寻得圆满的。"

修士也不能求得长生，他要让小姑娘明白一个道理：生死是不能强求的。他生来便是天之骄子，出门游历也能遇到性格纯粹、鲜活的小友，让他体会到了不同的生活乐趣，这何尝不是一种幸运。

"你们两个走什么，我有说不能换条件吗？"无名真人站在台阶上，双手揣在袖子里，挑着眉看他们俩，"年轻人真不懂礼貌，长辈还没说话，你们倒是说走就走。过来！"

箜篌拉着桓宗走回去，笑眯眯问："前辈，您愿意帮忙啦？"

无名真人斜着眼瞥桓宗："你这点做得倒是个男人。"刚才这个男人若是对小姑娘做药仆的事情无动于衷，他是肯定不愿意帮忙的，现在倒是愿意考虑一二。

长得好看的男人虽然讨人厌，但是有良心的好看男人，还是能弥补一下这个"缺点"的。

"我最近在研制一种药，但还缺一味很重要的药引。你们如果能把这味药找来，我可以帮你的朋友看病。"无名真人推开药庐的门，对筌篌道，"小丫头，我今天是看在你眼光好的分上，破例了。"

这个世上，谁不喜欢别人夸自己好看呢？他不喜欢长得好看的男人，但这不包括他自己。

"前辈，您缺的是哪味药引？"筌篌有些担心，桓宗本来就缺十多味药，无名真人还要让他们找药，万一找不到怎么办？

"一种夜间开放，转瞬便谢，落入泥中消失不见的花。"无名真人看筌篌，"这种花叫蓝银，你们有吗？"

"有的呀，你要多少？"筌篌大喜，想也不想便从收纳戒里掏出一大包花瓣递到无名真人面前，"这些够了吗？"幸好林前辈之前顺手把这些花瓣收集了起来，不然今天还真给不了。

一包蓝银花，整整一大包蓝银花？

无名真人有些怀疑自己的眼睛，他这是出现幻觉了？蓝银花极其难寻，遇到它们盛开更是不易，有时候能得几朵便是幸运，这么一大包，不是蓝银花，是路边的野菊花吧？他打开布包，不管从色泽、外形还是气味来分辨，这都是蓝银花无疑。他不敢置信地看着筌篌，有种还在做梦的虚幻感。

实际上他的药庐里收集了一小盒蓝银花，提出这个要求，只是想为难一下他们，让小姑娘在他面前多说几句好听话而已。没想到对方还真的拿出了蓝银花，而且还是这么一大包。

这么一大包！

"进来吧。"无名真人把蓝银花揣进自己的收纳袋里，转身往药庐里走去。筌篌拖着桓宗的袖子，拉着他赶紧跟上。

这间药庐不仅外面华丽，里面的摆设也很阔气，药仆药童们穿梭其间，看到无名真人路过，纷纷避让行礼。

"跟我来这边。"无名真人来到后院，推开一个房间的门，房间里面空荡荡的，除了两个蒲团，就只有靠窗的一个小香炉。他走到香炉旁，拿出一块香料点燃放进香炉中，转身对桓宗道："我等下要用灵气探一下你的经脉，你不要抗拒我的灵气。"

桓宗沉默地盘腿坐到蒲团上，无名真人在他身后坐下，汇聚灵气于双掌，手掌搭在他的后背上。

灵气刚进入桓宗身体，无名就很意外，这竟然是个五灵根修士，而且他经脉凝实有力，可见往日修炼肯定很刻苦。灵气慢慢靠近灵台，无名发现灵台几近碎裂，里面的灵气混乱，但仍旧十分强大，无名引过去的灵气差点被灵台里强大的力量冲散。好在他反应快，察觉到不对便撤走自己的灵气，没受到反噬。

这个骨龄三百余岁的男人，修为竟然比他这个活了上千年的老头子还要高。若不是灵台出了问题，恐怕修为更为惊人。

"前辈，怎么样？"筌筱见无名神情凝重，忙凑过去扶起他，"您可有医治的方法？"

"心魔不平，虽不是无药可救，但也很难。"无名真人缓缓摇头，虽然看不惯桓宗那张脸，但是身为前辈，到底为桓宗的天分感到几分可惜，"他自己如果不能看破，心境便稳不了。"

他看出筌筱的修为还不够高，恐怕还不知道修士的境界越高，心境出了问题就会越危险。回头看神情漠然站起身的桓宗，轻哼道："看在蓝银花的分上，我会给他炼制一些丹药，在灵台无法控制的时候，可以吃一颗，暂时把灵台里混乱的灵气压制下来。"

"多谢前辈。"桓宗朝无名真人行了一个礼，只是脸上不喜不怒，看不出什么情绪。

"不必谢我，我们这是银货两讫。"无名真人甩了甩袖子，"我的药庐不住外客，七日后你们来我这里取丹药。"

"不敢打扰前辈，我们在外面居住就好。"筌筱朝无名真人露出一个大大的笑脸。

无名真人看了看筌筱，又扭头看桓宗，不知想到什么，不耐烦地摆手："走吧走吧，这几天不要来烦我。"

三人被无名真人赶到大街上，听到身后重重的关门声，筌筱转头对林斛道："林前辈，幸好你有先见之明，把花瓣给收了起来，不然今天我们就没东西给无名真人了。"

林斛动了动唇角,却没有开口说话。之前若不是箜篌叫公子到屋顶赏花,他也不会知道山谷里会有那么一大片蓝银花盛放。与其说这是他的功劳,不如说幸好箜篌发现了它们。

无名真人脾气怪异,经常上一刻开心,下一刻就发怒了,这次他愿意给公子炼丹,对他们而言就是意外之喜。虽然没有求到想要的药材,但这瓶丹药比药材更为珍贵。

有了无名真人炼制的丹药,公子的身体暂时不会再出什么问题,这让林斛安心了很多。至少这样,他们还有时间慢慢去找秘方上需要的药。

御霄门分铺掌柜接到宗门消息后,就派人守在城门口,听到手下说主宗门下的亲传弟子终于进城,他连忙带上早就准备好的东西,一路追赶到无名药庐门外。

他坐在马车里,看着三人被无名真人赶出门,有些犹豫要不要在这种尴尬时刻现身。这种丢面子现场,主宗的亲传弟子,恐怕不想让其他人看见。眼瞧着三人准备乘坐马车离开,分铺掌柜有些坐不住了,他跳下马车:"仙长请留步,在下受金岳宗主之命,来给仙长送东西。"

桓宗停下脚步,回头打量跑过来的男人。这个男人修为只有炼气十阶,穿得像个土财主,微胖的脸上带着几分讨好的笑。

"见过两位仙长,见过仙子。"分铺掌柜拱手行礼,"在下是御霄门分派在宜城的分铺掌柜,前日收到主宗传来的飞讯,他老人家让在下准备好一些出游在外用得上的东西,在此处等待仙长的到来。"

"你说是宗主让你等我?"桓宗有些意外,师父怎么会突然让人送东西过来。

"请仙长过目。"分铺掌柜双手奉上一枚收纳戒,"分铺店小,一时间也收集不到什么好东西,还请仙长见谅。"分铺掌柜早就听说过琉光宗剑修们的威名,最怕他们因不满拔剑,所以在他们面前生怕有半点不妥。

"有劳费心。"林斛接过收纳戒,对分铺掌柜点了点头。

"不敢。"分铺掌柜躬身往后退了两步,"在下便不打扰仙长与仙子休息了,告辞。"

林斛略一点头,等分铺掌柜坐上马车离开后,有些疑惑地想,难道是上次公子寄了特产回去,让宗主误会公子缺灵石花了?

那倒也是,从来不往家寄东西的孩子,突然给长辈寄东西,确实很容易让人多想。

但是公子这些年去过秘境，斩杀过邪修，身上的法宝灵石不少，怎么可能缺灵石？心中生疑，却不好在大街上讨论这种事，林斛赶着马车找到城里最好的客栈。因为要在宜城多待几天，所以这次他没有订客房，而是包下了一个小院儿。

"公子。"林斛把收纳戒交给桓宗，"我检查过了，上面没有其他符咒。"

见桓宗准备把收纳戒随意收起来，他忍不住道："要不你用神识看看里面有什么东西？"以宗主的性格，不会贸然让附属宗门的人送东西，这里面肯定有什么误会。

桓宗用神识探了探收纳戒，发现里面除一些法器、符箓、灵石以外，适合女孩子用的东西占了大半。闪着法光的钗环首饰、法衣、镶满各种宝石的飞剑，甚至还有各种尺码的绣鞋。

活了三百多岁的桓宗，第一次不明白师父的心思，让人给他送这么多女子用的东西做什么。这些衣服粉的粉，黄的黄，红的红，各种样式凑在一块儿，约莫有几十套了。

见桓宗表情有些怪异，林斛担心道："公子，是哪里不对劲吗？"

"你看看。"桓宗把收纳戒递给他。林斛接过收纳戒，用神识一扫，也跟着沉默了。

片刻过后，他才犹豫不定道："是不是前几日宗门弟子回去后，告诉宗主你身边有箜篌姑娘在，这些东西……可能是替箜篌姑娘准备的。"

往常他一直以为琉光宗与云华门关系平平，没想到宗主对云华门弟子如此看重，这个收纳戒里把女孩子能够用得上的东西，全都准备好了。

"你的意思是说，这些东西全都是给箜篌准备的？"桓宗拿回收纳戒，再用神识扫了一遍里面的东西。这发钗做得精致可爱，箜篌戴着肯定漂亮；这件法袍大了些，不适合她，还是这件粉色的好看。

见公子神识一直没有收回来，林斛干咳两声："公子？"

"嗯？"桓宗若无其事地收起收纳戒，"什么事？"

"没事，我就是想提醒你，下午箜篌姑娘想出去逛街，您可要与她一道？"林斛问。

"嗯。"桓宗站起身，"我知道了。"

220

知道是什么意思，去还是不去？林斛见他出了门就往箜篌姑娘住的房间方向走，摇头叹息一声，这么多年，公子终于愿意学着去享受生活了。

可是想到公子的身体状况，他又宁肯公子像是一把冷冰冰的剑，而不是像现在这样，时刻都要担心灵台碎裂，性命不保。

桓宗来到箜篌房间门外："箜篌，此刻可方便？"

门很快从里面拉开，披散着头发的箜篌对他道："桓宗你先坐一会儿，等我梳好头发。"她皮肤很白，头发披散下来，一张脸看起来更小了。

桓宗在朝门口方向的椅子上坐下，食指无意识地摩挲着收纳戒，静静地看箜篌梳头发。

"我刚来修真界的那会儿，还不会梳头发。为了帮我梳出漂亮的双丫髻，两个师兄跟着其他峰的师姐学了好几天梳头发的方法。"箜篌熟练地给自己缩着发髻，梳妆台上放着假髻跟各色发钗，满满摆了一桌子，"但是不管他们怎么学都梳不好，师姐们嫌弃他俩笨手笨脚，后来就换成了师姐们给我梳头发。"

记得那段时间师姐们最喜欢给她梳各种各样的发髻，还给她准备了很多漂亮衣服跟发链，每天换着花样打扮她。后来若不是她学会了自己梳头发，又要闭关修炼，恐怕师姐们还要维持很久这样的爱好。

"你是亲传弟子，身边怎么没有仆妇伺候？"桓宗有些意外。在他们琉光宗里，亲传弟子最重要的就是修炼，为了不让他们分心，琐事皆由随从来做。

"要仆妇做什么？"箜篌在眉间贴了花钿，艳红的花钿让她的皮肤看起来更加白嫩，"五行堂会管理宗门事务，用餐可以去膳食堂。宗门没有给亲传弟子安排仆从的规矩，小事情自己做也不麻烦。"

云华门虽讲究自在随意，却不想把弟子养成除了修炼什么都不会的人，所以不会给弟子分仆从。但若是门下弟子想要自己花钱买仆从进宗门服侍，宗门里也不会拦着。不过大家待在一起的时间久了，渐渐便没人再要仆从服侍了。

没有想到云华门对亲传弟子如此随意，桓宗倒不知道说什么好了。

"好了。"箜篌转身面向桓宗，指了指额间的花钿，"好看吗？"

这还是她第一次贴这个，心里有些忐忑。

"好看。"桓宗看着她额间分不清是桃花还是梨花的花钿，毫不犹豫点头道，"很好看。"

听到桓宗说好看，箜篌放心了，她站起身："让你久等了，我们现在去外面逛一逛？"想起无名真人说的那些话，箜篌想带桓宗到人气旺盛的地方走走，让他散散心。

看着桓宗平静无波的脸庞，箜篌笑了笑，也许需要散心的不是桓宗而是她。

"好。"桓宗捏了捏收纳戒，决定等回来以后再把里面适合女孩子用的东西给箜篌。箜篌喜欢漂亮的东西，这些衣饰送给她，她会高兴吧？

两人向客栈伙计打听了宜城最有名的刺绣铺在哪儿，便开始边问边找。但凡被箜篌问到的路人都很热情，最后一个热情的大妈甚至直接把他们带到了刺绣阁门外。

"丫头，这里面不仅卖绣品，还卖首饰。"大妈偷偷看了眼跟在箜篌身后的桓宗，小声道，"慢慢挑，舍得为你花钱的男人不一定好，但是舍不得给你花钱的有钱男人，肯定不是好东西。"

说完，也不等桓宗与箜篌反应过来，便扭着有些丰满的腰走了。

箜篌茫然地眨了眨眼，刚才那位好心大妈在说什么？

"我们进去吧。"桓宗自然听出刚才那位妇人话里是什么意思，对方怕是误会了他跟箜篌的关系。他一个三百多岁的男人，跟一个十六岁的小姑娘，能有什么？

"哦，好。"箜篌点头。一踏进刺绣阁大门，她就被里面华美的裙衫、披帛吸引住了，左看右看，只觉得这个好看，那个也漂亮，师姐们穿起来肯定很漂亮。

漂亮精致的东西，价格也更昂贵，一番挑拣下来，箜篌几乎掏空了所有预算。她趴在摆放发钗的架子上看了好一会儿，才决定放弃这支自己喜欢的发钗，给师姐跟秋霜长老每人多买一块手帕。

"总共一千二百零八枚灵石，因为贵人您买的商品多，所以我们只收您一千二百灵石。"穿着青衫的女伙计微笑着接过箜篌递过来的锦囊，把灵石倒进法器里测过数量后，继续微笑道，"欢迎您下次光顾。"

桓宗被这些花花绿绿的刺绣弄得头晕目眩，挑不出美丑，在箜篌的帮助下，随意挑拣了一堆绣品让女伙计包了起来。他走出刺绣阁后，才觉得整个人好受许多。

看到他这种反应，箜篌笑出声来："桓宗，你的脸色好难看。"

"我们现在去找驿站,把东西寄出去。"除脸色比平时更白以外,桓宗的表情仍旧很淡漠,只是想要把东西寄出去的欲望强烈了些。

好在驿站离得并不远,当箜篌在玉简上用神识输入寄东西的地点时,桓宗突然道:"我少买了一件东西,你等我片刻,我马上回来。"

"好。"箜篌点了点头,把各种绣品还有写给师长们的信装进收纳袋,交到了飞剑使者手里。

"寄送费五十八灵石,您给五十五灵石便好。"飞剑使者把凭证交给箜篌,"请姑娘放心,我们一定按时把东西送到。"

"多谢。"箜篌点了点头,五十五灵石的寄送费并不便宜,但是能给师门寄东西,箜篌还是高兴的。

没过多久,桓宗就回来了,箜篌见他办寄送手续的时候,并没有重新往收纳袋里放什么东西:"东西没有买到吗?"

桓宗递灵石的手微微一顿,垂下眼睑道:"是我算错了。"

"哦。"箜篌没有多想,与桓宗一起去酒楼尝了当地的招牌菜,走走逛逛,回到客栈的时候,天已经黑了。

"箜篌。"桓宗叫住准备推门回房间的箜篌。

箜篌不解地回头,桓宗把一个小盒子放到她手里:"早些休息。"说完这话,他匆匆转身离开。

看着桓宗离去的背影,箜篌低头打开了锦盒。

月色下,漂亮的发钗躺在锦盒中发光,正是她下午看了很久也没舍得买的那支。

清晨，林斛拉开房门，就看到站在院子里的桓宗。他抬头看了眼灰蒙蒙的天："公子，这么早便起了？"琉光宗的弟子，不闭关的时候，都有早起练剑的习惯，但是公子现在轻易不动剑，这么早出来干什么，欣赏客栈的小院儿美不美？

桓宗回身看林斛，目光在他手里的乌剑上停留片刻："醒了睡不着。"

"你使一套剑法给我看看。"把手背在身后，桓宗道，"这些日子你跟着我东奔西走，辛苦了。"

"我的命都是公子给的，公子又何必对我这么客气。"林斛拔剑出鞘，"请公子指教。"

作为在修真界能够让无数修士仰望的元婴修士，林斛把一套剑法使得密不透风，几乎毫无破绽。但也只是几乎，等他一套剑法使完，桓宗道："第十六式手腕高了一寸，这样会把你腹部的弱点留给对手，若是遇到高手，你会受伤。"

林斛依言重新比画了一遍，桓宗点头道："你的剑法已经到了炉火纯青的地步，最大的问题就是还不够活，剑与你还不是一体，闲暇时好好参悟。"

"我记下了。"林斛也知道自己的弱点，但他没有公子的天赋，要想达到天剑合一的状态，还不知道要等到何时。

很多事情只需要点到即止，桓宗没有再多言。此时东方天际出现了一丝亮红，天快亮了。桓宗抬头看着天际的亮光，如玉般的容颜，也如玉一样冰冷。

"公子……"

"继续练剑。"桓宗头也不回道，"修行如逆水行舟，不可懈怠。"

"是。"林斛不再多言，继续练起剑来。

林斛练剑，桓宗便在一边看。直到旭日东升，小院靠东的房门才打开，穿着月牙色裙衫的少女从门后走出来。

"林前辈，桓宗。"箜篌心情似乎很好，白里透红的脸颊上带着笑，蹦蹦跳跳走到桓宗面前，"你们这么早就起床啦？"

桓宗朝她的发间看了眼，眼角眉梢都被初升的太阳浸染上暖色："林斛练剑，我出来看看。"

"林前辈的剑法真好。"箜篌站在桓宗身边，有些不好意思，"初与你们相识时，我还以为林前辈是金丹修士，没想到他竟是元婴老祖。"

"你修为还低，看不准别人的修为很正常。"桓宗侧身看她，"林斛还有一会儿才能练完，我先陪你去用早饭。"

"好。"箜篌知道练剑的时候不宜打断，答应了桓宗的建议。

客栈的伙计看到两人从后面的小院出来，忙热情地迎了上去。能在客栈租小院的客人，那都是有钱的大人物，需要小心伺候着。

把客人需要的饭食端上桌，伙计一边擦桌子，一边偷听客人们的讲话。在大客栈做伙计，他忙中解忧的方式就是听客人讲各种趣事。哪个修士背叛自己道侣了，哪个大宗门弟子闯祸了，哪个大家族出了个修炼天才，还有什么师徒反目成仇，都让他听得津津有味。

"明年的交流大会，肯定又是琉光宗名列前茅，其他宗门弟子虽也各有精彩表现，但到底不如琉光宗。我倒是想去看个热闹，可惜交流大会的入场券，已经炒到了一千多灵石一张。老子行走江湖这么多年，什么东西都有，就是没有灵石，这场热闹怕是看不成了。"

"那些哄抬价格的小贩也是缺德，上次交流大会入场券最高价也才一千二百灵石。这次大会，还有一年多时间才开始，入场券就已经卖到了上一次的最高价，等到明年，肯定要喊出两千灵石的高价。"

"没办法，修真界有钱的傻子太多。"

"呵，有钱就是傻子，就没钱的聪明？"

"诸位道友，诸位道友，大家都好好说话，别聊出火气来。我们还是聊聊，明年交流会上，除了琉光宗外，哪个宗门表现得更好。"

"十大宗门里，除了云华门，哪个宗门都有可能。"

提到云华门，客栈里的众人都默契地发出笑声。

桓宗捏着勺子的手微微顿住，他回头看了眼身后哄笑的众人，皱了皱眉。倒是箜篌对这些笑声并不太在意，反而一边吃一边听他们聊天，听得津津有味。

"云华门的实力并不弱，怎么就不可能更为出彩？"角落里，一个看起来只有十多岁的小公子满是不解，"为何你们要这么说？"

"少年郎是第一次出门吧？"穿着灰袍的大汉朗声笑道，"上一届交流大会由昭晗宗举办，云华门派了二十多名弟子参加，哪知道这些弟子半路上瞧热闹忘了时间，等他们赶到昭晗宗时，交流会第一场大比都结束了，他们连参赛资格都给弄丢了。"

少年公子听得目瞪口呆，似乎没想到云华门竟然会犯这种错误。听着在座诸位的笑声，他愣了好一会儿才道："那明年的交流大会在哪里举办，若是想买入场券，应该找谁？"

"明年交流大会举办地在琉光宗，不然价格也不会炒得这么高。"在座诸人聊起别人的趣事有些嘴碎，但都不是坏心眼的人，见少年公子对这事好奇，有人便热情地回答了。

"入场邀请券很多门派都会收到，有些门派手头拮据，会拿出一些入场券贩卖。只要公子有修士命牌，能够证明身家清白，多花些灵石总能买到的。"回话的是个用刀的妇人，她容貌艳丽，朝少年公子抛了个媚眼，"不过小公子千万要记住，去了十大宗门的地盘，一定要按他们的规矩办事，不按规矩办事的人下场惨得都不适合奴家讲给你听。"

少年公子被妇人的媚眼弄得面红耳赤，匆匆扒了几口饭，便忙不迭跑了。他这个样子引得众人再度笑起来。有人笑妇人连小孩子都不放过，也有人笑少年公子面皮薄，这么好的艳遇都不珍惜。

与三树城清冷的客栈相比，宜城的客栈实在热闹太多，这里的修士也多。

"桓宗，明年的交流大会，在你们宗门举办啊？"箜篌小声道，"交流大会好玩吗？"

桓宗仔细回忆着以往的交流大会，但是他的脑子里除了各个宗门穿着不同的弟子，就是一场又一场赢得很轻松的比试，实在称不上好玩。

"尚可。"桓宗道，"等你明年来了，我带你到宗门外的佩城好好逛一逛。"

琉光宗坐落于佩城的琉光山，由于琉光宗被称为修士的圣地，所以佩城也跟着热闹起来，就连修真界皇族所在的城池都比不上。桓宗以前很少下山，就算下山也是直接从佩城上空飞过，不会轻易进城。对他而言，佩城太过喧闹了。但是热闹的州城，却刚好适合带箜篌去游玩。

小姑娘应该都喜欢热闹的地方。

"我还不知道能不能去呢。"听到那些修士说，入场券将会卖出两千灵石的高价，箜篌就已经心动了。不过宗门会派哪些弟子去参加，她也不知道，万一到时候长辈们不带她去，她也不能厚着脸皮硬跟着去。

"没关系，若是你的师门不带你来，我就去云华门接你。"桓宗嘴角微微上扬，"我还是能做这点主的。"

听桓宗这么说，箜篌顿时高兴起来。她坐直身体，对桓宗道："那你到时候可千万别忘了来。"

"好。"桓宗笑容更加温和。

"桓宗，"箜篌轻轻咬着筷子，摸了下发间的飞雀钗，"谢谢你。"她太喜欢这支钗了，今天早上起床梳好头发后，便迫不及待把它给戴上了。

"一支发钗而已。"桓宗笑，"我未送过女子东西，也不知道你们喜欢什么，你日后若是有什么喜欢的东西，可以告诉我。"

箜篌放下筷子笑了："桓宗，你这样跟人做朋友，会吃亏的。"

桓宗失笑，把价值连城的朱红草顺手送给他的小姑娘，竟一本正经地说他会吃亏，也不知道云华门怎么养的徒弟，竟把小姑娘养得如此娇憨天真。

"我说诸位道友，你们还是少说几句为好，这些话万一传到云华门耳中，怕是不太好。"一个干瘦的老头摇头晃脑道，"十大宗门势力极大，你们在这里笑话云华门，小心跟他们结仇。"

听到这话，修士们都愣住了，他们倒是没怎么想过这一点。人都有从众的心理，一个人不敢做的时候，做的人多了，胆子好像也大了起来。现在这个干瘦老头子提出来，他们才意识到刚才说的那些话如果被云华门知道，确实有些不妥。

"应该不会吧，云华门的弟子我曾有幸接触过，性格很是随和，有时候连他们都会拿自己打趣，哪会因为我们说笑两句就发难？"灰袍汉子游移不定道，"更何况我们方才也没什么恶意……"

"大宗门的人,都擅于做戏掩饰,至于真不在意还是假不介意,谁又分得清?到时他们要在背后算账,在座诸位可有应对之策?当真就不怕?"干瘦老人高深莫测道,"世上可不缺表面高风亮节,内里藏污纳垢的伪君子。"

"长辈既然是小心谨慎之人,又怎么能在众人面前说这种话?"

就在众人内心七上八下的时候,一个穿着月牙色飞仙裙的漂亮姑娘抬起头看向干瘦老人:"您这话可是在暗示云华门是伪君子,难道就不怕云华门来报复你?"

"老朽不过是好心提醒罢了,又不是说云华门是伪君子。"干瘦老人愣了愣,没有想到会有人反驳他的话,"你一个小姑娘,能懂什么?"

筌篌哼哼一笑,老头说这话看似在好心提醒在座的修士,实际却是在挑拨离间,让众人觉得像云华门这样的大宗门是伪君子,只是表面大度,实际小心眼又记仇,一言不合就会报复。

"修真界这么大,若是谁说几句有关十大宗门不好的话,他们就要去报复,还不累死他们?"筌篌翻个白眼,"十大宗门的人若都这么闲得没事干,也别当什么十大宗门了,直接做修真界杀手算了。"

好看的小姑娘翻白眼,也很难让人生出反感。倒是有人因为筌篌的话笑出声来,仔细想想,也是这个道理,如果十大宗门真这么小心眼,哪还能坐稳排名前十的位置?

大宗门之所以是大宗门,就是因为他们有能力、有魄力。近一两千年来,十大宗门的排位不是没有变过,掉出前十的宗门,哪个不是因为作风不正、内部管理混乱,才导致的实力下降。

"这位漂亮小妹妹的话很有道理。"刚才调戏过少年公子的美艳妇人扬起红唇笑道,"诸位道友不要自己吓自己。有些人表面上是为了我们好,没准是在挑拨离间呢,大家可别上了当。"

干瘦老人闻言不悦:"道友这话是什么意思?"

"我能有什么意思。"美艳妇人挑了挑眉,"听者心里有鬼就别的意思,心里没鬼就没其他意思,还用我来解释?"

"你……"干瘦老人面色变了变,转头瞪筌篌,"你说他们不会报复他们就不报复了?你又不是云华门的人,难道能代表他们?"

筌篌眨了眨眼,小声对桓宗道:"这个老头儿好生不要脸,辩不过那位漂亮姐姐，就来欺负我这个小姑娘，哪有这样的人。"

她说话的声音虽小，却足够让不少人听见，美艳妇人当即嗤笑出声，没有给老人留半分面子："没办法，这个世界上，总有只长年龄却不长脑子的人，小妹妹你还小，不懂得人心复杂。"

"姐姐提醒得是。"箜篌与美艳妇人一唱一和，把干瘦老人气得差点当场拍桌子。可他也知道，若这两个女人联手，他不是她们的对手，所以只能强忍下来。

他付了账，气得转头就走。

美艳妇人看着他的背影，冷哼道："居心叵测的老东西。"

干瘦老头离开后，大厅再度热闹起来，箜篌听着各种离奇传言，连东西也顾不上吃了。

"听说柳言门的掌派弟子在结道大典那日，当着众宾客的面，终止了与青玉门仙子的婚约，转头跟个炼气三阶的女修走在了一起。青玉门现在与柳言门闹得反目成仇，等到明年交流大会，这两个宗门恐怕要斗得厉害。"

柳言门与青玉门在修真界的实力，也排得上前二十，现在柳言门的掌派弟子让青玉门丢了这么大的脸，修真界恐怕要因为这事闹上一阵子。

听柳言门掌派弟子对炼气三阶的女修如何深情，连青玉门单灵根亲传女弟子都不要云云，箜篌总觉得这事有些不对味儿。追求情爱的契合并没有错，但是这种事情早该说清楚，何必等到结道大典才闹出来？

他们的爱情珍贵，那位青玉门的女修就该为他们的感情落尽颜面？

"吃好了？"桓宗摸了摸箜篌面前的粥碗，"粥凉了，要不要让伙计换一碗？"

箜篌摇头："我回去打坐。"

桓宗站起身，跟在她身后。两人穿过回廊，远离了前厅的喧闹。箜篌踢了踢小院里的石凳："那个柳言门的掌派弟子，好不要脸。"

刚才没有注意听他人闲谈的桓宗："……"

"桓宗，你怎么看？"箜篌趴在石桌上，把脸从胳膊里抬起来看桓宗。

"嗯，不要脸。"桓宗点头。

看着桓宗平静的脸，箜篌笑了笑，朝他探头道："桓宗，你好可爱啊。"

桓宗："什么？"

长得好看又一本正经的男人，迷惑不解望过来的时候，真是一道美丽的风景线。箜篌捧脸，桓宗好看、可爱还正直，只要多看几眼，都能让她心情好起来。

心情瞬间好了大半，箜篌站起身："桓宗，我去打坐啦。"

桓宗："……"

年轻小姑娘的心思，都是这么难懂吗？

身后传来脚步声，他扭头看去，练完剑的林斛站在一棵枇杷树下看他。主仆二人静静对视，林斛抹了抹额头上的细汗，声音平静："我什么都没听见。"

桓宗垂下眼睑："刚才你练错的剑法，今天可以再练几遍。"

林斛擦汗的手顿住："公子，我真的什么都没听见。"

"我并不在意你听没听见。"桓宗站起身，面无表情道，"让你练剑，与此事毫无干系，你不必多想。"

林斛："……"

呵。

云华门三位长老中，秋霜长老独居一座山头，因为她喜静，所以一年四季没有几个弟子敢去打扰她。但是今天有些不同，她正在洞府里打坐，听到有弟子在外面唤她。

　　"何事？"秋霜走出洞府，见到一位后辈站在洞门外，手里端着托盘，托盘上盖着红绸，她看不清里面摆着什么。

　　"长老，这是栖月峰箜篌师叔让飞剑使者给您带回来的东西，请您过目。"五行堂的弟子站在秋霜长老面前有些胆怯，连头都不敢抬。

　　"给我的？"秋霜有些意外，伸手接过托盘，"箜篌在外可还好？"前几日琉光宗的金岳来信说，箜篌与琉光宗亲传弟子在一起，琉光宗的亲传弟子向来厉害，箜篌应该不会遇到什么危险。

　　"弟子不知，这里面有箜篌师叔给您的信，或许信中师叔会提她的近况。"

　　"我知道了，你下去吧。"端着托盘回到洞府，秋霜掀开上面盖着的红绸，就看到了托盘中华丽的长裙。长裙白色为底，上面绣着艳丽的牡丹花，华美无比。除了华丽的绣裙外，还有一条绯色披帛与两块手帕，样式华贵，色彩都偏艳丽。

　　她拆开信封，里面有三分之一的内容在夸她容貌；三分之一的内容在说裙子她穿上后肯定会很漂亮；最后几段话里，才提及近况。

　　桓宗……

　　看着信中箜篌提到的名字，秋霜笑了，看来箜篌跟这个琉光宗的伙伴在外面玩得很开心，连修真界难得遇见的蓝银花都看到了。把信纸叠好，放回信封里，秋霜的目光，落到了那条华丽无比的长裙上。

琉光宗中，女长老与女峰主、女弟子们收到了一份由飞剑使者送来的礼物。

裙子很漂亮，帕子上绣的花样也精致，发钗也合她们的意，唯一有问题的是寄送人。无情淡漠，规矩守礼，连一句话都不喜欢多说的师侄突然给她们送女子喜欢的东西，这是何等的可怕与怪异。

一位女长老特意让随从去打听了一下，宗门里除她以外，还有几个女弟子与女峰主收到了师侄寄来的礼物，就连金岳这个宗主都没有。

女长老把裙子翻来覆去看了好几遍，但是不管她怎么看，手里的裙子都不是顶级法袍，而是制作精美的普通裙子，只是在上面加持了几个可以发出流光的法阵，让裙子看起来更加漂亮，没有任何防御功能。

师侄这是怎么了？

"长老，这衣服……"随从见长老神情凝重，不敢多话，直到长老把裙子放下后，才问她裙子该怎么处理。

"挂起来吧。"女长老想了想，又补充道，"小心些挂，千万不要弄出褶皱。"

虽不是法袍，好歹是师侄的一片心意。想到师侄的身体状况，她叹了口气，平日冷淡的孩子，竟也开始知道给她们带东西回来了。

翻找出一堆灵石、符箓与法器交给随从："师侄这几日应该还在宜城，这些东西你让飞剑使者带给他。"

师侄现在身体不好，身上应该多带些法器、符箓防身。

箜篌在屋子里打坐了三日，出门看到一个衣服上绣着"如风"二字的男人站在林斛面前，这不是驿站里飞剑使者的统一装束吗？

收起今天第三个由飞剑使者送来的收纳袋，林斛面无表情地转身，刚好对上箜篌好奇的眼神。

"箜篌姑娘。"林斛对她点了点头，从收纳戒里取出两个收纳袋，"这是你的师门昨日让飞剑使者送来的。"

箜篌接过收纳袋打开一看，秋霜长老寄来的包裹里，除了灵石外还有很多法器，大有让她当打不过别人，就拿法器砸死对方之势。还有一个是几位师姐凑份子寄来的，里面只有一包灵石跟一封信，信上说让她在外面不要委屈了自己，另外再让她到刺绣阁帮买几支发钗回来。

数了数师姐们寄来的灵石，箜篌发现买完师姐们想要的发钗，大概还能剩下二百灵石，扣除几十灵石的寄送费，就只剩下一百多灵石了。

这一百多灵石是给她的跑路费？

抖了抖信纸，箜篌发现背后还写了几句话，大意是御霄门最近出了几款新的流仙裙，她们一时没忍住诱惑就买了下来，以至于手头比较拮据，让她不要嫌她们给的灵石少。

这可真是她的亲师姐。等她买好发钗寄送回去时，一定要写信让她们帮她买条最新款的流仙裙，但她出门在外身上没什么灵石，就不给她们了。

看着箜篌一枚一枚数灵石的样子，林斛想起近两天琉光宗女长老与女峰主们给公子寄来的大堆灵石与法器，有些怀疑云华门招不到天资最好的弟子，不是因为别的，而是因为他们对亲传弟子太抠门。

他们家公子出门，宗主、峰主们出手就是几万十几万灵石。箜篌姑娘一个五灵根亲传弟子，竟然还要算着灵石过日子。舍得给弟子价值连城的宝剑，却舍不得多给弟子一些灵石花，云华门这是什么毛病？

虽然师姐们很抠门，但是秋霜长老很大方，竟然给了她五万灵石。从来没有这么富裕过的箜篌小心翼翼地把灵石全部装进自己的收纳戒，扭头见林斛还在，于是指了指他手上的收纳袋："林前辈，这些是琉光宗寄给桓宗的收纳袋吗？"

"嗯，没什么好东西，就是些灵石。"林斛不敢让箜篌看到收纳袋里装了什么东西，怕她自卑。

这两日公子收到的东西，单单灵石，就已经超过五十万了。

箜篌正想说，桓宗是不是没钱了，她可以借给他，就听到外面传来争吵声。

在云华门待久了，听到别人吵架，箜篌就忍不住站起身，快步跑到外面大厅看发生了什么事。刚到门口，她就听到"柳言门"三个字。

大厅里，几位穿紫衣的女修与穿蓝袍的男修相对而立，为首的男修衣袍上绣着华丽的暗纹，手中牵着一个着绿裙的女子。他神情有些不快，但不知道为何，强忍着没有发怒。倒是他身边的绿裙女子哭得梨花带雨，十分可怜。

几位紫衣女修没有理会她，只一个劲儿嘲讽蓝袍男修，一会儿说他恬不知耻，一会说他心性不定，还是别修行早些去凡尘俗世做个富家公子，纳上几房妾，岂不更美。

"见异思迁，好色贪婪，柳言门也就只能教出这种货色的弟子了。"一名高瘦的紫衣女修冷笑，"心性这么差就别做修士，免得踩脏了别人的修炼路。"

"诸位仙子有什么气向我撒,不要牵扯整个柳言门。"绿裙女子听不下去,"这一切都是我的错,你们要怪就怪我,不要怪我家公子。"

"苍蝇非要往脏臭玩意儿上面贴,难道我们还要怪脏臭玩意儿放错了地方?"紫衣女修斜睨她一眼,"姑娘,这是我们宗门跟柳言门的恩怨,还请姑娘不要插手,多谢。"

紫衣女修的话,比直接指着绿裙女子叫骂还要让她难堪。她嘴唇颤抖,却不知道该怎么接话。这几日为了避过青玉门的人,公子特意带她到离青玉门比较远的宜城散心,没想到还是这么巧,竟遇到了青玉门的大师姐等一行人。

这里是宜城最大、最讲究的客栈,肯定有不少修士住,若此时在这里闹起来,不知会引来多少人看笑话。绿裙女子拽着蓝袍男修的袖子,把头低了下去。

"你到底想要怎么样?"蓝袍男修咬牙道,"你们不要欺人太甚。"

"当日你当着众宾客的面,让我师妹颜面大失,也让不少人看尽了我们青玉门笑话。我们门主已经放话,有我们青玉门的地方,就不能有你柳言门。"大师姐祭出自己的本命法宝,"要么你现在就滚,要么我打得你滚。"

"不要以为我不敢跟你动手。"男修拔剑出鞘,"当日的事,确实是我做得不妥,但不爱就是不爱,你们也不能强逼着我娶她。"

"谁稀罕你爱了,也不看看你是个什么东西。"大师姐厉声笑道,"我青玉门的弟子,难道还缺男人不成?不过是你往日甜言蜜语,骗着我师妹答应与你结为道侣。谁知道你为人如此不诚恳,私下又与其他女人纠缠不清。既然如此,你为何不早些说清楚,非要等到结道大典那一日,才当着众宾客的面,说什么根本不爱我家小师妹。难道这样会让你更有成就感,让天下都知道你卞宏人尽可妻、魅力不凡?"

人尽可夫的说法常有,人尽可妻倒是少见,旁边看热闹的修士竟是被逗笑了。不管是普通人还是修士,内心都是偏向弱者的,更何况青玉门的这几位女修个个容貌清秀,把前因后果说得清清楚楚,谁对谁错已经十分明朗。在座众人,已经不知不觉偏向了青玉门,偶尔有胆子大的,已经开口责备起柳言门做事不厚道。

林斛追着箜篌出来时,见她坐在角落里,手里还端着碟干果,一边吃一边看得兴致勃勃。这才眨眼的时间,她连零嘴都准备好了?

看到林斛追出来,箜篌朝他招了招手,等他走近后小声道:"这里角度比较好,还不容易被当事人波及。"从收纳戒里掏出一包干果递给林斛,"这些炒货是我特意带出门的,又香又脆,你拿去吃,吃完了我这里还有。"

沉稳大叔林斛修士,面无表情地拒绝了箜篌分享零嘴的好意,他沉默地站在箜篌身后,看着眼前这场闹剧。离开宗门前,柳言门的门主曾多次到宗门拜访,言辞中有依附琉光宗的意思,也不知道宗主对此事有什么想法。

"你!"卞宏听着四周的笑声与指责声,再也忍不住蓬勃的怒意,用剑指着青玉门大师姐,"你们青玉门是比我们柳言门势力大,但这并不代表我会怕你。"

大师姐柳眉倒竖,手中的武器发出刺眼的法光,眼见着就要动起手来。

"等等。"角落里,一位穿着束腰广袖飞仙裙的少女打断他们即将开始的争斗,"客栈修建不易,二位若要动手,可否找个空旷的地方再打?"

躲在柜台后的掌柜听到这话,对少女感激不已,这些名门修士要动手,他还真不敢阻拦。到时候打坏了东西,就算这些人赔他灵石,也要费好些时间才能让客栈恢复原样。

少女的话就像是在烈火上泼了几杯水,两边的战意瞬间消减不少。青玉门大师姐收起法宝,朝少女拱手道:"姑娘提醒得是,是在下莽撞了。"

毁坏客栈事小,事情闹得这么大,城主府肯定会派人来查看。在客栈斗殴,就算她们再有理,也违反了宜城的管理规则,而且事情若是传出去,只会让不知情的人以为他们青玉门咄咄逼人,反而不好看。

见青玉门大师姐收起了剑,卞宏心里暗暗松了口气。论修为他稍逊青玉门掌派大师姐一筹,加上还有修为低微的绿腰在他身边,需要他的保护,他还真没多少把握能在对方手上讨到便宜。

转身看向说话的少女,卞宏收起剑道:"看在这位姑娘的分上,我今日不与你计较。"

见两边竟然没有打起来,有人失望,有人替客栈老板松口气,还有些抱着英雄救美的想法的男修惋惜错过了这次在女修面前露脸的好机会。片刻间在座众人各自收回注意力,喝茶的喝茶,吃饭的吃饭。

"你可千万别说这种话,我没这么大的面子。"箜篌站起身,拍了拍衣服上沾着的干果壳,"我跟你这种做事不厚道的男修,应该没什么交情。"

有人因为箜篌的话笑出声,只觉得少女这句话实在解恨。

"姑娘,没人告诉你,出门在外要谨慎说话吗?"没想到连一个身份不明,

修为还是筑基期的女人都敢不给他脸面，卞宏脸色十分难看，"还请姑娘不要插手我们两个门派的私事，此事与姑娘无关。"

"道友误会了，我没有插手两派事务的意思。"箜篌偷偷翻了个白眼，她只是纯粹看不顺眼这种男人而已。

身边有林前辈这个高手就是好，这让她看热闹的底气足了很多。箜篌十分怀疑，跟桓宗他们在一起待久了，她可能会把仗势看热闹学得炉火纯青。

"姑娘明白这个道理就好。"卞宏还想说几句狠话，但是他发现少女身后的黑衣男人冷冷看了他一眼，而对方的修为他根本看不透。

这是个高手。

卞宏心头一紧，把即将出口的话咽了回去。刹那间他面色又青又白，扭头带着身边的绿腰与其他门人往外走。绿腰娇娇怯怯，十分惹人怜爱。走过青玉门弟子身边时，屈膝向她们行了一个礼后才跟上卞宏的步伐，消失在众人面前。

看到这一幕，箜篌小声对林斛道："那个绿裙女人心眼真不少。"刚才向青玉门弟子行礼，看似礼貌卑微，其实是在挑衅。这种行为她曾在好些女人身上见过，景洪帝后宫里不少女人，都玩过这些小手段。

林斛看箜篌，等着她接下来的解释。

"跟你解释不了，这是女人的直觉。"箜篌看了眼四周，这里人多眼杂不适合说没有证据的事情，免得让人误会。她带着林斛来到后院，才开口道："我怀疑那个女人有问题。"

世间有些男人看不起女人，但是往往对这种男人而言，美人计又非常好用。那个女人对柳言门掌派弟子的依赖姿态很明显，仿佛他就是她的天与命。但是箜篌觉得，绿裙女子对柳言门的那个男修并没有多少感情。这样矫揉造作的手段，她从记事起就在后宫看过不少，早就看透了。

世上永远不缺为了过上好日子，就出卖自己感情的男男女女，所以她猜不出那个绿裙女人是别有心思，还是单纯想靠着柳言门掌派弟子过上舒适安稳的日子。

此时桓宗所在的房间门打开，见箜篌与林斛都在院子里，桓宗把目光落到箜篌身上："打坐结束了？"

箜篌点头，跟他说起刚才发生的事。箜篌很有自知之明，她修为与见识都有限，遇到那些觉得可疑的事情，及时告诉身边的人，才是最妥当的方法。桓宗是琉光宗弟子，林前辈修为又高，考虑问题时，肯定比她更周到。

"柳言门？"桓宗想起一个时辰前收到的飞讯符，师父在飞讯里说，柳言门有意依附，宗门内意见不一，所以来信问问他的看法。

琉光宗虽是修真界势力最大的宗派，但不是十大门里有依附门派与城池最多的。每当有城池与门派有依附意向时，宗门都会对他们进行严格的考核。门派实力不是考核的重点，最重要的是他们对门派弟子的教导理念以及门派内弟子的品性，若是这两点达不到琉光宗的要求，琉光宗是万万不会答应让他们依附的。

"身为男人容易受美色迷惑，说明心性不稳。做事不考虑后果，只凭自己意愿，毫无责任心，这样的人竟是掌派弟子，等他做了柳言门的门主，柳言门内部不知要乱到何种地步。"桓宗皱了皱眉，转头对林斛道，"林斛，你帮我传封飞讯给宗主，就说我不赞同柳言门的依附。另外让宗门的人去查一查柳言门与青玉门的恩怨，尤其是要查清那位炼气期女修的来历。"

"我明白了。"林斛见桓宗在箜篌身边坐了下来，很干脆地转身就往外走。

不懂怎么跟朋友相处的公子，与只有十几岁的小姑娘在一起谈论的话题，是他这种老男人永远都无法理解的。

"桓宗，我刚才听林斛说，你的宗门给你寄了些灵石来，你身上是缺灵石了吗？"箜篌从收纳戒里掏出一个收纳袋，"宗门长老给我寄了五万灵石，你若是不够的话，我分你一半。"

桓宗愣了愣，没有想到自己在箜篌眼里，竟成了靠借灵石过日子的男人。见她认真严肃的模样，桓宗失笑："你误会了，我并不缺灵石。"

"真的？"箜篌怀疑地看了一眼桓宗，担心他为了面子，不愿意承认缺灵石这种事。

"真的。"桓宗想了一下自己这些年攒下的灵石，但是实在太多，他只能按堆算，没法说清数量，只好对箜篌道，"我在金丹期时，无意中进入了一个几千年前度劫老祖留下的秘境，在里面得了些东西。一百年前又进了几个秘境，虽然比不上宗门里长辈们的资产丰厚，但也算得上略有薄产。"

"薄产……"箜篌咽了咽口水，从好几个秘境里出来，也不知道能得多少东西，在桓宗口中却只能算薄产？

"我不曾算过这些东西有多少，等你明年来琉光宗，我带你去看看我库房里的东西。"桓宗仔细考虑着这件事的可行性,"里面说不定有些适合你用的法器。"

荃篌默默捂脸,她刚才究竟是哪来的自信觉得桓宗缺灵石,真正一贫如洗的人,是她才对。想到自己方才还想给桓宗分灵石,荃篌就觉得自己脸上发烫,好丢人。

见荃篌捧着脸不说话,桓宗莫名觉得她此时可爱极了:"你的这份心意我收下了,谢谢你。"

三十年前出门追杀邪修时,他在街上听到两个男人交谈,一个男人说,愿意主动借钱给朋友的人,肯定是对朋友真心相待的。看荃篌平时的花钱习惯,她身上的灵石应该不算多。但是即便如此,在她以为他缺钱的时候,还要借钱给他,世上怎么有傻得如此可爱的小姑娘。

"这事咱还是别提了。"荃篌捂着脸,连声音都跟着虚起来,"不如我们聊一聊,你还缺哪些药材,我明天要给师姐们寄东西回去,刚好可以问问宗主宗门里有没有你需要的药材。"

桓宗淡笑,师父早就写信问过九大宗门,若是有又怎会等到现在。但是看着荃篌为他操心的样子,桓宗也不知自己是怎么想的,竟然真的把缺的十几味药写了出来。

"寻云树枝、横公鱼、火莲蕊、千年化蝶草、凤凰羽……"荃篌觉得,这十几味药简直就是集修真界难寻药之大成,什么难找就要什么。像什么凤凰羽、龙血之类,几乎不可能找到。即便她只在修真界待了六年时间,也知道龙凤几乎不存于世,这要上哪儿去找?

但是世上既然有这样的药方,说明这些东西曾经存在过,只是现在已经绝迹。凡是存在过的东西,总会留下痕迹,万一他们运气好,真的给找到了呢。

怀抱希望,才会有更好的未来。

把这张单子收起来,荃篌道:"慢慢找,总能凑齐的。"

桓宗淡笑,俊美的脸上如微风吹过,温润又平和。

林斛传出去的飞讯符很快就到了琉光宗。看到飞讯里桓宗明言不赞同柳言门的依附,诸位峰主都很诧异,向来对宗门事务不太上心的师侄,这次的态度怎会如此坚决?难道是在外面听说了什么有关柳言门的事,让他对柳言门产生了不满?

"我跟师侄看法相同，柳言门掌派弟子与青玉门亲传弟子的结道大典，以闹剧的方式收场，可见柳言门在这件事上处理得非常不好。"松河摇头道，"修士重情本没错，但是事情不是这么办的。更重要的是，卞宏还是掌派弟子，日后要继承宗门的。这样的人做了掌门以后，能把宗门管理好？"

"虽卞宏处事不妥，但柳言门门主是个仁义的修士，其门下其他的弟子也都严守门规，从不作恶。若因卞宏一人，否定整个宗门，是不是有些不合适？"另一位峰主道，"不如派弟子查看过后再决定？"

"这事暂时搁置，查清真相后再议。"金岳把飞讯符收起来，对诸位峰主道，"你们师侄飞讯符里也是这个意思，那个炼气期女修确实有些可疑，这事如果不处理好，柳言门与青玉门肯定会反目成仇，闹出更多的事情来。"

其他峰主也都没有意见，能让性格淡漠的师侄都说出不好来，可见柳言门的掌派弟子肯定有问题。

柳言门的门主最近几天觉得心里有些发慌，不知道是被亲传弟子气的，还是因为即将依附琉光宗太过紧张。因为大弟子卞宏在结道大典上闹出的丑事，他心情糟糕了好些日子，甚至生出了取消卞宏掌派大弟子身份的心思。

身为宗门掌派大弟子，最重要的就是以身作则，不然让下面的弟子怎么看？可是想到这个弟子是自己亲手养大的，在自己身边跟了二百多年，门主到底有些心软。

"门主，琉光宗的亲传弟子求见。"来传话的弟子，让门主激动得站起身来："请他到正殿饮杯灵茶，我马上过去。"门主换了件法袍，就匆匆往正殿赶去。走到正殿门口，他见到身穿白色锦袍的琉光宗弟子端坐在椅子上，从头到脚都带着独属于琉光宗的严肃，不免就多了几分紧张之情。

看到他进来，琉光宗弟子站起身，朝他行礼道："晚辈见过门主。"

"道友远道而来，辛苦了，快快请坐。"门主笑着回礼，等琉光宗弟子再度坐下以后，才道，"不知道友今日来鄙派，所为何事？"

"晚辈今日来，是奉了宗主与诸位峰主之命。"琉光宗弟子对他拱了拱手，"还请门主恕晚辈贸然上门之罪。"

奉宗主与峰主之命？门主的心微微提起，难道是为了依附之事？

"何来贸然之说，道友能来，鄙派真是蓬荜生辉。"门主笑了笑，"还请道友直言。"

琉光宗弟子知道这位门主品行端正，也没有刻意刁难："关于贵宗门加入鄙派之事，宗主与各位峰主思索再三，都觉得此事不必过于匆忙，等交流大会过后我们两派再慢慢商谈。"

听到这话，门主心中"咯噔"一下，之前这事已经谈得差不多，就差摆到明面上昭告整个修真界了，为何今日突然就决定稍后再议？

"道友，为何此事出了变故？"门主脸上的笑容几乎维持不住，他勉强撑着笑道，"可是鄙派有哪里做得不好？"

"请门主不要多想，贵派的教导理念与宗门作风都很好，只是鄙派近来要准备交流大会的事情，无暇他顾罢了。"琉光宗弟子起身道，"明年的交流大会，鄙派上下热烈恭迎贵派前来。"

嘴上说着热烈欢迎，这位琉光宗弟子脸上却没有什么多余的表情，实在很难让人感受到他们的热切之情。

门主见琉光宗弟子传完话就准备离开，再三苦留不住，只好亲自送他到宗派大门外，苦笑道："还请道友告诉在下，鄙派究竟是哪里出了错？"以琉光宗的性格，不会轻易出尔反尔，肯定是他们门派哪里出了问题。

琉光宗弟子见他为了宗门还要伏低做小，同情他多年的心血毁于不争气的徒弟身上，起了恻隐之心："鄙派不仅看重当下，也看重贵宗门未来的发展。"

门主怔住，这话的意思是琉光宗对卞宏不满？

见门主明白过来，琉光宗弟子也不多言："告辞。"

"道友慢走。"门主心里泛苦，为了能加入琉光宗，他从坐上门主之位后便开始努力，不承想到了关键时刻，竟在他养出的徒弟这里出了岔子。

越想越难受，门主"哇"的一声，吐出了几口心头血。

"门主！"跟在他后面的弟子见状，吓得面色惨白，连忙上前扶住他的手臂，"请宗主多多保重，既然琉光宗说此事稍后再议，说明还有商量的余地，您切莫因为此事坏了心境。若是您出了事，此事就当真没有机会了。"

擦去嘴角的血，门主疲倦地挥了挥手："你们不用担心，我还撑得住。"

"宗主……"

"派人去请各峰主、管事及长老到正殿，就说我有要事与他们商议。"

"是。"弟子面带忧色地离开，对掌派大师兄的不满更甚，若不是他三心二意，害得青玉门的小师妹颜面大失，事情又怎么会闹到这个地步？

三日后，柳言门昭告整个修真界，因卞宏私德有亏，取消他掌派大弟子的身份。这个消息一出，引起整个修真界修士的讨论。对于宗门而言，掌派大弟子的身份是不能轻易更换的，这会引起其他弟子心神不宁，影响心境。

柳言门现在做出这个决定，无疑是给青玉门一个交代，不过这个交代也太诚恳郑重了。

因柳言门的态度太过端正，放话要与柳言门断绝交往的青玉门震惊了。他们也知道掌派弟子这个身份有多重要，所以在听到这个消息后，对柳言门的怨气消散了大半。

两个宗门都是修真界屹立多年的门派，若是他们对立起来，不少与他们交好的门派也要牵扯进去。现在柳言门做出这个决定，不仅缓解了两派的矛盾，也消除了修真界这场即将发生的争斗。

林斛听到这个消息，找到桓宗准备汇报时，箜篌正在跟桓宗学习怎么炼器。

为了不让炼器炉里的真火烤伤她的皮肤，她在脸上抹了秋霜长老赠送的护肤膏，才踏进炼器室的门。

因为刚接触炼器，桓宗也不指望她能马上炼制出东西，光是教会她怎么用灵力控制真火的大小，就用了一天的时间。箜篌跟桓宗在客栈小院里的炼器室里待了三天，只炼出一个低品阶、灰扑扑的手环。

"炼器好难啊。"箜篌擦干净额头上的细汗，把散发着暗淡光芒的手环扔到地上，掏出小镜子照了照红扑扑的脸，又在脸上抹了一层护肤膏。秋霜长老炼器那么厉害，皮肤还那么白，证明长老用的护肤膏是好东西，她要多抹一点。

"不要急，慢慢来。"桓宗见箜篌的脸被真火烤得发红，挥袖灭了炼器炉里的火，"我收纳戒里有炼器炉跟精火，等离开宜城，我们一路上可以用精火试试。"

"用精火来练手，是不是有些浪费？"灭了真火，箜篌身上好受了很多，"等我能够掌控好火候以后，再用精火吧。"

"无碍，真火、精火都是拿来用的，我修的不是炼器道，这些东西留着也没用。你若是不拿来用，留着它也只是占着收纳戒。"桓宗道，"熟能生巧，用好材料来练习，进步会更明显。"

笙篌把小镜子塞回收纳戒，苦着脸道："我学掐算不行，炼器好像也不是太擅长，看来我可能没有话本主角的气运。"

桓宗失笑："话本主角，也不是一帆风顺的。"

"那倒也是，妙笔客笔下的主角，有时候也会遇到挫折。"笙篌释然点头。

站在门口准备进去的林斛，听到他们的对话从炼器转到了话本，突然觉得公子与笙篌姑娘对天分这种东西，可能有些许误会。要知道刚接触炼器三天，能炼制出一件完整的法器，这对于很多修士来说，根本就是想也不敢想的事情。

想到公子在接触炼器的第一天，就炼制出一把低阶飞剑，林斛决定自己还是不要开口比较好，让他们自己折腾去。等他们以后接触的修士多了，也许就会认识到，笙篌姑娘在炼器三天后炼制出一把法器，还说炼器难有多可耻可恨。

普通修士的艰辛，这两个天资出众的"败家子"是不会明白的。

在林斛站在门口时，桓宗已经知道他到了。见笙篌心情低落，他转身面向林斛："什么事？"以林斛的性格，若没有事情禀报，是不会出现在这里的。

"林前辈？"林斛的出现，果真让笙篌转移了注意力。她转头看林斛，眼中带着好奇。

见他们终于注意到自己，林斛跨进门槛："公子，柳言门取消了卞宏掌派大弟子的身份，并已昭告整个修真界。"

"取消？"桓宗掏出手帕放到笙篌手上，柔软白净的手帕像是云朵，笙篌捏着手帕，不明白桓宗的用意。

"这里。"桓宗轻笑出声，在脖子上比了比，"这里有汗。"

"哦。"笙篌捏紧手帕，往脖子上擦去，柔软的帕子触及皮肤，十分舒适，就像是母亲的温柔，让她动作不自觉慢下来。

桓宗转头看林斛："绿衣女修身份查清楚了？"

"暂时还没有，不过门下的弟子在绿衣女修祖籍处，发现了一具女尸。"林斛看了眼拿着手帕擦汗的笙篌，"另外前几日我与笙篌姑娘在客栈大厅里，发现一个言行怪异的年迈男修。在他离开的时候，我在他身上下了迷踪香，昨天晚上我发现他与举止鬼祟的修士有来往，我怀疑他在故意挑拨大宗门与小宗门之间的关系。"

迷惑人心的女修，言行怪异、挑拨人心的路人修士，这还仅仅是他们遇见的。不知在他们看不见的地方，还有多少类似的阴谋在针对修真界。

邪修最擅长蛊惑人心，但是随着修真界宗门内部管理越来越严格，弟子之间为了争夺修炼资源而闹得不死不休的事已经越来越少。生活安定得久了，总会有居心叵测的人冒出来，试图推翻现有的秩序，在天下大乱之后，争夺高高在上的位置。

若是昨天箜篌姑娘没有出去看热闹，没有阻止柳言门与青玉门刀剑相向，没有反驳老修士的话，事情又会发展成什么样子？

柳言门与青玉门仇恨加深，从此不再来往，还牵扯进其他与之交好的门派，把修真界闹得乌烟瘴气？普通修士对十大宗门的畏惧越来越深，最后产生只有推翻十大门派，才有出头之日的想法？

到了那时，名门正派陷入内战，乱成一盘散沙，邪修占领修真界便指日可待。

这是林斛第一次产生看热闹也有大作用的想法，他扭头看还在照镜子的少女，长长舒了一口气。不管怎样，发现了事情的苗头才能早做准备，现在一切都还来得及。

"明天就是去无名真人那里拿丹药的日子吧？"箜篌放下小镜子，"我们是不是该准备些什么礼物给无名真人，这样有来有往，以后才好意思让他继续帮忙嘛。"

桓宗现在身体不好，多与炼丹大师交好没有坏处。

"多谢箜篌姑娘提醒，我这就去准备。"平时没有情绪起伏的林斛，今日看向箜篌的眼神却带了几分暖意。他对箜篌点了点头，离开了炼器室。

"桓宗……"箜篌看着林斛离去的背影，有些疑惑，"林前辈今天是遇到什么好事了？"

"可能他不喜欢那个柳言门的卞宏，听到卞宏没了掌派大弟子的身份，心情比较好。"桓宗道，"不必在意。"

"哦。"箜篌点头，没想到林前辈这么讨厌卞宏，看来前辈也是爱憎分明的人啊。

云华山上，天色刚亮就有好几位亲传女弟子站在大门口翘首等待，似乎在等待什么重要的大人物。有新入门的弟子看到这一幕，纷纷怀疑，难不成有其他宗门的长辈拜访？为何只有师姐们、女师叔们在此等候，其他师兄师叔呢？

高健演拉了拉最近紧了不少的腰带，离家前家人担心他在宗门住不习惯，会辛苦得瘦下来，还特意准备了几套小尺码的衣服。哪知道云华门的伙食这么好，他不仅没有瘦，还胖了不少，从家里带来的衣服大半不能穿了。

　　"高师弟，那里有好几个亲传师姐。"一个同门拉了拉他的袖子，"我怀疑我们云华门招亲传弟子，不仅要看天资与品性，还要看脸，你看看这些师姐，个个长得貌美如花、秀色可餐。"

　　高健演停下脚步，偷偷往大门方向看了几眼。摸了摸自己圆如银盆的脸，他沉沉叹息，看来他这辈子是没机会成为亲传弟子了。

　　"怎么这么多的亲传师姐在这里，难道有什么大事发生？"新入门的弟子大多虽刚刚进入炼气的门槛，不过已经跟师兄师姐们学到了看热闹的习惯。见到这么多漂亮的师姐，这些新入门的弟子不管男女，都缩在角落偷偷看起来。

　　与他们同行的归临看着他们鬼鬼祟祟的模样，有些不耐烦，抬脚便走，结果没走出几步，就被一个身材娇小，力气却不小的师妹拖了回去："归临，你别出去，被师姐们发现了怎么办？！"

　　被摁在墙上的归临挣扎了一番……没有挣开。这个女人究竟是吃什么长大的，看着小鼻子小手小脚，力气怎么这么大？

　　"能有什么好看的，昨日裴峰主教了一套新剑法，我还没练熟。"放弃挣扎的归临决定采取说服的方式，"师妹，你放手。"

　　一个女人，看其他女人也能看得这么津津有味，究竟是什么毛病。

　　"剑法哪有漂亮小师姐好看。"娇俏的小师妹摁住他不松手，"看了师姐能让我心情好，心情好才能好好练剑，这叫事半功倍。"

　　归临理了理自己身上被小师妹拉歪的袍子："无非有其他宗门长辈来访，有什么好看的？"

　　"错，能让这么多漂亮师姐一起出现的除了长辈外，还有一种人。"高健演摇了摇胖乎乎的脑袋，"你们还是见识太少。"

　　"还有什么？"同门好奇地追问。

　　"还有……"高健演指了指远方踏剑而来的人，"还有无处不达，无处不在的飞剑使者。"

　　归临很想说高健演在胡说八道，可是当看到那些亲传师姐兴高采烈地围住飞剑使者，从他那里拿走一个收纳袋后心满意足地离开时，沉默了。

他扭头看向大门下面长长的，一眼望不到尽头的问仙路，身体微微晃了晃。

"走走走，我们快去练剑。"娇俏的小师妹松开归临，拔腿就往演武场跑。归临一个趔趄，再抬起头时，同门们全都跑出了老远，就连高健演那个胖子，都像圆球般滚远。

"哎，你怎么还不走？！"跑出一段距离的高健演回头见归临还站在原地，跑回来拽起他就跑，"快走快走。"

归临面无表情地被步伐比他还要灵活的胖子一路拎着，双腿无意识地跑着。

"你怎么就这么笨，热闹看完了就要及时撤退，不然很容易被抓住的。"高健演拖着归临健步如飞，"你这身手太弱了，早跟你说不要挑食，你偏偏不听。看吧，连最小的师妹你都跑不过。"

看着跑到最前方，刚才摁着他让他不能动弹的小师妹，归临突然开始怀疑起人生：他为什么要在这里？为什么要来这个帮派？

珩彦坐在铺着厚厚垫子的懒人榻上，把筌篌寄来的信反复看了好几遍。筌篌询问的这些药材，云华门事实上有其中一味。

勿川静静坐在旁边的桌子上，查看各个分堂传上来的报告册，看也不看把信纸翻来翻去的珩彦。

"勿川，宗门库房里是不是放着一盒鲛人鳞？"珩彦把信递给勿川，"筌篌是你们这一辈中，最有天分的弟子，等你做了门主，她修为也上来了。若是等到那个时候，她发现宗门里有她问的药材，会不会怪我们？"

"师父。"勿川抬头看他，"仅仅近十年，就有近二十位修士来信问你有没有鲛人鳞，你一律回答没有。"而且筌篌师妹不会为了外人责怪宗门，就算以后她知道，也只会以为宗门有苦衷，而不是对宗门生怨。

"外人问，跟自家人问能一样？"珩彦干咳一声，"反正我们有一大盒，分几片出去也没关系。"

勿川点头："所以您的意思是，要让所有人相信，你无意中在路上捡到了几片鲛人鳞，然后大方地赠送给了筌篌师妹的朋友，而且这位朋友还恰巧是琉光宗的弟子？"

珩彦干咳一声："我们可以让他们不要外传，琉光宗的人不说，筌篌也不说，谁知道我们有鲛人鳞。"财不露白的道理，他还是很懂的。这若是其他门派的人需要，他还是会回答没有。但是琉光宗的人不同，这些剑修很重诺言，绝对不会把这事透露出去。

当然这不是最重要的，最重要的是，这是箜篌进入云华门后，第一次开口向宗门求助。若是宗门没有便罢了，他明明有却不给，总觉得过意不去。

鲛人鳞这个玩意儿，重在一个稀罕，实际用处并不多。那满满一大盒鲛人鳞在宗门库房里放了上千年，都没机会派上用场，随便拿几片出去送人，对云华门而言，实在不是什么大事。他以前不愿意拿出来，是不想惹来麻烦，有些事开了头就不好收尾了。

珩彦想了想，还是决定给箜篌回一封信。让她在外面注意安全，加油修炼。又说宗门近来刚好得了几片鲛人鳞，既然她的朋友需要，就拿去用。只是鲛人鳞举世罕见，切不可对外谈及此事，免得惹来麻烦。

取了三片鲛人鳞放进奢华的玉盒中，珩彦把盒子与信交给勿川："找加急飞剑使者，把东西寄回去。"

"是。"勿川接过信与玉盒，迈开大步，匆匆离开宗门。

恐怕整个修真界都不会相信，举世罕见的鲛人鳞，竟会以寄送的方式到了另一个人的手中。

深夜寒重，桓宗正准备灭了屋内的照明法宝，听到院子里传来轻重不一的脚步声，这是没有修为的普通人？

"箜篌姑娘，有飞剑使者相见。"

桓宗皱了皱眉，这么晚了，怎么还有飞剑使者找来？听到隔壁的房门打开，属于箜篌独有的轻快脚步声在院子里响起，他犹豫了片刻，还是跟着打开了房间门。

院门口，客栈伙计身后站着名飞剑使者，箜篌从他手里接过一个捆扎得结实的包裹。

"多谢。"箜篌送走伙计与飞剑使者，关上院门，转身见桓宗站在院子里的树下。

"吵到你了？"箜篌拆开包裹外的蓝色印花布，这是一块很平凡的布，没有符纹，没有阵法加持。包裹里是一个玉盒，玉盒上放着一封信。

"是门主给我的信。"箜篌心中一喜，抬头对桓宗道，"桓宗，门主肯定知道一些与药有关的事。"

桓宗静静站在树下，对箜篌笑了笑。

箜篌迫不及待地拆开信，一目十行看完信件内容，抖着手捧起桌上的玉盒，喃喃道："桓宗，桓宗……"

"发生了什么事？"桓宗见箜篌语不成句，捧着玉盒的手抖个不停，以为云华门发生了什么事，担忧地走到她身边，"不要急，慢慢说。"

"公子，怎么了？"林斛拉开门大步走出来，眼中有难以察觉的关切之色。

"不不不……"箜篌连说了好几个不，指着玉盒，"里面，里面，药。"

"你说里面有公子需要的药？"林斛最先反应过来，他不敢置信地从箜篌手中接过玉盒，打开了盒盖。

玉盒中铺着华丽的锦缎，锦缎在夜色中散发着淡淡的流光。但是让林斛移不开视线的不是这个锦缎，而是锦缎上放着的东西。

三枚如玉币大小的蓝色鳞片静静躺着，漂亮得没有一丝瑕疵。

鲛人鳞……鲛人鳞……

他猛地抬头看桓宗，嘴唇动了动，半晌才声音沙哑道："公子，是……鲛人鳞。"

箜篌小声"嘘"了一声，把他们两人拉进屋子里，还在外面立了一个结界，才道："宗主说了，这件事万万不可外传，我们要低调。"

"请箜篌姑娘相信，林斛就算死，也不会把这件事外传。"林斛拱手朝箜篌深深一揖，"箜篌姑娘与贵宗门的大恩，在下没齿难忘。"

箜篌被林斛如此郑重的姿态吓得往桓宗身后一躲："林前辈，你这是干什么？"

林斛直起身，见自己的举动让箜篌受到了惊吓，往后退了几步道："是在下过于激动了。"

"你可别在我面前自称'在下'，我不习惯。"箜篌有些不好意思，这些日子她在林前辈面前也没太过客气，在她眼里，林斛跟宗门里那些长辈差不多。现在这位长辈在她面前一口一个"在下"，她哪能习惯。

"箜篌。"挡在箜篌前面的桓宗转身，把玉盒放回箜篌的手中，"你知道鲛人鳞有多珍贵？"鲛人一族早在五千年前就已经灭绝，就算鲛人族还活着时，也常年深居海底，几乎不与外界接触，所以即使传承近万年的琉光宗，也早就没了鲛人鳞。

他怎么也没想到，云华门竟会把如此珍贵的东西给了箜篌，但是无论如何，他无法就这么轻轻松松地从少女手里接过这份珍贵的药材。

"被人需要的时候它才珍贵；不被需要的话，它也就是放在那里毫无用处的死物。"箜篌把玉盒又塞回给桓宗，"桓宗，既然掌门决定把这个东西交给我，说明他已经答应我把它送给你。反正掌门比我聪明，他都赞同的事情，肯定不会有什么问题。"

他很早以前便听过云华门对后辈极为爱护，云华门弟子对宗门十分忠诚，但是一个宗门对弟子的溺爱，竟到如此地步了吗？

见桓宗还是不愿意接受，箜篌道："东西送出去，我就没打算把它拿回来。你若是过意不去，就当我是拿这个来讨好琉光宗，让你们欠我们云华门一个人情好了。"

"好。"桓宗收起玉盒，"珩彦宗主的这份人情，我记下了。"

"这就对嘛。"箜篌笑了，"生病的人就不要想这么多，对身体不好。早点去休息，明天我陪你一起去无名真人那里取药。"

桓宗与林斛这才想起，他们两个大男人大半夜还留在小姑娘的房里，在箜篌的笑脸下，匆忙退出她的房间。

撤去门外的结界，箜篌摆了摆手："做个好梦。"

看着房门关上，林斛与桓宗对望一眼，今晚恐怕是睡不着了。跟着桓宗到了房间，出于谨慎，林斛也在外面立了结界，以免其他人听到他们的交谈。

桓宗把放在袖中的玉盒拿出来，从里面取出一片鲛人鳞，鳞甲在他指尖发出蓝色幽光，美丽极了："林斛，你说得对，我这是占了小姑娘的便宜。"

"公子……"林斛一时间不知道该说什么好。一路上走来，最开始他只当箜篌是个讨喜、需要照顾的小姑娘，但是怎么也想不到，整个琉光宗找了好几年都寻不到踪迹的药材，在他们遇到箜篌的短短一个月里，就寻到两味。

一年前宗主写信到云华门，云华门的回答是没有，今天却什么要求都没提，就把鲛人鳞送了出来。云华门这个宗门，他从未看懂过。每当他以为他们的门派要没落时，他们就会出现几个天分极好的弟子。每当他以为这个门派做事不靠谱时，但遇到大事时，他们往往又很可靠。

但是……轻易把鲛人鳞送出手的宗门，真的很难让人相信有多谨慎。

偏偏这种不谨慎、傻大方，让林斛对云华门升起无限的感激之情与敬意。能做到如此洒脱的门派，整个修真界有多少？

看轻外物，重门内弟子情谊，这何尝不是看破？林斛长长呼出一口气，禁锢已久的心境，竟有些许触动，他隐隐窥见了出窍期的大门。

"公子，从今天开始，你要好好保重身体。"林斛心情甚好道，"毕竟箜篌姑娘对你有救命之恩，你以后要做牛做马报答她。"

桓宗把鲛人鳞收了起来："你今日心情倒好，竟有心思来调侃我。"

"公子，我这不是调侃，而是说了实话。"林斛脸上露出笑意，"而且看到公子的病有了治好的希望，我的心情又怎能不好？"

桓宗敛眸轻笑，苍白的脸似有了几缕活气。他正准备开口，忽然天上响起一声惊雷，院子里灵气翻涌，形成了强大的灵压。

"度梦劫？！"林斛脸色大变，"箜篌姑娘要度梦劫？"

梦劫是修士在修为大圆满后，在睡梦中突然感悟到某些东西，引起天道有感，降下雷劫与心境大劫。若是修士成功度过，修为便更上一层楼；若没有度过，修为大跌倒是小事，若是惹来心魔，才是最大的麻烦。

但是在梦中度劫的情况实在少之又少，成功度劫的人更少。林斛与桓宗脸色变得极其难看，守在箜篌门外，抬头看着房顶的劫云，心中担忧更甚。

住在客栈里的其他修士也注意到了这个情况，纷纷挤在院子外围观，很快围墙上、房顶上、树上都挤满了人。

"院子里住着谁，怎么这么倒霉，竟然遇上了梦劫？"

"看这情况，怕是凶险得紧。诸位道友也别忙着看热闹，修行不易，又同是出门在外，修为高的道友先拿法宝出来，若是等下的情况太凶残，我们且帮着挡一挡，至少要帮着这位道友留条命在。"

不一会儿，围墙上、房顶上、树上便散发着五颜六色的法宝之光，整个小院在此刻竟亮如白昼。

箜篌站在雕梁画栋的宫殿内，她的父皇坐在龙椅上，对着百官咒骂，因国库财政不足，百官不赞同他修建仙乐楼，所以他决定向百姓增加赋税。

反对的朝臣都被拖了下去，很快被砍去了头颅。

"谁若是敢再阻拦朕，朕便将他千刀万剐。"

看着父皇狰狞的面孔，还有噤若寒蝉的百官，箜篌想要站出来，但是下一刻，她的手臂被人紧紧拽住。她回头看去，母后神情忧郁地看着她："不要去，你父皇已经疯了，他会杀了你的。"

箜篌怔住，她看着苦苦哀求的母后，身上仿佛有千斤重。

"母后只有你一个孩子，若是你出了事，母后该怎么办？"皇后泣泪道，"孩子，我们回去。母后那里有你喜欢的糕点，还给你准备了很多漂亮的小裙子与发饰，跟母后走。"

母后柔软温柔的手，还有悲伤的眼神，让箜篌生不出半分拒绝。她跟在母亲身后走出大殿，转头望着高高的宫墙，脑子里忽然出现了奇怪的画面。

穿着半湿棉鞋却站在雪地里的堂倌，破衣烂衫挑着孩子与木炭的男人，破旧狭窄的街巷，在贫穷中痛苦挣扎的百姓。

她猛地停下脚步，这些人……她在哪里见过吗？

"孩子，怎么了？"皇后转头看她，脸上的表情温柔极了。她是冬日的暖阳，是夏日的清风。

箜篌松开她的手，轻声询问："那些百姓怎么办？"

"什么百姓？"温柔漂亮的皇后不解地问，"这些与你又有何干？"

箜篌摇头："母后，我要回去。"

皇后表情再度悲伤起来："孩子，你要抛弃母后吗？"

箜篌深深看了她一眼，转身朝正殿大门跑去。

她知道这些画面是什么了，那是她心中的仁与爱。

"孩子，不要离开我！"皇后的声音在她背后响起，似哀似泣，犹如悲雁孤鸣。

但是这一次箜篌没有再回头，她步伐坚定地一路向前，推开不知何时关上的宫殿大门，对皇位上的帝王道："帝王，请收回成命。"

年幼时不曾懂得的事，她现在已经懂得。年幼时未能做到的事，她现在能够站出来阻止。

天下苍生不易，她无法眼睁睁看着他们生活在水火之中。

客栈院子里，林斛看着已西移的太阳："公子，天快黑了。"

桓宗静静站立，看着箜篌的房门没有说话。

"你与无名真人说好今日去取药,无名真人喜怒不定,你若是不能守时……"林斛劝道,"我会在这里守着,你去取药吧。"

今日若是不去取药,明日再去恐怕就拿不到药了。

桓宗缓缓摇头。

"我等箜篌出来。"

劫云凝结得越来越浓,仿佛汇集成了实体,随时都有可能从天上砸落下来。原本只打算看热闹的修士们捏紧了手里的法宝,汗水浸透了后背。

劫云之下,桓宗站在院子里半步未退,墨玉般的眼瞳微敛,右手一挥,把本命宝剑握在了手中。宝剑在他手中微微颤抖,剑气外泄,发出似龙鸣、似虎啸的声响。大风吹动他的袍子,雪白的衣角在夕阳余霞中翻滚,染上了点点金色。

"公子。"

桓宗抬手打断林斛的话,头也不回道:"不必多言。"

林斛抿了抿嘴:"是。"他拔出自己的本命剑,抬头看着天空中的劫云,衣服猎猎作响。在此刻,他无比希望箜篌姑娘能够安全度过梦劫。他回身看了眼四周举着法宝的众修士,这些修士大多还是筑基期或是心动期。平时他基本不把这些人看在眼里,因为他们太渺小,太不起眼。

但是这些普通的修士,在此刻却愿意站出来,为不相干的人耗费灵力,这让林斛意外之余,还有种说不出来的感慨。

修为,当真可以代表一切?

正殿中,神情扭曲的帝王,恐惧的臣子,像是被水幕隔开,让她与他们立在两个不同的世界。箜篌伸出手摸向水幕,手穿透了水幕,摸到的只有虚无。

水幕后面什么都没有,没有金碧辉煌的宫殿,没有帝王与臣子,只有她站在虚空中,天地灰蒙,无边无际。

雷声响起,她猛地抬头,看到空中如巨龙的雷电直袭而来,巨龙的脸,就像是她父皇狰狞的面孔。

如今的她,早已经学会克服恐惧,得到了爱,学会了爱。身为修士,不仅需要勇敢的心,还需要对世间万物的爱。想明白这一点,箜篌召出本命法宝凤首,直直撞上了惊雷。

轰!

劫雷直直劈下来,巨大的气流割得众人脸颊生疼,桓宗抬头望天,举起了剑。筑基期晋心动期,若是安稳度过,天道只会降下一道劫雷。若是心性不稳,会连降三道,这三道劫云下来,大多修士都撑不住,不是灵台被毁,就是性命不保。一些宗门长辈为了保护弟子,会在弟子度劫时护法,若是弟子撑不过去,会帮他接下后面两道雷,这样就算度劫不成功,也能保住灵台跟性命。

第一道劫雷下来以后,所有人都进入了备战状态。只见天空中乌云翻滚,电光闪烁,似乎在积蓄更大的力量劈下来。众人默默惋惜,经此一事,不知那位历劫的道友需要多久才能缓过劲来。

眼看着第二道雷即将劈下,桓宗飞身跳到了房顶上。

大风起,晚霞只剩下了最后一抹微光。

第二道雷酝酿了很久,却没有劈下来,而是化作了一阵风,夹杂着天道降下的功德——甘霖,整个宜城都被雨水包围,陷入了水雾中。

无名药庐中,奉茶的童子看着窗外的雨:"老祖,这是哪位修士度劫成功了?"

摇椅轻轻晃动,躺在上面的无名真人睁开眼,抬手道:"都去拿盆来,把雨水接着。"这种水拿来炼丹,可是好东西。

药仆们拿着容器到院子里接水,无名真人看着渐渐黑下来的天空,轻哼一声,再度闭上眼。

"老、老祖,七天前的那几个修士失约了。"童子坐在脚踏上,"等下次他们再来,要不要我拿棍子把他们赶出去?"

无名真人眼也不睁道:"那三个人连我都打不过,你若是有这个勇气,便自己去吧。"

"这么厉害?"童子干笑道,"来者是客,虽然这三人不讲信用,但我也不能一言不合就动手,传出去岂不是坏了老祖您的名声。"

见老祖没有搭理他,童子有些讪讪,转头捧了一个大碗,也跑到院子里接水去了。

在客栈小院四周看热闹的修士没有想到院子里的修士竟然度过了梦劫，冰凉的雨水落在他们身上，他们才匆匆回过神来。蹲在树上的修士纷纷跳下来，跑到露天里淋雨。有些不太讲究的粗犷汉子，甚至直接脱下外袍，让整个上半身都露了出来。

这可是度梦劫降下的雨，比普通度劫降下的雨水灵气还要足。

被劈了一个大洞的房间里，白皙的手从废墟里伸出来，往四周摸了摸，只感受到碎裂的瓦砾以及冰凉的雨水。箜篌还有些茫然，她好好睡个觉，怎么就被雷劈了？

扒开压在自己身上的破木头，箜篌从一堆破瓦烂木中爬出来，无数双充满好奇的眼睛盯着她，吓得她连连往后退了好几步。这么多人是从哪儿冒出来的，全是来看她怎么被雷劈的吗？

"没事了。"一件带着淡淡药香的锦袍披在她身上，桓宗弯腰把手伸到她面前，"这屋子不能住了，跟我来。"

箜篌乖乖把手递给桓宗，才发现自己的手脏兮兮的，把桓宗干净白皙的手都给蹭脏了。她有些不好意思，桓宗却像是没有注意到这一点，用另外一只手把披在她身上的外袍往上拉了拉："身上有没有哪里不舒服？"

箜篌摇头。

"诸位道友请回，这里还要收拾一番，就不打扰各位道友休息了。"林斛见箜篌跟着公子去了隔壁房间，没有注意到外面那几个脱了上衣淋雨的汉子，朝众人拱手道，"多谢诸位道友关心。"

那几个脱掉衣服的汉子也有些不好意思，他们原本以为度劫的是个男道友，没想到竟是个娇滴滴的小姑娘。不用林斛催促，他们都抱着袍子挤出了小院，引来一众哄笑声。

护着箜篌到了隔壁房间，桓宗见她身上还在滴水，就连他刚才给她披上的外袍也已经湿透，退到门外道："你先换身衣服，我等会再过来。"

箜篌低头看自己身上，才发现自己身上的衣服又脏又破，就像是在地上打了几个滚再爬起来。掏出镜子照了照脸，脸上沾着灰土，头发也一缕一缕凑在一块儿，实在是狼狈到极点。

拿着镜子的手有些颤抖，她的形象……没了……

晚上收到掌门寄来的鲛人鳞后，她就开心地睡下了。宗门对她的宠爱，还有桓宗的病有了希望，让她带着笑意入睡。她不过是在梦里拒绝了母亲的请求，又准备反对父皇的决定，怎么就被雷劈了？

现在这个世道，连做梦都这么严格吗？

暂时没有热水，箜篌只能给自己用清洁咒。虽然每次用了清洁咒以后，她总觉得像没洗一样，但这个时候为了形象，也顾不上那么多了。

换上干净的裙衫，把桓宗宽大的外袍放到一边，箜篌似乎还能闻到那淡淡的药香。窗外的雨未歇，凭借雨声，她似乎能看到雨落下的轨迹，甚至感受到雨水中蕴含的灵力。

灵力？

箜篌盘腿坐下，发现灵台坚固了不少，五色灵根交叉在灵台上，把灵台护得结结实实。灵台中央，一团五色灵力几乎要凝结成实体。

她进阶到心动期了？

箜篌终于反应过来，难怪她的五感灵敏了很多，而外面的雨又蕴含着灵气。前些天她的修为刚刚到筑基大圆满，本以为还要两三年才能冲击心动期，没想到她会在睡梦中毫无预兆地渡劫了。

睁开眼，她细细回忆着入睡前的事，好像与往日并没有什么不同，最多……

最多在看到鲛人鳞的时候有些激动，她为桓宗高兴，更为自己高兴。师门对她的这份信任，比什么都珍贵。难道是因为她在师门中得到了很多关爱，所以心境才有所提升？

只有得到了爱，才会爱别人。

箜篌松开盘着的腿，屈膝坐着，良久后轻轻地、浅浅地笑出了声。她何其有幸，得到了这份珍贵的关爱。也许是老天看到了她的不幸，所以才让她遇到了师父，遇到了云华门。

"箜篌，好了吗？"桓宗低沉的声音在门外响起。

"好了。"

桓宗推门而入，见箜篌抱膝坐在地上，走到她面前蹲下身："怎么坐在地上？"

"桓宗，"箜篌甜甜地笑着看他，"刚才谢谢你。"

若不是桓宗给她披上了外套，她狼狈的样子可能就会被更多的修士看到。以后传出去，别人提到她，就会说："哦，那个穿着破衣烂衫、浑身脏兮兮的就是云华门筌篌姑娘？"

单单这么一想，她就觉得整个人都不太好了。

"地上凉，不要久坐。"桓宗见她不想动弹，从收纳戒里取出两个蒲团，"坐这上面。"

筌篌接过蒲团塞到屁股底下："我都没有反应过来，就度劫了。"

桓宗想对她说，此次的情况十分凶险，但是又不想她小小年纪对度劫充满惧怕，对下次进阶金丹期有影响，所以道："可能是因为你运道好，所以不知不觉就把劫给度过了。"

"那倒是，师兄师姐们都说我运道极好，是天生的修真苗子。"筌篌听着外面的雨声，"也不知道雨什么时候才停，希望明天我们去无名真人那里取药时，雨已经不下了。"

桓宗愣了愣，才明白筌篌以为现在还是半夜，他看了眼外面已经彻底黑下来的天色："你先巩固一下心境，我在这里为你护法，取药的事情明日再说。"

"客栈的房子……"

"林斛会去处理赔偿的事情，现在闭眼打坐，引气入体。"桓宗失笑，也不知道这个小姑娘精力怎么如此好，刚度完劫还有闲心来管这些琐事。

"哦。"见桓宗的表情已经严肃起来，筌篌赶紧盘起腿，闭上了眼睛。

空气中的灵气十分浓郁，筌篌发现自己体内的经脉拓宽了不少，灵气进入身体的速度也快了不少。被舒适的灵气包裹着，筌篌身体舒适极了，瞬间忘记了天地一切，陷入了入定状态。

向客栈老板赔偿了大笔的灵石，林斛穿过回廊，来到了桓宗房门外。他抬起手，准备敲门时，犹豫了一下，垂下手回到了自己的房间，预感告诉他，直接回房间也许更妥当。

身为修士，对玄之又玄的预感，还是很相信的。

雨下到半夜，就已经停了。筌篌再度睁开眼，推开窗户时，院子里的树叶上挂着晶莹的露水，晨曦照射在露水上，露水折射出点点光芒。

"桓宗，雨晴了。"筌篌趴在窗户上往后望，"我们去药庐吧。"

桓宗睁开眼，起身整理了一下身上的袍子："不先用了早饭再过去？"

"还是丹药重要，我们修士少吃一顿饭也没什么关系。"筌篌拎起裙摆，"你准备一下，我去叫林前辈。"

看着她匆匆跑出房门的背影，桓宗怔了怔，嘴角露出一抹极浅的笑。

"林前辈，拜访礼准备好了没？"

"我们该走啦。"

"箜篌姑娘，今天已经是……"

"林斛。"桓宗踏出门槛，"我们走吧。"

林斛看了眼桓宗，拱手道："是。"这小姑娘还不知道昨天才是取药的日子，公子为了给她护法，连门都没出，更别提去取药。

既然这事公子不提，那他也就不能多嘴，多嘴的随从惹人烦。

无名药庐门外，穿着青袍的童子正在扫台阶上的落叶，见到桓宗等三人过来，脸色变了变，板着脸道："在这里等着，我去汇报真人。"

"这个小孩子脾气好大。"箜篌悄悄对桓宗道，"这是一脉相承的坏脾气吗？"

"他不是小孩子。"桓宗道，"他们是患上幼童症的病人，嗓音、身高都与孩子相仿，寿命比不上正常的普通人。不过此人身上有修为，应该是受了无名真人的恩惠，不仅避开早夭的命运，还踏上了修真途。"

"原来如此。"箜篌恍然大悟，她幼时曾在书中看过此种人的介绍，据说还有贵族饲养这种人取乐。还是现在这样好，这些人不仅能够自食其力，还能有高深的修为。

虽然无名真人脾气不太好，心却是好的。

等了一会儿，童子走了出来："真人让你们进去。"不过对着箜篌他们眼睛不是眼睛，鼻子不是鼻子，对他们极为不满。

宰相门前四品官，箜篌……箜篌不敢得罪他。她把收纳盒塞到童子手里："多谢你帮着通报。"

"这是什么？"童子捧着盒子不解。

"这是我们给真人的拜访礼。"箜篌笑，"有劳前辈交给真人。"

听到"前辈"二字，童子神情缓了缓，小声抱怨道："真是麻烦。"嘴上虽这么说，手里却稳稳捧着木盒。

进门后，有个沉默的男仆引他们往里走。男仆缺了一条胳膊，走路的姿势却很好看，让人很难再注意他残缺的地方。

内院的药味越来越重，箜篌跟着男仆进了一个院子，见无名真人在摆弄桌上的药草，便站在回廊上没有出声。

无名转过身看了他们一眼："哟，终于记起来我这个破旧的药庐了？"

箜篌疑惑地看桓宗，真人这话是什么意思？

"请真人见谅，在下有事耽搁了。"桓宗朝无名真人拱手行了个礼。

无名哼笑一声："我还以为你不在乎身死修为了。"他的目光落到箜篌身上，"昨夜的甘霖因你而来，我靠着你也接了不少的雨水，这次的事情便不与你们计较了。"

他从怀里掏出三瓶丹药扔出去，林斛连忙飞身接住："多谢真人赐药。"

"别说什么赐不赐的，我不喜欢这一套。"无名摆手，对林斛道，"不到万不得已，丹药不要随意吃。以你的修为也应该知道，对丹药产生了依赖不是件好事。他这种情况，我听说上古时期流传下来一个秘方，能重塑灵台，治活死人肉白骨，但这个药方藏在何处，我不清楚。"

"多谢真人告知。"林斛没有直接告知这个药方他们拿到了手，只是需要的药材，却是整个修真界难寻。

"实不相瞒，真人提到的药方，晚辈手里有一份。"桓宗看着无名，"真人若是不嫌弃，晚辈可赠予真人。"

"真的？"无名真人不敢置信道，"你那里有这份失传的药方？"

桓宗把抄录的药方拿出来："是与不是，真人看过便是。"

无名激动过后，却没有伸手去拿桓宗手里的药方："稀世药方何其难得，你给我看这个，是想从我这里得到什么？"

"稀世药方虽难得，但是里面并没有伤天害理的治疗手段，就算给真人看了，又有什么关系。"桓宗把药方放到无名手里，"就当是晚辈谢真人的赠药之恩。"

跟箜篌在一起待久了，桓宗似乎也染上了几分乐观态度，再神奇的药方，放在他那里就是死物，不如交给善医的大师，说不定还会让更多的人受益。

无名看了他两眼，确定他没有说假话，打开药方。压抑着激动之情看完方子，无名叹口气："不愧是上古流传下来的药方，大多药材现在已经很难找到，空有药方又有何用。"

"真人如此厉害，看到这份药方，说不定能找到替代的药材呢。"箜篌道，

"到了那时，岂不是有更多的人受益？"

"这种药方想要找到替换之物，只怕是难如登天。小姑娘到底天真，对什么事都看得简单。"无名收起药方，笑了笑，"不过你说得对，再难的事情都该试一试，若是真的能成，我无名便要流芳万古了。"

箜篌默默想，你的名字叫无名，一万年以后，其他修士看到这个名字，说不定会以为这是一个没有名字的修士弄出来的。

名字有多重要，无名真人大概暂时还没有体会到。

"那晚辈在此祝真人得偿所愿。"桓宗再度作揖，"今日多有打扰，晚辈告辞。"

"等一下。"无名真人叫住他，"在我还没找到替代药材之前，你恐怕还是需要药方里提到的这些药材。"他在收纳戒里取出一个乌木盒，"虽说药方你无偿赠予我，但我向来不爱占别人的便宜，尤其是你这种好看的男人。"像这种好看的男人，欠他们的人情，会让他睡不着觉。

"这里面有一条风干的横公鱼，是我师叔祖的师叔祖留下来的，这些年放在盒子里没有动过，你拿去吧。"

横公鱼长得极丑，风干的横公鱼更是丑上加丑，箜篌接过盒子看了眼，就把盖子合上了，上古时期的鱼长得真不讲究，太随心所欲了。

见他们还站着，无名挑眉："还站在这里做什么，等我留你们吃午饭吗？"

"晚辈们告辞。"箜篌把乌木盒塞给桓宗，冲无名真人拱了拱手，"请真人多加保重。"

"少来几个像你们这样的访客，我就保重了。"无名摆了摆手，不再说话。

三人对望一眼，齐齐拱手行了一礼，退了出去。

等桓宗他们离开，无名真人又拿出药方翻来覆去看了很久，他倒没有怀疑桓宗在骗他，虽然没有刻意打听这三人的身份，但是观他们言行与修为，也能猜出他们出身大宗门。

大宗门的弟子大都要脸面，做不出这种骗人的事。

"真人。"童子走进来，"甲号房的药炉快要出丹了，您要去看看吗？"

"不用，普通丹药下面人看着就好。"无名发现他手里捧着个盒子，"这是什么？"

"这是刚才来访的三位客人给您的拜访礼。"童子把礼盒放到桌上，"请真人过目。"

"拜访礼？"无名嗤笑，他什么时候讲究过这些。他打开礼盒，最上面一层整整齐齐排列着各种珍稀药材，拿开上面一层格子，盒底躺着一件法光大盛的上品神器。这么罕见的神器，即使无名看了，也忍不住动心。

这确实是份诚意满满的拜访礼，无名盖上盒盖，他大概已经猜到这几人的出身了。

从药庐里出来，莶篌高兴得几乎脚蹦着在走路："我就说收集这些药材一点都不难，这才多久，就找到了其中三味。我们再努力努力，说不定很快就凑齐了。"

桓宗失笑，见莶篌笑眯眯地凑到小贩摊位前买吃食，便停下脚步站在原地等她。

摊位前食客很多，莶篌靠着一张讨喜的脸，让摊主很快注意到她，给她装了整整三大包香肉干。抱着肉干，莶篌挤出人群，给林斛与桓宗一人分了一袋："客人多的地方，吃的味道肯定不会差。"

肉很干，初嚼有些硬，但是多嚼几下，却香得让人恨不得多咬几口，莶篌道："果然很香。"回头见桓宗与林斛都没有动，莶篌这才想起，他们不是常常跟她分享美食的师姐们。猜到他们不好意思在大街上吃东西，莶篌把手里的肉干也收了起来，"等到马车上我们再吃。"

桓宗伸出修长白皙的手指，在纸袋中取了一条肉干放到嘴里，对莶篌笑道："很好吃。"

莶篌瞬间笑弯了眼，她轻轻拉了下桓宗的袖子："那我们到马车上慢慢吃，下一个城镇是哪儿呀？"

"下一个比较大的城镇叫雁城，也是和风斋的所在地。"桓宗道，"雁城多水地，当地的鱼乃是一绝，到了雁城以后，我们可以好好尝一尝当地的鱼。"

"好呀好呀，鱼腹上的肉最好吃了。"莶篌点头，"不过我先要给师门传个飞讯符，告诉他们我已经冲破筑基期的好消息。"

"正好我也要给师门传信。"桓宗道，"今夜我们在客栈歇一晚上，明早再走。"他把药方给了无名真人这件事，也许应该告诉宗门一声。

跟在莶篌身边，桓宗已经在无意识间养成了一些她的行为。

比如常给宗门传信，比如给宗门长辈买伴手礼，再比如不管大小事都要告诉宗门，就算自己能够完全做主，也会告诉他们。

筚篌传到云华门的飞讯符，让云华门上下欢喜异常。四年筑基，两年心动，这就是天才中的天才，云华门的未来啊。筚篌的亲传师兄师姐们尤其高兴，他们这一辈里面出息的兄弟姐妹越多，他们的压力就越小，这简直就是天大的喜事。

大家一高兴，就东拼西凑攒够两千灵石，准备等筚篌到下一个主城后，就给她寄过去。

琉光宗中，松河峰主神情略凝重："宗主，师侄会不会因为心境出了问题，被人夺舍？"

不是他多疑，实在是师侄近来太过怪异了。

松河峰主此言一出，殿上众人大为震惊。这位师侄是他们琉光宗近几百年来天分最出众的，自他进入宗门，便一直勤奋修行，又为修真界多次斩杀邪魔，若真因为心魔未平，被人夺舍了，他们无论如何都要想法子把夺舍的神魂赶出去。

"可是……"前几日收到师侄送来的绣罗裙的女长老皱眉，她看向在座神情肃穆的诸位同门，"可若真有人夺舍了师侄的神魂，他要做的应该是维持师侄平日的模样，来骗取宗门的神器法宝，而不是送东西让我们察觉到不对劲。"夺舍图什么，就图给他们送礼，然后让他们怀疑吗？

这样的脑子，还能夺舍师侄的神魂？

仔细想想，大家觉得女长老的话也很有道理，哪个邪魔夺舍别人后会做这种傻事。

"那师侄近来究竟是怎么了？"松河忧心忡忡，心性突然大变并不是好事，他担心师侄是对恢复身体放弃了希望，才学着像普通人那样，开始给他们寄东西。

难道是……为了给他们留个念想？

这种猜测松河只敢藏在心里，他怕掌门听了难过。

"你们忘了师侄身边有位云华门的小姑娘？说不定是小姑娘喜欢给宗门买东西，师侄瞧见以后，就跟着她一起买了。"女长老似笑非笑，"年轻又充满朝气的小姑娘，对旁人还是有几分影响力的。"

"这话也有些道理。"松河对云华门行事风格颇为了解，他们确实有出门就买东西的爱好，说不定还没到地方灵石就花得差不多了。

他年轻那会儿，与云华门的忘通一起参加某个秘境试验，那是他第一次闯荡江湖，心里十分紧张。半路上他遇到了忘通，就一起同行。与他的紧张相比，忘通全然不把秘境试验当回事，一路上吃喝玩，赶到秘境所在的城镇时，身上的灵石就已经花光了。

从秘境里出来，忘通还在他这里借了几百灵石，若不是时隔十年，忘通捧着几百灵石跑来找他还债，他恐怕早已经把这事给忘记了。

"师侄都这么大的人了，在外面游历得好好的，你们就不要瞎操心。"女长老站起身，"一个个婆婆妈妈的，像什么剑修。"

"我们也都是担心桓宗的身体。"松河道，"把那个药方送给无名真人是个不错的选择，若是他真的能够发现替代的药材，我们也不用担心找不齐药方上需要的药材。"

"以无名那古怪的脾性，任哪个大宗门弟子去拜访他都不会留颜面，师侄竟然在他那里拿到了药，算得上是意外之喜。"女长老听过很多有关无名真人的怪癖，师侄绝对不是受他待见的那一类。

在座诸位剑修想，或许无名真人并没有传言中那么怪异，只是外面的人以讹传讹，才传出这样的谣言。

金岳听着他们的讨论，没有告诉他们云华门给徒儿送了三片鲛人鳞，不是他不相信他们，而是这件事知道的人越少越好。云华门以如此低调的方式把鲛人鳞送出来，说明他们并不想让其他人知道，他们宗门里曾有鲛人鳞。

云华门如此慷慨，这份恩情他不能忘。

两天后，云华门再次得到琉光宗赠予的大笔谢礼，这次是打着恭喜筌篌成功度劫的旗号。大宗门之间，若有弟子天分格外出众，确实会有交好的宗门派人来庆贺，但是琉光宗的这份贺礼实在太重了，重得让云华门峰主们怀疑琉光宗灵石法器多得没地方放，所以把漏到门缝外的东西全送到了他们这里。

"不用多想，既然是琉光宗金宗主自掏腰包送的东西，那我们就好好接着。"珩彦对这堆厚礼毫不意外，让勿川把东西都搬进了宗门的藏宝阁。

等金岳带着徒弟离开，几位峰主互相对望一眼，宗主好像猜到些什么，却不打算告诉他们。难道他跟金宗主之间，有什么见不得人的灵石交易？

真没想到啊，琉光宗金岳如此正直的人，也能干出这种事来。不过找谁合作不好，干吗要找他们云华门，这考虑得也太草率了。

转头见忘通一脸深沉地坐着，也不开口说话，青元就多嘴问了一句："怎么，你难道有什么高见？"

"那是琉光宗送给我徒弟的贺礼，是不是该我收着，掌门师兄怎么能拿走？"忘通痛心疾首道，"你们说我该不该把东西要回来？"

青元："……"

"你还是闭嘴吧。"他刚才为什么要多这句嘴，贱得慌？

琉光宗弟子匆匆而来，又匆匆离开，那高傲冷漠的样子，引得新弟子频频偷看，尤其是当白袍剑修跳上飞剑那一刻，有小师妹轻声叹道："翩若惊鸿，矫若游龙，真好看。"

"这句话……是用来形容男人的？"归临忍不住道，"琉光宗的人，最近好像常常来我们宗门？"

"用来形容美色的话，不需要分男女，我不歧视男人。"小师妹摇头叹息，"可惜琉光宗的剑修好看是好看，那身气质太冷了，我有些受不了。"

说得好像你受得了，人家就能看上你似的。归临就知道自己后面说的话，根本不会引起这些同门的关注，拿着剑沉默离开。走在白玉长廊上，他抬头看着正殿方向，若有所思。

修真界第一大宗门琉光宗，给云华门送礼，这本就是件极其怪异的事情，更别提还是在这么短的时间内，连续上门两次。难道是琉光宗对云华门有事相求？

"归临，快过来，今天中午有你喜欢吃的菜，迟到就只剩汤底了。"胖乎乎的高健演站在远处朝他挥手，"我们先去占位置。"

看着他们匆匆离去的背影，归临十分怀疑，在这种环境下成长的弟子，以后能有什么用？心里很嫌弃，归临脚下却没有停，朝着高健演等人离开的方向走了过去。

从宜城到雁城，要渡过一条又长又宽的河，对于筑基期以上的修士而言，渡过这条河十分容易。但是普通人，要靠着船过河，当地水性好的百姓，便在河岸边停了渡船，赚些过河钱。

渡船并不大，每艘船最多坐十个人，船夫们穿着厚实，拿着渡杆的手黑黝黝的，就像是开裂的老树皮。这里是宜城到雁城的必经之路，所以船夫们并不缺生意，不过看到筌筱他们从马车上下来时，他们还是有些失望。

一看这三人的打扮，就知道他们不是普通人，自然也用不上渡船。

有机灵的船夫招呼着其他路人，很快就凑齐一船人。好在这里的水流并不急，所以用撑杆在江岸上用力一撑，船便会缓缓往江中游去。

普通人之间，银子与黄金也是流通货币，玉币与灵石对他们而言是稀罕之物，至于比灵石更值钱的紫晶，很多人到死都不知道它长什么样子。

林斛在马儿头上轻轻拍了几下，马儿便腾空而起，脚踏祥云拖着马车从江面上飞了过去。筌筱这才发现，原来这两匹马不是普通的马，而是能飞上天的马，没想到连马界也讲究深藏不露。

由于桓宗与筌筱不知道坐渡船是什么感受，林斛只能去找个船夫，包下一艘船让这两个不知人间疾苦的年轻人，体验一下在乌篷船上晃来晃去的感觉。

乌篷船里的长凳，被来来往往的渡客坐得油黑发亮，船底有厚厚一层污垢，不知被多少人踩过，已经看不出木船原本的颜色。

林斛见桓宗站在船头没有进来，用清洁咒把船舱打扫干净，在长凳上垫了好几层锦缎，才道："公子，筌筱姑娘，进来吧。"不是很好奇想坐船，站在船头干什么？

"好呢。"筌筱在江边跟船夫闲聊，问他一天收入如何，到了江面结冰时怎么办。船夫平时哪有机会跟女修士说话，筌筱问什么就说什么。他那张经过风吹日晒的脸，黑里透着红，只怕筌筱此刻问他江水里有没有鱼，他都会跳进水里给她抓一条上来。

见到筌筱进船，他解开套船的绳索，跳到船上才发现乌篷船此刻干净得像是新做出来的一般。刚刚短短一会儿时间，发生了什么？

真不愧是仙人，可以把旧船变新船，等会儿他要不把包船的钱还给他们，就当是感谢费了。

江风吹来，船夫紧了紧身上的衣服，摇起桨来。乌篷船在江面上晃动着，筌筱觉得这跟采莲诗中描写的差别太远了，乌篷船里又窄又闷，一点都不适合观赏江面景色。

"箜篌姑娘若是觉得不舒服,我那里有艘飞舟法器,在水面上能够化作画舫,不仅稳当,还能观赏景色。"林斛一眼便看出箜篌不太适应乌篷船里的环境,就连自家公子绷着的嘴角,似乎也微微往下垂了些许。

所谓叶公好龙,大约便是如此了。

箜篌转头看向船篷外用力划着船桨的年轻船夫,摇了摇头:"做人,最重要的就是有始有终,法器就算了。"

林斛看桓宗,桓宗也微微摇头。

他无奈叹气,由他们折腾去吧。

船至江心,水流越来越湍急,船身也晃动得更加厉害,箜篌掀起船篷中间只有脑袋大小的帘子朝外望去,皱起了眉。

"有人落水了?"林斛也听到了尖叫声,很快呼救声也传了过来。

"我去看看。"箜篌走出船舱,船夫看到她出来,疑惑不解道:"仙子,你……"

箜篌顾不上回答他的问题,凌空甩出飞剑,踩到飞剑上朝呼救的方向赶去。在离江对岸不远的地方,刚才先行离开的船大半已经陷入水中,因为天气冷,所有人都穿得厚实,船一入水便沉得浮不起来。

"救命!救命!"一个妇人单手攀着半沉的船舷,手里抱着一个三四岁大小的孩子。孩子被吓得哇哇大哭,脸被冻得发青。

看到箜篌飞在半空中,妇人眼中迸发出希望的光芒:"仙子,求仙子救救我的孩子!"她拼命举着手中的孩子,明明寒冷的江水已经耗尽了她所有的力气,但是在看到箜篌的那个瞬间,她爆发出巨大潜力,竟把孩子举了起来。

箜篌往江面扔出一艘玉舟,手中的袖子幻化成长绫,卷起孩子把他放到玉舟上,再挥手把江水中的所有人都卷到了玉舟中。

"多谢仙子,多谢仙子。"被救的人冻得面色发白,却顾不上喊冷,全都跪在船上向箜篌道谢。就连刚才被吓得哇哇大哭的小孩也不敢再哭得太大声,抽噎着被他母亲按着磕了一个头。

看着他们如此诚惶诚恐的模样,箜篌叹口气,从收纳戒里找出一件她刚来修真界时穿的兔毛披风,扔到了妇人怀中:"孩子身上湿透了,把他衣服脱了,暂时先裹着这个。"

"谢谢仙子,谢谢仙子。"妇人重重磕了几个头,看着披风上雪白无瑕的兔毛，妇人把手在她湿漉漉的衣服上擦了好几下，才小心翼翼给孩子换上。

"箜篌，我这里有不曾用过的被子。"桓宗踩在飞行法器上，来到箜篌身后，"让他们暂时先围着。"普通人肉身凡胎，冻得太厉害可能会死。

把被子往玉舟上一扔，桓宗也不等他们给自己磕头，扬手让玉舟划过江面，落在了陆地上。人们这才从惊恐中缓过神，有人号啕大哭，也有人不住地道谢。

箜篌收回飞舟，这是午阳峰裴怀长老亲手炼制，送给她的筑基礼物。因为太漂亮，她一直都没舍得用，没想到第一次使用，会是在这种情况下。

玉舟飞到她手上，变幻成树叶大小的小船，箜篌倒出里面的水，用手帕擦干净里面的水，才放回收纳袋里。她不敢用清洁咒，万一这件法器对清洁咒"过敏"，被她弄坏了怎么办。

回身看了眼还在江中心划着的乌篷船，箜篌叹气道："看来我们今天体验不完泛舟江上的生活了。"

"没关系，以后有机会再试。"桓宗立即道，"现在回马车上吧。"

"好。"箜篌点头，两人极有默契地不提他们还可以飞回去这件事，坚决不能让对方发现自己说话不算数，坐乌篷船一点都不好玩。

等桓宗与箜篌离去，江面上其他人才七手八脚地把受到惊吓的落水者扶起来，住在附近的村民把他们带回了自己家中，让他们避避寒。

村长看着他们围着火堆喝下了姜汤，感慨道："你们运气好，遇到名门正派的弟子了。"不然这种天气掉进江水中，下场只有一个死，他们江岸上的人，就算水性好，也不敢跳进水里救他们。

"那位仙子叫箜篌，"抱着孩子的妇人道，"我听到那位仙长这般唤她。"

"箜篌？"村长摸了摸被救小孩的头顶，"这份恩情，可别忘了。"

小孩搂紧对他而言有些宽大的兔毛披风，默默点头。抱着他的妇人在江水中没有掉一滴泪，现在抱着他却哭个不停："幸好有那位仙子，幸好……"

雁城又被称为"水城"，它的地理范围内，有好几条大大小小的河流。都说水多的地方养人，雁城的儿郎与姑娘相貌十分出众，歌舞也是当地一绝，每到百花盛开时，就连很多修士也会来这里赏花、赏歌舞。

箜篌他们乘坐的马车刚到城门口，护卫就把他们拦了下来，直到看完他们三人的命牌，才准予放行。途经好几个城市，雁城是检查得最严格的，就连云华门所在的雍城都比不上。

"请仙长见谅，因雁城百姓多、河流多，所以我们对来访的外客检查得严格了些。"护卫朝林斛拱手道，"耽搁仙长的时间了，请进。"

"应该的。"林斛淡淡点头，赶着马车进入了雁城大门。一千多年前邪修闹事，有邪修往雁城的河道里投毒，幸好当时和风斋的掌门严谨，派门下弟子一直守在河流上中游，时刻检测水中是否被人投毒，不然造成的后果不堪设想。

尽管此事已经过去了一千多年，和风斋仍旧保持着每日检测三遍水源的习惯，对过往行人身份审查得也很严格。林斛倒不觉得这有什么不对，雁城这么多百姓与修士，若是哪条河出了问题，付出的代价都是巨大的。

"我是正正经经的修士，你们凭什么拦着？不要以为你们和风斋这个狗腿子有琉光宗撑腰，就看不起我们这些散修了。"

林斛皱了皱眉，停下马车往后面的大门看去，这么两句话，可是牵扯进了三方修士。

坐在马车里的箜篌也听到了外面过于刺耳的吵嚷声，她掀开马车窗帘，把头伸出去往后看。

桓宗见她这样，失笑："林斛，让马车退回去。"

箜篌看到，闹事的是个筑基期男修。这个男修穿着普通，长相普通，就连说话的声音都毫无特色，属于扔进人堆里，翻来覆去都找不出来的那种人。

此时出城进城的人很多，男修士刚闹起来，就吸引了很多路人的注意。听到他说什么大宗门欺负人，出城进城的都想留下来看热闹，很快城门被堵得水泄不通。

护卫长见此情况，怕出现踩踏事故，连忙安排护卫去维持现场秩序，人群里还有老人孩子，踩着伤着可不是小事。

"如果你们没做亏心事，为何忙着赶人？"汉子愤慨道，"普通百姓就不是人了吗？"

护卫长没有理会他，让护卫在四周围了一条绳："诸位父老乡亲，城门供人出入，大家堵在这里，耽搁了其他人的大事岂不是不美。"他拉了拉搭好的线，"所以请大家配合一下，就站在这条线外观看事情的进展，记得注意着身边的老人孩子，不要踩着挤着了。"

等百姓全都站到了绳子外，护卫长转头朝汉子拱手行礼，不卑不亢道："请仙长见谅，凡入雁城者，皆要证明自己的身份，非在下只为难你一人。"

看热闹的百姓此时全站在外面双目灼灼地看着，汉子被这么多双眼睛用这种眼神看着，莫名觉得自己像是台上的猴子，供他们笑谈取乐。稳了稳心神，汉子冷哼："你说这么多借口，不就是想要过路费？"

"这位道友，你怎么就不依不饶了？"筌筷见这些护卫都是普通武士，担心这个筑基期男修暴起伤人，跳下马车弯腰钻过护卫拉起来的绳子。拉绳子的护卫刚想说，里面不能进去，但是当他们看到筌筷一个飞跃便到了护卫长身边，又把话咽了回去。

打不赢，不敢拦，长得又这么漂亮，还是算了。

"你说了这么多话却不愿意拿出命牌，我看不是这些护卫有问题，而是你居心叵测。"筌筷围着男修走了一圈，看似随意地站着，却刚好站在可以护住百姓的位置，"这么多修士进雁城，都拿了命牌出来，为何就你偏偏不行？莫非……"

筌筷的视线在他身上扫视一遍："莫非你是想混进城谋害百姓的邪修，见进不了城，就在这里故意捣乱，抹黑散修与宗派弟子的名声。"

"你胡说八道，分明是这些护卫狗眼看人低，不尊重我们这些散修，才会刻意刁难。"不管筌筷说什么，汉子都紧咬雁城护卫欺负散修这句话不放。

筌筷几乎可以肯定，这个男修身份有问题，这些日子以来，她见到的散修脾性各异，但绝对没有这种兴风作浪，恨不得散修与宗派打起来的人。再看四周瞧热闹的百姓，里面有修士，有普通人，他们对着汉子指指点点，倒不是相信他的话，而是在看他的好戏。

看来和风斋平时很得人心，不管汉子怎么闹，大家都不会相信他的话。或许汉子本就不是闹给当地人看的，那些初来雁城的修士，只要有几个人相信了他的话，就会一传十，十传百。

这个世上什么都缺，就是不缺听信谣言的人。

"和风斋安和公子来了！"

"安和公子，哪儿？"

听着年轻姑娘们压抑着兴奋的声音，筌筷转身朝城门中望去。阳光下，身着绣金纹白衣锦袍的俊美公子骑着黑马而来，马儿在围绳外停下，他飞身负手而立，风度翩翩，在场的女人，有一大半在看他。

安和公子似乎早就习惯了这样的眼神，连眼神都未偏移半分，径直问护卫长："发生了什么事？"

护卫长把事情前因后果都说了一遍。

汉子骂骂咧咧道："你们人多势众，我惹不起，大不了这座雁城我不进去了。"他气愤地转身，就要离开这里。

"站住。"安和公子手中忽然出现一把碧绿的玉骨扇，挥扇微摇，正要挤进人群的男修便不受控制地飞了回来，落在地上打了一个滚。

"你想干什么？"汉子从地上爬起来，"不要欺人太甚。"

"居心叵测的邪修，人人得而诛之。"安和公子没有理会叫骂的汉子，抬手对众人，"诸位，实在对不住，今日有邪修试图混进城中，让大家受惊了。"

"没有没有，公子言重了。"听安和公子这么说，大家越想越觉得这个汉子可疑，已经在心中认定他就是邪修。虽然已经没有热闹可看，但还有美男子可看，围在四周的人，等汉子被绑起来以后，也没舍得马上离开。

"这位道友是？"安和公子这才转身看筀篌，朝她客套地行礼，语气毫无起伏。

已经看惯桓宗绝世容貌的筀篌，面对安和这张俊美的脸，已经很有抵抗力，所以并没有太过激动，按规矩回了礼道："在下只是路过，告辞。"

安和的目光从她眼睛上扫过："多谢道友方才出言相助。"

"些许小事，不足挂齿。"筀篌见这些护卫大多是三十左右的年纪，猜测他们可能上有老下有小，自己才会多事站在这里。现在既然和风斋的人已经到了，就没她什么事了。

"告辞。"

"告辞。"安和公子看着筀篌跳上马车，目送马车一路远去，脸上露出若有所思的神情。

"大师兄。"他身后的同门弟子道，"你怎么了？"

"你说……"安和面无表情道，"刚才那个小姑娘，有没有可能是男扮女装？"

"啊？"同门弟子愣了愣，那小姑娘看起来十六七岁的模样，身材玲珑有致，声音又甜又软，不管从哪儿看，那都是个货真价实的女人，而且还是个美人。

"师兄，你看错了吧。"同门弟子小声嘀咕道，"哪有这么好看的假女人？"

闻言安和眉头皱得更紧，若她是个女人，为何在看到他脸的时候无动于衷？

看了眼地上被捆得结结实实，浑身灰扑扑的汉子，安和眼里露出几分嫌弃："把人带回去。"近来已经发生了好几起类似的事情，这绝对不是巧合。幸好早前主宗门给他们传过消息，他们提前做了准备，不然像这么闹下去，早晚得出事。

指了指城门边挂着的牌子，安和道："回去让人把公告牌换大一点，让每个进城的人都能看到，免得又有人拿着散修的身份装可怜。"

在他雁城地界，管他是宗门弟子还是散修，都要按照雁城规矩来，绝对不惯着。

"好的，大师兄。"

安和总算满意，纵身飞回马背上："回去。"

今天发生的事，还要往主宗汇报，免得出现纰漏。他刚从师父手里接手和风斋不久，在他继任斋主之位前，师父多次在主宗的金宗主面前夸他，若是他管不好雁城与和风斋，岂不是让师父丢尽颜面？

"雁城真不负水城之名。"箜篌趴在车窗上，看到城内竟然还有拱桥，河流蜿蜒而过，里面的水很清澈，有些地方还竖着牌子，上面写着"禁止往河中投掷或倾倒污物，违者罚玉币"。还有拿着兜子在河岸边行走，看到脏污就捞起来的和风斋外门弟子。

"这里的景色真漂亮。"箜篌扭头跟桓宗道，"桓宗，我们今天还是住客栈？"

"不用住客栈。"桓宗摇头，"我在这里好像有一栋小院。"他掀起帘子，问林斛，"林斛，我的小院在何处？"

"在内城的东街，这些年一直有人清扫修葺，公子与箜篌姑娘随时都可以入住。"林斛把马车往内城赶，原来这还不是雁城最繁华的地带。马车上了一个巨大的铁索吊桥，吊桥尽头有扇由金铁做的大门。马车靠近金铁门，箜篌就察觉到附近气场有些不对，这里应该设下了防御法阵。

通过吊桥的大门，箜篌看到了一棵棵繁花盛开的树木，道路上老老小小、公子姑娘们说说笑笑，此情此景犹如世外桃源。

有和风斋的弟子看到陌生马车进来，上前拱手行礼："请问诸位贵客从何而来？小城有美酒繁花，香鱼仙曲，祝贵客们玩得愉快。"

"多谢。"林斛把命牌与房契交给这名弟子，弟子接过看了一眼，用双手托住还回去,笑着往后退了几步,"原来诸位竟是我雁城的住户,失礼了,诸位请。"命牌上的地址是佩城,却在他们雁城也有房产,而且是在最为繁华的地段,看来这是位财产颇丰的修士。

林斛朝他点头:"有劳。"

有花瓣被风吹进马车里,箜篌用手接住,才发现花是假的。

"现在还不是百花盛开的最好时节,但因雁城的百姓很喜欢花,所以和风斋用法阵在内城营造出花树盛开的幻境,供当地百姓观赏。"桓宗算了算日子,"再等些许日子天气就要回暖,到了那时整个雁城都会陷入花海之中。正好你刚突破筑基,进入心动期,需要巩固心境,倒是可以在雁城留段日子,欣赏完雁城独有的歌舞花展再离开。"

"这样会不会太耽搁你?"箜篌想到桓宗的身体,不太放心。

"何来的耽搁,早两月迟两月对我而言,毫无差别。"桓宗给箜篌倒了一杯茶,"我也想看变成一片花海的雁城是什么样子。"

"你以前没来过雁城?"箜篌恍然大悟,难怪桓宗说这里有他的房子,而他却不知道地方,原来根本就没有来过。

"房子是林前辈帮你买下的?"人还没来,房子先买上了,不愧是有钱的琉光宗弟子。

"早年间有人承过我一些恩惠,本是举手之劳,他却坚持要报恩,我便以雁城风景优美的理由,让他在这里为我安置了一栋小院。"提到往事,桓宗语气十分平淡,若不是嫌报恩的人总是上门送礼让他不能安心练剑,他也不会提这种要求。

箜篌没有再继续问下去,她趴在车窗上看飘落的各色花瓣出神,用法阵幻化出来的花树已是如此漂亮,等到繁花盛开之时,又该是何等美景。

随后她发现,一些进城的人,还会给守在门口的弟子付灵石,有些人却不用。看到这一幕,她心中暗暗生疑,难道雁城真的会欺负某种身份的人?

"林前辈。"她走到马车门口,掀开帘子问林斛,"为何和风斋的弟子会向一些人收灵石?"

"支撑这些法阵是需要灵石的,雁城以美景出名,很多人因此慕名而来。"林斛解释道,"除本地百姓与在雁城有房产的人以外,其他人若要进内城赏玩,都是要付灵石的。"

荃筱:"……"

她第一次知道,原来修真界的宗门还可以靠这种方式赚钱。和风斋名字取得很出尘,但是在金钱方面,算得倒是很清楚。

马车穿过一条长长的花雨街道,在一栋精致的小院外停下。小院里里外外打扫得很干净,外面还笼罩着结界。

林斛撤去结界,推开大门让桓宗与荃筱进去。小院里亭台楼阁,莲池曲桥样样都有,美得仿如仙境。荃筱觉得,那个受了桓宗恩惠的人,想要报恩的心情一定很强烈,不然不会在这栋院子上花这么多精力。

"前面正殿与配殿都没怎么用过,后面的排房里只住了几个仆人,我们住内院。"林斛给桓宗这个小院主人介绍小院格局,"雁城的内城不大,这栋小院虽然精致,但是占地面积并不大,也没有其他的配院,所以只能委屈荃筱姑娘与公子一起住在后院里。"

"这有什么。"荃筱摸了摸九曲桥扶栏上的雕花,"我们几个都是自己人,难不成还要讲究排场?"

林斛道:"那我带姑娘去后院,后院有个活水温泉,姑娘可以去泡一泡。"

"好。"荃筱连连点头,脸上笑容灿烂得让林斛与桓宗都有些意外。

小时候父皇沉迷乐律,是不可能带她与母后去京郊泡温泉的。后来景洪帝改朝登基,倒是会带妃嫔儿女们去京郊别宫避暑或是泡温泉,可是不带她一块儿玩。所以她从小就听到其他人说京郊的温泉宫有多舒适,却没有机会去泡一泡。

现在这个小院儿如此美,还有温泉,简直再完美不过。

到了后院,问清楚温泉在哪边,荃筱便欢天喜地过去了,留下桓宗与林斛主仆二人大眼瞪小眼。

"公子,那位与柳言门弟子卞宏在一起的炼气期女修失踪了。"林斛道,"卞宏被撤去掌派大弟子身份后不久,名为绿腰的女修便消失不见。在绿腰户籍处找到的女尸,也已经证实是绿腰本人。我怀疑真正的绿腰是被卞宏身边那个女人杀了的,为了顶替她的身份,靠近卞宏。"

"可怜那绿腰踏上修行路还不到十年,便命丧于邪修之手。"林斛叹气道,"若是柳言门与青玉门联姻,对他们两个门派而言都是好事,现在这么一闹,两边虽不至于结仇,但到底不如往常。"

"会变心的男人,在与女人结为道侣以后,仍旧会变心。结道大典没有办成，对于青玉门那名女弟子而言，反而是好事。"桓宗有时候不懂人情世故，有时候又看得极为透彻，"在这件事里，卞宏并不无辜。"

"公子，我知道你的意思。"林斛皱眉，"邪修净用这种不入流的肮脏手段，实是恶心。"

"他们只敢用这种手段，说明他们没有勇气与我们正面对抗。"桓宗垂下眼睑，神情疏淡，"现在的这些邪修，本事比不上以前的那些，胆子也比不上，把他们祖上脸面都丢尽了。"

林斛："……"

邪修……邪修也是有祖宗的。

这话好像也有些道理。算了，他还是出去买鱼做给这两人吃，不太需要动脑的事情才比较适合他。

筌篌趴在温泉边，从收纳戒里掏出茶水点心，在托盘上用了个悬浮咒，便十分享受地闭上了眼睛。风吹起挂在温泉外的轻纱，法阵幻化出的花瓣飘进小院，筌篌睁开眼，一道飞讯符从外面飞了进来。

她伸手接住，把神识接入飞讯符，是师父与师兄们给她的信。

信里大多是在问她吃得好不好，睡得好不好，琉光宗的弟子好不好相处，若是对方做得不好，也不用顾忌琉光宗的颜面，该怎么算账就怎么算。

信的末尾处，才开始恭喜她成功晋到心动期修为，还特意强调，修行不必太过刻苦，她上面还有很多师兄师姐顶着，压力不要太大。

别人家的师门总是担心徒弟不够争气，而她的师门永远只会担心她过得太累。

把飞讯符放进收纳袋，筌篌找出一枚没有用过的飞讯符，开始给师父师兄们回信。比如雁城有多美，邪修有多不要脸，泡温泉好好玩，从宗门里带出来的果酒，在泡温泉时喝着有多美味。筌篌就像是第一次进城的乡村姑娘，把自己期盼已久终于得到的东西，迫不及待分享给了最亲近的人。

杂七杂八回了不少，就连琉光宗弟子比她有钱，她都在飞讯符里说了一遍。直到飞讯符里灵力注满，她无法再用神识在里面描绘其他信息，才取出一根师父的头发，用灵力催动，把飞讯符传了出去。

回完飞讯符，筌篌从温泉池里爬出来，换上衣服出去。门外站着一个身着青袍的妇人:"姑娘,膳食已经做好,请姑娘随我来。"

"桓宗与林前辈也过去了?"

"公子与林仙长已经先到了。"妇人侧身回话,待箜篌十分恭敬。

然而箜篌走了没多远就停下了脚步,她看着妇人道:"前方好像有法阵?"

妇人愣了愣,才反应过来箜篌说的什么,她回道:"因为院子久未居住,所以林仙长以前在院子里布下过一些法阵,我仙根浅薄,对法阵并不了解,但是这些年一直没被法阵伤害过。"

"是吗?"箜篌笑着点头,"有劳你在前面带路。"

"姑娘太过客气了,请往这边走。"妇人笑容温和,转身带着箜篌继续往前走。

然而就在此刻,箜篌掏出防护咒跟反噬符咒就往身上贴,转身飞离妇人,扯开嗓子喊:"林前辈,救命!"危急时刻,没有什么比叫救命更简单快捷了,死撑着把自己折腾得伤痕累累这种做事风格,不适合她。

而且不能叫桓宗,他身体不好。在短短的一瞬间,箜篌脑子里已经有很多念头闪过。

桓宗正在屋子里看书,听到箜篌呼救,连手里的书都来不及丢开,从窗户飞了出去。

妇人没想到箜篌的脸色说变就变,愣了愣才拿着法宝朝箜篌袭来。她动作快得像是一道残影,然而一掌拍在箜篌身上,箜篌没有受伤,反而借着这道力逃得更远,反而是她受了重创。

"反噬符?"妇人面色苍白,喉头一甜,差点被反噬的灵力逼得吐出心头血。见一击不中,她也不恋战,转身就逃。

快,必须快,不然她今日就要命丧于此。

然而她的反应还是慢了,只闻空中隐隐有龙吟声传来,一道银光从她身上穿过,她整个人就像是掉落的石头,直直地、重重地从空中摔下来。

"我的元婴,我的元婴……"妇人抚着灵台处,此时灵台已毁,灵台里的元婴更是被销毁得干干净净。连吐几口血,妇人惊恐回头,看着手持宝剑朝她走来的俊美男人,双手刨着地,往前爬了几步。

"求仙长饶命,我是奉了魔尊大人的命令,冒充其他宗门的仆人来追杀名门弟子。这是我第一次出手,您看在我未得手的分上,饶我一条狗命。"妇人的声音变得粗嘎难听,这哪里是妇人,明明是个男性邪修。

嗡。

手中的剑发出刺眼的强光,手起剑落,邪修再无声息。

剑尖最后一滴血滴落在地,桓宗收剑入鞘,剑消失在他手中。他转身看箜篌:"箜篌,你可受伤?"

箜篌坐在房顶上,捏着一张已经焦黑的反噬符咒摇头,半晌才呆呆道:"桓宗,刚才那把剑,就是你的本命剑吗?"

在剑飞出来的那一刻,她恍然间以为是神龙出海,巨大的灵压与剑气让她几乎喘不过气来。好在她不是跟身体过不去的人,遂干脆一屁股坐下了。

"这个邪修已是元婴大圆满修为。"桓宗的脸白得厉害,"幸好你及时发现了不对劲,不然恐怕会受伤。"

"我就觉得奇怪,以林前辈与你的性格,肯定不会让一个陌生的仆妇单独过来叫我。更何况你与林前辈并不看重这栋小院,又怎么会特意在屋子里摆下法阵,你们哪有这么节省。"能在大门外设个结界,已经是林前辈最大的节俭了。

这个邪修错估了琉光宗弟子的富裕程度。如果这是她师兄师姐们的院子,就算满地法阵,她也不会怀疑。

所以,一切都是钱的问题。

"你没事就好。"见箜篌还有心情调侃他富裕,就知道她并没有受到太大的惊吓。桓宗笑了笑,捂住嘴轻咳几声:"我去换身衣服。"

"好。"箜篌点了点头,跳下屋顶走了两步,又觉得不对,转身向桓宗离去的方向追。

走过拐角回廊,桓宗松开掩在嘴边的手,吐出一口血来。面无表情地掏出手帕,擦去嘴角的血,他抬头就看到了站在屋顶上的箜篌,愣住了。

"桓宗!"箜篌从对面房顶上跳下来,气道,"你受伤了?"

"不是受伤,我这是老……"

"别说话。"箜篌握住他的手腕,往他体内输入灵力,里面果然灵气紊乱,经脉不稳。

"身体不舒服就不能忍着。"箜篌瞪了他一眼,用灵力帮桓宗引导紊乱的灵气,直到她灵力用尽,桓宗体内的灵气稳定下来后,才松开手,"有什么事都藏在心里的人,那是笨蛋。你又不是没人疼没人爱的小可怜,对自己如此苛刻做什么？"

桓宗："我……"

"不要说话，知不知道女孩子生起气来很可怕？"筌箴拽住桓宗的衣襟，把他往下拉，准备把凝气丸塞进他嘴里。

拎着鱼进门的林斛，默默看着筌箴姑娘把手搭在公子胸口，而公子低下了头，往后退了一步。

桓宗侧首，看到了站在二门处的他。

林斛忍不住想，他应该再去买条鱼，而不是在这里。

风吹动着院中的树叶，发出沙沙声响。

筌箴把凝气丸塞进桓宗嘴里，叹息一声："桓宗，我希望你能明白，帮助朋友是应该的，当自己遇到困难或是身体出现问题时，向朋友求助，也不是难以启齿的事。"

"所以你回去好好想想，今天究竟哪里做得不对。我现在单方面宣布，十个时辰内不理你。"筌箴松开拽住桓宗衣襟的手，转身看到林斛，"林前辈，你要去下厨，我帮你。"

林斛："……"

他为什么要出现在这里？

看着公子垂首不语的模样，林斛慢慢开口："筌箴姑娘，鱼的腥味重，等下开火还有油烟味。"所以她还是不要跟着去了。

"没关系，油烟味而已。"筌箴走到他身边，拿走他一只手上拿着的蔬菜。

"油烟会让女人皮肤变得蜡黄。"林斛盯着满脸坚决的筌箴，慢悠悠说了一句。

"那也没……没关系，我带了护肤膏。"筌箴晃了晃手里的菜篮子，很快又态度坚定起来，"我们去厨房。"

林斛回头看了眼站在回廊下的公子，看来今天筌箴姑娘不想理公子的决心很大，可怜他一个随从，夹在他们中间里外不是人。都三百多岁的男人了，在小姑娘不开心的时候，就不能说些好听话哄她开心。

进入厨房，林斛把菜刀耍出了神剑的威风，很快把鱼去鳞破腹，把肉片切得薄厚适中，大小都差不了多少。放料、入味、洗锅、生火，林斛做得有条不紊，筌箴拿着小板凳坐在旁边，觉得此刻的林斛无比高大。

"箜篌姑娘能吃辣吗？"林斛抓了一把辣椒在手里。

"吃的。"箜篌话音一落，就看到林斛撒了大把的辣椒到正在翻滚的油中，她连忙道，"桓宗好像不太能吃辣，放这么多他吃得下吗？"

林斛用大铁勺在锅里慢慢搅动，很快呛鼻的油辣味传出，他语气平静道："公子让姑娘你生气了，你还管他吃什么？"

"生气是生气，但不能在吃的方面为难他，我可是讲原则的女人。"箜篌被油辣味呛得咳嗽了几声，起身在林斛买回来的肉菜堆里翻找，"我看看有什么适合做给桓宗吃的。"

看着蹲在地上，把能养身养胃之类蔬菜挑拣出来的小姑娘，林斛嘴角添上几分笑意，把锅里的辣油舀出来些许，把鱼肉片倒进了锅里。

有能干的林斛在，饭菜很快做好，油汪汪的辣鱼片，白香的鱼头鱼骨汤，还有几道小菜。箜篌帮着林斛把菜端上桌，见桓宗进来也不理他，把鱼头鱼骨汤往他面前一推，端着碗吃辣鱼片。

"箜篌……"看着面前一大碗冒着热气的鱼头汤，桓宗有些不明白这是什么意思。林斛特意出去买鱼，剩给他的，就只有鱼头跟鱼骨架了？

箜篌说不理他，就一句话也没说，满满一碗辣鱼片，她吃下大半碗，吃完后擦干净嘴巴，看也不看桓宗，转身就走。坚守女人的骄傲与原则，她绝对不能在男人的美貌与委屈下屈服。

毕竟她是有原则的女人。

桓宗面前的鱼头汤只喝了不到三分之一，他转头看林斛："箜篌方才在厨房里可跟你说了什么？"

"公子，我一个六百岁的老年人，没法跟十六七岁的小姑娘聊天谈心。"林斛放下筷子，面无表情道，"不如你直接去问箜篌姑娘。"

桓宗盯着林斛看了好一会儿，眉眼微皱，看上去似有几分委屈："可是，她似乎并不想理会我。"

林斛收起桌上的碗筷："公子，虽然我已经六百岁，但我身边没有女人。"

桓宗不解地看他。

"所以与女人有关的问题，不要问我。"林斛指了指他面前的鱼汤，"还喝吗？"

桓宗摇头。

林斛把鱼汤收走，交给守在外面的仆人，转头跟桓宗道："公子，等下我会把院子里的几个仆从全部检查一遍。"刚才发生的事情,筌篌已经告诉他了,他没有想到久未动剑的公子,竟然能一招击杀到达元婴期巅峰的邪修。

"不知邪修安排的刺杀,是针对所有宗派弟子,还是有固定的暗杀对象?"桓宗语气低沉,"若仅仅是针对宗派天资出众的新弟子,就说明邪修已经有足够强大的关系网,知道这些弟子在哪儿,甚至还有靠近他们的途径。

一路行来,他们并不算低调,恐怕想要刺杀筌篌的邪修,早就寻找着下手的机会。

林斛找到被仆从抬到暗房的邪修尸首,在他身上找到了敛气符,难怪能伪装成仆从进入内院,还没让筌篌姑娘发现他的气息。除却已经用过的敛气符,林斛还在尸首身上找到几件血气浓郁的法宝,这些法宝不知耗费了多少性命炼制而成,阴气森森。

毁掉所有害人的法器,林斛倒出收纳袋里的灵石,毫不客气收了起来。邪修虽可恶,但灵石是无辜的,捐给贫困的城镇,也比跟着邪修一起毁掉好。调动周身的灵气,掐出一个烈火诀,把邪修的尸首烧得干干净净。林斛转身对门外的仆从道:"把尸灰扫干净。"

不要脏了屋子。

雍城街道上,新入门的弟子第一次休沐下山,有人急着买东西给家人寄回去,也有人忙着参观雍城街道上的美景。一路上见其他人都看着他们身上的弟子袍,他们都得意地挺直腰杆,努力让自己的姿态更加优雅。

高健演等人拖着归临下山到酒楼用饭,吃完饭的时候,见到一位老婆婆吃力地提着东西,他们起了恻隐之心,问明老婆婆家就在城门外不远的地方,他们便决定送她回去。

老婆婆连连道谢,把云华门夸了又夸,让几位新弟子激动得红了脸,恨不能背着老婆婆回家。

"我的家就在那儿。"老婆婆指了指不远处的木屋,木屋低矮破旧,隐在山脚下,若不是她特意指出来,高健演几乎看不到。

"婆婆你怎么能单独住在这里,万一下雨落下滚石会很危险的。"高健演扶着老婆婆,"要不我替你寻个新的住处吧?"他虽是个大富人家的小胖子,但是个好心肠的小胖子,见老婆婆住的地方如此清苦,就想到了他慈祥的奶奶。

"不用，不用。"老婆婆连连推辞，"我怕搬了家，百年归世的时候，我家老头子找不到地方来接我。"

听着老婆婆与高健演的交谈，归临双手抱胸跟在身后，盯着低矮的木屋，眼中露出了疑惑之色。这个老婆婆在雍城平坦的道路上行走尚且吃力，那栋房子修在山脚，四周也没其他住户，她是怎么爬上来的？不是说云华门对管辖内的百姓很好嘛，为何却任由老婆婆单独居住在这种地方？这里离城门很近，就算没有人汇报上去，云华门的弟子也应该会发现才对。

不对，不对。

归临停下脚步，叫住高健演："高健演，等等。"

"什么事？"高健演停下脚步转头看他，以为他有些不耐烦，便道，"归临师弟，你先去茶楼坐一会儿，我等下便来寻你。"

其他两位同门也知道归临不爱多事，便跟着点头："等下你别走远了，我听师兄提过，附近有个听风茶楼，里面说书先生的口技极好，你去那里坐着等我们。"

"我的家就要到了，小仙长若是不嫌弃，可以到老婆子家喝口茶。"老婆婆笑了，"老婆子年纪大了，已经好些年没有跟你们这些年轻人说过话了。"

"说话可以，茶不喝了。"归临冷着脸，语气带着几分嘲讽，"既然喜欢跟年轻人相处，又何不从山脚搬出来？"

"少年郎，你是不是……是不是不喜欢我？"老婆婆脸上的笑容渐渐消失，她低头道，"是老婆子多话了。"

孤苦无靠的老人，咄咄逼人的少年，任谁来看，都会觉得归临说话做事太过分，毫无怜悯之心。

高健演与两位同门互相看了眼，高健演松开老婆婆的手，对老婆婆道："婆婆，我这个师弟脾气不太好，我们去劝劝他，一定让他向你道歉。"

"对，师弟平日被我们惯坏了。"另外两个同门也放下手里提着的东西，转身朝归临走去，脸色非常难看。

归临在心中冷笑，光有仁慈之心，却没有脑子，也不知道这些人怎么通过问仙路的。

"师弟啊。"高健演伸手去拉归临手臂，归临转身避开他，另外两位同门见状也都拥了过来，三人半拖半拉把归临拽到远一点的地方。归临回头向老婆婆望去，对方正微笑着看他。

见到这一幕，他沉下了脸，偏偏身边三个光长个子不长脑子的同门，还想要他去道歉，说什么都不可能。

老婆婆听到那个胖乎乎的小子吼着归临，让他必须道歉，归临不肯，转身就要走，三人又上去拉，不一会儿就走出了不短的距离。

"够远了吗？"刚才还扯着嗓子吼归临的高健演悄声问，"她有没有跟上来？"

"没有，不过正看着我们。"同门师弟道，"我刚才看到她在朝归临笑。"

"还愣着干什么，赶紧啊！"高健演用力拽住归临手臂，"跑起来！"

归临还没反应过来，就被高健演等三人拖着往城门方向跑，他下意识地回头看了眼，方才还走路不利索的老婆婆飞身往这边追了过来，不过见到他们已经进了城，老婆婆恶狠狠瞪了他们一眼，转身飞走。

"吓死我了。"高健演扶着墙喘气，"好在我们跑得快，不然今天那座小木屋就是我们的葬身之地了。"他转身看归临，伸手拍了拍他的肩，"师弟，幸好今天有你在。"

归临冷哼，只是他跑得面色潮红，说话的嗓音还在发颤："你们不是要我给那个老妖婆道歉吗？"

"这不是做戏给她看，我们好离她远些趁机逃命嘛。"高健演实在有些撑不住，靠着墙根一屁股坐下来，又白又胖的脸上汗水直滴，"那老婆婆看起来确实可怜，但自家兄弟比外人更可信，就算你真的做错了事，只要没有造成不好的后果，我们也会关上门收拾你，哪能在外人面前让你丢脸。再说了，你脑子向来比我们好用，虽然脾气拧了点，但绝对不会跟一个连路都走不动的婆婆过不去，所以有问题的肯定是她，不是你。"

"对嘛，自家兄弟不信，难道去信外人？"另外两位同门也毫无形象地坐在地上，"难怪宗门特意说明，不能随意出城，看来外面世界真的很危险。"

归临看着形象全无的三人就这么坐在地上，扶着墙站着，再度冷哼道："你们对自己的脑子，认识得倒很清楚。"

什么自家兄弟，实在可笑。

第二天早上吃饭的时候，箜篌还是没有说话，吃完放下筷子对林斛道："林前辈，我要入定几日，这几天不要准备我的饭了。"

"好。"林斛点头，转头看桓宗，桓宗扭头看筌筱。

然而筌筱还是没有跟他交谈，起身走了出去。

桓宗盯着空荡荡的门出神，直到林斛开始收拾桌子，才去看他。

"公子，十个时辰还没到，筌筱姑娘不会跟你说话的。"林斛已经看出来了，筌筱姑娘是个说话算数的年轻人，说不理公子，那就绝对不会多说一个字。

"可是等她入定出来，早就超过十个时辰了。"桓宗皱眉，觉得这有些不公平。

林斛挑了挑眉，他又不是当事人，公子跟他说这个没用。

"公子，你有没有想过筌筱姑娘为什么会生气？"林斛知道公子已经习惯了有事自己扛，但是跟人做朋友，不能一直这样，"你愿意为了筌筱姑娘拔剑出鞘，说明你关心她的安危，这是好事。可是你应该再仔细想想，你为了救筌筱姑娘内伤复发，却有意瞒着她，这让筌筱姑娘怎么想？"

"我不想让她担心，这样不对吗？"桓宗不解，有苦自己扛，不让别人担心，有什么不好？

"若是她把你当作真心朋友，当她得知真相后，会难过，会愧疚，会担心。"林斛摇头，"公子，你的世界里不应该只有剑。能够遇到筌筱姑娘的确是你的幸运，但不是因为她帮你找到了难得一遇的药材，而是她让你渐渐明白什么才是活着的人，而不是一把冷冰冰的剑。"

桓宗沉默下来。

"好好想，想明白，等筌筱姑娘出来，你就去跟她道歉。"林斛道，"不然筌筱不跟你说话的时间会从十个时辰变成十天。"

"当真？"桓宗表情终于有了变化。

"公子，你若是不相信，可以去试一试。"林斛心情极好，"左右最多十天半个月，筌筱姑娘还是会原谅你。小姑娘心软，遇到你这种不会说话，也不懂交友的剑修，都没嫌弃你。"

桓宗思索很久，抬头看向林斛："林斛，我觉得你最近话变得多了。"

"公子，这叫近墨者黑。"林斛站起身，"我去练剑，你慢慢想。"

十天半月不跟人说话，对于桓宗而言，是不值一提的小事。但是筌筱不过一夜不理他，他便觉得哪里都不自在。难道当真是近墨……不，是近朱者赤。

林斛当真不会用词语，筌筱哪里不好，怎么就是近墨者黑了？

和风斋。

和风斋的建筑十分精致，里面的亭台楼阁美轮美奂，溪水在建筑四周穿流而过，发出潺潺水声。男修女修们都不住洞府，而是住在楼阁中。花草树木交相辉映，让整个和风斋看起来像是天上仙宫、地上桃源。

安和继任和风斋斋主不过几年时间，在和风斋里已具威名，但由于他安和公子的名号太过响亮，整个雁城的百姓几乎都爱称他为公子，就连他做了斋主也不愿意改口。

好在安和也不介意，由着他们叫。随着百花会的时间越来越近，整个和风斋上下都忙了起来，就连安和这个斋主也不得半分空闲，已经连着好几日没有静心修炼。

"大师兄，东街的那栋小院，好像有人入住了。"安和的师弟进来，见安和在闭目养神，"大师兄你若是太累，不如安排一名弟子上门拜访。"

"可是那栋小院？"安和睁开眼，神情变得肃穆。三百多年前，他成了和风斋的弟子，因为天资甚好，斋中长辈并不让他插手闲杂事务，前面一百多年他除修炼以外，几乎不操心任何事。

在他一百八十岁那年，师父伤重而归，回来后就在东街最好的地段修建了一栋小院，并跟他明言，小院的主人是救命恩人。此后不久，和风斋依附到琉光宗门下，师父的身体却一日不如一日。

他知道是那次受伤让师父伤了根基，所以接下来的一百多年里，他更加拼命地修炼，几年前刚把修为晋升到元婴期，师父便把斋主之位传给了他。五年前师父陨落，陨落前还特意交代过安和，若是那栋小院的主人来了，一定要把他奉为上宾。

他答应了下来，但是这几年小院里除了几个仆从外，从来没有人进出，他甚至开始怀疑，也许师父的那位恩人，也早就陨落了。现在听到师弟说，小院的主人出现，他确实十分意外。

"备礼，我亲自去拜访。"安和站起身，"此人是师父生前的大恩人，不可有半分的疏忽。"

"是。"师弟见安和态度如此慎重，应了下来，"那师兄可要换身衣服？"

"取我那件祥云天喜法袍来，发冠要用御霄门最新出的那款。"安和想了想，"再把斋里养的那匹飞天照夜白牵来，贵客面前不能失礼。"

师弟欲言又止，他觉得穿着是否华丽与礼貌是两回事。但他也知道师兄的小癖好，依言退了下去。

东街外的花雨街十分漂亮，不过这里不对游客开放，十分安静。安和骑着飞天照夜白走在花雨街上，如玉的脸上神情十分严肃。

来到小院门外，有弟子上前敲门，然而等了很久，也没有人来应门。

"斋主，或许是主人家不在。"上前敲门的弟子道，"不如我们明日再来。"

"再去敲。"安和神情不变，他今日特意打扮了一番再出门，若是连人都看不到，他打扮了有什么用。

"是。"弟子见安和神情凝重，不敢多言，继续敲门，还是没有人应门。

"斋主……"弟子脸上的表情几乎绷不住，"好像真的没人。"

安和看着紧闭的大门，眉头微皱，恐怕不是没人，而是不想理会他。

他朝大门拱手道："在下和风斋安和，求贵地主人一见。"他修为已至元婴，所以声音虽不大，但是能清清楚楚传进院子里。

没过一会儿，门后响起脚步声，大门大开，一位穿着青袍，神情淡漠的中年男人站在门后。

中年男人看了眼安和，脸上不喜不怒。安和见他是位元婴修士，从马背上跳下，对中年男人拱手行礼："在下安和，乃是和风斋的新任斋主，请问道友可是此院的主人？"

"昨日曾有幸在城门口见过斋主一面。"中年男人回礼道，"不过我非此地主人，我家公子才是此地主人，不知斋主有何事？"

见中年男人似乎并不想他进门，安和解释道："早年在下的师父受过贵公子的恩惠，这些年他一直不忘公子的恩德，仙逝前曾特意交代在下，若是见到公子，一定要以贵宾之礼相待。还请公子怜我师父一片报恩之心，让在下与他相见。"

"斋主的盛情我家公子心领了，但他向来不喜说话，又不爱见外客，还请公子见谅。"中年男人叹气道，"雾弥真人陨落，实乃修真界一大损失，请斋主节哀。"

安和苦笑："多谢道友劝慰。"

中年男人见他这样，也不好再多说什么，朝他拱手道："斋主请回吧。"

"恩公既然不喜说话，在下也不多叨扰，还请道友带我入内，让我给恩公见一个礼。"安和知道修真界很多高手都有怪癖，此人能够救下师父，说明他修为不低。他也不想去打扰对方，但是明知恩公已经到了雁城，却不去见礼，他怕师父给他投梦，在梦里扯着耳朵骂他。

"如此便请斋主稍候，我去问询一下我家公子。"

"有劳道友。"

"斋主客气。"

安和恭恭敬敬在门外等了好一会儿，才等到中年男人再次出现，他连忙拱手道："不知恩公可愿我入内？"

"斋主请。"中年男人做了一个请的姿势。

"多谢道友了。"安和走进门，见中年男人沉默地走在前方，"不知道友高姓大名，在下该如何称呼您？"

"免贵姓林，外面的人都称我一声老林。"中年男人回头看他，"斋主若是不嫌弃，称呼我一声老林便是。"

"原来是林道友。"安和朝他拱了拱手，脑子里的思绪飞速转动，但是无论怎么想，都不记得有个姓林的元婴修士做了别人的随从。

整个修真界，到元婴修为的修士已经寥寥无几，有了这等修为，到宗派做个长老，怎么也比做仆从强。

"斋主，我家公子就在正殿。"林道友停下脚步，"请。"

安和拾级而上，当他看清坐在主位上那个男人的面容时，脚步停了下来。

他生出了一股后悔之意。

他不该到这里来。

世上为何有这等容貌的男人？

"斋主？"林斛见安和突然站在门口处不动，以为是公子脸色太冷，让对方不敢进去。他走到门口一看，公子神情很平静，殿内的摆设也没什么不对劲的地方，那这是怎么了？

安和勉强笑了笑，迈步进门，朝桓宗行了一个大礼："在下师出和风斋前任斋主雾弥真人，家师几年前已经过世，在下代家师向恩公道谢。"

话音刚落，他掀起衣袍跪了下来："安和代家师谢恩公救命之恩。"说完，纳头便拜。

"我与雾弥真人只是萍水相逢，安斋主不必如此客气。"桓宗伸手轻抬，准备磕头的安和便不受控制地站了起来。他难掩惊骇地看着桓宗，没想到有元婴修为的他，在此人面前，竟然连身体都不能自主。

此人究竟是谁，长得比他好看便罢了，连修为也比他高，修真界何时有这号人，为何他却从未听过？整个修真界，年龄与他相仿，修为却比他高的，屈指可数。若不是天分极好，他也不会在短短三百年时间里成为元婴修士，甚至还继承了和风斋的斋主之位。

琉光宗的仲玺真人算一位，昭晗宗的长德算一位。前者久不在修真界露面，有传言说仲玺真人痴迷剑道，心冷如铁，相貌也十分可怖，见过他的人常被他的相貌吓得说不出话来。昭晗宗的长德年龄比他小些，现在还只是金丹大圆满，也不知道什么时候才能突破心境，成为元婴老祖。

还有云华门的勿川、九凤门的凌月，这些勉强也算得上是天之骄子。不过前者他见过，整个人沉闷无趣，若是不说明身份，旁人还以为是琉光宗的弟子。九凤门的凌月他也见过，是个女人。

"恩公的救命之恩如何能忘，对恩公而言这只是举手之劳，对于鄙派而言，恩公就是拯救宗门于水火的仙人。"尽管此刻安和心中已是惊涛骇浪，但是面上不敢表露半分，怕引起恩公不满。

"当日我于邪修手中救下雾弥真人，他以这栋小院相赠，我与他已是恩情相清，安斋主不必再记挂此事。"桓宗指了指旁边的座位，"斋主请入座，但是你的大礼我确实不能受。"

明明对方语气平和，气息与普通人无异，但是安和在此人面前，却有些气弱。桓宗让他坐下，他只能老老实实坐了，其他的话一句也不敢多说。身为安和，他有个人的脾性与偏好，但是当他以斋主的身份出现在他人面前时，就要把这一切放下。

"恩公如此高风亮节，在下更为折服，日后恩公若有什么需要，在下定义不容辞。"见对方实在不打算让他报恩，安和只能作罢。

两人的交谈到了这，似乎已经无话可说了，桓宗虽没有直言让安和离开，但是看他的眼神中，却饱含此意。安和哪里还能坐得住，虽然他才刚刚坐下："雁城景色优美，恩公来了此处，可要好好赏一下这里的景致。"

桓宗点了点头。

"那……在下告辞？"安和站起身，只觉得这个大殿太过肃穆，让他几乎喘不过气来。

"慢走。"桓宗对他微微颔首,身为琉光宗的弟子,为了表示自己的友好态度,桓宗还挤出一个僵硬的笑容来。

恩公这个笑是什么意思?安和心中又惊又疑,难道是觉得他报恩的诚意不足?他想再说几句话表达自己内心的感激之情,然而恩公又变成了面无表情的模样,刚到嘴边的话,只能硬生生咽回去。

就在即将迈出门槛时,他听到恩公开口叫住了他。

"等等。"桓宗起身走到了安和身后。

安和额头上冒出一层细细密密的汗,在桓宗靠近他时,他差点下意识拿出自己的法宝扇出来防御,这个人太过高深莫测,他实在难以不起防备之心。

"听闻贵城的百花舞会十分受人欢迎?"

"不敢,只是恰好能让大家凑个热闹而已。"安和心想,难道恩公对百花舞会有什么意见?

"既然如此,就有劳斋主给我留三个好位置。"桓宗道,"我有位道友对贵宝地的百花舞会很感兴趣。"

"恩公愿意来,是在下的荣幸,在下一定会为你安排最好的位置。"安和转身面向高人,尽管他不是高人的对手,但是面对面站立,让他更有安全感。

"有劳。"桓宗听到让自己满意的回复,又对安和笑了一下。

看着他脸上的笑容,安和冲他抱拳:"告辞。"

林斛看着他匆匆离去的背影,转头对桓宗道:"他就是雾弥真人在世时,常挂在口中夸赞的徒弟。"

"天资不错。"桓宗不咸不淡地评价了一句,转头问,"箜篌入定几日了?"

"公子,箜篌姑娘昨日才开始入定。"林斛看了眼外面天色,"现在天色还早,要不要我陪你去逛街买些东西?"

桓宗看了他一眼,扭头:"不用。"

被拒绝的林斛也不难过,反正年轻人喜欢跟年轻人一块儿玩耍,他年纪大了,公子不愿跟他一起出门很正常:"那你自己去逛吧。"

桓宗:"……"

"我去打坐。"桓宗转身回了自己房间。

院门外,和风斋的弟子见安和大步从里面出来,忙站直身体,迎他上马。

与安和关系较为亲近的师弟见他表情有些不好看,小声问:"大师兄,难道那位恩公很不好相处?"

安和没有说话,对方说不上好不好相处,因为他们从头到尾都没有说几句话。不过有一点他已经可以肯定,对方对和风斋没有恶意。

"师弟,你说女修在女扮男装以后,是不是会比男人更好看?"一路沉默着回到斋内,关上门以后,安和终于问出了心中的问题。

"女扮男装?"师弟失笑,"大师兄,这又不是戏文,以你的修为,难道还看不出对方的根骨是男是女?"师兄这几日是怎么了,前几天怀疑小姑娘是男扮女装,今天也不知道在怀疑谁是女扮男装。

安和脸色更加难看:"我知道了,你回去修炼吧。"

师弟没有再多问,退出安和的屋子,替他掩上了门。

太阳落下又升起,如此反复三次后,箜篌所在的房间门打开了。晋到心动期,又稳固好心境的她心情非常不错,白皙的脸透着健康的粉红,就连走路的步子也带着欢快。

"箜篌姑娘,你入定结束了?"捧着一碗汤药的林斛看到箜篌,停下脚步看了眼她的脸色,"看来这次入定你有所收获。"

箜篌笑着点头,见林斛手里端着汤药:"桓宗的病复发了吗?"

林斛微愣,随即便点着头道:"不必担心,只是小毛病而已。"

"我跟你一起去看看他。"箜篌跟到林斛身后,"他这几日一直都不太好吗?"

"嗯……"林斛含糊地点了点头,转而问,"姑娘还在跟公子置气,现在去会不会不妥当?"

"十个时辰早过啦,生病的人心情比较差,还是多哄哄他,以前的事就暂时不提了。"箜篌还记得自己说过十个时辰内不理桓宗这话,"我是在跟他生气,不是要跟他绝交。"

林斛脸上露出笑意,来到桓宗门外敲了敲门:"公子,我跟箜篌姑娘送药来了。"

门很快打开,穿着广袖宽袍的桓宗站在门后,如墨的青丝没有用玉冠束着,而是披散在身后,配着那张白皙得没有血色的脸,更像美貌病公子了。

"桓宗,你身体没事吧?"箜篌眼里惊艳与担忧两种情绪来回交替,最后还是担忧占了上风。

"你先去软榻上坐着。"箜篌拽住他宽大的袖子，把他拉到软榻上坐下，转头对林斛道，"林前辈你快进来，别让药被风吹凉了。"

林斛关上门，把药端到桓宗面前："公子，用药吧。"

桓宗看了看箜篌，又转头看林斛，神情有些莫名。一个时辰前，林斛说近来绽放的花越来越多，担心他闻到浓郁的花香身体会不适，所以就去熬预防的药。怎么现在药端回来，箜篌的表情却像是他身体发生了什么大事。

"药不烫不凉，喝起来刚刚好。"箜篌从林斛手里接过药碗，用手背试了试温度，把药碗递到桓宗嘴边，"身体不好的人，不能太任性。"

"有、有劳。"白皙纤细的手离他太近了，近得他能闻到她手背上淡淡的香味。桓宗接过碗大口喝下，连嘴里的药是什么味儿都感觉不到。

只是在想小姑娘手背上淡淡的鲜花香。

"喀喀。"喝得太急，他有些不能适应，轻咳几声，"我预定好了百花舞会的座位，到时候你陪我一起去观赏可好？"

"好。"箜篌拍了拍他的后背，还不敢拍得太重，就怕好好一个美男，被她拍得吐血。生病的人，总是需要人温柔以待的。

"你还在生我的气吗？"桓宗用清水漱口，擦干净嘴角，向来沉稳的他脸上有些许无措，"抱歉，之前处理事情的方式有些不妥当，让你生气了。日后若是不小心受了伤，我定不瞒你。"

"桓宗啊，并不仅仅是受伤的事。"箜篌拉起软榻上的锦被盖在桓宗膝盖上，对他这话又好气又好笑，但是对着他那张好看得没有瑕疵的脸，她就只剩下无奈与心疼，"没有人是完美无敌的，你不高兴的时候可以不高兴，受伤的时候也可以说疼，生病的时候，也可以示弱撒娇。这不是无能，而是……"

箜篌顿了顿，想要用词汇形容出自己心中的想法："怎么说呢，我们修士追求大道，寿命比普通人长很多。如此漫长的岁月，什么事都自己扛，自己撑，对自己苛刻，这样的生活太累，长生大道又有何意义？"

"漫长的岁月中，生气时发一点小脾气，受伤不用强撑，生病示弱撒娇，都是活着的享受。"箜篌蹲在软榻旁，乌溜溜的大眼睛看着桓宗，"我气你不心疼自己，你这样的行为，对得起这具完美的身体吗？"

"不生气。"桓宗对箜篌笑了笑，伸出如玉的手，轻轻在她袖子上小幅度拉

了两下。

"嗯?"筌筷看着自己的袖子,"桓宗,你这是何意?"

"我这是在生病的时候示弱撒娇。"桓宗一本正经地看着筌筷,耳尖绯红,"我撒娇了,你不能再生气。"

筌筷沉迷在男人的无上美貌中,毫无立场地点头:"没生气,没生气,我一点都没生气了。"

美貌的男人板着脸撒娇,真是让人无法拒绝,世上怎么能有桓宗这么可爱的男人?!

院子里的杏花树下,林斛靠着树干,双手环胸看着天上,湛蓝的天空飘着几朵白云,漂亮极了。果然还是年轻人之间的感情最好,连他从屋子里出去,那两个人都没有发现。

敲门声响起,他看了眼屋子里的两人,转身走到外院,打开了大门。

"林老祖好。"来人是安和的师弟,他把三份烫金请柬双手奉上,"五日后便是百花舞会,这是鄙派斋主让在下送来的贵宾请柬,届时请老祖与恩公赏脸一观。"

"多谢。"林斛接过请柬,"到时一定前来叨扰。"

师弟脸上露出了笑意,这位林老祖表情虽然不多,但是好说话的性子。有这样的仆人,做主人的脾性就算再怪异,也不会到让人难以接受的地步。

与筌筷"重归于好"的桓宗心情很好,晚上用饭的时候,甚至还问了林斛辣鱼片要怎么做。林斛看着桓宗与筌筷热情好学的模样,从头到尾都讲了一遍。

"我不是剑修,切鱼片的技术肯定不行。"听着复杂的配料过程,还有怎么掌握火候,筌筷十分有自知之明,她决定放弃学习这项生活技能。

剑修桓宗:"……"

"下厨伤手,小姑娘不要学。"桓宗把话题岔开,"我让林斛把炼器炉与精火放到右边配房里,明日我们再练一练炼器。"

"好。"筌筷对自己只炼出一个又丑又没用的低阶铁环耿耿于怀,听到桓宗提及此事,连忙应下来。下厨这种小事,哪有学习炼器重要。

一道飞讯符穿透黑暗飞了过来,筌筷伸手接住。用神识一扫,看出这份飞讯符不仅仅是传给她一人,而是传给宗门里所有出门在外的弟子。

见她脸色变得难看，桓宗放下筷子："箜篌，发生了什么事？"

"有邪修企图向我们云华门新弟子下毒手，其中一名弟子还是资质甚好的单灵根。幸而这几位新弟子机敏，发现了邪修的伪装，趁机从她手中逃走了。"把飞讯符放到桌上，箜篌皱起了眉头。

"你的宗门……要召你们回去吗？"桓宗觉得心里空落落的，不太舒服，这段时间习惯了这个机灵鲜活的小姑娘在身边，他几乎没有想过她会离开的事。

直到这道飞讯符的到来，才让他惊醒过来，箜篌不是他的弟子，也不是他的同门，她迟早要离开他身边，回到云华门中。

"信中未提，只是让我们注意安全，不要轻易相信他人，不要去偏僻的地方。需要召回的，只有位于偏远之地的弟子。"箜篌摇头，"像我这样的弟子，是不用回宗门的，只是路过附属门派或是附属州城时，要帮着宗门排查是否有邪修混迹其中。"

"原来如此。"桓宗眉眼舒展开来，"若是我没记错，下一个地方是丰州。州城不大，由一个叫吉祥阁的小宗派驻守，这个吉祥阁正好是贵宗的附属门派。五天后我们参观完百花舞会，就直接乘坐法器赶往丰州。"

"是我们云华门的附属门派？"箜篌从收纳戒里翻出云华门弟子历练手册，最后几页列出了云华门名下所有的附属门派与城池，最下面不起眼的地方，果然写着丰州吉祥阁。

这六年来，她除了闭关修炼，就是跟师父师兄学术法，剩下的空闲时间就跟着师姐们在一块儿玩，对云华门的势力还没有太过清晰的认识。由于师姐们常跟她说，小孩子太早懂事不好，操心太多琐事会长不高、会变丑，师父、师兄也不愿她太早操心宗门俗事，所以她一直过着修炼吃喝拿月俸却不干事的日子。

此刻听到桓宗这个其他门派的人都比自己了解云华门势力范围，箜篌有些不好意思，决定这几天把手册后面的名单好好背一遍。

"小姑娘不能操心太多。"桓宗把汤端到箜篌面前，"不仅影响修炼心境，还会脱发。"

"脱发？"箜篌摸了摸那一头让自己十分满意的头发，"真的？"

桓宗点头，神情平静得看不出半分开玩笑的意思："我宗门里有位女弟子，有段时日总是操心其他事，后来头发开始大把大把脱落，吃了不少丹药才让头发重新长好。"

筌篌把手册扔进收纳戒,学习还是要讲究循序渐进,不能死记硬背。

晚饭吃完,筌篌回屋休息,林斛练了一套剑法给桓宗看,桓宗指点了一番,见林斛已经全部领悟后,才道:"林斛,以后不要拿我的身体吓她,那还是个小姑娘。"

"公子,我记得藤萝仙子掉发,是因为修炼出了岔子。"林斛答非所问。

"就是因为她心性不稳,胡思乱想,修炼才会出岔子。"桓宗面无表情地看他,"这有何问题?"

"没有。"林斛摇头,"我回去睡觉。"

看着林斛的背影,桓宗转头去看软榻,脸色有些不自在。

他……他一个三百多岁的男人,怎么能真的向小姑娘撒娇,实在可耻至极。

百花舞会,是赏花、赏景、赏舞、赏美人的好日子。不过美人隔云端,只能欣赏却不能有半分亵渎。早年有不懂规矩的人,在言语上对百花美人十分不敬,最后被和风斋的弟子揍了一顿,扔出了雁城大门。

时间久了,来雁城参加百花舞会的人都知道,百花美人都是正经姑娘,有普通人,有女修,她们只在台上表演花仙,让百花舞会更加热闹而已。

今年是百花舞会举办的第二百年,所以举办得格外认真,为了这场盛会,和风斋准备了将近半年的时间。当百花舞会正式开始的这一日,雁城的内城几乎被挤得水泄不通,就连外城的小吃摊上都挤满了各地慕名而来的游客。内门的入场券有数量限制,没有抢到入场券的游客们扼腕叹息,只能等明天再进去。

百花舞会要连续举办七日,但是第一天最热闹,这一天能挤进内城的人,无不是欢天喜地。街上四处都站着和风斋的弟子,只要有人偷窃、乱扔垃圾、大吵大闹扰乱秩序,不管身份是什么,都会被拖出去。

在每年百花舞会上围观被拖出去的游客,也是雁城当地百姓的兴趣爱好之一。

观赏台上,各个收到和风斋请柬的大人物纷纷入座。很快就有人发现,离安斋主最近的地方,竟然还空着三个位置,也不知道是谁,竟然在盛会时如此沉得住气。

几个与和风斋交好的小宗派掌门笑问:"安斋主,不知今日还有哪几位贵客未到?"安和能把他们位置安排在这个地方,足以证明他们的身份十分特别了。

"这几位是家师生前的救命恩人,恩公这些年一直忙于修炼,我无缘得见。"安和朝问话的掌门点了点头,"幸而恩公近几日终于驾临雁城。"

听到安和这话,众人顿时明白过来,原来是雾弥真人的救命恩人,难怪安和如此郑重。大家正猜测这三人身份时,就见和风斋弟子引三个人往这边走来。为首的男人俊美异常,身着上品法衣,面白无血色,看起来十分不好相处。跟在他身边的小姑娘看起来年岁不大,却已经是心动期的修为,漂亮的脸上带着笑容,看起来温和可亲。走在他们两人身后的男人神情刚毅,身上的玄色锦袍看似普通,却也是上品的法衣,身上的气息也收敛得极好。

这是……这是元婴期的老祖?

有修为已是金丹期巅峰的掌门隐隐约约看出玄袍男人的修为,只是金丹修为到底比元婴修为矮了一个境界,他们模模糊糊看不真切。

"恩公,请上座。"看到桓宗出现的那一刻,安和便不由自主地站起身迎上去,朝桓宗拱手道,"两位道友也请上座。"目光落到箜篌身上时,安和有片刻的愣怔,这不是那日在城门口,对他容貌毫无反应的女修吗?

桓宗注意到安和看箜篌的眼神,出声道:"有劳斋主带路。"

安和立刻回过神来:"请往这边走。"

桓宗没有马上跟在他身后,而是转身对箜篌道:"箜篌,来。"今天在场的修士很多,宗派掌门峰主也不少,箜篌还小,不能被这些人吓着了。

箜篌伸出两根手指,悄悄拽住他的袖子边缘,对他露出一个灿烂的笑脸。

走在前面的安和注意到,这位女修的注意力,从头到尾都在恩公身上,除了刚才见礼,就没有多看他一眼。

待三人落座,安和朝桓宗拱手道:"不知这位仙子是?"

"我的朋友。"桓宗语气淡淡。

安和:"……"

谢谢,我知道这是你的朋友,可是名字与身份呢?

(第一卷・完)